ANNE CHAPLET

Nichts als die Wahrheit

Buch

Ein Mann stürzt von einem Kirchturm: Alexander Bunge, Bundestagsabgeordneter, der eine Woche vorher merkwürdige Dinge über sich in der Zeitung lesen mußte. Selbstmord? Seine Freunde und Verwandten bezweifeln das, und Karen Stark, Staatsanwältin in Frankfurt am Main, ermittelt. Für Anne Burau, Politikerin und Biobäuerin in der hessischen Rhön, hat Bunges Tod ungeahnte Folgen. Sehr zum Unwillen ihres Freundes Paul Bremer rückt sie für Bunge in den Bundestag nach, und damit beginnt eine Reise ins Ungewisse. Als Anne in Berlin ankommt, wird sie auf Schritt und Tritt an den Toten erinnert – an einen Mann, der offenbar wichtiger war, als seiner Nachfolgerin zunächst bewußt ist. Offenbar arbeitete Bunge eng mit dem Journalisten Peter Zettel zusammen, enger, als es zwischen Politikern und Medienmenschen üblich ist. Als Vorsitzender der Baukommission verfügte Bunge anscheinend über brisante Informationen, an die Zettel unbedingt wollte. Anne Burau macht sich auf die Suche nach Peter Zettel. Aber der Journalist ist spurlos verschwunden. Immer tiefer dringt Anne in ein Netz von skrupelloser Manipulation und Ehrgeiz, von Gier und Machtwillen ein. Und plötzlich wird die Suche nach Zettel für sie zur Suche nach der Wahrheit – auch nach einer ganz persönlichen Wahrheit.

Autorin

Anne Chaplet ist das Pseudonym von Cora Stephan, Publizistin und Sachbuchautorin. Sie lebt in Frankfurt am Main und in Südfrankreich. »Nichts als die Wahrheit« ist ihr dritter Roman. Bereits die ersten beiden Romane wurden von Publikum und Kritik begeistert aufgenommen: »Caruso singt nicht meht« sei ein »Krimi in feinster englischer Landhaustradition« (Brigitte) und »Wasser zu Wein« könne »sich mit Mankell, Nesser etc. messen« (Lexikon der Kriminalliteratur).

Mehr von und über Anne Chaplet:
www.anne-chaplet.de

Von Anne Chaplet außerdem bei Goldmann erschienen:

Caruso singt nicht mehr. Roman (44327)
Wasser zu Wein. Roman (44647)

Anne Chaplet

Nichts als die Wahrheit

Roman

GOLDMANN

Umwelthinweis:
Alle bedruckten Materialien dieses Taschenbuches
sind chlorfrei und umweltschonend.

Der Goldmann Verlag ist ein Unternehmen
der Verlagsgruppe Random House GmbH.

Taschenbuchausgabe 9/2002

Umschlaggestaltung: Design Team München
Umschlagfoto: photonica / Tadashi Ono
Satz: DTP-Service Apel, Hannover
Druck: Elsnerdruck, Berlin
Titelnummer: 45028
BH · Herstellung: Sebastian Strohmaier
Made in Germany
ISBN 3-442-45028-4
www.goldmann-verlag.de

3 5 7 9 10 8 6 4 2

Trauriger Sonntag, dein Abend ist nicht mehr weit
Mit schwarzen Schatten teil ich meine Einsamkeit.

Er liebte die Wahrheit mehr als das Leben.
Das Leben hatte ein Einsehen.

Das Wahrscheinliche muß nicht wahr,
das Wahre nicht wahrscheinlich sein.

ERSTER FALL

1

Frankfurt am Main, 13. August

Sie nahmen zu fünft Kurs auf ihn. Er spürte den Lufthauch an seiner Wange, als die Bande von Mauerseglern an ihm vorbeipfiff. Man hätte meinen können, die kleinen Viecher veranstalteten eine Mutprobe.

Tom Berger schüttelte den Kopf und lief weiter, ohne sich aus dem Tritt bringen zu lassen. Die Vögel spielten verrückt heute morgen – alle Vögel. Völlig ohne den üblichen Lärm, fast geräuschlos hatte sich vorhin ein ganzer Schwarm von Spatzen aus dem Gebüsch in der Parkanlage erhoben und war wie eine Rauchwolke vor die Morgenröte gestiegen. Am Mainufer hatten ihn zwei Amseln begleitet – sie waren neben ihm hergeflogen, hockten sich auf die Lehne einer Bank oder auf den Papierkorbhalter, warteten, bis er nachkam, und flogen ihm wieder voran. Als er auf den Holbeinsteg zutrabte, erhoben sich mit lautem Flügelschlagen drei Schwäne aus dem Main, kreisten einmal über seinem Kopf und flogen dann fort Richtung Süden. Berger blinzelte in den Himmel und wischte sich mit dem Handrücken den Schweiß von der Stirn.

Er las die Zeichen.

Alles war Zeichen. Die Vögel. Die Schatten der Platanen. Das halbe Fragezeichen, das ein Kondensstreifen am blaßblauen Himmel beschrieb. Die Krümmung des Stegs über den Main. Die Spuren im frisch geharkten Uferweg. Er lächelte, während er die Treppenstufen hinauflief. Auf dem

Steg blies ihm der Morgenwind entgegen. Leichtfüßig wich er der Plastiktüte aus, die der Wind über die Brücke trieb.

Auch auf der anderen Uferseite sah man keine Menschenseele. Es war noch immer früh, kaum jemand war unterwegs. Vorhin hatte er eine Stadtstreicherin mit Hund in einem Papierkorb wühlen sehen – und vom gegenüberliegenden Ufer her hatte ein anderer einsamer Jogger zu ihm herübergewunken. Der Augustmorgen war frisch und unverbraucht, erst in zwei Stunden würden Sommerhitze und Auspuffgase die Luft dick und das Atmen schwer machen.

Wieder schrillte ein Geschwader von Mauerseglern an ihm vorbei. Alles ist Zeichen, dachte Tom. Die Welt sprach zu ihm, und das Schöne daran war: Er konnte sich aussuchen, was sie ihm jeweils sagen wollte. Tief fliegende Mauersegler bedeuteten gute Nachrichten. Vielleicht stieg der Dax. Vielleicht überlegte Sibylle es sich doch noch anders. Als er den Eisernen Steg erreichte, die zweite Fußgängerbrücke über den Main, beschloß er, den Börsenindex heute mit sechzig Zählern im Plus schließen zu lassen.

Ein Morgen voller Bedeutung. Er sah auf die Uhr, während er vom Mainkai aus den Weg zum Römerberg nahm. Seine Schritte hallten durch die Fahrtorgasse. Der Himmel war voller Zeichen. Man mußte sie nur lesen können.

Er hatte den großen Platz – rechts die Fachwerkhäuser, dahinter der Dom, vorn die Justitia am Gerechtigkeitsbrunnen – bereits überquert, als er das Kreischen hinter sich hörte. Elstern, dachte er. Die Vögel spielten wirklich verrückt heute. Ihre häßlichen Stimmen schimpften im Chor, sie wollten gar nicht aufhören, sich zu beschweren. Während er schon über die Braubachstraße lief, drehte er sich um und blickte zurück. Die schwarzweißen Vögel kreisten um den Glockenturm der Alten Nikolaikirche, stiegen auf, flatterten herab und schienen sich maßlos aufzuregen über irgend etwas. Tom Berger glaubte einen Schatten zu sehen oben im Turm, hinter der Brüstung, dort, wo der Laufgang sein mußte, auf dem zur Weihnachtszeit die Turmbläser standen.

Der Schatten wurde größer. Berger blieb stehen. Der Schatten füllte den Raum aus da oben, zwischen den zwei Pfeilern. Die Elstern schrien. Der Schatten schien sich zu heben, sich von seinem Hintergrund zu lösen, stand einen Moment lang vor dem blauen Himmel und schwebte, nein, fiel im Sturzflug nach unten. Das Klingeln der Straßenbahn holte Berger zurück in die Realität: Er stand mitten auf dem Zebrastreifen. Ohne zu zögern, lief er zurück, dorthin, wo der Schatten aufgekommen sein mußte. Die Elstern zeterten noch immer über seinem Kopf.

Der Mann lag auf dem Pflaster, auf dem Rücken; das linke Bein in einem unnatürlichen Winkel unter dem rechten, die Arme ausgebreitet. Berger registrierte den eleganten schiefergrauen Anzug mit Weste, die anthrazitfarbenen Wildlederschuhe, den gepflegten graumelierten Bart und die halbgeöffneten Augen. Tot. Der Mann ist tot, dachte er, kniete sich neben ihn und fühlte ihm den Puls. Plötzlich war ihm kalt in seinem naßgeschwitzten Trikot. Nichts, kein Flattern, kein Lebenszeichen. Er tastete nach der Halsschlagader, legte sein Ohr an den Brustkorb des Mannes. Tot, dachte er. Mausetot.

Tom Berger ging in die Hocke. Was machte man in einem solchen Fall? Beten? »Ruhe in Frieden«, murmelte er. Mehr fiel ihm nicht ein. Sollte er ihm nicht wenigstens die Augen schließen? Er zögerte. Der Tote sah entspannt, ja friedlich aus. Berger legte ihm die Zeigefinger auf die Augenlider und zog sie mit sanftem Druck zu. Je länger er den Mann betrachtete, desto bekannter kam er ihm vor.

Die Elstern über ihm kreischten. Er blickte zu ihnen hoch. Dann fiel es ihm wieder ein. Er hatte das Gesicht auf Parteiplakaten gesehen. Und nach gewonnener Wahl im Fernsehen, entspannt und strahlend über den Erfolg. Der Mann war Politiker, Bundestagsabgeordneter. Warum sprang so einer vom Kirchturm? Aus den üblichen Gründen?

Tom Berger klopfte die Seitentaschen seiner Jogginghose ab, auf der Suche nach dem Telefon. Er las schon seit Jahren keine Zeitung mehr – höchstens das »Handelsblatt« und immer nur den Wirtschaftsteil. Politik war kein gutes Omen. Gab es womöglich einen neuen Skandal, von dem er noch gar nichts mitbekommen hatte?

Dabei lag der Mann ganz harmlos da – wenn man von der Blutlache unter seinem Kopf absah, die langsam größer wurde. Berger wählte die 110. Vielleicht hatte er sich aus Liebe hinabgestürzt? Tom spürte, wie die Sehnsucht nach Sibylle kleine scharfe Krallen nach ihm ausstreckte. Liebe tut weh, dachte er. Liebe kann einem das Herz zerreißen.

In der Ferne erklang ein Martinshorn.

Später fragte ihn der Mann von der Polizei, ob er etwas gehört hätte – einen Schrei, einen Hilferuf – oder etwas gesehen. Berger schüttelte den Kopf. Er hatte keinen Schrei gehört – nur das Kreischen der Elstern. Das war ein Zeichen gewesen, ganz ohne Zweifel. Ein Zeichen von großer Bedeutung.

2

Rhön, Weiherhof, einen Monat später

»Politiker lügen *immer*!«

Die schärfsten Kritiker der Elche, ersatzweise ihre Ehefrauen ... Anne Burau lächelte gefaßt zur Schmalseite des Nebentischs hinüber, wo Monika Seidlitz saß und auf den alten Hubert einredete. Die Frau des Ortsvorstehers hielt ihre schmalen Schultern im hellblauen Pullover so, daß niemandem entgehen konnte, wen sie meinte – niemandem außer dem schwerhörigen alten Mann, der milde lächelte und mit dem Kopf wackelte. Das tat er immer, wenn er gar nichts verstand.

Sicher hoffte die Seidlitz darauf, daß Anne ihr empört widersprach. Keine Chance, dachte Anne, drehte ihr den Rücken zu und versuchte alles auszublenden, außer den melancholischen Klängen, in die das Trio Woronetz russische Volkslieder verwandelte. Der rotwangige Bassist mit dem blonden Stoppelhaar lächelte zu ihr hinüber und flocht ein paar jazzige Arabesken unter die traurige Weise. Anne neigte den Kopf und lächelte zurück. Als sich die Stimme der Geige im Schlußakkord jubelnd über das Akkordeon und den Zupfbaß erhob, heulte der Terrier von Meiers leidenschaftlich mit. *Guter* Hund.

Es roch nach Holzfeuer und gegrilltem Lammfleisch. Plötzlich rückte das Stimmengewirr um sie herum in die Ferne, als ob jemand am Lautstärkeregler gedreht hätte. Und dann fühlte sie sich schweben: Über ihren Nachbarn, über dem Weiherhof, über dem Abschiedsfest, das man ihr gab, so, als ob sie nach Australien auswanderte und nicht bloß nach Berlin ginge. Von hier oben sah ihr bisheriges Leben, sahen die Menschen, die es bevölkerten, wie Miniaturen aus – hübsch, farbenfroh, friedlich, harmlos. So unwirklich wie Paul Bremers leuchtend weiße Haare und die roten Wangen des Bassisten. So bilderbuchgemäß wie die geblümte Kittelschürze, die heranschwebte, innehielt, zurückschwebte und haltmachte. Dann senkte sich das Gesicht der Metzgersfrau aus Ebersgrund vor Annes Gesichtsfeld und füllte es aus, so groß und so nah, daß sie die Sommersprossen darin hätte zählen können.

»Gell, du freust dich?« fragte Herta. Das hatte sie in der letzten halben Stunde schon dreimal gefragt, nicht gezählt die Male, in denen Anne nicht zugehört hatte. Eine Antwort erwartete sie auch diesmal nicht, denn es gab nur eine – glaubte Herta.

Anne setzte sich auf. Im Moment empfand sie gar nichts – weder Freude noch ihr Gegenteil. Sie blinzelte in den Himmel, der blaßblau über der Krone der alten Kastanie stand, öffnete die Jacke und fuhr sich mit den Fingern durch die Haare. Sie hatte nicht gemerkt, daß der Wind die Wolkendecke zerstreut hatte. Sie hatte den Kuckuck nicht wahrgenommen, der schon seit einer Weile zu rufen schien. Wie lange schon? Und wie oft? Früher hatte davon das Leben abgehangen. Früher verriet der Kuckuck seinen Zuhörern, wie viele Jahre ihnen noch blieben oder wie bald man dem Märchenprinzen begegnete. Als Kind und später als junges Mädchen war sie bei jedem Kuckucksschrei stehengeblieben und hatte gezählt und sich vorsichtshalber schon mal eine Ausrede zurechtgelegt für den Fall, daß er nur zwei- oder dreimal schlug, was fürs Leben zuwenig und für die Ankunft des Märchenprinzen zuviel gewesen wäre. Damals hatte sie aufs ewige Leben und auf die große Liebe gesetzt. Anne seufzte. Der Abschied von solchen Illusionen lag schon eine Weile zurück.

»Iß! Damit du was auf die Rippen kriegst!« Herta hielt

ihr einen bis zum Rand gefüllten Teller vor die Nase. Anne blickte auf. Wie eine Mutter lächelte die Ältere zu ihr hinunter. »Oder willst du die einzige sein, die bei so einem schönen Fest leer ausgeht?«

Herta meinte es gut, wie immer. Anne grinste zurück. Mit einem Mal fühlte sie sich nicht mehr wie im Kino, als unbeteiligte Zuschauerin, sondern war mittendrin im Film, alles in Farbe, volle Lautstärke. Um sie herum klapperten Messer und Gabeln, redeten Männer und Frauen aufeinander ein, wurden große Krüge über den Tisch gereicht, tobten Kinder, drehten dienstbare Geister die Grillspieße, heulte der Hund, jubelte die Geige, begleitet vom aufgeregten Geschnatter und Trompeten der Enten und Gänse, die, ein paar Schritte vom Hof entfernt, auf der Wiese am Löschteich grasten. Und das alles sollte sie verlassen? Anne kam sich plötzlich zugleich fahnenflüchtig und unentbehrlich vor. Was war, wenn Rena …? Und hatte sie ihr eigentlich schon gesagt …? Und würde ihre Tochter von allein daran denken …?

Sie schlug sich die Hand vor den Mund und guckte zu Rena hinüber, die mit erhobenen Händen auf den Tierarzt einredete. Otto Grün hielt den Kopf gesenkt und schüttelte ihn ab und an bedächtig. Anne konnte sich denken, worum es ging. Der Veterinär hatte schon vor drei Wochen gesagt, daß der alte Pjotr es nicht mehr lange machen würde. Es wäre besser, man erlöste ihn von seinen Qualen. »Aber er quält sich doch gar nicht!« hatte Rena damals mit Tränen in den Augen gesagt – sie war mit dem gescheckten Wallach aufgewachsen. »Weiß man's?« hatte Otto erwidert.

Rena hat den Hof fest im Griff, redete Anne Burau sich ein, auch wenn sie erst achtzehn ist. Außerdem war sie nicht allein. Da war Krysztof. Und Ivanka. Und Otto Grün, für den Notfall. Anne wurde nicht mehr gebraucht.

»Wir haben schließlich schon öfter auf dich verzichtet!« hatte Rena gestern wegwerfend gesagt – mit jener Herzlosigkeit, die bei Menschen ihres Alters als guter Ton galt.

Der kräftige Schlag auf die Schulter traf sie unerwartet. Sie schrie leise auf. »Na? Kannst' schon jetzt nichts mehr vertragen, du Strich in der Landschaft?« dröhnte Martins Stimme zu ihr herunter. »In drei Monaten kriegst' wahrscheinlich keine halbe Sau mehr gehoben! Und wennst' nix ißt ...« Seine Hände zeichneten eine übertrieben schlanke Silhouette in die Luft. Alle an ihrem Tisch lachten.

»Aktenstemmen als Ausgleichssport!« rief einer am Nebentisch.

»Hammelsprung! Damit verschaffen sich deutsche Abgeordnete Bewegung!«

Anne lächelte matt. Wie sich Politikerwitze doch gleichen. Unwillkürlich inspizierte sie ihre Hände. Wahrscheinlich hatte Martin recht. Schon bald würde ihnen niemand mehr ansehen, daß sie einer Bäuerin gehörten. In kürzester Frist würden sich ihre Beine wieder an höhere Absätze gewöhnt haben. Und mit der Zeit ...

Sie atmete tief durch. Bei aller Wehmut über den Abschied – plötzlich schien es ihr nicht mehr unmöglich, das neue Leben zu genießen. Ein Leben ohne Gummistiefel und Stallgeruch und ohne das ewige Dilemma der Landfrau – nämlich, daß es sich eigentlich nicht lohnte, was Schönes anzuziehen, weil man sich sowieso gleich wieder einsaute. Ein Leben, in dem Kostüm und kurzer Rock, Strumpfhosen und Make-up und Parfüm, nicht zu vergessen die Aktentasche, so lebenswichtige Requisiten waren wie hier die Leggins, die Birkenstocksandalen und das Gummiband für die Haare.

»Und? Bist du noch hier oder schon dort?« Paul Bremer stand neben ihr, mit einer steilen Falte über der Nase. Sie rutschte auf der harten Bank ein Stück zur Seite, um ihm Platz zu machen.

»Du weißt doch, Paul – ich bin *immer* an zwei Stellen gleichzeitig.« Sie versuchte es mit einem unbefangenen Lächeln. »Mindestens.« Er setzte sich nicht. Die alte Leichtigkeit zwischen ihnen schien verflogen.

Trotzig sagte sie sich, daß es ihr egal sein konnte, was Paul Bremer davon hielt, daß sie es noch einmal versuchen wollte mit der politischen Karriere. Und daß es ihr Wurscht war, daß er ihre Entscheidung als Flucht auffaßte. Passenderweise drehte er ihr in diesem Moment den Rücken zu, um Marianne zu begrüßen, die ihm wie zufällig den Ellenbogen in die Seite gestoßen hatte und jetzt irgend etwas von ihm wollte. Wenigstens mußte Marianne jetzt nicht mehr eifersüchtig sein.

Anne drehte sich wieder zum Tisch hin und gabelte ohne großen Appetit ein Stück Fleisch vom Teller. »Warum?« hatte Paul sie damals gefragt, mit einer Enttäuschung in der Stimme, die ihr kindisch vorgekommen war. Wohl deshalb hatte sie heftiger reagiert, als nötig gewesen wäre.

»Weil ich nicht völlig verbauern will, verdammt!«

»So wie ich, meinst du?«

Sie hätte es wissen müssen, daß er sich stellvertretend für alle landflüchtigen Städter angegriffen fühlen würde. Sie hatte einzulenken versucht. »Ich will mir später nicht den Vorwurf machen müssen, Herausforderungen aus dem Weg gegangen zu sein.«

Sein Blick sprach Bände. »Herausforderungen, aha. Ich empfehle diesbezüglich auch Verlautbarung oder Beschlußfassung oder Zielführung. Und ›Ich würde meinen‹ oder ›Ich gehe davon aus‹.«

»Ach komm, Paul. So schlimm ist es nun auch wieder nicht.« Sie hatte ihn beschwichtigen wollen – es war ihr wichtig erschienen, daß er verstand. »Und außerdem ist Politik mein alter Beruf.«

»Aber du lebst seit acht Jahren hier. In der Rhön. Auf dem Weiherhof.« Er klang, als ob das gefälligst auch so zu bleiben hätte.

»Du verstehst nicht, Paul. Ich habe mir dieses Leben hier nicht ausgesucht …« Dieses Leben hier: als Biobäuerin in der tiefsten Rhön. Davon hatte sie in ihrem früheren Leben noch nicht einmal geträumt. Sie hatte sich als künftige Staatssekretärin gesehen, auf Landesebene – als Ministerin gar, wenn sie sich mal ganz vermessen fühlte. Politik – das war ihr Leben gewesen. Bis – die Erinnerung daran löste noch heute das altbekannte Ziehen in der Magengrube aus. Anne legte die Gabel zurück auf den Teller.

Von Paul hatte sie mehr Verständnis erwartet. »Wenn mein Mann mich nicht verraten und verkauft hätte, wäre ich nie auf dem Weiherhof gelandet. Das *weißt* du, Paul.« Und du weißt auch, wie ungeheuer weh die Entdeckung getan hat, daß Leo ein verdienter IM bei der Stasi war, hatte sie in Gedanken hinzugefügt.

Sie hatten sich seither weniger häufig gesehen – im aufreibenden Wahlkampf war dafür auch kein Platz gewesen. Und womöglich hätte ihm gar nicht gefallen, was ihr, wie alle bestätigten, anzusehen war: Sie hatte jeden Tag der Kampagne schamlos genossen, als ob es die vergangenen acht Jahre nicht gegeben hätte. Erst am Tag der Wahl hatte sie die Ahnung zugelassen, daß es mit der Rückkehr in ihre alte Welt doch nicht so einfach werden könnte. Als die ersten Hochrechnungen auf die Bildschirme kamen, war sie deshalb nicht weiter überrascht gewesen.

Sie sah sich an der Säule am Rande des großen Saals in Bonn stehen, allein. Menschenmassen drängten sich um sie herum und an ihr vorbei. Die Luft war zum Schneiden, erhitzt von der Wärme all der Leiber und von den Lampen, die die Szene taghell erleuchteten. Es roch nach Männerparfüm und dem, was heiße Scheinwerfer aus Luft machen, wenn sie sie lange genug erhitzt haben. Die Masse der Bildjournalisten war mit klackenden Verschlüssen und leisem Surren der hochgerüsteten Nikons und Leicas dem Kandidaten hinterhergehechelt, der, wie die ersten Hochrechnungen nahelegten, wohl der künftige Vizekanzler sein würde. Für Annes Rang auf der Landesliste hatte das Ergebnis nicht ausgereicht. Sie erinnerte sich noch gut an ihre gemischten Gefühle damals. War sie nicht eigentlich sogar mehr erleichtert als enttäuscht gewesen?

Anne schob die Schultern nach vorn und zog sich die Jacke enger um den Körper. Die Sonne war wieder hinter einer Wolke verschwunden. Ihre Augen suchten Paul Bremer, der die Linke in die Hosentasche gesteckt hatte, nervös auf den Zehenspitzen wippte und sich mit der Hand durch das kurze weiße Haar fuhr, während Marianne auf ihn einredete. Manchmal verstand sie wirklich nicht, warum sie hier weg wollte. Und warum sie sich nicht in vernünftige Männer verliebte. In so einen wie ihn. In einen gutaussehenden, intelligenten, verläßlichen Mann.

Andererseits – konnte man Paul wirklich vernünftig nennen? Anne verzog das Gesicht. Verglichen mit Peter Zettel – vielleicht. Peter. Einer der Fehlgriffe ihres Lebens.

Am Abend der Bundestagswahl war sie ihm zum ersten Mal begegnet. Sie hatte damals unwillig weggeguckt, als sie merkte, daß er sie beobachtete. Immerhin hatte sie noch gesehen, daß er einen dieser kleinen Spiralblöcke in der Hand hielt, die Journalisten in Bonn benutzten, die auf sich hielten. Anne mochte Journalisten nicht sonderlich. Jedenfalls nicht die von der hungrigen Sorte, die vom Aufdecken ungeheuerlicher Skandale träumten und vom Pulitzerpreis –

oder von seinem deutschen Gegenstück, wie immer das hieß.

Erregte Männerstimmen rissen sie aus ihren Gedanken. Anne war plötzlich hellwach. Vor der Scheune standen sich zwei Männer wie wütende Bullen gegenüber, die Fäuste geballt.

»Krysztof!« Daß es ihre Aufgabe war, für Ruhe und Frieden zu sorgen, war eine Gewohnheit, die sich nicht so schnell abstellen ließ, wie ihre Tochter vielleicht wünschte. Und den Streit, den sie dort drüben kommen sah, wollte sie um fast jeden Preis vermeiden.

Der polnische Feldarbeiter hatte sich breitbeinig und mit gesenktem Kopf vor Sergej aufgebaut, dem Bruder von Ivanka, einem jungen Russen aus der Siedlung. Es war nicht das erste Mal, daß die beiden sich stritten. Über Politik, worüber sonst. Über die Vergangenheit und den Kommunismus und die NATO und die Zukunft. Als ob es nichts Näherliegendes gäbe, worüber sich zwei ehemalige Bewohner des untergegangenen Ostblocks nach dem Ende von über vierzig Jahren erzwungener Völkerfreundschaft zu streiten hätten ...

»Laß mal, Mama!« Rena hielt ihr abwehrend die erhobene Hand entgegen und ging mit geradem Rücken auf die Streithähne zu. Anne ließ sich wieder sinken. Sie hatte hier nichts mehr zu sagen. Daran mußte sie sich langsam gewöhnen.

Sie hatte eine andere Zukunft. Und daß der Gedanke daran sie nicht so fröhlich stimmte, wie sie gern wäre, hing nicht eben wenig mit Peter Zettel zusammen. Irgendwann hatte er damals neben ihr gestanden, sich wie sie mit einer Schulter an die Säule gelehnt und in die Menge gesehen. Die Fraktionssprecherin gab einem glatzköpfigen TV-Gesicht ein Interview und hatte ihre übliche professionelle Kühle gegen eine fast kindliche Freude ausgetauscht – jedenfalls schien sie auf den Fußspitzen zu federn und wischte sich alle naselang imaginäre Haarsträhnen aus dem Gesicht. Für viele ihrer Parteifreunde gingen heute abend Lebensträume in Erfüllung. Für Anne nicht – was eigentlich, bildete sie sich heute wie damals ein, fast gar nichts machte. Sie hatte frühzeitig darauf geachtet, daß die Träume, die sie sich erlaubte, nicht zu viel Platz einnahmen.

»Enttäuscht?« Sie hatte geglaubt, ein kleines ironisches Lächeln in seiner Stimme zu hören, und sich unwirsch zu ihm hingedreht, um ein paar Dinge klarzustellen.

»Ich meine – Sie haben verdammt hart gearbeitet dafür, oder?«

Nicht mehr, als sich gehört, hatte sie antworten wollen. Und daß die bisherigen Hochrechnungen auf ein recht ordentliches Ergebnis schließen ließen. Und daß das amtliche Endergebnis schließlich noch nicht feststehe. Und daß, im großen und ganzen gesehen, der Weg das Ziel sei – oder so ähnlich. Aber sie hatte nur mit den Schultern gezuckt. Was ging ihn das an?

»Ein paar tausend Stimmen mehr, und Sie wären drin gewesen.« Er ließ die Augen dem Pulk der Kameraleute und Pressefotografen folgen, die wieder hinter dem Kandidaten her waren, diesmal in die entgegengesetzte Richtung, zu einem weiteren der vielen improvisierten Fernsehstudios im Wandelgang außerhalb des Saals. Aber seine rechte Schulter berührte ihre linke. Und sie hatte es zugelassen.

»Sie hätten es verdient gehabt. Nach allem, was passiert ist.«

Was meinte er? Was wußte er? Sie erinnerte sich an das helle Mißtrauen, das damals in ihr emporgeflackert war.

»Die Partei hätte Ihnen einen besseren Listenplatz geben sollen.« Der Kerl ließ sich von seinem Thema nicht abbringen, obwohl ihm aufgefallen sein mußte, daß sie von ihm abgerückt war.

»Die Basis hat anders entschieden«, hatte sie sich kühl sagen hören.

»Die Basis?« Er hatte verächtlich geschnaubt.

»Und außerdem bin ich darüber gar nicht so unglücklich.« Warum glaubte sie eigentlich, sich dem Kerl gegenüber erklären zu müssen?

»Weil sonst womöglich alles wieder hochgekocht wäre? Die Vergangenheit? Der Verrat? Der Tod Ihres Mannes?«

Es hatte sich also herumgesprochen. »Und warum bohren Sie in alten Wunden? Journalistenneugier?« Sie mußte, trotz aller Wut, verletzt geklungen haben.

Er hatte erschrocken gewirkt, »Das wollte ich nicht!« gesagt und ihr die Hand auf den Unterarm gelegt, mit dieser intimen Geste, die gerade Mode war. Ihr war aufgefallen, wie lang und schmal seine Hand wirkte, Musikerfinger, hatte sie gedacht und ihm in die Augen gesehen. Braune Augen. Viel zu braune Augen.

»Ich hätte Sie gern erlebt im Bundestag.« Er guckte so treuherzig, daß sie ihm das fast geglaubt hätte. »Ich kenne den einen oder anderen in Ihrer Fraktion, auf den – oder die – ich gut verzichten könnte.« Die kannte sie auch. »Nur einer weniger, und Sie könnten nachrücken!« Sie mußte gegen ihren Willen lachen. Aus irgendeinem Grund gefiel er ihr plötzlich, der Schnösel mit den schönen Händen.

Und dann hatten sie das Für und Wider der anderen Kandidaten diskutiert. Ihr Protest war halbherzig gewesen, als er »Die kann weg!« rief, just in dem Moment, in dem Eva Seng mit hoch erhobenem Haupt vorbeischritt. Dabei hatte sie die Seng schon immer für eine hohle Semmel gehalten. Aber die Abgeordnete aus Fulda konnte auf Knopfdruck Gefühle zeigen – und das mochte die Basis. Annes Stärke war das nicht.

»Der kann weg!« hatte Peter Zettel auch noch bei zwei anderen künftigen Mandatsträgern aus Hessen gerufen. Von Alexander Bunge war, soweit sie sich erinnerte, nicht die Rede gewesen.

Als das letzte Kamerateam, der letzte Bildfotograf abgezogen und nur noch zwei ältere Herren übriggeblieben waren, die nicht mehr ganz nüchtern auf das jüngste und sehr weibliche Mitglied der künftigen Bundestagsfraktion ihrer Partei einredeten, hatte sie sich von ihm am Arm nehmen, aus dem Saal steuern und ein Taxi herbeiwinken lassen. Sie hatte noch heute sein Gesicht vor Augen, sein ernstes, plötzlich ungeheuer jung wirkendes Gesicht, wie er sich zu ihr herunterbeugte und sie durch die offene Wagentür hindurch fragend ansah. Sie hatte weder gelächelt noch irgend etwas gesagt, nur die Spannung gespürt bis in die Zehenspitzen. Dann war die Wagentür zugefallen. Sie war aufatmend ins Polster gesunken, hatte den Kopf an die Kopfstütze gelehnt und die winzige Spur von Enttäuschung weggewischt. Erst als die Tür auf der anderen Seite des Wagens aufging und er sich neben sie gleiten ließ, gestand sie sich ein, daß es das war, was sie wollte.

Einen Mann – ganz einfach.

Alles war ihr wie selbstverständlich erschienen – daß er ihre Hand nahm und dem Taxifahrer eine Adresse im Süden Bonns nannte. Die ganze Fahrt über hatten sich ihre Hände und Finger berührt, gestreichelt, erregt. Erst in seinem Appartement hatten sie sich geküßt, gleich hinter der Wohnungstür, noch bevor sie zugefallen war.

Erschrocken legte Anne die Hand auf die Wange. Ihr war heiß geworden. Verlegen blickte sie auf. Linde Steinhauer stand vor ihr, hatte die muskulösen Arme in die Seite gestemmt und guckte sie herausfordernd an. »Frau Abgeordnete wirken aber sehr weit weg!«

»Mach dir keine Sorgen, ich hebe schon nicht ab!« Anne versuchte, der Parteifreundin zuzublinzeln, aber Linde dachte nicht daran zurückzulächeln. Was vielleicht verzeihlich war – sie war damals die Unterlegene gewesen beim Kampf um einen noch halbwegs aussichtsreichen Listenplatz. Warum Anne bei der entscheidenden Abstimmung mit einer knappen Mehrheit gesiegt hatte, war ihr bis heute ein Rätsel. Schließlich war niemand im Kreisverband begeistert gewesen über den Wunsch des Parteivorstands, einer ehemaligen Politikerin Asyl zu gewähren, die vor Jahren und auch noch in einem Bundesland im hohen Norden von einem Tag auf den anderen den ganzen Bettel hingeschmissen hatte und nun wieder einsteigen wollte. Hier, in der Rhön. In einem Landstrich, in dem man erst nach mindestens dreißig Jahren Anwesenheit die bloße Anwartschaft auf Dazugehörigkeit erwarb.

Anne rutschte auf der Bank in eine etwas bequemere Position und nahm einen tiefen Schluck direkt aus der Bierflasche. Diesen guten alten Brauch mußte sie sich wahrscheinlich auch abgewöhnen, in Berlin. In den besseren Kreisen, zu denen Volksvertreter aus irgendeinem Grund zählten. Wieder strich sie sich die Haare hinter das Ohr. Viel zu dünn, dachte sie – zu glatt, zu blond, zu schlicht für die Politszene in Berlin, für die Objektive der Foto- und Fernsehkameras und die kritischen Augen der Kolleginnen. Und eine modischere Brille könnte sie sich auch mal wieder leisten.

Der Wind hatte nachgelassen, die Fetzen blauen Himmels über der Kastanie schienen größer geworden zu sein. Plötzlich wünschte sie sich mit einem ziehenden Schmerz irgendwo da, wo sie das Herz vermutete, hierbleiben zu dürfen und sich nicht aussetzen zu müssen – dem Neuen und dem Alten ... Der Vergangenheit und der Erinnerung an eine Szene, die sie am liebsten vergessen hätte – wenn ihr das nur gelingen würde.

Sie hatte sich damals spät in der Nacht – eigentlich war es schon früher Morgen gewesen – vor Peter Zettels Wohnungstür wiedergefunden, draußen, im dunklen Treppenhaus, die Schuhe in der Hand, der Rock verrutscht, mit von seinen Küssen schmerzenden Lippen. Auf der Flucht.

Sie hatte zehn Minuten laufen müssen, bis sie ein Taxi fand, das sie zu ihrem Hotel brachte. Bonn machte auch im fahlen Morgenlicht keinen besonders einladenden Eindruck. Und plötzlich hatte sie das Gefühl angefallen, nicht nur ihre Partei und die Wähler, sondern auch die Stadt hätten sie als unwürdig verworfen. »Wir brauchen dich hier nicht« las sie auf den abweisenden Fassaden des Hauses der Geschichte, in den dunklen Fenstern vom Museum König. Niemand brauchte, keiner wollte sie – auch nicht der Mann, vor dem sie soeben geflohen war.

Am nächsten Morgen starrte sie im Frühstücksraum des Hotels, in dem es nach gekochten Eiern und abgestandenem Zigarettenrauch roch, so lange in ihren Kaffee, bis er kalt geworden war und ölige Schlieren zog. Als Rena sie Stunden später im Bahnhof von Haslingen abholte, hätte sie vor Erleichterung fast geweint.

Sie hatte wochenlang damit zugebracht, sich den Film immer wieder vorzuspielen, um endlich zu begreifen, was geschehen war. Rena war erst verständnisvoll gewesen und dann immer ungeduldiger geworden, wenn Anne wieder einmal mitten in der Arbeit innehielt und in die Luft starrte. Einmal hätte sie sich fast den halben Daumen abgesäbelt, als sie beim Schneiden von Lammkoteletts mit der Knochensäge ins Tagträumen geraten war.

»Du bist Landwirtin, nicht Bundestagsabgeordnete!« Rena hatte hilflos und frustriert ausgesehen, die dunklen Augenbrauen zusammengezogen, der Mund ein schmaler Strich. »Dir gehört der Weiherhof, du bist Mitglied bei ›Bioland‹, deine Kälber und Schweine, deine Lämmer, Enten und Gänse sind gesund und glücklich, du hast eine Tochter, die dir den Reitstall führt, und wir verdienen genug für vier – solange du anpackst, statt verlorenen Chancen hinterherzujammern!« Sie mußte ihre Tochter völlig fassungslos angesehen haben. Rena war nach einer Weile mit gesenktem Kopf auf sie zugekommen, hatte sie ungelenk umarmt und »Geh doch einfach mal wieder reiten!« gesagt.

Ihre Tochter hatte geglaubt, sie trauere dem verpaßten Mandat hinterher. Anne schüttelte den Kopf. Rena wäre wahrscheinlich nicht für fünf Minuten auf die Idee gekommen, der sonst so kühlen Mutter gehe die Geschichte mit einem Mann nicht aus dem Kopf – besser gesagt: die Kränkung, die er ihr zugefügt hatte. Und die ewige Frage: Warum? Am Ende blieb ihr nur eine Erklärung – die allerkränkendste von allen. Der Gedanke daran drückte ihr auch heute noch auf den Magen. War sie schon zu alt?

Als sie aufblickte, sah sie in die Augen Paul Bremers, der wieder diese steile Furche zwischen den Augenbrauen hatte. Wie lange er ihr wohl schon zusah? Und was hatte er gelesen in ihrem Gesicht?

»Komm, Paul, bitte! Du guckst mich an, als ob du um meine geistige Gesundheit fürchtest!« Sie griff in ihrer Verlegenheit wieder zur Bierflasche.

»Wenn du's nicht selber gesagt hättest ...«

»Danke der Nachfrage! Mir geht's prima!«

Bremer ließ sich neben sie gleiten und zeichnete mit dem Finger Muster in die nassen Ringe, die Gläser und Krüge auf dem Tisch hinterlassen hatten.

»Es geht dir wohl sehr nahe, oder?«

Was zum Teufel meinte er?

»Ich meine: Schön, daß du jetzt doch noch in den Bundestag kommst. Mehr oder weniger jedenfalls. Aber daß dafür einer abtreten mußte ...«

Sie mußte ihn für einen Moment ratlos angesehen haben. Dann hatte sie sich gefangen und nickte. Bremer dachte, im Unterschied zu ihr, ans Naheliegende.

»Und dann auch noch – so dramatisch ...« Er guckte sie noch immer an. Sag doch was, Anne, dachte sie. Etwas Pietätvolles. Und möglichst nicht die kleine, schmutzige Wahrheit, daß du nicht an den armen Verblichenen, sondern an einen Mann gedacht hast, den du noch nicht einmal einen ehemaligen Liebhaber nennen darfst, denn bevor es dazu kommen konnte, hast du die Flucht ergriffen ...

»Über die Motive gibt es wohl noch immer keine Klarheit.« Jetzt guckte Bremer so, als ob er sich wirklich Sorgen um ihren Geisteszustand machte.

Sie riß sich zusammen und nickte. »Es kommt selten vor, daß man ein Mandat antritt, weil einer gestorben ist. Normalerweise liegt die Lebenserwartung eines Abgeordneten gut über dem Landesdurchschnitt.«

»Wie hast du davon erfahren?«

»Per Telefon. Morgens um halb acht.« Ihr stand vor Augen, wie sie ausgesehen haben mußte, als das Telefon klingelte. Sie war aus dem Kühlhaus gekommen, ungeschminkt, in nicht mehr ganz sauberen Leggins und einem karierten Flanellhemd, die Haare im Nacken wie üblich zusammengezwirbelt, das Geschirrtuch in der Hand, mit dem sie sich die Hände abwischte, bevor sie den Hörer aufnahm. So stellte man sich ein potentielles Mitglied des Bundestags gemeinhin nicht vor.

»Der Mann hat sich einen Spaß draus gemacht. Erst höre

ich ihn sagen: ›Sie sind Abgeordnete des Deutschen Bundestags‹.« Sie versuchte, die betuliche, sonore Stimme nachzuahmen. »Und dann: ›Hier ist der Bundeswahlleiter. Nehmen Sie die Wahl an?‹« Sie hatte »Wieso?« und »Warum?« gestottert. »›Der Abgeordnete einen Platz vor Ihnen auf der Landesliste ist unerwartet abgelebt …‹ – du hättest deine Freude an diesem feinsinnigen Sprachgebrauch gehabt.«

»Mehr nicht?«

»Mehr nicht.« Die Details hatte sie erst aus der Zeitung erfahren. Alexander Bunge war in Frankfurt vom Kirchturm gefallen – ob unbeabsichtigt oder freiwillig, wußte niemand, über letzte Worte oder einen Abschiedsbrief war nichts bekannt. Dennoch deutete alles auf Selbstmord hin. Das passende Motiv dafür lieferte die Geschichte, die eine Woche zuvor im »Journal« erschienen war, in der Zeitung, für die Peter Zettel arbeitete, der mit dem Bundestag von Bonn nach Berlin umgezogen war.

»Er soll sich Kinderpornographie reingezogen haben. Aus dem Internet.« Man sah Paul an, wie befremdlich er auch nur den Gedanken daran fand.

Anne nickte. So hatte es in der Zeitung gestanden – schwer vorstellbar, eigentlich. Der bärtige, drahtige Bunge mit dem Flair einer mittleren deutschen Führungskraft war ihr gar nicht als der Typ für so was erschienen. Aber was sah man Leuten schon an?

Anne öffnete die Jacke, unter der ihr warm geworden war, und streckte die Beine aus. »Ganz so hatte ich mir meinen Einzug in den Bundestag nicht vorgestellt. Außerdem« – sie beschrieb mit der Linken einen Bogen, der den Hof und ihre Nachbarn, der sogar Paul Bremer umfaßte. »Außerdem werde ich das alles hier vermissen.« Sie fürchtete einen Moment lang, daß er »Mich auch?« fragen würde. Statt dessen starrte er sie lange an, sagte »Trotzdem viel Glück«, stand auf und ging zum Nebentisch.

Anne ließ sich auf der Bank zusammensinken, so als ob sie sich unsichtbar machen wollte in der Menschenmenge um sie herum. Alexander Bunge war in den Parlamentsferien gestorben. Sie hatte deshalb zunächst niemanden erreicht, der ihr sagte, was sie zu tun hatte. Alle waren im Urlaub gewesen – in Umbrien. Oder in der Toskana. Oder in der Provence – was eben so angesagt war in ihrer Partei. Schließlich war sie allein nach Berlin gefahren, um ihren Bundestagsausweis abzuholen und sich für das Parlamentshandbuch fotografieren zu lassen. Die neuen Privilegien, samt Jahresnetzkarte für die Deutsche Bahn, wurden ihr wie ein Päckchen Kaugummi überreicht. Damals hatte sie kurz daran gedacht, den Versuch, in die Politik zurückzukehren, zum Irrtum zu erklären. Verunsichert und unzufrieden war sie wieder zurückgefahren, ohne sich mit einem ihrer alten Freunde und Bekannten in der Hauptstadt zu verabreden. Auch nicht mit Peter Zettel, obwohl sie kurz daran gedacht hatte.

Seit einigen Wochen telefonierten sie wieder miteinander. Erst war sie abweisend gewesen, und dann hatte sie unverbindlich-freundlich getan. Er sollte schließlich nicht glauben, daß er sie verletzt hatte – daß sie noch immer verletzt war. Er hingegen hatte sich fast überschlagen vor Herzlichkeit. »Wir werden uns bald wiedersehen, Anne« – Absenken der Stimme. Und dann, bedeutungsvoll: »Hier – in Berlin.« Bei ihrem letzten Telefongespräch hatte er sich angehört, als hätte er Bunge höchstpersönlich vom Kirchturm gestürzt, nur um ihr einen Gefallen zu tun und recht behalten zu haben. »Hab ich's dir nicht gesagt?« Erschüttert hatte ihn das Schicksal Bunges jedenfalls nicht. »Wir sehen uns wieder!«

Sie hatte ihn längst wiedergesehen, Monate vorher, allerdings ohne daß er davon Kenntnis genommen hätte – zur ersten Sitzung des Bundestags im frisch renovierten alten Reichstag, in diesem von der Geschichte gebeutelten Gebäude, einst Symbol für das Scheitern der deutschen Demokratie.

Anne kannte das Gebäude noch als halbe Ruine, als schwärzlichen, nur notdürftig erhaltenen Klotz nördlich vom Brandenburger Tor, jenem Tor, das in den langen Jahren des kalten Kriegs zum Symbol der deutschen Teilung geworden war. Seit sich der Bundestag nach der deutschen Wiedervereinigung für Berlin als Hauptstadt entschieden hatte, war der Reichstag aufwendig umgebaut und mit einer neuen Kuppel versehen worden.

Sie hatte sich auf eine Enttäuschung gefaßt gemacht. Wahrscheinlich war von dem alten Symbol nichts übriggeblieben unter all dem Beton und der neuen Funktionalität. Aber als sie vor der sauber gebürsteten Fassade stand, vor dem Schriftzug »Dem deutschen Volke«, war ihr seltsam feierlich zumute gewesen – und als dem Bundestagspräsidenten der Schlüssel übergeben wurde, hatte sie einen Kloß im Hals gehabt. So sentimental kannte sie sich gar nicht.

Auch innen begegnete das Neue dem Alten. Sie glaubte, unter all dem großzügig verarbeiteten Beton die Verletzungen noch sehen und spüren zu können, die dem Gebäude in seiner Geschichte zugefügt worden waren – und all den Menschen, die Teil der besseren deutschen Geschichte sind. Die Abgeordneten des Kaiserreichs, allen voran die der größten Oppositionspartei, der Sozialdemokratie. Die Abgeordneten der Weimarer Republik, von denen viel zu viele nicht begriffen hatten, welch fragiles Glück eine parlamentarische Demokratie war. Als Soldaten der Roten Armee nach dem Sieg 1945 triumphierend ihre Fahne auf das Dach des zerstörten Gebäudes setzten, das sie für ein Symbol Nazideutschlands hielten, waren sie einem Irrtum aufgesessen. Unter den Nazis tagte man hier nicht mehr.

Plötzlich war in ihr ein verwirrendes Glücksgefühl emporgestiegen: Die rührende Vorstellung, daß es doch noch gut werden könnte für und mit Deutschland, ja, daß womöglich gerade dieses gezeichnete Haus Versöhnung zustande bringen könnte – der erfolgreichen deutschen Nachkriegsdemokratie mit der düsteren Geschichte des Landes. Sie hatte sich von ihrer eigenen Sentimentalität überwältigen lassen. Das mußte sie durchlässig gemacht haben für andere Gefühle – und damit verletzlich für die Begegnung, mit der sie doch eigentlich hatte rechnen müssen.

»Schade, daß du nicht dabei bist«, hatte Emre Özbay gerade zu ihr gesagt, der Liebling der meisten Frauen und einiger Männer im Bundestag. Der Sohn türkischer Eltern aus Melle hatte in jenem Fragebogen, den nur Prominente zur Beantwortung vorgelegt bekommen, auf die Frage: »Wer oder was möchten Sie am liebsten sein?« mit dem politisch überaus unkorrekten Satz »Das Badewasser einer schönen Frau« geantwortet.

»Es gäbe da die eine oder andere der lieben Kolleginnen, auf die ich zu deinen Gunsten gern verzichtet hätte.« Emre hatte sie freundschaftlich um die Schulter gefaßt. Fast wäre sie ihm um den Hals gefallen.

Das wäre unzweifelhaft das Beste gewesen, dachte Anne und hielt ihr Gesicht in den Sonnenstrahl, der durch die Krone der Kastanie zu ihr nach unten fiel. Dann hätte sie ihn nicht gesehen, wie er da stand, tief ins Gespräch vertieft. Sie mußte ihn angeglotzt haben wie ein frisch geborenes Kalb – und wäre fast mit der blöden Seng zusammengeprallt, so abrupt war sie stehengeblieben.

Anne schnaubte. Was hatte sie bloß hysterisch reagiert –

auf einen völlig unwichtigen Kerl, der sie im übrigen gar nicht wahrnahm, so intensiv redete er auf seine Begleiterin ein, eine dunkeläugige, dunkelhaarige, sportlich wirkende Frau, an der alles ausladend war – der Mund und die Nase und die Tasche, die sie unter den Arm geklemmt trug. Nur ihre Brille war unproportioniert schmal. Oder war das gerade Mode in Berlin? Emre war ihren Blicken gefolgt.

»Kennst du Zettel, das Investigationsgenie vom ›Journal‹?« Sie hatte stumm genickt. »Die mit dem großen Mund neben ihm haben sie vom ›Magazin‹ abgeworben – für ein Spitzengehalt.« Emre streckte ihr die gespreizte rechte Hand und den Daumen der linken Hand entgegen und bewegte sie zweimal vor und zurück. Für eine sechsstellige Summe also, mit einer Zwei vorne dran. »Isolde Menzi. Das Sturmgewehr von Seite 3.« Das paßt ja wie die Faust aufs Auge, hatte Anne gedacht und sich weggedreht von den beiden.

Sie hätte sich die Mühe nicht zu machen brauchen. Sie war Luft gewesen für ihn. Auch beim Sektempfang nach der Eröffnungsveranstaltung sah er nicht ein einziges Mal zu ihr hin. Wenigstens einige der Journalisten und Politiker erkannten sie wieder – sie war noch nicht so vergessen, wie sie geglaubt hatte.

Nach zwei Gläsern Sekt und nachdem sie lange genug zugehört hatte, wie Emre und ein paar seiner Kollegen über ein Abstimmungsproblem verhandelten, das sie nicht verstand, löste sie sich aus der Versammlung und machte sich allein auf den Weg durch das Haus. Erst als sie oben auf der Terrasse stand, über der sich die neue Reichstagkuppel wölbte, konnte sie wieder durchatmen. Den Ausblick hatte sie noch heute vor Augen. Hinter dem Panorama von Kränen leuchteten Türme und Kuppeln in der Aprilsonne, über die ab und an dicke weiße Wolken segelten. Wie im

Rausch hatte sie jedes Detail in sich aufgesogen – wie ein trockener Schwamm. Die Landfrau war noch immer ein Stadtmensch.

Erst nach und nach hatte sie wahrgenommen, daß neben und hinter ihr eine Gruppe von Besuchern stand, die einem weißhaarigen älteren Herrn zuhörten, der ihr bekannt vorkam.

»Sie sind wohl mit allen Baustellen der Berliner Republik vertraut!« sagte einer der Zuhörer. Die anderen lachten. *Alle* Baustellen? hatte sich Anne gefragt. Die neue alte Hauptstadt schien daraus zu bestehen – aus Baggergruben, Bauskeletten und entkernten Altbauten.

»Mit den meisten«, sagte der alte Herr und räusperte sich. »Und mit ihrer Vorgeschichte.«

Anne hatte die Ellenbogen auf die Balustrade gelegt und versucht, dem Blickwinkel zu folgen, den der ausgestreckte Arm des Mannes wies.

»Schauen Sie – wie klein das Brandenburger Tor von hier aus wirkt!« Wie Spielzeug leuchteten die Viktoria und der Streitwagen mit den vier Pferden, auf dem sie stand, zu ihnen herüber.

»Dahinter: der Pariser Platz. Und südlich davon – sehen Sie die lang geschwungene Reihe von Plattenbauten? Das ist die Wilhelmstraße.«

»Da hat der Teufel gewohnt«, sagte eine Stimme hinter Anne. Die Stimme ließ sie frösteln. Sie drehte sich nicht um.

Der Weißhaarige machte eine Pause. »Dort stand früher die alte Reichskanzlei.« Alle nickten. »Und im rechten Winkel dazu wurde die neue Reichskanzlei gebaut. Sehen Sie?« Anne sah nur Baukräne. »Von uns aus gesehen rechts davon lagen die sogenannten Ministergärten.« Wieder nickten alle. »Auf dem umzäunten Gelände vorn entsteht das Mahnmal für die ermordeten Juden Europas.«

»Und was erinnert an die Täter?« brummte der Mann hinter Anne halblaut.

»Und dahinter? Was war da?« Anne konnte von hier oben aus nicht erkennen, welches Areal die junge Frau meinte.

»Zu DDR-Zeiten stand dort die Mauer. Und der Todesstreifen.«

»Und davor?«

Der alte Herr war erstarrt. Täuschte sich Anne? Oder hatte sich der Mann sogar bekreuzigt?

»Dort endete das ›Dritte Reich‹ in Blut und Flammen«, sagte die Stimme hinter ihr, fast tonlos jetzt.

Anne erinnerte sich an das Stimmengewirr um sie herum und daran, daß sie sich erst später zusammengereimt hatte, was der Mann hinter ihr gemeint haben könnte. Dort, in direkter Nachbarschaft zum künftigen Mahnmal, mußte der Garten der Reichskanzlei gewesen sein, in dem Soldaten der Roten Armee die halb verkohlten Leichen gefunden hatten – von Adolf Hitler und Eva Braun, die im Führerbunker nebenan Selbstmord begangen hatten.

Der Gedanke daran ließ sie schaudern. Sie wickelte sich fester in ihre Jacke. Die Bilder vom zertrümmerten Berlin, der Gedanke an den Schuß, mit dem der Verbrecher sein Leben beendet hatte – das alles stand ihr so lebhaft vor Augen, daß sie erschrocken aufschrie, als etwas auf ihrer rechten Schulter aufprallte, direkt neben dem Kragen ihrer Jacke. Ein Schuß? Ihre Hand faßte in etwas Warmes, Feuchtes. Dann verbreitete sich bestialischer Gestank – ein scharfer, beißender Geruch nach Ammoniak und etwas anderem, etwas Undefinierbarem und zugleich Vertrautem. Hastig sprang sie auf.

»Was ist los?« fragte erschrocken ihre Tischnachbarin. »Was ...« Und dann begann Herta zu lachen.

Anne ignorierte Hertas Heiterkeitsanfall und schlüpfte mit zitternden Händen aus der Jacke. Über ihr rauschte es in der Kastanie. Dann flatterte eine große Elster davon, mit einem schlechtgelaunten »Krah!«

Anne ließ sich auf die Bank zurücksinken und nahm die Serviette, die Paul Bremer ihr entgegenstreckte, um sich die Finger zu säubern und den restlichen Elsterschiß notdürftig von ihrer Jacke zu entfernen.

»Sei froh, daß du nach Berlin gehst«, sagte Monika Seidlitz mit gespieltem Mitleid.

»Dort scheißen dir höchstens die Tauben auf den Kopf«, fügte Paul hinzu. »Die sind kleiner.«

Gut, dachte Anne, wenn man Nachbarn hat.

3

Berlin

Becker klopfte mit dem Bleistift auf den Block, der vor ihm auf dem Konferenztisch lag. Er haßte die morgendlichen Sitzungen, zu denen alle zu spät kamen – außer ihm. »Des Rätsels Lösung ist: Du kommst einfach zu früh, Hansi«, hatte Jo Eyring kürzlich behauptet, ihm betont sanft die Hand auf die Schulter gelegt und unverschämt gegrinst dabei. So konnte man es auch sehen, wenn man unbedingt wollte.

Durch die geöffnete Tür hörte er Isolde reden. Sie telefonierte immer noch so, als ob die Segnungen der digitalen Revolution nicht existierten und sie Entfernung mit Lautstärke ausgleichen müßte. »Das kann jeder passieren«, trompetete sie gerade. »Das haben wir alle mal gemacht. Eine Abtreibung ...« Die Person am anderen Ende der Verbindung schien einen Einspruch zu wagen. »Ach was! Du nimmst ein Taxi, Annalena, und nach einer halben Stunde ist alles vorbei!«

Becker krümmte sich auf seinem Stuhl, stellvertretend für Annalena, die offenbar noch immer nicht begriffen hatte, daß ihr Schicksal zum Fortsetzungsroman für die gesamte Redaktion geworden war. Das hatte vor etwa drei Monaten damit angefangen, daß Annalena über den lustlosen Sex mit ihrem Angetrauten geklagt haben mußte. »Probier's mal mit einem anderen!« hatte Isolde ihr lautstark empfohlen. Daran mußte sich Annalena gehalten haben, denn in den Wochen danach nahm die halbe Redaktion am Liebestaumel der angeblich besten Freundin der angeblich besten Journalistin des Hauptstadtbüros teil.

Hans Becker verzog das Gesicht. Er für seinen Teil hätte auf eine solche Freundschaft längst verzichtet. Isolde Menzi schonte nichts und niemanden, zugegebenermaßen auch sich selbst nicht, aber meistens waren die anderen das Opfer. Wie die unglückselige Annalena, deren neue Liebschaft nicht ohne Folgen blieb. Sie war nach kürzester Zeit schwanger und ihren Ehemann los. »Heiratet er dich wenigstens?« hatte Isolde in scharfem Ton gefragt. Gemeint war der neue Liebhaber. Dem »Ach so!« und »Hmmmh!« und dem etwas tiefer intonierten »Also so ein Schwein!« hatten Becker und alle anderen entnehmen können, daß nein. Und nun mußte also auch die Leibesfrucht dran glauben.

Becker sah auf die Uhr und ließ den gelbschwarzen Faber Castell sanft und rhythmisch gegen das Wasserglas prallen. Isolde war erst seit kurzem beim »Journal« – eingekauft als knallharte Analytikerin und als beißwütiger Terrier, der keinen Fall losließ, den er mal gepackt hatte. Beides traf zu, das mußte er neidlos zugeben. Er nickte dem Kollegen Schiffer zu, der mit gerunzelter Stirn ebenfalls auf seine Uhr sah, bevor er sich an der gegenüberliegenden Seite des runden Tischs niederließ und in dem Packen von Bundestagsdrucksachen zu blättern begann, den er mitgebracht hatte. Isolde ließ sich niemals einschüchtern, roch jeden Skandal, kannte keine Rücksichten, war immer an vorderster Front.

Schade, daß wir gerade keine Front haben, dachte Bekker. Denn in der Redaktion war sie eine ziemliche Nervensäge, die Kette rauchte, unermüdlich Kaffee kochte und andauernd telefonierte, mit einer Lautstärke, der man sich auch bei geschlossenen Türen nicht entziehen konnte. Ihre Neugier war unerschöpflich, ihre Präsenz übermächtig. Becker versuchte stets, den Abstand zu ihr möglichst groß zu halten. Ihm blieb die Spucke weg in ihrer Nähe. Alles an ihr war zu laut: Ihre Stimme. Ihre Kleidung. Ihr Lippenstift. Sie nahm ihm den Atem.

Er krauste die Nase in Erinnerung an ihren Geruch. Besonders schlimm war es, wenn sie frisch geduscht von ihrer täglichen Aerobicstunde kam, geradezu dampfend noch von der körperlichen Anstrengung. Einmal war sie strahlend und dynamisch ins Büro gekommen, hatte ihre Sporttasche fallen lassen und sich über den Schreibtisch gelehnt, ihm entgegen, wahrscheinlich nur, um ihm etwas zuzuflüstern. Es hatte ihm die Brillengläser beschlagen. In Panik hatte er seinen Stuhl nach hinten rollen lassen, »'tschuldigung« gemurmelt und war auf die Toilette geflohen. Ihr Parfüm – es mußte ihr Parfüm gewesen sein. Es hatte ihn plötzlich an das Mückenspray erinnert, mit dem seine Oma immer das Kinderschlafzimmer eingenebelt hatte – bevor alle Welt wußte, wie gefährlich das war.

Vielleicht war es auch ... Hans strich mit der Fingerspitze über die lange weiße Narbe an seiner Schläfe und streckte die Beine von sich. Vor ein paar Wochen, als er wieder einmal versucht hatte, sich dünne zu machen in ihrer Gegenwart, hatte sie sich zu ihm umgedreht, ihm ins Gesicht geguckt und dann, ausnahmsweise einmal leise, gesagt: »Du hast Angst vor mir, Hansi.« Er hatte wie das Kaninchen im Angesicht der Schlange zurückgeguckt. Fast hätte er ergeben genickt. Aber dann hatte Gott sei Dank der Alte nach ihr gerufen.

»MENZI!« Becker zuckte zusammen. Sonnemann war ins Zimmer gekommen, schlechtester Laune, wenn man nach dem Klang seiner Stimme ging und der robusten Zielstrebigkeit, mit der er zu seinem Sessel ging. »Verdammtes Weib!« murmelte der Redaktionsleiter, ließ sich in den Sitz fallen und knallte den Stenoblock auf die Tischplatte.

»Wo ist Zettel?« Keiner sagte was. »Wieder nicht da. Bin ich denn hier unter lauter Idioten?« Auch das mußte man nicht kommentieren. Es gehörte zum morgendlichen Ritual. Ebenso wie der kalte Luftzug, der Isoldes Auftritt begleitete, denn sie pflegte im Vorübergehen stets demonstrativ ein Fenster aufzureißen – als rituellen Protest gegen das Rauchverbot während der Konferenzen. Heute trug sie zum eisblauen Blazer ein knallrotes Tuch, registrierte Hans, als Isolde mit dem gewohnten »Ratsch!« das Fenster hinter seinem Rücken öffnete.

»Guten Morgen!« sagte sie und zeigte die Zähne.

»Wird auch Zeit!« Sonnemann ließ sich zu keinen Höflichkeiten hinreißen. »Wo ist Zettel?«

Isolde guckte, als ob ihr das passende biblische Zitat vorübergehend entfallen wäre. »Soll ich meines Bruders Hüter sein?« murmelte Becker.

»Was?« brüllte Sonnemann.

Das heißt »Wie bitte«, dachte Becker und ließ sich noch ein paar Zentimeter tiefer in den Sessel sinken. Er hatte sich noch immer nicht an den Ton gewöhnt, der in das früher so beschauliche Berliner Büro eingezogen war, seit Sonnemann die Geschäfte führte. Sonnemann mit dem kahlen Schädel und dem Stiernacken und dem breiten Kreuz. Sonnemann, das Tier. Sonnemann, der Vater der Kompanie. Trotz seines rauhen Tons wußten in der Redaktion alle, was sie an ihm hatten. Im Ernstfall stand er eisern hinter ihnen – vor allem gegen »die da oben«, gegen die Chefredaktion im hohen Norden. Wirklich gefährlich war er erst, wenn er leise oder gar höflich wurde.

Hinter ihm ging die Tür auf. »Herr Sonnemann?« Die Sekretärin, Frau Novak, war die einzige hier, die der Büroleiter zu respektieren schien. Ihre kurzen schwarzen Haare waren graumeliert, und sie wirkte in ihrer dunkelgrauen Bügelfaltenhose mit der weißen Bluse und der gestreiften Weste »tipptopp«, wie Beckers Mutter sagen würde. Unwillkürlich mußte er beim Gedanken an den spitzen Mund grinsen, den seine Mutter immer gemacht hatte, wenn sie »tipptopp« oder »1a« oder »einwandfrei« sagte.

»Ein Herr von der Frankfurter Staatsanwaltschaft ist am Apparat. Es sei dringend.« Becker sah der Novak an, daß sie am liebsten »Das sagen sie alle!« hinzugefügt hätte. Noch spitzer hätte sie nur reagiert, wenn der Staatsanwalt eine Staatsanwältin gewesen wäre. Die Novak hielt nichts von Frauen, die sich »überhoben«, wie sie es gern nannte – die eine andere Rolle anstrebten als jene dienende, die sie nun schon seit über 30 Jahren mit Perfektion ausfüllte. Isolde und sie führten deshalb von Beginn an eine Privatfehde, die man Krieg nennen müßte, wenn die Novak sich nicht auf eine Guerillataktik der stillen Verweigerung und beiläufigen Sabotage beschränken würde.

Sonnemann murmelte mißmutig vor sich hin, warf den Kugelschreiber neben den Notizblock und stand auf. »In fünf Minuten!« sagte er drohend in die Runde. Als er aus der Tür war, setzte das übliche Stimmengewirr ein.

»Ja, wo ist er denn, dein Freund Zettel?« rief Eyring über den Tisch in Richtung Isolde, die eine aufgeklappte Puderdose in der Hand hielt und sich die Lippen nachzog. Dabei waren die weiß Gott rot genug, dachte Becker, der ihr fasziniert und abgestoßen zugleich dabei zusah.

Isolde preßte die Lippen gegeneinander und rollte sie dreimal hin und her. »Woher soll ich das wissen? So dicke sind wir nicht!«

»Man fragt ja nur!« Eyring lachte, als ob er einen guten Witz gemacht hätte. Vom niederen Antrieb des Ehrgeizes abgesehen, den Zettel und Menzi gemein hatten, waren die beiden grundverschieden. Zettel machte auf bescheiden und verstand es, seinen Informanten das Gefühl zu geben, er täte ihnen einen Gefallen, wenn sie ihm Auskunft gaben. Isolde war offen, direkt und fordernd. Hans Becker wünschte sich manchmal, sich von beiden eine Scheibe abschneiden zu dürfen: Von Peter Zettel hätte er gern die strategische Raffinesse und von Isolde ihr unerschütterliches Selbstbewußtsein. Und weil es ihm an beidem mangelte, hieß er bei fast allen in der Redaktion Hansi. Und nicht Hans. Hansi, der kleine, unauffällige Blindgänger, dem die Brille beschlug, wenn er verlegen war. Hansi in der Grube.

»Na, Hansi? Bist du weitergekommen mit deiner Geschichte? Du weißt ja: Wer schreibt, der bleibt!« sagte Eyring neben ihm mit dick aufgetragenem Mitgefühl in der Stimme.

»Danke der Nachfrage«, hörte Becker sich wie aus weiter Ferne höflich antworten – statt dem blöden Kerl eins in die Fresse zu geben. Eyrings Geschichten hatten es auch schon lange nicht mehr auf die Seite 3 geschafft.

»Man fragt ja nur«, murmelte Jo und klopfte ihm auf den Arm.

Die Seite 3 war Lillys Revier, das sie sich huldvoll mit Isolde Menzi teilte. Isolde war keine Konkurrenz für Lilly E. Meier. Beide waren auf ihre Weise konkurrenzlos. Isolde war die knallharte Analytikerin und Lilly die Meisterin der Geschichten mit dem *human touch* – Kinder und Frauen zuerst. Sie hatte Lichterketten ausgelöst mit der Schilderung des Lebens einer Rollstuhlfahrerin, in deren Gesicht Neonazis ein Hakenkreuz geritzt hatten. Ihre Geschichte über den kleinen Mehmet, dessen ganze Familie ermordet worden war, hatte es bis in die Bundestagsdebatte geschafft, in der über einen Nothilfeeinsatz der Nato im Krisengebiet entschieden worden war. Wer weiß – vielleicht war es sogar Lillys Rührstory gewesen, die auch die zunächst skeptische Mehrheit der Abgeordneten von der Notwendigkeit des Eingriffs überzeugt hatte.

Die beiden Frauen konnten unterschiedlicher nicht sein. Nicht nur äußerlich: Isolde war auffallend, dunkel, laut und weiblich – Lilly war klein, dunkelblond, sanft und jungenhaft. Die Menzi konnte einen Verstand haben wie ein Rasiermesser – Lilly schien manchmal überzulaufen vor Gefühl. Und während Isolde bei jedem Prozeß dabeigewesen war, den man nach dem Mauerfall den unwürdigen Greisen, den ehemaligen Herrschern der DDR, machte, hatte die gute, zarte Lilly den Egon-Erwin-Kisch-Preis für ein Thema eingeheimst, das so abseitig war, daß ihr die gesamte Redaktion allein für die Idee jeden Preis der Welt zugestanden hätte. Lilly E. Meier hatte in monatelanger Kleinarbeit in Erfahrung gebracht, was aus den ehemaligen DDR-Grenzschützern und ihren treuen Begleitern, den Wachhunden, geworden war. Die Berichte aus der Welt der unverbrüchlichen Liebe zwischen Herr und Hund waren derart herzzerreißend, daß sogar Hans Becker sich bei einem Gefühl der Rührung ertappte. Seine Mutter hatte sich damals jede Nörgelei an der Geschichte verbeten. Sie war allein bei dem Gedanken an das Schicksal von Burschi, dem Schäferhund von Exgruppenführer Ewald, in Tränen ausgebrochen.

Becker zeichnete Striche und Kringel auf seinen Block. Er ärgerte sich über Jo Eyring – aber mehr noch über sich selbst. Er hatte einen unverzeihlichen Fehler begangen, einmal, nur einmal, nach einem außerplanmäßigen Glas Bier. Er hatte Peter Zettel davon erzählt, was ihn im Innersten antrieb bei seinem Beruf. Peter Zettel hatte nichts Eiligeres zu tun gehabt, als es jedem in der Redaktion weiterzuerzählen. Seither erntete Becker Sticheleien und Seitenhiebe, wenn wieder einmal eine seiner Geschichten nicht ins Blatt gekommen war – wie eben von Eyring. Der war fast so schlimm wie Zettel. »Das große Ganze, gell, Hansi?« hatte Zettel letzte Woche verschwörerisch geflüstert. »Hier greift wieder ein Zahnrad ins andere, oder, Becker?«

Hans Becker hatte dem Kollegen Zettel gestanden, daß er sich am wohlsten fühle als Rädchen in der Maschinerie. Er hatte das »Journal« mit einem alten Ozeanriesen verglichen, geschwärmt von den riesigen Pleuelstangen und Schwungrädern seiner Maschinen, die sich erst langsam, dann immer schneller in Bewegung setzten, vom Stampfen und Schlingern des Riesen und von der großen Fahrt, die nichts und niemand aufhalten konnte. (»Auch kein Eisberg?« hatte Zettel ironisch dazwischen gefragt.) So jedenfalls kam es ihm vor, wenn das Blatt zu jener gigantischen Kollektivleistung ausholte, für das es berühmt war: Vor wichtigen Wahlen, bei der Aufdeckung großer Skandale hatte jeder, auch noch die flatterhafteste Edelfeder, sein Gewicht in die Schale zu werfen fürs große Ganze. Dabeisein zu dürfen, war wichtiger als ein bißchen vorübergehender Ruhm auf Seite 3 – hatte Hans Becker Peter Zettel erzählt.

Becker seufzte auf und griff zur Flasche mit dem Orangensaft, die vor ihm stand. Seine Kollegen tranken Kaffee, höchstens mal ein Mineralwasser. Nie Cola. Und abends Alkohol, meistens zuviel davon. Der Berufsstand Journalismus verzeichnete reihenweise vorzeitiges Ableben verdienter Kollegen. Erst vor einer Woche hatten sie Ernst Wolters zu Grabe getragen. Er hielt dagegen, so gut er konnte. Rauchte nicht. Trank selten. Nahm genug Vitamine.

Sonnemann riß die Tür auf, ließ sich wieder in den Sessel fallen und atmete hörbar aus. »Wer hat damals die Geschichte über Bunge geschrieben? Die Frankfurter Staatsanwaltschaft in Gestalt von Herrn Dr. Manfred Wenzel« – der bekennende Akademikerverächter Sonnemann grinste anzüglich – »hat Fragen zu unserer Story über Berlins prominentesten Päderasten.«

»Ich«, sagte Schiffer mit müder Abgeklärtheit in der Stimme.

»Und woher kam der Tip?«

»Na, wenn sogar du das nicht mehr weißt!« Schiffer reagierte wie ein quengeliges Kind.

»Geh der Sache noch mal nach«, sagte Sonnemann. »Hansi kann dir zuarbeiten.« Becker nickte ergeben. Schiffer runzelte die Stirn.

»Was ist mit dem Nachfolger von Bunge?« Sonnemann schien an der Antwort auf seine Frage nicht übermäßig interessiert.

»Es ist eine Nachfolgerin«, sagte Lilly E. Meier und legte die kleine Hand mit den kurzgeschnittenen Nägeln behutsam auf die polierte Platte des Konferenztisches. »Nach einem Männerplatz auf der Liste folgt ein Frauenplatz. Die Quote ...«

»Gutgut.« Sonnemann war auf Subtilitäten wie die Errungenschaften der Frauenbewegung nicht ansprechbar. Nur Lilly verzieh er solche Belehrungen. »Wollte nicht Zettel ein Porträt der Dame abfassen? Wo *ist* der Kerl überhaupt?«

»Auf der Suche nach dem Bernsteinzimmer.« Schiffer tat todernst, die anderen kicherten.

Sonnemann machte eine wegwerfende Bewegung. »Egal. Isolde übernimmt das.«

»Iiich?« Man sah Isolde an, daß ihr nichts ferner lag denn die dienende Rolle als Rädchen in der großen Maschinerie. »Aber ich muß noch ...«

»*Zwei* Features im Monat, Isolde«, sagte Sonnemann. »Das muß für ein so überströmendes Ego wie das deine reichen. Und ein Porträt ist auch was Schönes.«

Isolde maulte, aber sie schien sich zu fügen. Sonnemann gab sich abwechselnd als guter Onkel und als autoritärer Menschenschinder – und wunderlicherweise funktionierte die Methode.

»Frank?« Lilly sprach leise, aber unüberhörbar. »Laß mich das machen.«

»Aber du mußt doch noch ...«

»Ich weiß. *Bitte.*«

Sonnemann seufzte theatralisch auf, warf seinen zerkauten Bleistift auf den Schreibblock und sagte: »Weil du es bist.« Was konnte man schon sagen, wenn Lilly eine Bitte hatte.

Während der Blattkritik schaltete Hans Becker ab. Diesmal waren Schiffer die schönen Grüße von der Chefredaktion zugedacht – so nannte Sonnemann die Kritik von oben. Wohl bekomm's, dachte er. Er war erst vor zwei Monaten dran gewesen und hatte sich davon drei Wochen lang nicht erholt. Er beneidete alle anderen um ihr dickes Fell, besonders den Kollegen Zettel, der sich bei Kritik grinsend zurückzulehnen und »Nur wer nichts tut, macht nichts verkehrt« zu sagen pflegte.

Wo war der Kerl? Er war seit Wochen nur noch sporadisch in der Redaktion und begründete seine langen Absenzen mit einer großen Reportage über die »Bauplätze der Berliner Republik«, wie er es nannte. Zettel mußte in jede Baugrube gestiegen und jedes alte Fundament, jeden Keller, jeden Bunker besichtigt haben, bevor die großen Schaufelbagger die Relikte der alten Zeit endgültig zuschütteten. Daß er auf der Suche nach dem Bernsteinzimmer sei, war der geflügelte Redaktionsscherz. Zettel hatte Sonnemann vor ein paar Monaten die angeblich heiße Story verkaufen wollen, das Bernsteinzimmer sei nicht beim Angriff der Roten Armee auf Königsberg 1945 verbrannt, sondern in einem thüringischen Kalibergwerk eingebunkert worden. Sonnemann hatte sich geweigert, das Honorar für einen Informanten und die Reisespesen für Zettel zu bezahlen. »Hirngespinste drucken wir nicht«, hatte er kategorisch gesagt.

Ein Rippenstoß von Eyring ließ Becker hochschrecken. Sonnemann sah mit zusammengekniffenen Augenbrauen zu ihm herüber.

»Das gilt auch für dich, Hansi!« sagte er.

Becker nickte stumm. Ja und amen sagen half immer. Auch wenn er wieder einmal nicht wußte, worum es eigentlich ging.

4

Frankfurt am Main

»Ich seh' da keinen weiteren Ermittlungsbedarf.« Karen Stark schwenkte die Aktentasche vor und zurück und marschierte noch ein bißchen schneller. Ein bißchen zu schnell für den Kollegen Wenzel, der neben ihr herging und, wie sie nicht ohne Befriedigung feststellte, langsam in Atemnot geriet.

»Ich bitte Sie, sich das noch einmal zu überlegen, Frau Kollegin«, sagte Staatsanwalt Manfred Wenzel mit sanfter Stimme. Karen drehte sich überrascht zu ihm hin. So kannte sie ihn gar nicht. So – friedfertig. So – demütig? Sie runzelte die Stirn. Sie erinnerte sich an keinen einzigen Fall, über den sie sich im Laufe der letzten drei Jahre nicht bis aufs Messer gestritten hätten. Und an kein einziges Mal, an dem die verkörperte Arroganz neben ihr um etwas gebeten hätte.

»Ein Mann springt vom Glockenturm einer Kirche, schlägt unten auf und ist tot. Alles deutet auf Selbstmord hin – wo ist da das Problem?« Ihre Schritte hallten durch den engen Flur des Gerichtsgebäudes. Karen schaute auf die Armbanduhr. Wenn sie sich beeilte, schaffte sie es noch zum *Maison Déco*, dem Laden mit den französischen Stoffen. Ein Rosenmuster hatte es ihr angetan, ein luftiges, blumiges Etwas, sündhaft teuer, aber genau das Richtige für ihre Schlafzimmerfenster. Oder vielleicht – ein bißchen zu kitschig? Ein bißchen zu romantisch für eine – na ja, gereifte Persönlichkeit? Karen straffte die Schultern und reckte das Kinn.

»Ich kann an einen Freitod einfach nicht glauben.« Wenzel hatte Beharrlichkeit in der Stimme. Sie guckte ihn wieder von der Seite an. Und den entsprechenden Ausdruck im Gesicht. Das konnte dauern. »Es gibt keinen Abschiedsbrief und auch keine anderen nachvollziehbaren Gründe. Der Mann hatte keine finanziellen Sorgen, wies keine Anzeichen von Depression auf …«

»Und der Artikel im ›Journal‹?« Demzufolge war Bunge einer dieser widerlichen Kerle gewesen, die es gern sahen, wenn Kinder sich nackt vor der Kamera prostituierten. Wenn ich auf so was stünde, würde ich ernsthaft über Selbstmord nachdenken, dachte Karen.

»Glauben Sie etwa, was in der Zeitung steht, Frau Kollegin?«

Immer seltener, zugegeben. Aber … »Ich bin mir nicht sicher …«, begann sie zögernd.

»Aber *ich*!« Die Heftigkeit, mit der er sie unterbrach, erstaunte sie noch mehr.

»Intuition, Herr Kollege?« Sie legte leise Ironie in die Stimme. Normalerweise war er es, der sich über ihre ›Intuition‹ mokierte, wenn sie sich von etwas überzeugt gab, das sie nicht wissen konnte.

»Erfahrung.« Manfred Wenzel spuckte das Wort förmlich aus.

»Alles erfunden und erlogen also?« Sie ging langsamer, damit Wenzel rechtzeitig bei der Tür sein konnte, um sie ihr aufzuhalten.

»Oder von irgend jemandem gezielt gestreut.« Wenzel hatte sich wieder gefaßt, neigte den Kopf mit dem blassen Gesicht unter den kurzgeschnittenen dunklen Locken und öffnete mit Schwung die Tür zum nächsten Gang, in dem sich ihr Büro befand. Karen rauschte hindurch und nickte dankend zurück. Dann ging sie langsamer. Vielleicht sollte sie auf ihn eingehen, statt ihm dauernd zu widersprechen. Dann könnte sie es wenigstens noch zum Laden mit der traumhaften Bettwäsche schaffen, auf die sie vor zwei Wochen ein Auge geworfen hatte.

»Also gut«, sagte sie, öffnete die Tür zu ihrem Büro, stellte die Aktentasche auf einen der vielen Kataloge, die ihren Schreibtisch bedeckten und wedelte mit der Hand in Richtung Besuchersessel. »Was war es, wenn es kein Selbstmord war? Hat die Autopsie Anhaltspunkte für Fremdeinwirkung ergeben?«

Sie hob den Prospekt mit den Badewannen im nostalgischen Stil von ihrem Sessel und setzte sich ebenfalls. Sie konnte sich nicht entscheiden zwischen zwei Modellen. Das eine hatte Löwenfüße, das andere …

»… nur eine einzige Anomalie erkennbar.« Wenzel schaute sie erwartungsvoll an. Sie hatte nicht zugehört.

»Also war er krank?« Jetzt sah er sie an, als ob sie nicht ganz bei sich wäre. War sie ja auch nicht. Sie war in Gedanken bei der Renovierung ihrer Wohnung, ein Spiel, das sie seit Wochen völlig ausfüllte. Am Montag kam hoffentlich das neue Bett. Am Dienstag …

»Wie ich bereits sagte, Frau Kollegin« – Wenzel hatte die schlanken Hände mit den langen Fingern zu einem Zelt zusammengelegt, über das hinweg er sie strafend ansah. Sie nickte ihm um Entschuldigung bittend zu. »Der Mann war für sein Alter völlig gesund.«

»Aber die Anomalie.« Karen guckte wieder auf die Armbanduhr. »Sie haben von einer Anomalie gesprochen.«

»Na ja …« Ihr Gegenüber machte eine Pause, die ihr reichlich theatralisch vorkam. Sie pochte mit dem Kugelschreiber auf die Schreibtischplatte.

»Und?« fragte sie. Nun komm schon, Wenzel …

»Das Herz.« Wenzel guckte, als ob er ihr nicht zutraute, auch eines zu haben. »Das Herz wies Muskelrisse und unzählige Blutungen auf.«

»Und?«

»Solche Verletzungen lassen darauf schließen, daß der Mann vor seinem Tod unter erheblichem Streß stand. Es ist aus der Literatur allgemein bekannt, daß extreme Angstzustände das Gehirn dazu veranlassen können, die Botenstoffe Adrenalin und Noradrenalin über die Nervenbahnen direkt ins Innere des Herzens abzugeben. Dadurch öffnen sich schlagartig die Ionenkanäle auf den Muskelzellen des Herzens, und die Zellen werden von Kalziumionen überschwemmt.«

Wenzel hockte wie ein melancholischer Bussard auf der Vorderkante seines Sessels und hatte die rechte Hand erhoben, als ob er seine Thesen an allen fünf Fingern abzählen wollte. Karen seufzte innerlich auf. Der Kollege bildete sich etwas darauf ein, aus den Autopsieberichten mehr herauslesen zu können als andere – mehr vor allem als die Gerichtsmedizinerin, mit der ihn ein ähnlich herzliches Verhältnis verband wie mit ihr.

»Man nimmt nun an, daß sich die Herzmuskelzellen unter diesem Ansturm so verkrampfen können, daß es das Herz zerreißt. Bei Opfern von Raubüberfällen, von Geiselnahmen oder Vergewaltigungen waren viele Fasern der Herzmuskeln regelrecht durchgerissen.«

Karen hob, aufgabebereit, beide Hände. »Und was lehrt uns das?«

Wenzel zuckte bedeutungsvoll die Schultern.

Karen sah ihn mit gerunzelten Augenbrauen an. »Hat ein Selbstmörder keinen Streß, bevor er springt?«

»Schon, aber ...« Wenzel wiegte zweifelnd den Kopf.

Karen fächelte sich mit dem Prospekt des prominentesten Kücheneinrichters von Frankfurt Luft zu. Dann blickte sie wieder auf die Uhr und legte das bunte Blatt resigniert beiseite. Für heute konnte sie den Gedanken an einen

Beutezug durch Frankfurts Einrichtungshäuser streichen. Warum alle Welt vom antiquierten deutschen Ladenschlußgesetz schwärmte, war ihr ein Rätsel. Verbrecher und Staatsanwälte hielten sich schließlich auch nicht an einen verordneten Feierabend.

»Das reicht mir alles nicht«, sagte sie. »Was haben Sie noch?«

Wenzel hob die schmalen Schultern unter der schwarzen Robe, ließ sie wieder fallen und schwieg.

»Kommen Sie, Herr Kollege. Spannen Sie mich nicht auf die Folter.«

Wenzel guckte aus dem Fenster und sagte schließlich: »Bunge war ein wichtiger Mann.«

»War mir bislang noch nicht aufgefallen.«

»Bei Ihnen zählen wohl auch nur die, deren Geschwätz man jeden Tag in der ›Tagesschau‹ serviert bekommt.« Er verzog den Mund zu einem schmalen Strich. »Echte Macht ist unauffällig.«

»Zugegeben. Und weiter.« Karen kontrollierte den roten Lack auf ihren Fingernägeln.

»Alexander Bunge war Vorsitzender der Baukommission des Ältestenrates im Bundestag und für die Bauvorhaben des Bundes in Berlin zuständig gewesen. Das entsprechende Bauvolumen, über das diese Kommission zu entscheiden hat, ist gigantisch.« Wenzel klopfte bei jedem Einzelposten mit der Hand auf die Armlehne: »Umbau des Reichstags. Neubau der Abgeordnetenbüros. Neubau von Abgeordnetenwohnungen. Umbau und Neubau ...«

»Ich versteh' schon. Und deshalb ...?«

Wenzel schüttelte den Kopf. »Das ist erst der Anfang. Hinzu kommen Umbau und Neubau sämtlicher Regierungsgebäude, das neue Bundeskanzleramt, die Landesvertretungen ...«

»Also Geld. Bestechung. Korruption. Das übliche.«

»Vielleicht. Bunge hat sich vor allem in der Auseinandersetzung mit den Berliner Behörden profiliert, die das eine oder andere Filetstück im Regierungsviertel lieber einem internationalen Investor mit Gold an den Füßen zugeschustert hätten. Berlin geht in die Knie, wenn es ums Geld geht. Gucken Sie sich nur den Potsdamer Platz an, diese städtebauliche Todsünde.« Wenzel machte ein Gesicht wie der geborene Städtebaukritiker.

Karen grinste unwillkürlich. Sie hatte sich den Potsdamer Platz zwar noch nicht angeguckt, aber sie war zumindestens bereit einzuräumen, daß man nicht überall Fachwerkhäuser hinstellen konnte.

»Bunge war ihnen im Weg. Sein Tod ...«

»Mord?« Karen ließ Wenzel ihre Skepsis spüren. »Die Berliner?«

»Nein.« Wenzel seufzte auf, als ob er es mit einer unbelehrbaren Schülerin zu tun hätte. »Besser gesagt: wahrscheinlich nein. Aber ein unbestechlicher Mann ist schon manchem Großinvestor ein Dorn im Auge gewesen. Gut möglich, daß man dort glaubte, mit einem anderen an seiner Stelle könne man leichter ins Geschäft kommen.«

»Also hat man ihn unter Druck gesetzt?«

Wenzel hob die Schultern.

»Womit? Und wie?«

Er ließ sie wieder fallen. »Rufschädigende Maßnahmen wie das Gerücht, er sei ein Kinderschänder.« Karen schüttelte den Kopf. Er hob die Hände und sagte: »Hat es alles schon gegeben.«

»Und wie sicher sind Sie sich Ihrer Theorie?«

»Gar nicht.« Wenzel stand auf, ging zum Fenster und sah hinaus. »Es ist nur eine Ahnung.« Karen sah ihm mit zusammengezogenen Augenbrauen hinterher. Die Worte

»Ahnung« oder »Zweifel« hatte der Kollege gewöhnlich nicht in seinem Repertoire.

»Glauben Sie mir, Karen«, sagte er schließlich leise. Das machte sie sekundenlang sprachlos.

Sie hatte Manfred Wenzel noch nie in einem Zustand erlebt, der ziemlich präzise so aussah wie das, was er verachtungsvoll »persönliche Betroffenheit« zu nennen pflegte. Wenzel bildete sich normalerweise viel darauf ein, bei einem Fall keine Gefühle zu kennen. Das war der Kern des ewigen Streits zwischen ihnen beiden. Ihr gingen, zugegeben, einige Fälle besonders nah. Gewalt gegen Frauen. Vergewaltigungen, Mißhandlungen in der Ehe. Marginalien, wie Wenzel einmal behauptet hatte. »Statistisch, liebe Frau Kollegin«, hatte er erst kürzlich wieder doziert, während sie kochte vor Wut, »statistisch sind die meisten Opfer junge Männer unter 25. Frauen als Opfer sind ein Randphänomen.«

Im Prinzip hatte er recht. Statistisch. Andererseits: Durften Staatsanwälte keine Gefühle haben? Karen sah zu ihm hinüber. Wenn sie nicht alles täuschte, war Manfred Wenzel rot geworden bis unter den Haaransatz. War er vielleicht tatsächlich – persönlich betroffen?

»Haben Sie ihn gekannt?« fragte sie nach einer Weile, diesmal sanfter.

Er guckte noch immer aus dem Fenster. Nur die Schultern strafften sich. »Ja«, sagte er.

»Gut?«

»Vorübergehend – sehr gut. So gut, daß ich *weiß*, daß Alexander Bunge sich nicht für Pornographie mit Kindern interessierte.« Wenzel seufzte und sagte schließlich: »Verstehen Sie?«

»Sie fühlen sich befangen.« Karen betrachtete den schmalen, fast überschlanken Mann mit der großen dunklen Hornbrille, die ihn wie einen Intellektuellen aus den 20er Jahren aussehen ließ. Manfred Wenzel und Männerfreundschaft? Das hätte sie ihm gar nicht zugetraut.

»Ist in Ordnung«, sagte sie. »Ich laß mir die Akten kommen.«

Sie verkniff sich die Bemerkung, daß normalerweise er derjenige war, der ihre Urteilsfähigkeit anzweifelte, weil sie Gefühle, Ahnungen und Zweifel zuließ. Schön, dachte sie, daß auch die Wahrnehmung von Staatsanwalt Dr. Manfred Wenzel keineswegs immer von jener unnachgiebigen Objektivität beseelt ist, die er normalerweise predigt.

Nur der Fall selbst ließ sie kalt. Was Wenzel beschrieb, stand völlig im Einklang mit der auch von der Polizei vertretenen These, daß Alexander Bunge aus freien Stücken vom Kirchturm gesprungen war. An Verschwörungen und gezielte Falschmeldungen glaubte sie nicht. Politiker waren schließlich dafür bekannt, daß sie auch die schlimmsten Anschuldigungen, ja selbst die unschöne Wahrheit bis zum letzten auszusitzen in der Lage waren. So jemand sprang nicht vom Kirchturm, weil fremde dunkle Mächte ihn dazu trieben. So jemand trug die dunklen Mächte in sich selbst.

5

Berlin

Fast hätte sie protestiert, als die Frau im schwarzen, wallenden Kleid an ihr vorbei durch die Tür drängen wollte. Aber dann sah sie deren Gesicht. Die Frau hatte rotgeweinte Augen, ihre Lippen zitterten. Anne blieb im Türrahmen stehen und hörte, wie sich die kurzen, stolpernden Schritte den Flur hinunter entfernten. Eigentlich hatte sie soeben das Zimmer betreten wollen – *ihr* Zimmer, wie sie geglaubt hatte. Sie trat einen Schritt zurück. Auf dem Schild draußen stand noch immer »Dr. Alexander Bunge«. Sie fühlte ein mulmiges Gefühl in sich aufsteigen – auf Schattenboxen war sie nicht eingestellt gewesen. Aber Bunges Schatten schien überall zu sein.

»Wir freuen uns, daß du da bist«, hatte Eva Seng während der Fraktionssitzung heute früh gesagt und dabei alles andere als freudig geguckt. »Du entschädigst uns für einen schweren Verlust …« Sie hatte getan, als ob ihr die Stimme bräche, theatralisch die Hand auf den Busen gelegt und in die Runde geguckt. Die meisten hatten stumm genickt und ernste Gesichter gemacht. Entweder, hatte Anne gedacht, vermissen sie ihn wirklich. Oder er ist ihnen so auf die Nerven gegangen, daß sie ihre klammheimliche Freude besonders heftig überspielen müssen.

Sie hatte ebenso ernst zurückgenickt. »Es fällt mir schwer, unter diesen tragischen Umständen mein Mandat anzutreten«, hörte sie sich zu ihrer Verblüffung salbungsvoll sagen. Schau an, hatte sie gedacht. Sie beherrschte das Spiel noch immer.

Bunges Büro – *ihr* Büro – sah unaufgeräumt aus. Über den Bildschirm auf dem Schreibtisch in der Mitte wogte ein grüner Bildschirmschoner in Gestalt eines Spruchbands, dessen Botschaft sie nicht entziffern konnte. Aus der Fülle der zusammengeknüllten Tempotaschentücher schloß sie, daß hier der Arbeitsplatz der Sekretärin war, die soeben vor ihr geflüchtet zu sein schien.

Anne betrat den Raum und machte die Tür hinter sich zu. Zwei Schreibtische standen hier, auf dem einen der eingeschaltete Computermonitor, der andere schien unbesetzt. An der Wand gegenüber vom Schreibtisch, an dem offenbar bis vor kurzem noch gearbeitet worden war, hingen Fotos, dutzendweise, manche im Rahmen, manche seitwärts darunter geklemmt. Als Anne näher trat, erkannte sie Bunge. Bunge mit einem Spaten und siegesgewissem Lächeln, Bunge auf einem Sektempfang, Bunge mit einem Helm auf dem Kopf, der vorn eine Lampe hatte. Bunge, der einen undefinierbaren Gegenstand triumphierend in die Kamera hielt. Bunge mit dem Außenminister, Bunge mit dem Kanzler, Bunge mit der Präsidentin. Bunge am Rednerpult. Bunge auf einer Wahlveranstaltung. Bunge allgegenwärtig.

Auf Anne wirkte der Anblick dieser Galerie von Heiligenbildern wie eine kalte Dusche. Kopfschüttelnd ging sie ins Zimmer nebenan. Die Vorhänge waren zugezogen, das Zimmer lag im Halbdunkel. Als sie das Deckenlicht anmachte, mußte sie die Augen zusammenkneifen. Dann sah sie das gerahmte Porträtfoto auf dem Schreibtisch in der Mitte des Raumes stehen: Alexander Bunge natürlich, versehen mit schwarzem Trauerflor, daneben eine Kerze, darunter Kondolenzkarten. Ein Strauß weißer Lilien verbreitete süßlichen Duft. Mit zwei Schritten war Anne beim Fenster, riß die Vorhänge zur Seite, öffnete alle Flügel und ließ Luft in den Raum.

Sie war gewarnt. Einen leichten Stand würde sie nicht haben.

Sie räumte die Kondolenzkarten zusammen und legte sie, zusammen mit dem Foto, der Sekretärin auf den Schreibtisch. Dann schloß sie die Tür zum Sekretariat hinter sich und sah sich um – in *ihrem* Zimmer. Das Bücherregal mußte leer geräumt werden. Auf den angestaubten Ficus in der Ecke konnte sie verzichten, ebenso auf den mit kackbraunem Kord bezogenen Sessel. Nur die große Karte an der Wand – eine Karte von Berlin, auf dem die jetzigen und künftigen Bauprojekte des Bundes eingezeichnet waren – wollte sie behalten.

Sie setzte sich auf den ihr entgegenfedernden, mit graumeliertem Stoff bezogenen Schreibtischstuhl und stützte das Kinn in die geballten Fäuste. Der Empfang war alles andere als herzlich gewesen. Selbst schuld, dachte sie. Niemand hat dich gerufen.

Und niemand brauchte sie hier. Nur sie hatte geglaubt, sie sei sich und der Welt noch etwas schuldig. Nur sie hatte nicht versauern wollen in der Rhön. Sie hatte Leo nicht das letzte Wort lassen wollen – Gott hab ihn selig, den Stasispitzel. Anne legte den Kopf in die ausgebreiteten Hände. Was für eine Schwachsinnsidee. Der Kreisverband von Haslingen hatte sich auf sie nur eingelassen, weil der Parteivorstand ihre Kandidatur unterstützte. »Vergiß den alten Mist, Anne«, hatte Jupp damals zu ihr gesagt, als sie ihn nach seiner Meinung fragte. »Verlaß die selbstgewählte Verbannung. Wir haben viel zu wenige von deiner Sorte.« Beliebter machte solche Protektion nicht. »Wir sind doch kein Wohltätigkeitsverein für arme Stasiopfer«, hatte ihr Linde Steinhauer vor der entscheidenden Abstimmung zugezischt.

Daß sie hernach im Wahlkampf mit äußerstem Einsatz dabeigewesen war, hatte auch nicht viel geholfen. »Ich versteh' dein Engagement«, hatte Linde einmal spöttisch gesagt. »Eigeninteresse ist ein mächtiger Motor.« Genützt hatte es nichts. Mindestens das Ergebnis der letzten Bundestagswahlen hätte die Partei wieder einfahren müssen, damit Anne ins Parlament hätte einziehen können. Sie war nur knapp gescheitert. Bis vor kurzem war ihr das als verdienter Sieg in der Niederlage erschienen.

Das durchdringende Gedudel des Telefons ließ sie hochschrecken. Sie griff nach dem Hörer. »Ja?« sagte sie und schob hastig ein »Anne Burau« hinterher. Der Anrufer konnte ja nicht wissen, wer sie war. Dieser hier schien es zu wissen.

»Paß auf dich auf, Anne«, flüsterte eine körperlose Stimme. »Berlin ist nicht die Rhön.«

Dann wurde die Verbindung unterbrochen. Für einen Moment war sie überrascht, ach was: verängstigt. Und dann packte sie die Wut. Sollte sie aus ihrem Mandat gemobbt werden, bevor sie es überhaupt angetreten hatte? Laß dir nichts gefallen, dachte sie und ballte die Fäuste. Laß dich nicht einschüchtern. Nimm, was dir zusteht. Kämpfe. Oder, fügte eine innere Stimme spöttisch hinzu, hast du das mittlerweile verlernt?

Als sie auf die Uhr guckte, war es bereits nach zwei. Sie hatte noch nichts gegessen heute – aber dazu war es jetzt zu spät. Sie mußte ins Plenum. Das erste Mal nicht auf die Besuchertribüne, sondern aufs Parkett. Als freigewählte, unabhängige Volksvertreterin, der es egal sein konnte, was die Partei von ihr hielt – zumindestens für die nächsten drei Jahre.

»Nach mir die Sintflut«, sagte sie laut und erhob sich.

Sie ärgerte sich über die Unsicherheit, die man, glaubte sie fest, ihr ansehen mußte, als sie am Eingang zum Reichstag ihren Abgeordnetenausweis vorzeigte. Der Saaldiener im Frack, der sie in der Lobby empfing, war jung, die dunklen Haare glänzten gegelt, und mit Verwunderung registrierte sie den goldenen Ring in seinem Ohr.

»Sagen Sie mir Ihren Namen, und ab morgen werde ich Sie jeden Tag persönlich begrüßen!« sagte er und sah ihr konzentriert ins Gesicht.

»Anne Burau.« Sie mußte lächeln. »Und das soll ich Ihnen glauben?«

Der junge Mann hielt ihr die Hand hin. »Aber ja. Ich bin Walter – wenn mal was ist ...«

Vor der Tür zum Plenum stand eine Person, die ihr bekannt vorkam. Die hochgewachsene, dunkelhaarige Frau im eisblauen Blazer guckte durch die Glastür und tippte sich nervös mit dem Füllfederhalter gegen die großen weißen Vorderzähne. Sie hielt ihre Handtasche unter dem Arm, als ob es eine Kalaschnikoff wäre. Es war die Frau, mit der sie Peter Zettel hatte zusammenstehen sehen, damals, bei der Eröffnung des Reichstags. Die Frau hatte sich die Brille hoch und in die Haarmähne geschoben. Anne beschloß, sie herzlich unsympathisch zu finden.

Die Fraktion war bereits versammelt, als sie den Plenarsaal betrat, über dem sich die Kuppel erhob, die in Windeseile zum neuen Wahrzeichen Berlins geworden war. Ihre Fraktion saß von hinten gesehen links von der Mitte des Halbrunds, in einer Art Keil, so daß vorn zwei Personen nebeneinander sitzen konnten und oben sechs. Unschlüssig blieb sie stehen. Zwei ihrer Kolleginnen telefonierten, einer las Zeitung, ein anderer Akten, zwei drehten sich zu ihr um, tuschelten, irgendwie vorwurfsvoll, wie ihr schien, und drehten sich wieder weg. Wie Kater, die ihren Rivalen die kalte Schulter zeigen, um Überlegenheit zu demonstrieren, dachte sie. Ein Saaldiener im schwarzen Frack kreuzte gemessenen Schritts den Bereich zwischen den vordersten Abgeordnetensesseln und dem Rednerpult und stellte ein Glas Wasser auf das Pult. Sie fühlte sich etwas verloren und ziemlich unerwünscht, bis Emre Özbay sich umdrehte und sie neben sich winkte.

»Das alles hat weniger mit dir zu tun, als du glaubst«, sagte er, als sie ihm von der tränenreichen Szene vor Bunges Büro erzählte – und von dem Heldenschrein. »Der Kollege Bunge war bei seinen Mitarbeitern sehr beliebt – und du kennst ja Sekretärinnen: Entweder geben sie alles, oder sie sabotieren dich, wo sie nur können.«

Anne erinnerte sich an diesen stillen Boykott aus ihrer Zeit in Kiel.

»Außerdem hatte Bunge seine feste Rolle und war deshalb für viele keine Konkurrenz mehr. Also kann man ihm auch völlig authentisch nachtrauern.« Emre mußte ihrem Gesicht angesehen haben, daß sie soviel Zynismus nicht mehr gewohnt war, jedenfalls lachte er und legte ihr wieder die Hand auf den Arm.

»Und was man von dir erwarten kann, weiß keiner. Alle fürchten, du könntest deine schönen langen Finger ausgerechnet nach ihrem Steckenpferd ausstrecken.« Er grinste spöttisch. »Das fürchten vor allem die Frauen.«

Dann stand er plötzlich auf – wie alle anderen, was Anne zu spät bemerkte. Sie stand erst, als man sich um sie herum bereits wieder zu setzen begann.

»Du weißt doch: Wir stehen immer auf, wenn das Präsidium hereinkommt«, zischte Emre ihr zu. »Alte Sitte aus alten Zeiten.«

Hastig setzte auch sie sich wieder.

»Das ist so ziemlich das Maximum an guten Manieren, das du hier erwarten kannst.«

Sie nickte abwesend. Auf der Pressetribüne hatte sie Peters Freundin gesehen, deren eisblauer Blazer wie ein Fanal leuchtete inmitten der Riege der grauen und braunen Sakkoträger hinter und neben ihr. Nicht eifersüchtig sein, verordnete sie sich. Vor allem nicht auf so eine.

»Willst du Nachhilfeunterricht?« Emre stieß sie freundschaftlich in die Seite.

Sie nickte wieder.

»Das Wichtigste zuerst«, sagte er.

Sie versuchte, interessiert zu gucken.

»Geld – oder: wie du es unter Garantie verlierst.«

Sie schüttelte den Kopf. »Hier?« Bundestagsabgeordnete waren nicht überbezahlt, aber mit Diäten und Kostenpauschale auch nicht gerade auf der Verliererstrecke.

»Genau hier. Paragraph 14.1 des Abgeordnetengesetzes: Bevor du den Plenarsaal betrittst, mußt du dich in die Anwesenheitsliste eintragen. Tust du das nicht, werden dir hundertfünfzig Mark von der monatlichen Kostenpauschale abgezogen.«

»Aha«, murmelte sie.

»Nur neunzig Mark kostet deine Abwesenheit, wenn du dich vorher entschuldigt hast. Und 75 Mark sind fällig, wenn du bei einer namentlichen Abstimmung fehlst. Deshalb verlassen unsere notorischen Trinker donnerstags abends immer so schlagartig die Bundestagsbar, wenn zur Abstimmung aufgerufen wird.« Emre guckte an ihr vorbei zum linken Rand des Plenarsaals.

»Siehst du die weißhaarige Frau dort oben in der grünen Bluse?«

Anne nickte.

»Bei der letzten Debatte über die Diätenerhöhung stand sie plötzlich empört da und behauptete, sie wisse gar nicht, worüber hier geredet werde. Sie erhalte mindestens dreitausend Mark im Monat weniger als das Abgeordnetengehalt plus Kostenpauschale, von dem hier immer die Rede sei.« Emre legte eine kunstvolle Pause ein.

»Du meinst ...?« fragte Anne, um ihm den Gefallen zu tun.

Emre nickte. »Die Freifrau von Hoppenstedt hat jahrelang, jahrzehntelang nicht gewußt, daß sie sich in die Anwesenheitsliste hätte eintragen müssen und hat deshalb den Höchstsatz möglicher Strafen gezahlt.«

Anne schreckte auf, als der Gong ertönte. »Jetzt spricht der Performancekünstler mit den derzeit höchsten Lachwerten«, flüsterte Emre.

Der Abgeordnete der Oppositionspartei gab in der Tat ein beachtliches Schauspiel. Erst stützte er sich mit beiden

Armen aufs Pult und wippte auf und ab. Dann begann er die Arme zu heben und mit den Händen schraubende Bewegungen zu machen. Dann ballte er die linke Hand zur Faust und durchschnitt mit der rechten die Luft, als ob er einen imaginären Gegner mit Handkantenschlägen erledigte. Schließlich hob er beide Fäuste und führte sie ruckartig aufeinander zu, wie ein Dirigent, wenn es dramatisch wurde. Zum Schluß seiner Rede glänzte Schweiß auf seiner Stirn. Anne hatte kein Wort verstanden und war dennoch tief beeindruckt.

Das Hohe Haus bot eine Menge fürs Auge. Bei der größeren der beiden Regierungsparteien hatte fast jede der gar nicht mal wenigen weiblichen Abgeordneten rot gefärbte Haare – ein leicht ins Schrille wanderndes Signalrot. Bei der größten der Oppositionsparteien bevorzugten die Damen pastellfarbene Blusen und Kostüme. In ihrer eigenen Fraktion erwiesen sich die Herren als modische Avantgarde des Hauses, die Frauen hatten ein Faible für enggeschnittene Hosen unter strengen Sakkos.

Je länger sie die Blicke durchs Plenum schweifen ließ, desto mehr bekannte Gesichter entdeckte sie – Politiker, die sie seit Jahren im Fernsehen gesehen hatte. Und jetzt gehörst du dazu, dachte sie mit einem seltsamen Gefühl in der Magengrube und merkte erst gar nicht, daß ein Saaldiener neben ihr stand. Verwirrt schaute sie auf. Es war Walter, der junge Mann mit dem Ring im Ohr, der sie vorhin nach ihrem Namen gefragt hatte.

Er hielt ihr eine Visitenkarte hin und flüsterte: »Sie werden in die Lobby gebeten.«

Fragend guckte sie zu Emre hinüber, der spöttisch nickte. »Siehst du – es geht schon los.«

»Was geht los?«

»Geh nur. Das wirst du gleich sehen.«

Als sie in die Lobby trat, sah sie sich einer unüberschaubaren Menge von Fernsehteams, Bildfotografen und jungen Menschen gegenüber, die ihr Schreibblock und Stift entgegenreckten. Nach ein paar Schrecksekunden zählte sie zwei Kameras, drei Fotografen und fünf Journalisten, die alle auf sie einredeten.

»Was sagen Sie zum Tod Ihres Vorgängers?«

»Werden Sie Alexander Bunges Aufgaben übernehmen?«

»Was meinen Sie – war es Selbstmord?«

Sie rückte die Beine ein bißchen auseinander und legte ihre Hände auf den Rücken, so daß niemand merken konnte, wie sie zitterten, als sie endlich antwortete. Dann senkte sie den Kopf, wie man es vor einer Horde unruhiger Bullen machen würde. Und redete von ihren Gefühlen. Von ihrer tiefen Bewunderung für Alexander Bunge, von der Trauer über seinen Verlust, vom Mitgefühl, das seiner Familie gebühre. Und ja, sie werde in der Baukommission seine Aufgaben übernehmen, ohne seinen Platz ausfüllen zu können. Und nein, sie könne sich bis heute nicht vorstellen, was an diesem schrecklichen Tag in Frankfurt wirklich passiert sei, sie warte, wie alle anderen auch, auf das Ergebnis der Ermittlungen. Und wie ein gut geölter Politikdarsteller hob sie zum Schloß ihrer Ausführungen beide Hände und bat um Verständnis dafür, daß sie nun wieder an die Arbeit müsse.

Als sie der Meute den Rücken zudrehte, atmete sie tief aus. Es gibt Dinge, dachte sie, die verlernt man nie. Diplomatische Verstellung gehörte dazu. Für einen Moment wußte sie nicht, ob sie das segensreich oder schade finden sollte.

Der Saaldiener hielt ihr bereits die Tür auf, als hinter ihr eine helle Stimme »Frau Burau?« rief. Sie drehte sich um und nickte, zögernd. Sie wollte bei der Abstimmung dabeisein.

»Das war eine gute Performance«, sagte die kleine blonde Frau mit dem Block in der Hand. Sie streckte ihr die Hand hin. »Lilly E. Meier.« Erwartete sie, daß ihr Name Anne etwas sagte?

Anne blickte auf die Uhr und deutete auf den Plenarsaal.

»Es dauert nicht lange«, sagte die Frau. »Ich soll ein Porträt über Sie schreiben – für das ›Journal‹.«

Anne merkte, wie ihr die Wärme ins Gesicht stieg. Sie hatte gedacht – sie hatte denken müssen ... »Und – Peter ...?« fragte sie, ohne zu überlegen.

Die andere lächelte gleichbleibend freundlich.

Anne korrigierte sich. »Sollte nicht Peter Zettel dieses Porträt schreiben? Er hat mir das schon vor einiger Zeit mitgeteilt, ich dachte nur ...«

»Tut mir leid.« Lilly E. Meier schaute zu Boden. Sie hatte die dunkelblonden Locken streng gescheitelt und zurückgebürstet, was ihr Gesicht noch schmaler machte. »Sie müssen schon mit mir vorliebnehmen.«

»Aber ...« Anne verstummte. Sie hatte, merkte sie plötzlich, fest damit gerechnet, ja, gehofft, Peter Zettel aus diesem Anlaß wiederzusehen.

»Sie sind hoffentlich nicht enttäuscht.« Die Journalistin sah noch immer nicht auf.

»Das nicht, aber ...« Verdammt, Zettel, du Idiot, dachte Anne. Hättest du mich nicht vorwarnen können?

»Er hat immer so von Ihnen geschwärmt!« Lilly E. Meier hob den Kopf, lächelte ein völlig unschuldiges Lächeln und schien nicht zu ahnen, was sie mit dieser Bemerkung anrichtete.

Anne war für einen Moment sprachlos.

»Und wenn ich Sie so sehe – dann kann ich das gut verstehen!« Die Journalistin hatte ihren Mund spitzbübisch geschürzt.

Anne fühlte sich, als ob ihr jemand in den Magen geboxt hätte. Ein paar Sekunden lang wußte sie nicht, wen sie mehr hassen sollte: die Frau, die da vor ihr stand und nicht zu wissen schien, was sie sagte. Oder Zettel.

Sie entschied sich für Peter, der sich mit ihr gebrüstet haben mußte. Mit einer Eroberung, mit der er, wie sie sich nur zu genau erinnerte, so gut wie nichts hatte anfangen können – oder wollen ... Sie blickte in das freundliche Gesicht von Lilly Meier und fragte sich mit hochsteigender Übelkeit, was er wohl sonst noch erzählt haben mochte. Und wem. Bei diesem Gedanken wurde ihr kalt.

»Danke für das Kompliment, aber ich glaube, ich muß jetzt«, sagte sie mit aller Ruhe, die sie zustande brachte.

Die Journalistin nickte, griff in ihre Jacke, die innen eine Brusttasche hatte wie bei einem Männerjackett, drückte Anne eine Visitenkarte in die Hand und sagte: »Ich ruf bei Ihnen an, ja?«

Anne starrte erst auf das weiße Stück Pappe und dann der anderen hinterher. Sie hätte die Frau gern genauso unsympathisch gefunden wie ihre Kollegin – aber das gelang ihr nicht. Sie konnte ja nichts dafür. Sie war ja nur die Überbringerin der Botschaft. Statt dessen wünschte sich Anne mit Inbrunst, der Herrgott möge alle Männer mit größtmöglichem Verhängnis überziehen – vorsichtshalber alle, aber ganz besonders diejenigen, die in Anne Buraus Leben jemals eine Rolle gespielt hatten.

Im Plenarsaal stand gut die Hälfte der Abgeordneten, während die andere saß. Ihre Augen suchten nach Emre, der nicht zu sehen war. Wenigstens diesmal wollte sie nichts falsch machen und blieb stehen.

»Du hast soeben für den Antrag der Opposition gestimmt«, flüsterte Eva Seng mit eisiger Miene, als sie an ihr vorbei zu ihrem Platz ging. Anne merkte, wie ihr das Blut ins Gesicht stieg. Heute war wohl nicht ihr Tag.

Emre Özbay sah sie erwartungsvoll an, als sie wieder neben ihn geglitten war.

»Ist das immer so?« fragte sie, leicht atemlos.

»Du meinst die Überfälle der Journaille? Meistens. Aber vergiß nicht: Du brauchst ihre Unterstützung, auch wenn es alles Aasgeier sind. Du brauchst Rückhalt in der Öffentlichkeit – zuerst gegen die eigene Fraktion. Danach gegen die eigene Partei.«

Nach allem, was sie bislang erlebt hatte, leuchtete ihr diese Weisheit ein. Offenbar war es im Parlament wie im wirklichen Leben: Man trieb den Teufel mit dem Beelzebub aus.

Die Sehnsucht nach dem Weiherhof umfing sie wie ein warmer Herbstregen. Wäre nicht der Gedanke an Paul Bremers zweifelndes Gesicht gewesen, hätte sie dem Verlangen nach Stallgeruch und Mistforke nachgegeben und sich zurückgeträumt in die Rhön. Anne Burau schüttelte sich und richtete sich dann kerzengerade auf. Ich laß mich nicht kleinkriegen, dachte sie.

6

»Woher soll *ich* das denn wissen?« Thomas Schiffer klang beleidigt.

»Aber du mußt die Information doch verifiziert haben!« Hans Becker versuchte, alle Geduld der Welt in seine Stimme zu legen.

»Ich sagte dir doch: Auf meinem Schreibtisch lagen eine dpa-Meldung und eine Notiz vom Alten.« Sonnemann machte so was gern. Wann immer ihm irgend etwas auffiel, krakelte er ein »Kurze Notiz für Seite 2!« oder »Warum haben wir dazu nichts?« auf einen Zettel und ließ beides von der Novak auf den entsprechenden Schreibtisch legen. An diesen Fall aber erinnerte der Redaktionsleiter sich nicht – das hatte Becker nachgeprüft.

»Ich bin sämtliche dpa-Meldungen am Bildschirm durchgegangen, bis zwei Wochen vor dem Erscheinen deiner Geschichte. Es gibt ein Interview mit Bunge über den Stand der Bauarbeiten in den ehemaligen Ministergärten und drei Meldungen über einen Kinderpornoring, der aufgeflogen ist. Aber keine Meldung darüber, daß Bunge ...«

»Ich sagte doch: Auf meinem Schreibtisch lag die Meldung und ein Befehl vom Alten, was draus zu machen. Und das hab' ich auch getan.«

In der Tat: Schiffer hatte aus dieser Meldung einen Tatsachenbericht gemacht, dessen zwanzig Zeilen geeignet waren, Alexander Bunges Karriere auf immer zu zerstören. »Kinderpornos im Parlament« hatte die Überschrift gelautet, und der Ton des Artikels versprach Enthüllungsjournalismus in der besten Tradition des Hauses. Wie sich zeigte, hatte das »Journal« die Meldung exklusiv. Erst am Tag darauf zogen fast alle Zeitungen nach. Ein großer Erfolg fürs »Journal«, dachte Becker – und eine gigantische Niederlage für den Journalismus. Kaum einer der Kollegen schien recherchiert zu haben, auf welchen Quellen der Artikel im »Journal« beruhte.

Er seufzte tief auf, klopfte Schiffer kurz auf die Schulter und verließ dessen Büro mit dem Panoramablick auf den Gendarmenmarkt. Daß die Kollegen alle voneinander abschrieben, ohne Überprüfung, war schon schlimm genug. Aber Schiffers Haltung zu den Dingen ließ ihn innerlich beben vor Empörung. Als ob ausgerechnet bei einer Nachrichtenagentur Geistesgenies und Unfehlbarkeitsapostel arbeiteten, hatte er einfach übernommen, was dort behauptet wurde – ohne einen Rückruf bei der Kripo, ohne bei Bunge nachzuhaken, ohne auch nur irgend etwas gegenzuchecken. Dabei gab es keinen Zweifel: Schiffer war einer Fälschung aufgesessen.

Becker öffnete die Tür zu seinem Büro, das unwesentlich kleiner war als das des Kollegen. Aus seinem Fenster heraus sah man auf die taubenkotbekleckerten Wände eines Lichtschachts. Aber nicht deshalb sehnte er sich oft nach der alten Gemütlichkeit zurück, als die Berliner Redaktion des »Journal« noch nicht das Haupstadtbüro war. Als sie alle noch in einem schäbigen Flachbau hausten, mit Büros von Kaninchenstallgröße, an den Fenstern senfbraune Gardinen, in denen der jahrzehntealte Rauch von Gauloises und Schwarzer Krauser hing.

Hans grinste in sich hinein. Der Empfang, den die lieben Kollegen und vor allem das Sekretariat ihm vor fünfzehn Jahren bereitet hatten, als er, ein blutiger Anfänger, seinen Job antrat, war rauh und wenig herzlich gewesen. Auf seinem Schreibtisch hatte er eine betagte Kugelkopfmaschine vorgefunden, die einzige des Büros natürlich, die nicht funktionierte, und in der Schreibtischlampe mit dem roten Blechschirm fehlte die Birne. Es hatte Wochen gedauert, bis er aufgenommen war in die Männerrunde. Und mehrere Blumensträuße und Kuchenspenden, bis er endlich auch vom Sekretariat mit den kleinen Privilegien bedacht wurde, die für die anderen selbstverständlich waren – wie den etwas besseren Mietwagen und den schöneren Hotels auf Dienstreisen.

Damals war das Berliner Büro noch nicht wichtig gewesen, weshalb seine Besatzung sich ersatzweise selber wichtig nahm. Fast überkam ihn ein Gefühl der Rührung, als er an den Nimbus dachte, den sie damals kultiviert hatten: einer verschworenen Gemeinschaft von Kriegsberichterstattern der Frontstadt anzugehören. Schon deshalb hatte es niemandem etwas ausgemacht, daß die Sitzgarnitur im Zimmer Walter Loewes, in dem sie die morgendlichen Konferenzen abhielten, durchgesessen war und der Gummibaum vor dem Fenster vor sich hin siechte – Frontstadtfeeling eben.

Nein, die kühle Eleganz der neuen Büroräume war kein Ersatz für das alte Gefühl. Becker schaltete seinen Computer ein. Damals – so lange war das noch gar nicht her, aber es klang heute wie aus einer anderen Welt – schrieben fast alle ihre Texte mit Adlersuchsystem auf der Schreibmaschine oder mit der Hand und ließen sie von den Sekretärinnen ins Reine tippen. Damals arbeitete niemand am Computer. Damals kamen die Agenturmeldungen noch aus dem Fernschreiber, Ticker genannt – er erinnerte sich noch gut an die meterlangen, dünnen, rosafarbenen Papierfahnen. Er klickte sich in den Dienst der Deutschen Presse-Agentur ein. Damals wäre es fast unmöglich gewesen, eine dpa-Meldung zu fälschen. Heute war das kein Problem. Becker machte sich an die Arbeit.

Er suchte sich eine Meldung aus dem Inhaltsverzeichnis heraus und holte sich den Text auf den Bildschirm. Aus der Titelzeile »Der ›Spiegel‹ liegt wieder vorn« machte er »Augstein-Erben kündigen Redaktionsmannschaft«. Und dann schrieb er auf, was er immer schon mal sagen wollte über das Nachrichtenmagazin aus Hamburg, bei dem die Gehälter so hoch waren, daß die meisten der teuer eingekauften Journalisten mit der Zeit vergaßen, daß sie auch nur mit Wasser kochten. Dann ließ er die bearbeitete dpa-Meldung ausdrucken.

Sonnemanns Krakel nachzumachen war kinderleicht. Er

hatte heute früh der Novak einen Zettel hingelegt, auf dem der Redaktionsleiter sie aufforderte, Becker tausend Mark aus der Spesenkasse zu geben. Sie hatte mit gerunzelter Stirn erst auf das Papier, dann auf Becker geguckt, aufgeseufzt und dann das unterste Schubfach des Schreibtischs aufgeschlossen, in dem die Kasse stand. Erst da hatte Bekker sie über sein Experiment aufgeklärt – er überprüfe die Fälschungssicherheit der redaktionellen Kommunikation, hatte er als Erklärung nachgeschoben.

»Die moderne Technik«, hatte sie in Verkennung der Zusammenhänge gesagt und den Kopf geschüttelt. »Das ist noch unser aller Untergang.«

Er wußte, worauf sie anspielte. Bei den Kollegen vom »Anzeiger« hatte vor einem Monat ein noch immer unbekannter Täter eine sich als Druckfehler tarnende sinnentstellende Frechheit ins Blatt redigiert – kurz vor dem Andruck. So etwas war kinderleicht. Zu diesem Zeitpunkt hatten die meisten Kollegen bereits Feierabend gemacht. Man konnte sich völlig ungestört an irgendeinen der zahllosen Monitore setzen, sich mit der Praktikantenkennung anonym einloggen und in jedem der Artikel nach Lust und Laune herumpfuschen.

Derjenige, der vor vier Wochen den dpa-Bericht über Bunge und die Notiz des Redaktionsleiters gefälscht hatte, war es konventioneller angegangen, aber im Grunde weit geschickter. Er hatte sich eines anderen bedient, eines Kollegen, der dafür bekannt war, daß er es nicht so genau nahm mit der Wahrheit. Ein wortverliebter Schönschreiber eben, dem es mehr darauf ankam, daß die Geschichte richtig »fiel«, als daß sie stimmte. Becker verachtete Journalisten mit einer solchen Berufsauffassung gründlich.

Mit dem Ausdruck des fiktiven Berichts und mit der gefälschten Notiz von Sonnemann ging er rüber zum Alten.

Ihm war mulmig zumute. Nicht, weil er einen Kollegen anschwärzte – Schiffer hatte sich das völlig verdientermaßen eingehandelt. Nicht, weil er Sonnemanns Zorn fürchtete. Sondern weil ihn der Gedanke beschäftigte, daß ein ihm noch unbekannter Kollege nicht nur ein skrupelloser Fälscher war, sondern auch einen Menschen auf dem Gewissen hatte. Er sah keinen Grund für Zweifel: Alexander Bunge mußte sich zu Tode gestürzt haben, weil man ihn – fälschlich – als Päderasten und Pornofreund denunziert hatte. Von solch einem Vorwurf erholte sich erfahrungsgemäß niemand mehr, der in der Öffentlichkeit etwas gelten wollte.

»Setz dich«, sagte Sonnemann und bot ihm ein Zigarillo an, was Hans dankend ablehnte. Er traute sich auch nach drei Jahren noch nicht, Sonnemann zurückzuduzen.

»Kaffee?«

Becker schüttelte den Kopf.

Der Leiter des Berliner Büros lehnte sich zurück, legte das massige Kinn in Falten und musterte ihn. »Also schlechte Nachrichten.«

»Ganz schlechte.« Becker reichte ihm die beiden Blätter, das eine ein sauberer Computerausdruck, das andere ein Gekrakel auf kariertem Papier, abgerissen von einem der kleinen Spiralblöcke, die der Redaktionsleiter – ein Mann der alten Schule – bevorzugte.

Die dpa-Meldung las Sonnemann mit breitem Grinsen. »Das sind doch endlich gute Nachrichten«, sagte er. »Aber was hat das mit ...« Dann las er die handschriftliche Notiz. Plötzlich regte sich kein Muskel mehr in seinem Gesicht.

»Das hier«, sagte er und tippte mit dem Zeigefinger auf das karierte Blatt Papier. »Das hier ist gefälscht.«

Becker nickte.

»Und das hier?« Sonnemann hielt den Computerausdruck hoch.

Hans nickte wieder.

Sonnemann runzelte die Stirn. »Und das heißt …?«

»… unsere Bunge-Story basierte auf einer gefälschten dpa-Nachricht und auf einer gefälschten Anweisung, daraus was zu machen.«

»Und auf der Blödheit eines Journalisten, den man teeren und federn und zur Tür hinausjagen sollte.« Sonnemanns Stimme war ganz ruhig geworden.

»Bleibt die Frage, wer ihm den Krempel auf den Tisch gelegt hat.« Auch Becker sprach plötzlich verhalten, so als fürchtete er, man könne sie belauschen.

Sonnemann klopfte mit dem Zeigefinger die Asche von seinem Zigarillo und sah zum Fenster hinaus. »Wer will uns schaden?« fragte er leise.

Frau Novak steckte den Kopf zur Tür hinein. »Jetzt nicht!« brüllte Sonnemann, und für einen Moment war Hans beruhigt: Solange der Alte brüllte, war alles nur halb so schlimm. Aber Sonnemann war schon wieder ruhig geworden.

»Wer war das Schwein? Und was wollte er erreichen?« Noch in der höchsten Wut blieb der Büroleiter Chauvinist – oder Kavalier, wie man's nimmt, dachte Becker. Auf einen weiblichen Täter kam er erst gar nicht.

Sonnemann drückte den Zigarillo aus, als setze er dem Fälscher höchstpersönlich den Daumen aufs Auge. »Find' das raus, Hansi«, sagte er schließlich. »Du bist der einzige in diesem Laden, der denkt, bevor er schreibt.«

»Und – was machen wir mit Bunge?«

Der Alte hob die spärlichen Augenbrauen. »Bunge? Der ist tot.«

»Ich meine – müßten wir nicht eine Richtigstellung …?«

Sonnemann hustete, als ob er sich verschluckt hätte. Fast wäre Becker aufgestanden, um ihm auf den Rücken zu klopfen. Als der Alte sich wieder beruhigt hatte, war seine Stimme vor Heiserkeit noch leiser geworden.

»Eine Richtigstellung? Bei unserer Auflage? Bist du wahnsinnig geworden?«

7

Frankfurt

Karen Stark drückte die Wohnungstür leise, aber fest hinter sich ins Schloß und schüttelte ungläubig den Kopf. Sachen gab's, die gibt's nicht. Erst hatte sie geglaubt, Jehovas Zeugen vor sich zu sehen – so durchdrungen von ihrer Mission wirkten die junge Frau und ihr etwas älterer Begleiter. Aber die beiden hatten früh um halb acht nicht über die Bibel reden wollen, sondern über ... Worüber eigentlich?

»Wollen Sie Ihren Lebenshorizont erweitern?« hatte die Frau gefragt und mit großen braunen Augen Karen unverwandt angesehen. »Danke, heute nicht«, hätte Karen am liebsten geantwortet, wenn tief eingegrabene Höflichkeit sie nicht davon abgehalten hätte. Warum bloß hatte sie die Tür geöffnet?

Sie seufzte, schlug den Bademantel fester um die Leibesmitte und ging wieder in die Küche, in der sie schon seit eineinhalb Stunden saß, Milchkaffee trank und über Katalogen brütete. Warum wohl – aus ebenso tief eingegrabenem Pflichtgefühl, natürlich. Es konnte ja nur ein wichtiger Grund sein, der jemanden veranlaßte, so früh schon bei ihr zu klingeln. Die »Ökumenische Aktion«, wie der Mann sie mit ernster Miene vorgestellt hatte, gehörte nicht in diese Prioritätenliste.

»Was die sich alles ausdenken«, murmelte Karen vor sich hin und stellte die Espressomaschine an.

»Das Leben in der Anonymität der Großstadt«, hatte die junge Frau gesagt.

»Einsamkeit und Verlassenheit«, war es wie ein Echo von ihrem Begleiter gekommen.

»Wir können etwas tun!« Die junge Frau hatte gestrahlt bei dieser Aussage. »Sie auch!«

Karen schnaubte und goß Milch in die große Henkeltasse. Sie hatte wie betäubt dagestanden und blöde genickt. So wie man eben nickt, wenn einem frühmorgens jemand gegenübersteht, der so fanatisch an das Gute glaubt.

»Wenn einer von uns den ersten Schritt tut ...« Der Mann hatte beschwörend die Hand gehoben. »Wenn einer den Anfang macht ...«

»Machen Sie mit bei der ökumenischen Aktion ›Lade deinen Nachbarn ein‹!« hatte die junge Frau schließlich feierlich deklamiert. Karen wartete, bis der heiße Dampf die Milch aufgeschäumt hatte, stellte die Tasse auf den Rost und drückte den Hebel der Espressomaschine herunter.

Sie hatte ungläubig nachgefragt. Aber die beiden meinten es nicht nur ernst, sondern ganz und gar wörtlich.

»Ihren Nachbarn!« hatte die junge Frau wiederholt und mit dem Daumen nach links gewiesen.

Links, in dem kleinen Zweizimmerappartement neben ihrer eigenen, großen Wohnung, hauste Harald Weiss. Niemand würde auf die Idee kommen, ihn zu irgend etwas einzuladen.

Sie hatte trotzdem genickt, »Gute Idee!« gesagt und die beiden mit der Behauptung hinauskomplimentiert, sie müsse jetzt zur Arbeit. Fast traurig hatte der Mann »... in der Anonymität der Großstadt ...« gemurmelt und »Einsamkeit statt Geborgenheit ...«, bevor die beiden weitergezogen waren. Sie hatte sie nebenan klingeln gehört, als sie die Tür zuzog. Niemand würde ihnen aufmachen. Selbst wenn er da wäre, würde Harald Weiss sich verleugnen. Das war sein Lebensprinzip.

Vor ein paar Jahren hatte sie ihn Marion gegenüber zum ersten Mann erklärt, der sich die Auszeichnung »Armes Opfer der Frauenbewegung« redlich verdient hätte.

»Er ist in jeder Hinsicht ein armes Schwein.«

»Sooo?« hatte Marion gefragt und sie von schräg unten angeblinzelt – ihre beste Freundin liebte es, den Größenunterschied zwischen ihnen beiden möglichst deutlich hervorzuheben. Wenn es ja nur die Größe wäre, dachte Karen und kniff sich in die Seite.

»Sie nimmt ihn systematisch aus.«

»Aha?« Marion hatte völlig mitleidlos ausgesehen.

»Er schuftet von morgens bis abends, damit sie sich nicht einschränken muß. Sie und das Kind. Dabei hat *sie* ihn verlassen …«

»Ich dachte, das Verschuldensprinzip sei abgeschafft?« Marion konnte von tückischer Unschuld sein.

Fakt ist, dachte Karen und nahm ihre Tasse mit zum Küchentisch, daß Harald Weiss sich von seiner Geschiedenen nach Strich und Faden ausnehmen ließ. Sie erpreßte ihn mit einer nie versagenden Waffe: mit dem Kind, das sie nur dann am Wochenende zum Vater ließ, wenn der vorher auf den Brustwarzen zu Kreuze gekrochen war.

Karen hatte jahrelang jeden Ehekrach der beiden zwangsweise mit angehört – und das Elend des schließlich Verlassenen war unübersehbar gewesen. Vor zwei Jahren hatte sie Weiss in einem geradezu verzweifelten Zustand angetroffen. Er hatte den Kleinen seit Monaten nicht gesehen. Als sie Tage später nach ihm schaute, weil sie sich als gute Nachbarin Sorgen machte um den Mann, hatte er die Tür nur einen Spalt weit geöffnet und mit beseligtem Ausdruck auf dem Gesicht »Pschscht, er schläft!« gesagt. Seither hatte sie ihn nicht wieder gesehen.

Nur das Kind war unüberhörbar, wenn es denn zum Vater durfte, schätzungsweise alle vier Wochen – der Bub veranstaltete regelrechte Tobsuchtsanfälle. Wahrscheinlich hatte der Kleine mittlerweile gelernt, wie er seinen schuldbewußten Vater am geschicktesten erpreßte. Harald Weiss war immer ungeselliger geworden. Heute schien er nur noch seine Arbeit zu kennen und die seltenen Besuche des Jungen, der seinen Erzeuger wahrscheinlich in dem Maße zu verachten lernte, in dem der sich seinem Kind unterwarf.

»Lade deinen Nachbarn ein«, murmelte sie. »Mit mir nicht.«

Und die Alternative zu Harald Weiss? Sollte sie etwa Dieter Stein einladen, den Mieter der Parterrewohnung? Karen schüttelte sich.

»Frau Stark, wenn ich Sie bitten darf, Ihre Joggingschuhe schon unten an der Haustür auszuziehen? Der Schmutz ...« Stein war in seiner Funktion als Hausmeister für den makellosen Zustand des Treppenhauses zuständig. Zu Anfang hatte sie versucht, mit ihm zu argumentieren. Aber jeder Einwand war abgeprallt an seinem unbewegten Gesicht mit den wachsamen Augen und der spitzen Nase.

»Bitte!« hatte er gesagt, was einem Befehl gleichgekommen war.

Und Frau Petzold? Die wollte sie nie, nie wieder in ihrer Wohnung sehen. Aber leider war ausgerechnet das schlechterdings nicht zu vermeiden. Als sie eingezogen war in die wunderschöne helle Westendwohnung, sieben Jahre war das jetzt her, hatte sie nicht weiter ernst genommen, was ihre Vermieterin mit mildem Lächeln sagte: »Und uns allen liegt etwas an einem gepflegten einheitlichen Bild, gell?«

Frau Petzold aber hatte das ganz und gar wörtlich gemeint: Zur Straßenseite hin sollten alle Fenster weiße Gardinen aufweisen, Schmuck oder Blumen in den Fenstern waren verboten, und in die Balkonkästen gehörten, dem eindringlichen Wunsch der Vermieterin entsprechend, rote Geranien – ausschließlich rote Geranien. Dunkelrote Geranien.

Als Karen das erste Mal dagegen verstieß, indem sie eine lachsfarbene Rose auf ihren Balkon pflanzte, hatte sie zuerst nicht weiter ernst genommen, daß die Petzold bei ihr Sturm klingelte und völlig außer Atem Mal um Mal »Aber Frau Stark!« rief. Heute fand sie das alles nicht mehr komisch. Denn Frau Petzold beharrte darauf, mitreden zu dürfen bei der Neugestaltung ihrer Wohnung. Karen Stark aber hatte die Nase voll von weißen Gardinen an ihren Fenstern. Sie hatte keine Lust mehr auf das »einheitliche Bild«, das das Haus nach außen abgeben sollte.

Sie hatte ein einziges Mal versucht, mit der Vermieterin die Situation unter rechtlichen Aspekten zu diskutieren. Frau Petzold hatte tödlich beleidigt reagiert. »Nur weil Sie Staatsanwältin sind!« hatte sie empört ausgerufen. Sie schien anzunehmen, daß es eine besondere Anmaßung sei, wenn sich auch eine Staatsanwältin auf das für alle geltende Recht bezog.

Karen seufzte und räumte den Stapel von Katalogen beiseite. Die Verkäuferin in dem Laden mit den wunderbaren französischen Stoffen hatte sich das Problem angehört, die Vorderzähne auf die Unterlippe gesetzt, das Kinn nachdenklich vorgeschoben und schließlich vorgeschlagen, die neuen Vorhänge so zu drapieren, daß von außen nur die weiße Gardine und von innen nur das opulente Rosenmuster der neuen Vorhänge zu sehen seien.

Karen Stark sah auf die Uhr, die über dem Kühlschrank

hing. Dann seufzte sie wieder und griff nach der Handakte, die neben der Kaffeetasse lag. Sie hatte noch eine Stunde Zeit, bis sie im Büro sein mußte, Zeit genug, um das Versprechen einzulösen, das sie Wenzel gestern gegeben hatte. Wenigstens überfliegen wollte sie die Akte Bunge.

Lustlos überblätterte sie die ersten Seiten und den Autopsiebericht. Im Unterschied zu Wenzel war sie wenig interessiert an den medizinischen Details. Die Gefühle beschäftigten sie, mit denen man es bei gewaltsamen Todesfällen zu tun hatte. Die meisten Täter trieb Persönliches an. Sollte Bunge wider Erwarten nicht freiwillig gesprungen, sollte der Todesfall gar auf Mord oder Totschlag zurückzuführen sein, so würde sich das Motiv, davon war sie überzeugt, nur in seinen persönlichen Umständen finden lassen.

Als sie auf die Kopie der Todesanzeige für Alexander Bunge stieß, war sie überrascht – nicht nur, weil jemand die Anzeige für wichtig genug gehalten hatte, um sie der Akte beizuheften, sondern weil sie in jeder Hinsicht ungewöhnlich war:

ALEXANDER BUNGE, 19. 4. 1951 – 13. 8. 1999
»Du liebtest die Wahrheit
mehr als dich selbst
An ihr hing Dein Herz –
nicht am Leben.
Das Leben hatte ein Einsehen.«
In Liebe, Respekt und Trauer
im Namen der Freunde und Familie:
Edith Manning.

Edith Manning. Woher kannte sie bloß den Namen? Nicht aus Politiker- oder Parteikreisen, so viel war sicher. Schließlich fiel es ihr wieder ein: Edith Manning war der Name einer bekannten Frankfurter Strafverteidigerin. Sie vertrat den Beschuldigten im Kindergartenprozeß. Karen sah wieder auf die Küchenuhr. Sie konnte die Anwältin in etwa zweieinhalb Stunden bei der Verhandlung treffen.

Karen ließ ihren kalt gewordenen Milchkaffee in der Tasse kreisen und sah durchs Küchenfenster hinaus zum Himmel, auf dem ein Flugzeug eine Schleppe aus zwei weißen Kondensstreifen hinter sich herzog. Es schadete nichts, die Kollegin anzusprechen. Gehörte sie zum Freundeskreis oder zur Familie des Verstorbenen? Und was hatte es mit dem seltsamen Text der Anzeige auf sich?

Endlich gab sie sich einen Ruck und erhob sich vom Küchentisch. Dann ging sie ins Bad.

Bevor sie eine halbe Stunde später die Haustür hinter sich zuzog, war sie zweimal zurück in ihre Wohnung gelaufen, nur weil sie wieder irgend etwas vergessen hatte. Erst die Handakte Bunge. Dann ihren Autoschlüssel. Demnächst würde sie noch ihren Verstand zu Hause liegenlassen.

Karen drehte den Schlüssel in der Haustür zweimal um. Ihre Schusseligkeit in letzter Zeit machte sie nervös. War das vorzeitige Altersdemenz? »Streß«, hatte Marion kürzlich gesagt und ihr Urlaub empfohlen. Streß! Karen schnaubte. Das war ja das Allerneueste.

Wenigstens war sie noch nicht so gaga wie der alte Niemann, der jeden Tag wie ein Besessener die Straße fegte. »Bin gleich fertig!« rief er ihr zu, als er sie aus dem Gartentor heraustreten sah.

»Nur keine Hektik!« rief sie zurück. Sie und er waren ein eingespieltes Team.

»Gleich ist es soweit!« rief die brüchige Männerstimme, jede Silbe unterlegt von einem kräftigen Strich mit dem Besen. Der alte Mann würde wahrscheinlich verdorren und verdämmern, wenn er nicht jeden Tag die Straße kehren dürfte.

»Gleich – fertig!« sagte er, ohne aufzusehen.

Andere joggen, dachte Karen – manchmal jedenfalls. Der alte Niemann fegt mit Kraft und Ausdauer die Straße. Auch das beugt dem Herzinfarkt vor.

In ihrem Laden herrschte Hochbetrieb. Kaum saß Karen wieder im Büro, funktionierte ihr Gedächtnis makellos. »Streß!« murmelte sie verächtlich, als sie den zweiten Aktenstapel durchgearbeitet hatte.

Dann erst ging sie hinunter zum Verhandlungszimmer. Die ersten beiden Verhandlungen des Tages verliefen nach Plan: Im einen Fall wurde die Beweisaufnahme verschoben, im zweiten Fall folgte die Richterin dem Antrag der Staatsanwaltschaft. Karen schaffte es gerade noch vor Beginn der Sitzung in den Raum, in dem der »Kindergartenfall« verhandelt wurde. Diese Verhandlung würde sich nicht so unspektakulär erledigen. Dafür würde die Person sorgen, die sich soeben mit der linken Hand durch die kurzen dunklen Haare fuhr und sich mit beiden Händen das Jackett geradezog, während sie aufstand. Mit vor Konzentration gerunzelten Augenbrauen begann Edith Manning die Klagebegründung der Staatsanwaltschaft auseinanderzunehmen.

Karen war damals froh gewesen, daß nicht sie den Fall hatte übernehmen müssen. Es ging um einen jungen Mann, einen gelernten Erzieher, der im katholischen Kindergarten von Bornheim jahrelang als liebevoller und verläßlicher Betreuer gegolten hatte – bis das Gerücht aufkam, er habe sich an seinen Schützlingen vergangen. Auf das Gerücht folgte die Hysterie, und noch bevor die Ermittlungen begonnen hatten, war der junge Mann bereits als mutmaßlicher Täter geoutet – von den Zeitungen, mit Foto.

Nach einem mißlungenen Selbstmordversuch lag der

junge Mann auf der Intensivstation – und Edith Manning bezichtigte sie alle des Rufmordes. Die hysterischen Mütter und besorgten Väter, die Kolleginnen des Angeklagten, die Vertreter des Jugendamtes und vor allem die Medien. Und nicht zuletzt die Staatsanwaltschaft, die Klage erhoben hatte.

»Wir nennen das Rassismus. Wir nennen das Sexismus. Wir nennen das eine unerträgliche Diskriminierung, wenn eine Person aufgrund ihres Geschlechts an den Pranger gestellt wird. Der Angeklagte schwebt in dieser Minute zwischen Leben und Tod – nicht, weil er ein reuiger Verbrecher wäre, der sich der weltlichen Gerechtigkeit hätte entziehen wollen. Sondern weil er ein Verzweifelter ist, der dieser Gerechtigkeit nicht mehr traut. Die Anklage beruht allein und ausschließlich darauf, daß der Angeklagte ein Mann ist. Sie ist ein Dokument sexistischer Vorurteile. Sie hat einen Unschuldigen auf dem Gewissen.«

Fast bewunderte Karen die Verteidigerin für ihren Mut. Fast hatte sie Mitleid mit dem ermittelnden Kollegen. Sexueller Mißbrauch von Kindern im Kindergartenalter war schwer nachzuweisen – nur wenn die Kinder körperlich verletzt worden waren, gab es Eindeutigkeit. Ob sie Schaden an ihrer Seele genommen hatten, war eine Frage des Ermessens – und der Definition. Besonders Ängstlichen galt bereits das Abhalten der Kinder auf dem Klo als Mißbrauch, Hysteriker schlugen bei jeder Form körperlicher Berührung Alarm. Natürlich war das Unsinn. Andererseits erwischte auch sie sich beim Gedanken, daß sie in solchen Fällen auf der Seite des gesunden Volksempfindens und damit im Zweifel *gegen* den Angeklagten war.

Der Richter verkündete Vertagung und beendete die Sitzung. Edith Manning stand noch immer am Tisch, beide Hände auf die Platte gestützt, und schien ins Leere zu blicken. Karen räusperte sich, bevor sie sie ansprach. Sie glaubte zu sehen, wie die Anwältin zusammenzuckte. Die Müdigkeit auf ihrem Gesicht wich mißtrauischer Wachsamkeit, als sie Karen sah.

»Frau Stark.« Sie nickte Karen zu.

»Frau Manning.« Karen nickte ebenso förmlich zurück. »Haben Sie eine Minute ...?«

»Auch zwei, Frau Kollegin.« Edith Manning bemühte sich um ein Lächeln.

»Es geht um Dr. Alexander Bunge.« Wieder glaubte Karen das Mißtrauen im Gesicht der anderen aufflackern zu sehen. »Die Todesanzeige ...«

Die Frau machte eine ungeduldige Handbewegung. »Er hat den Text selbst entworfen.«

Karen klappte erstaunt den Mund wieder zu. »Wann?« fragte sie dann.

»Ein paar Wochen – davor. Ein entsprechender Brief war seinem Testament beigefügt.«

»Und – Sie?« Karen wußte nicht genau, wie sie sich ausdrücken sollte. War Edith Manning die Schwester oder eine andere Verwandte Bunges?

»Ich sah keinen Anlaß, seinen letzten Willen zu ignorieren«, sagte Manning mit steifer Würde.

»Ich meine –«

»Ich weiß, was Sie meinen, Frau Kollegin. Ich war seine Frau.«

Für einen Moment konnte Karen ihre Überraschung nicht verbergen. Sie hatte Bunge für alleinstehend gehalten.

Edith Manning blickte sie fast zornig an und sagte dann leise: »Ist das so ungewöhnlich?«

Ungewöhnlich? Nichts, dachte Karen, war gewöhnlicher als eine Ehe. Selbst daß beide Ehegatten ihren Namen beibehielten, galt mittlerweile nicht mehr als exotisch.

Dennoch fand sie ihren Irrtum verzeihlich – von einer Ehefrau hatte Manfred Wenzel ihr nichts gesagt. Und in der Akte hatte sie die Seiten mit den biografischen Daten überblättert.

Karen merkte, daß Edith Manning fast unhörbar, aber deutlich sichtbar mit nervösen Fingern auf den Schreibtisch klopfte.

»Der Anzeigentext stammt also von ihm. Das läßt auf Vorbedacht schließen«, sagte sie.

»Läßt es wohl.« Die Finger hörten nicht auf zu trommeln.

»Ihr Mann hing also an der Wahrheit mehr als am Leben.«

»So hört sich das an, oder?« Edith Manning hatte eine für eine erfolgreiche Anwältin untypische Spur von Trotz in der Stimme.

»Bezog sich das – auf den Artikel im ›Journal‹?«

Edith Manning lachte auf, kurz, trocken und, wie Karen verwundert feststellte, ordinär.

»Die Wahrheit jedenfalls hat im ›Journal‹ nicht gestanden!«

»Woher wissen Sie das? Die Ehefrauen sind in solchen Fällen meistens die letzten, die die Wahrheit erfahren ...«

Die Anwältin hörte abrupt auf, mit den Fingern auf den Tisch zu klopfen und steckte beide Hände in die Taschen ihres Jacketts. Dann zog sie die Schultern hoch und sagte mit unverhohlenem Sarkasmus: »Wir hatten weniger Geheimnisse voreinander als andere Eheleute.«

Sie mußte Karen angesehen haben, daß sie ein ebenso sarkastisches »Das sagen sie alle!« auf den Lippen hatte, jedenfalls fügte sie hinzu: »Es gab keinen Grund, mir irgend etwas in dieser Art zu verschweigen.«

Als Karen noch immer ungläubig guckte, sagte Elisabeth

ungeduldig: »Er war kein Päderast. Er stand nicht auf kleine Jungen. Er mochte Männer – erwachsene, normalgewichtige, virile Männer.«

Karen Stark fühlte, wie ihr das Blut ins Gesicht stieg. Wie konnte sie nur so blöd sein! Kein Wunder, daß Manfred Wenzel sich befangen fühlte.

»Auch das ist nicht so ungewöhnlich.« Edith Manning klang wie ein trotziges Kind, das mit dem Fuß aufstampft, während es »Alles ganz normal!« ruft.

»Nicht?« Karen merkte, wie ungläubig sie klang. Aber Edith Manning hatte ihren Sarkasmus abgestreift und sah plötzlich jung und verloren aus.

»Wir waren eine richtig glückliche Familie. Und wir führten eine wunderbare Ehe. Es war eine in allen Punkten gute Ehe.« Sie lächelte matt, als sie Karens Gesicht sah. »Ist doch ganz einfach: Er wollte Kinder, aber keinen Sex mit einer Frau. Ich wollte Kinder, aber keinen Sex. Punkt.«

Karen sah, wie sie die Hände in den Jackettaschen ballte und dann wieder entspannte.

»Kinderpornographie! Alexander! So ein Schwachsinn!«

»Die Karriere eines Abgeordneten kann durch solche Gerüchte schnell beendet werden.«

»Aber wenn es doch nicht *stimmte* …«

»Warum ist er dann gesprungen?«

»Ist er das?« Edith Manning hatte wieder die Hände geballt.

»Was sonst?«

Die Strafverteidigerin zuckte mit den schmalen Schultern. Plötzlich standen auch ihr die Zweifel im müden Gesicht.

Karen fühlte plötzlich tiefes Mitleid mit der Frau, die mit einem Mal ganz verloren aussah in dem leeren Verhandlungssaal. Sie gab Edith Manning die Hand, als sie sich verabschiedete. Selbst ihr Händedruck wirkte zögernd, zweifelnd.

Aber konnte es wirklich Zweifel geben? Daß Bunge schwul war – nun, das war offenbar Teil eines für beide Seiten befriedigenden Abkommens. Man mußte einander nicht lieben, um eine Familie zu gründen. Aber würde eine Mutter, mehr noch: würde *diese* Frau dem Vater ihrer Kinder Päderastie verzeihen?

Niemals, dachte Karen. Sie würde bis zuletzt daran festhalten, daß er Opfer einer Denunziation war – wie der junge Mann, für den sie ein so leidenschaftliches Plädoyer gehalten hatte. War er es aber nicht – dann würde ihre Rache unerbittlich sein. Er würde, anders als Harald Weiss, seine Kinder nie wiedersehen.

Bunge mußte das gewußt haben. Wenn die Zeitungsmeldung stimmte, hatte er jeden Grund der Welt, sich umzubringen. Und die eigenartige Todesanzeige? insistierte eine innere Stimme. Diese Stimme aus dem Jenseits? Karen Stark packte ihre Aktentasche fester. Inszenierung. Selbstschutz. Eitelkeit noch über den Tod hinaus. Aber das alles war kein Grund, um nicht endlich das zu tun, was Manfred Wenzel all die Wochen über versäumt hatte – aus gänzlich persönlichen Motiven: die Akte Alexander Bunge zu schließen.

8

Berlin

Anne Burau hielt die Knie fest aneinandergepreßt und ballte die Fäuste, bis sie schmerzten. Die Gesichter um sie herum begannen zu verschwimmen, bis sie nur noch Hell und Dunkel sah, durchschnitten vom Jägergrün und Ochsenblutrot dessen, was die Herren in ihren gedeckten Anzügen als Ausrufezeichen letzter Individualität um den Hals trugen. Die Stimme des Ausschußvorsitzenden plätscherte wie ein träges Bächlein vor sich hin, während sie tiefer in den Sessel rutschte und nur eines fürchtete: daß die Runde im Dienst ergrauter Männer sie irgendwann einmal bemerken und fragen würde, was sie denn hier zu suchen hätte. Anne kam sich wie ein Spion vor, wie jemand, der sich eine Rolle anmaßt, die ihm nicht zusteht.

Genau so schienen das auch die anderen zu sehen. Heute früh war die Sekretärin zwar nicht gleich wieder vor ihr geflüchtet. Aber die Frau – »Mechthild Zang«, hatte sie sich nach einem langen, vorwurfsvollen Blick schließlich vorgestellt – gab ihr deutlich zu verstehen, wer in ihrem Büro noch immer der Chef war: Alexander Bunge. Übers Grab hinaus.

»Sie müssen das verstehen«, hatte Mechthild Zang gesagt und mit einem tiefen Schniefen untermalt. »Nach all den Jahren ...«

»Ich verstehe alles, Frau Zang, vor allem Ihren tiefen Kummer.« Himmel, kannst du lügen, dachte Anne. »Aber ich brauche ein funktionsfähiges Büro.«

»Aber Sie sind doch ...« Frau Zang hatte sich noch gerade rechtzeitig unterbrochen, aber Anne konnte den Satz in Gedanken mühelos weiterführen: »... ein völlig unwichtiger Neuling hier.«

Die Frau schniefte auf. »Die Baukommission, Sie wissen ja, daß Alexander Bunge die Baukommission leitete ...«

»Ich bin ab heute ebenfalls Mitglied in der Baukommission. Und es wäre schön, wenn Sie mir die Protokolle der letzten vier Sitzungen besorgen würden.«

Die Zang guckte sie mit offenem Mund an und riß sich schließlich sichtbar zusammen. »Ich gebe das in Auftrag.«

»Sofort.« Anne genoß ihre Grausamkeit. »Ich brauche die Unterlagen sofort.«

Danach war sie zu ihrer ersten Ausschußsitzung gegangen, und jetzt saß sie hier, mit minütlich sinkendem Mut, als einzige Frau unter älteren Männern und in ständiger Furcht, jemand könne sie ansehen oder gar ansprechen.

»Jeder Tag kostet. Jeder Tag, an dem nicht weitergebaut werden kann. Das Ganze ist eine Katastrophe.« Die Debatte hatte sich erhitzt. Keine Ahnung, worum es ging.

»Wir haben schon jetzt den Etat weit überschritten.« Der Redner spielte nervös mit seiner Brille. »Das alles hätte nie an die Öffentlichkeit gelangen dürfen.«

»Und vor allem nicht zum Denkmalschutz«, murmelte jemand.

»Wie wurde das Problem denn früher gelöst?« Anne spürte, wie dem jungen Redner die versammelte Verachtung der Eingeweihten entgegenschlug.

»Wir hatten keins.« Der Ausschußvorsitzende kniff die Lippen zusammen.

Im unbehaglichen Schweigen, das folgte, wäre Anne am liebsten unter die Tischplatte gesunken. Alle hatten, glaubte sie, vorwurfsvoll zu ihr hinübergesehen, bevor sie sich wieder auf ihre Hände konzentrierten, in Papieren blätterten, aus dem Fenster guckten. Aus irgendeinem Grunde fühlte sie sich schuldig – weil sie hier saß. Und nicht, worauf er auch über den Tod hinaus noch ein Recht zu haben schien, Alexander Bunge.

Endlich kamen die Herren zum Ende, und Anne fühlte sich mit schulmädchenhafter Erleichterung gerade noch einmal davongekommen. Zu früh gefreut. Als sie hinausgehen wollte, faßte ein glatzköpfiger Abgeordneter mit dottergelber Bärchenkrawatte zum braunkarierten Sakko sie am Ellbogen und flüsterte: »Mutig, mutig!«

Anne reagierte instinktiv. »Braucht man das hier?«

Der andere grinste. »Ich meine nur: Sie treten ein schweres Erbe an.«

»Das ist mir auch schon aufgefallen.«

»Heute schon die Presse studiert?«

Anne zögerte. Dazu hatte sie keine Zeit gehabt. »Hab' ich etwas versäumt?«

»Wie man's nimmt.« Der andere grinste immer maliziöser. »Wenn ich mich nicht verzählt habe: Ziemlich genau achtzehn Zeilen im ›Journal‹.«

Zu ihrem Ärger merkte sie, wie sich ihr Puls beschleunigte.

»Machen Sie sich nichts draus«, sagte der andere tröstend, winkte ihr zu und reihte sich ein in den Strom aufeinander einredender Männer, die den Sitzungssaal im Gänsemarsch verließen.

In der Lobby traf sie einen strahlenden Emre Özbay. »Willst du den neuesten Witz hören?«

Eigentlich nicht. Aber war nicht der anatolische Niedersachse derzeit ihr einziger Freund? Also nickte sie matt.

»Der Verteidigungsminister kommt ins Plenum und hat den Fuß in Gips.« Emre grinste, als ob schon das witzig genug wäre.

»Fragt ihn der Kulturminister: ›Wo hast du dir denn das geholt?‹ Sagt der Verteidigungsminister: ›Unfall beim Fahrradfahren.‹«

Emre guckte sie erwartungsvoll an. Anne lächelte pflichtschuldig. War das schon der Witz gewesen?

»›Ist das nicht bereits das dritte Mal?‹ fragt darauf der Kulturminister. ›Vielleicht wechselst du besser die Sportart. Ich empfehle Tai chi‹ …«

Emre bog sich vor Lachen.

»Emre –« Anne deutete hilflos auf den Ausgang.

»Du hast was Wichtigeres vor? Dann geh! Geh!« sagte Emre und machte scheuchende Bewegungen mit beiden Händen.

Anne hastete hinüber in ihr Büro. Daß es in einem Altbau untergebracht war, hatte sie zuerst kaum wahrgenommen. Plötzlich fiel ihr auf, wie groß das Gebäude war, wie imposant, wie ausladend. Und – wie kalt.

»Die Zeitungen?« fragte sie, als sie Mechthild Zang am Schreibtisch sitzen sah, den Telefonhörer am Ohr.

»Momentchen«, hauchte die Zang, legte die Hand auf den Hörer und drehte sich ohne Eile zu Anne um.

»Die Zeitungen!« sagte Anne, ungeduldig.

»In Ihrem Büro, auf dem Schreibtisch.« Die Sekretärin machte eine leidende Miene und wandte sich wieder ihrem Telefongespräch zu.

Anne zog geräuschvoll die Tür hinter sich ins Schloß und ließ sich aufatmend in den Schreibtischsessel fallen. Als ob er sie verhöhnen wollte, guckte ein milde lächelnder Alexander Bunge auf sie herab. Die Zang hatte das Foto mit der schwarzen Schärpe, das sie ihr auf den Schreibtisch gelegt hatte, wieder zurückgestellt ins Bücherregal.

Anne stöhnte auf und durchblätterte dann mit nervösen Fingern den Zeitungshaufen. Das »Journal« lag zuunterst. Und die Meldung stand auf Seite 2, zusammen mit einem Foto, auf dem sie wie das Heidi bei der Ankunft in der Großstadt aussah – nur die Zöpfchen fehlten.

»Vom Elend der Quote« lautete die Überschrift, und »Geschlechterproporz statt Qualität?« die Unterzeile. Anne merkte, wie ihr die Hitze ins Gesicht stieg, je weiter sie las. Das »Journal«, so ließen sich die boshaften achtzehn Zeilen zusammenfassen, bedauerte den Tod von Alexander Bunge, obwohl es an dessen Hinscheiden, wenn Anne das richtig sah, nicht eben unmaßgeblich beteiligt war. Und es bedauerte insbesondere, daß die Frauenquote dazu geführt habe, daß eine völlig inkompetente Landwirtin diese verantwortliche Position übernehmen müsse, eine Frau überdies mit einer skandalösen Vergangenheit, über die das »Journal« nichts Genaues verlauten ließ, außer, daß die Stasi und ein Mordfall in Annes Leben eine Rolle gespielt hätten.

»Wer einen beschaulichen Ökobauernhof bewirtschaftet, hat sich damit noch nicht für die Aufgabe qualifiziert, der neuen Hauptstadt ein Gesicht zu geben.«

Anne las sich den letzten Satz laut vor. Beschaulich? Der Weiherhof? Fast hätte sie gelacht – wenn sie nicht heute im Ausschuß ein ähnliches Gefühl gehabt hätte. Die Baukommission bewegte eine geradezu gigantische Summe Geldes. Einem Vergleich mit ihrem kleinen mittelständischen Betrieb hielt das nicht stand.

Frustriert warf sie das Blatt in die Ecke und hätte dabei beinahe Alexander Bunges Porträt vom Bücherregal gewischt. Wieder zuckte sie zusammen, als das Telefon ertönte, mit diesem gräßlichen, süßlichen Gedudel.

»Ja?« fragte sie vorsichtig, in Erwartung eines weiteren anonymen Anrufs.

»Mit Verlaub, Anne, aber so geht das nicht.« Der Fraktionsführer ihrer Partei glaubte nicht an die Segnungen der Höflichkeit und kam gleich zur Sache. »Wenn du schon nicht mehr weißt, worauf es in der Politik ankommt, dann solltest du dich wenigstens der Presse gegenüber zurückhalten.«

»Ich habe nicht ...«

»Man muß nicht in jedes Mikrofon reden, das einem hingehalten wird.«

»Aber ich habe ...«

»Und für ein Porträt im ›Journal‹ muß man sich ebenfalls nicht gleich um Kopf und Kragen reden.«

»Jupp …«

»Ich weiß, was du sagen willst, Anne. Kiel ist lange her. Um so wichtiger, daß du nun endlich in Berlin ankommst. Wir brauchen, vor allem derzeit, Disziplin.«

Als Jupp das Gespräch beendet hatte, legte Anne den Hörer ganz, ganz behutsam auf. Am liebsten hätte sie mit ihm geworfen.

Und dann endlich kam die Wut, die große, erlösende Wut. Jetzt reicht es, du Mistkerl, dachte sie, während sie die Nummer der »Journal«-Redaktion eingab.

»Ja bitte?« antwortete eine kühle Frauenstimme. »Wen wollen Sie …? Peter Zettel?« Sie hörte die Ungeduld in der Stimme der anderen. »Ich weiß nicht, ob ich Ihnen Auskunft …«

»Vielleicht richten Sie ihm etwas aus?« Auch Anne hatte nicht mehr viel Geduld zur Verfügung.

»Von wem bitte?« kam es spitz zurück.

»Sagen Sie ihm, er möchte dringend Anne Burau anrufen.«

»In welcher Angelegenheit, bitte?«

Was ging das diesen Vorzimmerdrachen an? »Ich bin Mitglied des Bundestags«, sagte sie mit fester Stimme.

Die Person am anderen Ende der Leitung drosselte die menschliche Wärme in der Stimme um ein paar weitere Grade. »Sehr wohl.« Dann unterbrach sie die Verbindung.

Plötzlich konnte Anne es kaum noch erwarten, Peter Zettel endlich all die Verachtung entgegenzuschleudern, die sie in den letzten Monaten gegen sich selbst gerichtet hatte. Seine Privatnummer stand in ihrem Telefonbuch noch vor seinem Anschluß beim »Journal«. Sie ließ es lange klingeln – bis schließlich der Anrufbeantworter ansprang. Als sie seine heitere Stimme vom Band hörte, steigerte sich ihre Wut. Wahrscheinlich, dachte sie, hockt der

Kerl direkt neben dem Apparat und läßt seine Anrufer erst vorsprechen, bevor er abnimmt. Mit mir nicht.

Aus Trotz schwieg sie mindestens eine Minute lang ins Telefon. Dann suchte sie Zettels Adresse aus dem Telefonbuch heraus. Sie wollte endlich eine Antwort von ihm. Worauf auch immer.

Als sie zehn Minuten später aus dem Büro kam, hatte die Zang wieder den Telefonhörer am Ohr. Diesmal legte sie hastig auf.

»Die Ausschußprotokolle«, sagte sie.

»Ich brauche sie noch heute«, hörte Anne sich antworten.

»Ja – also …«

»Also was?«

»Sie sind nicht verfügbar.«

»Was heißt das?« Anne spürte, wie sich der Frust des ganzen Tages in ihr zusammenballte. Ihre Stimme war vor Zorn eine Note höher gerutscht.

Sogar Mechthild Zang guckte betreten, aber Anne glaubte, unter ihrer betroffenen Miene leisen Triumph zu entdecken. »Nun – sie stehen zur Zeit nicht zur Verfügung.«

»Wie bitte?«

»Ich habe es besonders dringlich gemacht. Aber …«

Anne hätte fast die Beherrschung verloren. Statt dessen nickte sie, griff sich das Jackett und stürmte aus dem Büro. Irgend jemand versuchte, ihre Arbeit zu sabotieren. Ihr im Wege zu stehen. Sie mürbe zu machen. Aber wer? Und warum?

Erst als sie im Plenarsaal angekommen war, beruhigte sie sich wieder. Es war die letzte Sitzung in dieser Woche. Die würde sie auch noch überstehen.

9
Rhön

Der Frühnebel stieg in zarten Schleiern aus der Talsenke empor, von woher gedämpft die Glocken klangen, die einige der braunen Rinder um den Hals trugen. Bremer fuhr langsamer und wünschte, auch seine Laune würde sich langsam mal heben. Dann duckte er sich über den Lenker und ließ sich die abschüssige Straße Richtung Waldburg hinunterfallen. Schon am Dorfeingang stieg ihm der vertraute Geruch in die Nase, der diese Jahreszeit begleitete wie kürzer werdende Tage, reifende Äpfel und leuchtende Farben: Holzfeuer, dachte er. Jetzt begann sie wieder, die Heizperiode und damit die Abende vor dem flackernden Kamin. Fast konnte er es nicht mehr erwarten.

Er bog, ohne zu bremsen, in die Straße ein, die nach Groß-Roda führte. Auf der kleinen Anhöhe erwartete ihn eine Delegation schwarzer Krähen, die auf dem Asphalt eine Versammlung abgehalten hatten und erst aufflogen, als er kurz vor ihnen war. Das laute »Kraaah«, das sie ausstießen, hörte sich wie eine Verwünschung an.

Hörst du das, Anne? dachte er. Seit du fort bist, geht alles schief. Der jüngste Sohn der Großfamilie, die vor zwei Jahren in den verfallenden Dreiseitenhof zwischen Waldburg und Streitbach eingezogen war und die alle die »Russen« nennen, obwohl sie sich selbst als »deitsch« bezeichnen – Josef jedenfalls war auf dem Nachhauseweg von der Kirmes in Haslingen erstochen worden. Er hatte Anne im letzten Jahr beim Ausbau der Scheune geholfen, sie mochte ihn.

Und das war noch nicht alles. In Ottersbrunn hatte es in den frühen Morgenstunden gebrannt, zwei Pferde waren umgekommen, ein Mensch überlebte schwer verletzt, das ganze Dorf war in heller Aufregung, weil alle fürchteten, es könne sich wieder ein Brandstifter herumtreiben.

Interessiert dich das, Anne? dachte er. Wahrscheinlich nicht. Und sicherlich auch nicht, daß ihm gestern seine Lieblingskatze unter die Räder gekommen war. »Seine« Katze, auch wenn sie eigentlich den Nachbarn gehörte, deren verfressene Viecher sich allmorgendlich und allabendlich vor Bremers Haustür versammelten, um zuzuhören, wie er den Dosenöffner ansetzte. Er hatte sich schon zigmal vorgenommen, die Kerle nicht mehr durchzufüttern und vor allem sein Herz nicht an Tiere zu hängen, deren Lebensspanne durch Hochwasser, Traktoren, Katzenhusten und Hunde drastisch begrenzt war. Aber wie von fremder Hand hineingelegt fanden sich bei jedem größeren Einkauf Dosen mit Katzenfutter in seinem Einkaufswagen, Magnum und Premium, versteht sich.

Über den Himmel zog eine Wolkenformation, die von ferne wie eine Katze aussah, die sich über einer Maus krümmte. Bremer sprintete die Birkenallee hoch und zählte die Windmühlen am Horizont. Manchmal, wenn Heißluftballons fauchend über seinem Dorf standen, man das Klippklopp hörte, das einen einsamen Reiter oder eine Pferdekutsche ankündigte, wenn Drachenflieger in der Thermik am Südhang des Berges zu Tal schwebten und in der Ferne das Dröhnen alter Propellermaschinen erklang, fühlte er sich in einer anderen Zeit und in einer anderen Welt, in der nur noch der Rote Baron, Graf Zeppelin, Ikarus und Don Quijote auf seiner Rosinante fehlten.

Nein, Anne wollte bestimmt nichts mehr wissen von ihrer Heimat. Plötzlich schien sie ihm weiter weg als die läppischen vierhundert Kilometer, die zwischen der Rhön und der Bundeshauptstadt lagen. Er bog in den Feldweg ein, der nach Klein-Roda führte. Die Felder waren kahl, der Boden schwarz und aufgerissen, und die Luft roch nach Gülle. Leuchtendrote Früchte übersäten die Vogelbeerbäume am Waldsaum. Mitten auf der Straße, am Dorfrand, stand eine Gestalt, schwankend, die Arme in den Himmel gestreckt. Als er näher kam, erkannte er Erwin – wahrscheinlich wieder knülle wie ein Lurch. Paul fuhr langsamer.

Erwin schien einen unsichtbaren Chor zu dirigieren – mit weit ausholenden Armbewegungen, die Bierflasche in der linken Hand. »Keiner kommt durch«, hörte er ihn brüllen.

Bremer schüttelte den Kopf und hob sich aus dem Sattel. Ungläubig ließ er sich wieder sinken und trat schneller in die Pedale, bis er hinter Erwin war. Dann bremste er.

Vor seinem betrunkenen Nachbarn stand ein Panzer, das Geschützrohr zum Himmel gerichtet, im Geschützturm ein junger Soldat, der den Helm abgesetzt hatte und sich mit der Hand durch die naßgeschwitzten Haare strich. Verlegen sah der Kerl aus, was kein Wunder war, wenn man sein Gegenüber betrachtete. Erwin war blaurot im Gesicht und lallte mit strahlenden Augen auf eine Versammlung von der Stärke einer halben Kompanie ein. Hinter dem Panzer stauten sich Kettenfahrzeuge und Jeeps. Das kleine Dorf war vollständig blockiert.

Nato-Manöver, dachte Bremer, der hätte gewarnt sein können, es hatte schließlich in der Zeitung gestanden. Vorbei waren die Zeiten, kurz nach dem Ende der Sowjetunion, als niemand solche Truppenbewegungen mehr für nötig gehalten hatte. Jetzt übten sie wieder, die Jungs von der Bundeswehr und ihre Verbündeten, legten ganze Landstriche lahm und demonstrierten Zivilität, wenn sich ihnen ein Verrückter wie Erwin in den Weg warf.

»Komm, Erwin.« Paul versuchte ihn am Ärmel wegzuziehen.

»No pasarán!« rief Erwin wieder, und Bremer fragte sich, woher er das wohl hatte. Wahrscheinlich aus dem Fernsehen, Erwins Draht zur Welt, einem Gerät mit Großbildschirm, dessen bläuliches Flackern jeden Tag ab dem späten Nachmittag aus dem Fenster mit den halb zugezogenen Gardinen drang.

Plötzlich kam Bewegung in die Truppe vor ihm. Oben auf den Panzern öffneten sich Luken, aus denen Gestalten in Tarnanzügen sprangen, die Jeeps entließen ihre Insassen, und auch der junge Soldat vor ihnen tauchte erst unter und dann auf der Straße wieder auf, Erwin eine Art Gruß zuwinkend. Alle gingen zur Mitte der Kolonne, dorthin, wo der Friedhofsweg auf die Dorfstraße mündete und wo Pauls Haus stand. Er schob sein Fahrrad an Geländewagen und Kettenfahrzeugen vorbei nach Hause. Als er das Gartentor öffnete, lehnte sich Marianne aus dem Fenster über ihm, aus dem zwei braunweiße Kuhfelle hingen. Gute Hausfrauen lüfteten ihre Bettvorleger täglich.

»Klein-Roda ist besetzt!« rief seine Nachbarin herunter.

»Von den Guten oder von den Bösen?« brüllte er zurück.

»Keine Ahnung, aber es ist wegen dem Manöver!«

»Gibt's Einquartierung?« fragte Paul. »Wird schon vergewaltigt und geplündert?«

Marianne zeigte mit ausgestrecktem Arm auf den Wagen, der aus der Kolonne ausgeschert war und den Friedhofsweg zustellte. Bremer drehte sich um. Die Soldaten standen mit Eßgeschirr in der Hand Schlange vor dem, was er als Gulaschkanone interpretierte.

»Und wie lange soll das noch gehen?«

»Keine Ahnung. Hauptsache, sie lassen morgen früh den Milchwagen durch!«

Beim Anblick eines Panzers, der direkt vor dem Zigarettenautomaten gegenüber seinem Haus zu stehen gekommen war, wurde es Paul warm ums Herz. Wenn das so weiterging, konnten nur noch Fußgänger expeditionsmäßig zum Zigarettenziehen gelangen. Und niemand kam an das Teil heran, um es neu zu bestücken. Seit Jahren schon träumte er von einem Vernichtungsschlag gegen den Apparat. Nicht, daß er etwas gegen Raucher hätte – jedenfalls nicht im Prinzip. Im Prinzip stand es jedem frei, sich so zu ruinieren, wie es ihm oder ihr am meisten Spaß machte.

Ihn störte etwas anderes: erstens der ständige Autoverkehr – kein Raucher ging heute noch zu Fuß zum Stoff. Zweitens der Krach, den die Süchtigen verursachten, die oft minutenlang dagegen hämmern mußten, bevor das hinterhältige Gerät die Ware rausrückte. Und drittens und hauptsächlich die dadurch erzeugte Steigerung der Gier, die jeden Raucher das Päckchen an Ort und Stelle aufreißen ließ. Die Zellophanüberzieher, in die die Schachteln eingehüllt waren, landeten zu Bremers unendlichem Widerwillen in seinem Vorgarten. Mitten in den Rosen.

Er segnete das Fahrzeug, von dem er annahm, daß es einen besonders wohlklingenden Namen trug, wie »Wiesel« oder »Puma«. Er kannte sich, was das betraf, nicht aus.

»Wohl nich jedient, wa?« sagte er laut und schob sein Fahrrad durch das Gartentor.

Dann ging er nach oben ins Schlafzimmer und zog sich um. Er konnte sich kaum etwas Gemütlicheres vorstellen als Gartenzäune zu streichen und den Sicherheitskräften befreundeter Mächte beim Vorführen ihres schweren Geräts zuzusehen.

In den nächsten zwei Stunden pflückte Bremer herbstlich gefärbte Blätter und von gegorenem Fallobst betrunkene Wespen von den frischlackierten Zaunteilen, die er zuvor abmontiert und eins nach dem anderen gesäubert und abgeschmirgelt hatte. Zuerst hatte er es schön gefunden, daß ihn dabei das Schluchzen Celine Dions begleitete, das von nebenan herüberschallte. »All by myself. Don't wanna be all by myself.« Bei der dritten Wiederholung wurde er unruhig, vor allem, da sich an immer derselben Stelle eine dünne Mädchenstimme auf die gefährlich hohe Tonlage wagte, selten im Einklang mit der Sängerin.

Das hatte man nun davon, daß die Nachbarn ihre Tochter ausgerechnet Carmen genannt hatten – ein Mädchen, das sich seit einigen Monaten überdies in jenem tragischen Zustand befand, in dem Teenager überall auf der Welt die Lieblings-CD wieder und wieder und mit großer Lautstärke auflegen und bei den besonders schmachtigen Stellen mitsingen.

Bremer merkte, wie sein eh schon gering entwickeltes Verständnis für pubertäre Seelenzustände rapide gen Null absackte. Zumal er seit einiger Zeit den Verdacht hegte, daß die blonde Carmen mit der hübschen Zahnspange ihre altersspezifisch verwirrten Gefühle ausgerechnet auf ihn richtete. Sie stand auffällig oft am Gartenzaun. Sie lächelte ihn schüchtern an, wenn sie einander begegneten.

»Das Auto werde ich auch mal fahren«, hatte sie kürzlich laut flüsternd einer Freundin mitgeteilt, mit der sie sich vor Bremers Cabrio aufgebaut hatte. Eigentlich sollte er Mitleid mit dem Kind haben.

Beim fünften Mal »All by myself« und dem dritten Zaunstück ging ihm die Vorstreichfarbe aus. Fast war er froh darüber, daß es nun keinen Vorwand mehr gab, sich der Stimme des Herzens zu versagen, der es gelungen war, sich in der letzten halben Stunde gegen all das Geplärre und seinen eigenen Widerstand geltend zu machen.

Er wollte sie sehen – Anne. Die Verräterin. Die Fahnenflüchtige. Bremer knurrte in sich hinein, während er die

Farbtöpfe wegräumte und die Pinsel mit Terpentin reinigte. Er hatte noch immer nicht verdaut, daß sie einander fremd geworden waren in den letzten Monaten. Und auch nicht, daß sie damals ausgesprochen hatte, was er am liebsten sogar vor sich selbst verborgen hielt. Er hatte Angst – genau wie sie –, hier auf dem Lande festzuwachsen und das Leben zu versäumen. Er fürchtete sich vor dem Verbauern – und davor, irgendwann mal mit den Gummistiefeln voraus aus seiner Hütte herausgetragen zu werden.

Andererseits: Was verpaßte man denn schon? Andere Leute lebten auch so. Andere Leute waren *glücklich* so – mit der täglichen Wiederkehr des Gleichen. Mit den einfachen Dingen des Lebens. Mit Sonnenauf- und -untergang, mit dem Wechsel von Wetterlagen und Jahreszeiten. Sie brauchten keine großen Ziele, Ansprüche, Vorhaben – keine weit ausgreifenden Vorstellungen von dem, was wichtig ist im Leben, Utopien, die sich meistens als pure Illusionen erweisen.

Ich, hatte er Anne in einem der inneren Dialoge vorgehalten, die er fast ständig mit ihr führte – *ich* bin glücklich mit dem, was das Leben in Klein-Roda zu bieten hat. Mit meinem Haus. Mit meinem Garten. Mit Nachbars Katzen. Auf meinem Fahrrad. Und mit dem bißchen Erfolg durch die paar unerheblichen Bücher, die ich nebenbei schreibe.

Er schob mit dem Fuß die maunzenden Fellknäuel zur Seite, die sich vor seiner Haustür versammelt hatten, und schrubbte sich in der Küche die Hände. Das Glück im Kleinen also, sagte eine spöttische Stimme in seinem Innern, von der er nicht wußte, ob es Annes oder seine war. Ein Prosit der normativen Kraft des Faktischen! Schon vergessen, den Satz: Nur wer das Unmögliche träumt …

Bremer seufzte auf und stieg die Treppe hoch, um sich im Schlafzimmer saubere Klamotten anzuziehen. Gut – es gab ein Leben jenseits der Rhön. Schön – vielleicht machte der Job als Bundestagsabgeordnete Spaß. Aber hoffentlich, hoffentlich erlebte sie nicht zu viele Enttäuschungen. Hoffentlich waren die Herausforderungen, von denen sie so schwärmte, auch zu bewältigen. Hoffentlich trauerte sie nicht heimlich dem Vieh und der Mistforke hinterher.

Hoffentlich, dachte er, denkt sie manchmal an mich.

Dann stieg er wieder hinunter, ließ die Haustür hinter sich zufallen und ging um die Ecke zu Willi und Marianne.

Marianne stand in der Küche und bügelte bei laufendem Fernseher; das Programm sah nach einer bekannten Talkshow aus, in der es angeblich schmuddeliger zuging als in anderen. Er konnte das nicht beurteilen, er hatte keinen Fernseher. Nicht aus Überzeugung, das nicht; er hatte sich, als der alte kaputtging, einfach keinen neuen Apparat mehr gekauft.

Nur heute erschien ihm die Glotze als unverzichtbar.

»Wo ist die Fernbedienung?« fragte er.

Marianne zeigte mit dem dampfenden Bügeleisen auf das Tischchen neben der Bank. »Bier?« fragte sie.

Als er nickte, winkte sie mit dem Kinn in Richtung Kühlschrank.

Wahre Freundschaft, dachte er, fragt nicht, wenn Not am Mann ist.

Das Bügeleisen glitt dampfend und zischend über eine rote Bluse. Durchs geöffnete Fenster hörte man es draußen »Bööh!« machen. Und dann, fordernd: »Ööhöööh.« Paul holte sich eine Dose aus dem Kühlschrank und riß sie auf. Das hörte sich nach Nicole an, der zweijährigen Tochter von Kathrinchen, die mit dem Kind über die Gass' ging, wie jeden Tag, rauf und runter, immer wieder. Mit der gleichen Monotonie schrie die Kleine »Bööh«. Oder »Ööh.« Oder eben »Öööhöööh«.

»Spricht sie immer noch nicht?« fragte Paul.

»Na ja.« Marianne stellte das Bügeleisen ab und hob prüfend die Bluse. Vor drei Wochen hatte sie noch behauptet, das kleine Mädchen sei ein wahres Naturtalent im Nachahmen ländlicher Geräusche. Bremer war eher geneigt, das Kind für ein bißchen beschränkt zu halten.

»Bei manchen dauert's halt ein bißchen länger«, sagte sie, ohne ihn anzusehen.

Er griff sich die Fernbedienung, ließ sich auf die Bank fallen und suchte nach dem Sender, der die Sitzungen des Bundestags übertrug. Es wunderte ihn nicht, daß die Station bei seinen Nachbarn nicht einprogrammiert war. Wer tat sich das Geschwätz schon freiwillig an? Nach fünf Minuten hatte er den Sender gefunden. Die Sitzung war in vollem Gange. Wo Annes Fraktion saß, ließ sich leicht feststellen. Aber wo sie saß, nicht.

Bremer mahnte sich zu Geduld. Die Leute hinter den Fernsehkameras konnten schließlich nicht wissen, daß es das brennende Bedürfnis eines einzelnen Zuschauers in der tiefsten Rhön war, eine weder besonders auffallende noch besonders prominente Bundestagsabgeordnete inmitten der 669 frei gewählten Volksvertreter auszumachen. Dennoch war nicht ganz einzusehen, warum die Kamera nun schon seit Minuten, ohne eine einzige Totale zur Erholung, auf dem nackten Schädel des Redners verweilte – einem der prominenteren Abgeordneten, wie hieß er doch gleich? Paul nahm einen Schluck aus der Bierdose. Solange der Heini sprach, hatte er keine Chance.

»Und? Hast du deine Abgeordnete schon gefunden?« fragte Marianne, wider Erwarten mit milder und von Eifersucht freier Stimme. Eifersucht lohnte sich ja auch nicht mehr, seit Anne die meiste Zeit weit weg sein würde.

Ob sie sich schon verändert hatte in den paar Tagen? Ob

sie schon diesen seltsam leeren, Weltläufigkeit mimenden Blick drauf hatte, den Politiker zu kultivieren pflegten? Ob sie ein Kostüm anhaben würde? Hochhackige Schuhe? Eine neue Frisur?

Bremer merkte, daß ihn nicht die Bohne interessierte, um was es im Hohen Haus gerade wieder ging. Nichts gegen die Segnungen von Demokratie und Parlamentarismus, aber momentan fühlte er sich mit jeder Faser als Privatmensch. Man konnte schließlich nicht immer auf *zoon politicon* machen.

Endlich hatte der zweifellos sehr bedeutende Redner seinen Sermon beendet, und der Kameramann zog auf. Er sah sie sofort, wie sie den Gang von einer der unteren Reihen nach oben hochging. Wie lebendig sie wirkt, dachte er. Wie schnell sie sich bewegt in den schwarzen Hosen und den Schuhen mit Absatz – als ob sie nie in Gummistiefeln durch den Modder geschlurft wäre. Wie sie lächelt, nach links, nach rechts. Wie schön sie ist.

Plötzlich sah sie hoch, in seine Richtung, gleich, dachte er, winkt sie mir zu. Dann bewegte sie sich heraus aus dem Gesichtskreis der Kamera. Paul Bremer hatte plötzlich das Gefühl, dabei zuzusehen, wie Anne aus seinem Leben verschwand und in ein anderes überwechselte. Für immer?

Als Marianne ihn weckte, murmelte er schlaftrunken: »Anne.«

»Du bist ja wie mein Alter«, sagte sie. »Einschlafen! Vor der Glotze! Mit der Bierdose in der Hand!«

Bremer antwortete nicht. Er war müde, angesäuselt und sehnsüchtig.

Als er nach Hause schlurfte, brachte im taubenblauen Himmel über seinem Kopf ein Tornadopilot sein Geschoß gemächlich nach Hause, Richtung Abendsonne, ins Bett. Abendstille überall.

ZWEITER FALL

1

Berlin

Der Wind ballte den weißen Staub zu einer Wolke und trieb sie vor sich her. Vorsichtshalber schloß er die Augen – es gab ja sowieso nicht viel zu sehen. Auf dem Bauzaun, vor dem man auf die Zehenspitzen gehen mußte, um darübergucken zu können, stand »Zettel ankleben verboten«. Dahinter klaffte ein tiefes Loch, hoch oben schwangen Kräne ihre Ausleger majestätisch durch das vom Hochnebel gedämpfte Morgenlicht. Ein Preßlufthammer ratterte, auf der Straße hupte es, Männer mit gelben Helmen auf dem Kopf brüllten einander hinterher. Er ballte die Fäuste in den Manteltaschen. Was auch immer hier einst gewesen war – es war spurlos verschwunden. Alles hatte man aus dem märkischen Sand gerissen, die brandgezeichneten wilhelminischen Quader, die gewaltigen Stahlträger, die verbogenen Schienen, die Fundamente. Das Alte war abgeräumt worden. Bald würde an seiner Stelle der neue Lehrter Bahnhof stehen. Hier war nichts mehr zu finden.

Er konnte sie sich mühelos in Erinnerung rufen, die geschwungene Flagge, darin eingraviert der Namenszug »Walther«. Den kurzen, stahlglänzenden Lauf. Den Abzug, gekrümmt wie eine Tigerkralle. Den Schaft mit der geriffelten Oberfläche, der die Waffe sicher in der Hand liegen ließ. Und die Nummer unter dem Lauf: »Achtnulldreieinsfünfsieben«, murmelte Jonathan Frei. Sie war ihm ins Gedächtnis gebrannt.

803 157. Das Bild vor seinem inneren Auge verblaßte, verdunkelte sich, dann reihten sich andere Bilder aneinander, stolperten vorwärts. Er hatte sich das alles so oft schon vorgestellt, daß er sich manchmal einbildete, er sei dabeigewesen – damals. In solchen Momenten glaubte er, Brandgeruch in der Nase zu haben, hörte das Rollen der Artillerie, dazwischen Maschinengewehrgetacker, sah den von Rauch verdüsterten Himmel. Und dann ...

Drei Männer krochen aus der Erde, aus dem geborstenen Pflaster, wie Maulwürfe, und robbten sich im Schutz der wenigen noch stehenden Mauern vorwärts, an den Trümmern der Reichskanzlei vorbei. Es war der 2. Mai 1945. Berlin war gefallen, Rotarmisten waren überall. Die drei Gestalten wurden kleiner, überquerten den Wilhelmsplatz, auf dem die Ruinen rauchten, verschwanden im U-Bahnschacht. Schließlich tauchten sie wieder auf, liefen im Zickzack durch das, was einmal Straßen gewesen waren, Friedrichstraße, Schiffbauerdamm. Über die Brücke. Und dann über die Gleise zum Lehrter Bahnhof – dorthin, wo er jetzt stand.

Jonathan Frei öffnete die Augen wieder. Nach allem, was man wußte, war es HJ-Führer Artur Axmann gewesen, der die Waffe bei sich trug. Er hatte sie von seinem Adjutanten erhalten, von Leutnant Hamann – dem wiederum war sie von Sturmbannführer Otto Günsche gegeben worden. Und der hatte sie bei der Leiche gefunden.

Hinter Frei hupte ein Auto, andere schlossen sich an. Wie oft hatte Axmann nach seiner Entlassung aus dem Gefängnis wohl hier gestanden und darüber nachgegrübelt, wo genau er sie vergraben hatte, damals am 2. Mai, als es keine Hoffnung mehr auf Flucht zu geben schien? Irgendwo unter den Schottersteinen eines Gleises des zertrümmerten Lehrter Bahnhofs. Vielleicht nicht weit von der Stelle entfernt, an der man 1972 Martin Bormanns Leiche gefunden hatte – des zweitgrößten Verbrechers in Hitlers Reich.

Wie oft Axmann wohl versucht hatte, das gute Stück wiederzufinden, das in den dreißiger Jahren dreißig Reichsmark gekostet hatte und heute auf dem Markt der Sammler und Verrückten über drei Millionen Dollar wert war? Seriennummer 803 157. Walther PPK, Kaliber 7,65 Millimeter. Die Waffe, mit der sich Adolf Hitler in den Kopf schoß – an einem Montag. Am 30. April 1945.

Frei atmete tief auf.

Ihm war kalt geworden in seinem Trenchcoat. Durch die Baustelleneinfahrt rollte ein gelbblauer Transportbetonlaster mit rotierendem Tank. Minuten später ergoß sich grauer Beton in die rechte Ecke der Grube. Zuschütten, dachte Frei. Alles zuschütten. Er zog die Schultern hoch, warf einen letzten Blick über den Bauzaun, drehte sich um und bahnte sich seinen Weg über die Straße, zwischen den Autos hindurch, deren Fahrer das Hupen aufgegeben hatten und nun hinter dem Steuer Zeitung lasen, eine Zigarette rauchten, Kaffee tranken oder den Kränen zusahen, die ihre Hälse über der Baustelle bewegten, als wiegten sie den Kopf.

Er begann sich zu ärgern, daß er sich von Vic dazu hatte verleiten lassen, einem weiteren der vielen angefaulten Gerüchte nachzugehen – diesmal war es Hitlers Walther PPK, das letzte Mal war es das Bernsteinzimmer gewesen. Alle Jahre wieder tauchte irgendein Spinner auf und behauptete, eines der letzten verbliebenen Geheimnisse des »Tausendjährigen Reichs« gelüftet zu haben. Was für eine unnütze Mission, dachte er. Der »Führer« war seit fünfzig Jahren tot und seine Selbstmordwaffe seither verschwunden. Es war undenkbar, es war unvorstellbar, daß sie irgendeiner gefunden hatte – vor oder während der Abrißarbeiten am Lehrter Bahnhof.

Er hatte nicht gemerkt, daß er noch mitten auf der Straße stand, während sich die Autokolonne, die auch auf dem Kronprinzenufer zum Stillstand gekommen war, wieder in Bewegung setzte. Diesmal galt das Hupkonzert ihm.

»He – träumste?« rief ihm ein junger Mann mit Pferdeschwanz aus dem geöffneten Fenster eines Kleintransporters zu.

Frei grinste und winkte zurück. Nein, er träumte nicht mehr. Er fühlte sich wie befreit. Es gab hier nichts zu finden – und deshalb auch keine Aufgabe mehr für ihn. Vergiß die Vergangenheit, dachte er und sprintete auf die andere Seite. Die Gegenwart ist spannender.

»Was willst du in Berlin?« hatte Todd Roth ihn vor seiner Abreise anklagend gefragt.

Zusehen, wie es wächst, dachte Frei.

Er hatte Todd Roth auf dem Abschiedsfest, das man in Chicago für ihn gab, in den Arm genommen und auf den Rücken geklopft. Der alte Mann hatte ein bißchen geweint und dann irgend etwas von der »Hauptstadt des Führers« gemurmelt und von »Groß-Germania«. Zuviel Erinnerung – und zu viele Martinis, hatte Frei gedacht. Die jüngeren Kollegen hatten völlig anders reagiert, sie waren begeistert oder neidisch gewesen, als bekannt wurde, daß er für ein Forschungssemester ans Kolleg in Berlin eingeladen war.

Sicher, man kannte die Vergangenheit – wer kannte sie nicht? Berlin war die Stadt des Größenwahns und des schrecklichen Niedergangs, eine Stadt, die vierundvierzig Jahre lang die Trennung zwischen Ost und West verkörpert hatte wie kein anderer Ort; durch deren Herz ein Riß gegangen war, genannt die Mauer. Aber heute war nichts faszinierender, als dem Heilungsprozeß zuzusehen – zu beobachten, wie die Wunden sich schlossen.

Als er angekommen war, Mittwoch mittag, auf dem übersichtlichen Flugplatz, der noch immer nicht nach einem toten Staatsmann hieß, sondern nach einem harmlosen Berliner Vorort, hatte sich in ihm tiefe Befriedigung ausgebreitet. Die Stadt, die er als düstere, melancholisch stimmende Geröllhalde erinnerte, brummte vor Geschäftigkeit. Sogar der Taxifahrer war freundlich.

Jonathan Frei überquerte den Platz vor dem Reichstag und verrenkte sich den Hals nach der großen Kuppel, die das wiedererstandene alte Gebäude krönte. Er war lange nicht mehr hier gewesen. 1983 hatte er die Stadt zum ersten und 1991 zum letzten Mal besucht. Die Veränderungen waren mit Händen zu greifen.

Beim ersten Besuch war er gerade 23 Jahre alt gewesen. Es war ein rauher Frühling nach einem schrecklichen Winter gewesen, er hatte sich endlich an die Krücken gewöhnt und fühlte sich noch immer gezeichnet und erschöpft von dem, was noch nicht lange hinter ihm lag. Warum man einen frisch ausgemusterten amerikanischen Elitesoldaten zur Genesung ausgerechnet ins alte Europa und dann auch noch ins geteilte Berlin schickte, verstand er bis heute nicht. Wahrscheinlich hatte man ihm zeigen wollen, daß kein Opfer zu groß war für die Freiheit des Westens. Fast hätte er aufgelacht. Wie zartfühlend.

Der Anblick des Brandenburger Tors rührte ihn. Der Taxifahrer hatte ihn vorgestern triumphierend hindurchgefahren und »Macht das Tor auf!« gerufen. Wie klein dieses Symbol der deutschen Teilung heute aussah, das, als es noch zugemauert war, unüberwindlich gewirkt hatte. Frei bog in die Straße ein, die am Brandenburger Tor vorbei zum Potsdamer Platz führte. Er war bei jedem seiner Besuche am Potsdamer Platz gewesen. 1983 hatten ihn seine Gastgeber mit ernsten Gesichtern auf eine hölzerne Aussichtsplattform geführt und ihm das Panorama aus Wüstenei, nacktem Beton, Stacheldraht und hoppelnden Kaninchen zu erklären versucht – die Mauer, den Todesstreifen, diese völkerrechtliche Anomalie, die sich Staatsgrenze nannte.

In irgendeiner Ecke seines Kopfes hatte er den »antifaschistischen Schutzwall« bis zu diesem Moment für Fiktion gehalten, für eine schwarze Fabel, mit der man zu Hause den Verteidigungsetat begründete – denn was wäre die Welt ohne den unbedingten amerikanischen Freiheitswillen, ohne den Weltgendarmen USA? Aber die Mauer war nicht Disneyland. Sie war, Betonwand für Betonwand, stacheldrahtbewehrte Wirklichkeit.

Vom Potsdamer Platz, von dem seine Großmutter immer erzählte, sah man keine Spur. Hier, an einem Ort, wo Kaninchen zwischen Panzersperren spielten, sollte in den zwanziger Jahren einer der belebtesten Plätze Europas gewesen sein? Hilde hatte mit leuchtenden Augen vom ersten Mercedes geschwärmt, den sie hier majestätisch hatte vorbeigleiten sehen – »ganz in Weiß, mit dunkelgrünen Lederpolstern«. Und vom Weinhaus Huth. Das allerdings gab es noch immer, es war das einzige Gebäude, das erhalten geblieben war – und das nun wie eine bizarre Kulisse inmitten der Ödnis stand.

Sie hatte geweint, seine Großmutter Hilde, als 1989 die Mauer fiel und man im Fernsehen jubelnde Menschen sah, die auf der Mauerkrone saßen, Sekt tranken, sich umarmten und die Vopos grüßten, denen man ansah, daß sie nicht wußten, ob sie zurücklächeln durften. Und auch er hatte einen Kloß im Hals gehabt, als die schmutzigweißen Mauersegmente beiseite gehoben wurden und sich die ersten Mutigen durch die Lücke quetschten.

1991, bei seinem zweiten Besuch, waren Mauer und Todesstreifen und Selbstschußanlagen, waren die Uniformierten mit den Maschinenpistolen, die jahrzehntelang mit ihren Hunden die Mauer bewacht hatten, verschwunden, lag der Potsdamer Platz weit und öd vor ihm, und er war fast ängstlich über die plötzlich offengelegte Wunde der Stadt hinweggeschritten.

Er erinnerte sich noch heute an das Gefühl dabei, an die Einbildung, sich auf schwankendem Terrain zu bewegen, an die Vorstellung, jederzeit könne sich der Boden öffnen, um ihn zu verschlingen. Jederzeit könne explodieren, was diese Stadt seit Jahrzehnten barg, könne sich der Sprengstoff aus heißem und kaltem Krieg unter seinen Füßen sammeln zu einer letzten, zur endgültigen Explosion. Damals war er immer schneller gegangen, schließlich war er fast gerannt, hinüber zur nächsten belebten Straße, die ihm wie das rettende Ufer vorgekommen war.

Heute war nichts mehr von alledem zu sehen. Für einen Moment hielt Jonathan Frei die Luft an, als er, von der Ebertstraße her, den neuen Potsdamer Platz erblickte. Das war Chicago – oder Cincinnati. Aber nicht Berlin.

Leicht benommen betrat er die bizarre Insel der Moderne, die sich auf der ehemaligen Brache erhob und tastete sich durch die neuen Shopping Malls. Kein Zeichen der Vergangenheit, keine Schwingungen unter den Sohlen, nichts, was Signale aussandte an ihn.

Erst als er direkt davorstand, erkannte er das Weinhaus Huth wieder, frisch restauriert, das nun wie ein Sahnetörtchen inmitten von Glas, Stahl und Beton thronte.

Nach dem ersten Glas Wein ließ seine Spannung nach. Nein, Berlin leckte sich nicht mehr die Wunden, sondern ließ mit fast brutaler Entschiedenheit Gras drüber wachsen. Oder Beton reinschütten. Er prostete in Gedanken seiner Großmutter zu. Laß gut sein, Hilde. Laß die Vergangenheit ruhen.

Er nahm ein Taxi zurück zum Kolleg, öffnete, als sie im Grunewald angelangt waren, das Fenster im Fond und atmete tief die Luft ein, die voller spätsommerlicher Gerüche war: nach trockenem Laub und frisch geschlagenem Holz. Es war gut, hier zu sein – für ein ganzes Forschungssemester im Berliner Kolleg. Und eine Ehre war es auch. Obwohl …

Frei grinste in sich hinein. Ihm hatte die Vorstellung erst gar nicht behagt, hier eingesperrt zu sein in einen Käfig voller Narren, altkluger Genies, halberwachsener Besserwisser, Männer, die sich abends vor dem Kaminfeuer nach dem dritten Whisky ihre Heldentaten erzählten und dann einschliefen.

Erfreulicherweise war alles nicht ganz so schlimm. Das lag nicht zuletzt an dem riesigen alten Haus, das sich trotz seiner Größe zwischen See und Park zu ducken schien. Er bezahlte den Taxifahrer und stieg aus. Das Haus empfing ihn wie einen guten Bekannten. Es roch nach Bohnerwachs und Fresien, die Treppe knarrte vertraut, und im Clubzimmer knisterte das Kaminfeuer.

»Herr Frei?« Frau Schmittke steckte den Kopf zur Tür ihres Empfangsbüros heraus. Sie war das, was man früher »Hausdame« genannt hätte, eine Spezies, die er nur aus Büchern kannte.

»Da ist ein Brief für Sie!«

Er nahm den Briefumschlag dankend entgegen. Frau Schmittke trug ihr glänzendes kastanienbraunes Haare zu einem Chignon geschürzt, ihr Lippenstift war dezent und ihre Lesebrille diskret, sie war alterslos, wie es sich für eine Dame gehörte. Sie fühlte sich offenbar mit Leib und Seele als der gute Hausgeist des Kollegs, dessen Gründung erheblich jüngeren Datums war als das Gebäude und die Parkanlagen, durch die sie die Neuankömmlinge dieses Semesters vorgestern nachmittag mit kaum getarntem Besitzerstolz geführt hatte.

Frei bedankte sich für den Brief und steckte ihn in die Manteltasche. Auf dem Weg in den ersten Stock grüßte er Agneta Kristeva, eine polnische Mathematikerin, die vergebens versuchte, ihr schönes Gesicht hinter einer unförmigen Brille zu verstecken. John Simmings, der Physiker aus Schottland, lief ihr mit verwehtem Schlips und in verknitterten Hosen hinterher. Unter den sechsundvierzig Kollegiaten aus allen Bereichen von Kunst und Wissenschaft und aus allen Ecken und Winkeln der Welt waren mehr Frauen, als man sie in den männlich dominierten wissenschaftlichen Zirkeln der Welt normalerweise antraf. Und dazu auch noch solche wie die Kristeva …

Fast hätte er, in seinem Zimmer angekommen, den Brief vergessen, der in der Manteltasche steckte. Summend nahm er ihn heraus und riß ihn auf. »Wissenschaft meets Politik« nannte sich die Veranstaltung, zu der man in einem Kauderwelsch einlud, das man in diesem Land offenbar für weltläufig hielt. Das Datum auf dem Briefbogen lag zwei Wochen zurück. Aber eingeladen war er für heute abend, genauer gesagt: in einer Stunde.

Frei schüttelte den Kopf, warf Mantel, Jeans, Hemd und Unterwäsche auf einen Stuhl, schlüpfte aus den staubigen Schuhen und stellte sich unter die Dusche.

Als er sich abgetrocknet hatte und sich die Haare frottierte, inspizierte er sein Spiegelbild. Der Anblick beruhigte ihn. Die Haare auf der Brust waren noch immer dunkel, die auf dem Kopf schienen vollzählig, das Kreuz war gerade, die Schultern breit und der Bauch fast noch so flach wie vor zwanzig Jahren.

Damals lebte Charlie noch. Und Lucas. Und es war heiß, unendlich heiß gewesen in diesem Sommer 1980 in Missouri. Frei preßte das Handtuch gegen sein Gesicht. Trotzdem hatte er wieder den Geruch von Staub und Schweiß in der Nase, spürte, wie die Muskeln nach vierzig, fünfzig Liegestützen zu zittern begannen, hörte Long John, den hageren Drillsergeant, »Auf! Ab! Auf! Ab!« brüllen. Es war ein knochenhartes Jahr gewesen – und dennoch, im Rückblick, ein Jahr der Unschuld. Zwei Jahre später war er der einzige Überlebende einer Katastrophe.

Er ließ das warme weiche Handtuch fallen und sah an sich herab. Unterhalb des rechten Knies begann die Landkarte aus dünnen weißen Linien, unterbrochen von zwei tiefen, schrundigen Tälern direkt über der Wade. Das war einmal ein Bein gewesen, ein gesundes, muskulöses Bein. Dann hatte es sich in einem kurzen, unvergeßlichen Augenblick in ein blutiges Chaos aus Knochen und Sehnen, Knorpeln und Muskeln verwandelt. Er bewegte die Zehen und zog den Wadenmuskel an. Heute war es ein Triumph moderner Chirurgie.

Er zwang sich, wieder nach oben und sich im Spiegel in die Augen zu schauen. Nein, es fiel niemandem auf. Es fiel auch ihm fast gar nicht mehr auf, daß er ein Krüppel war.

2

»Die Damen und Herren von der Opposition machen es sich entschieden zu leicht, wenn sie, wider besseres Wissen ...«

Anne unterdrückte ein Gähnen, das zigste, das sie in der letzten halben Stunde angefallen hatte. Es war eine kurze Nacht gewesen – nicht zuletzt, weil sie gestern bis Mitternacht im Reichstag geblieben war, als eine der wenigen pflichtbewußten Abgeordneten ihrer Fraktion. Bei der Diskussion der »Aufhebbaren 25. Verordnung zur Änderung der Ausfuhrliste (Anlage AL zur Außenwirtschaftsverordnung) 14/188, 14/579« gegen kurz vor zwölf war sie eingenickt. Zehn Minuten später hatte das Präsidium endlich ein Einsehen und beendete die Sitzung.

Heute, am Freitag mittag, am letzten Tag der Sitzungswoche, wirkten die Abgeordneten fröhlich und aufgeräumt. Die meisten hatten Koffer und Reisetaschen mitgebracht und sahen aus, als könnten sie kaum erwarten, das Hohe Haus zu verlassen. Nur Anne hatte beschlossen, sich dem Zug der Lemminge nach Hause nicht anzuschließen. Sie wollte nicht zum Weiherhof flüchten, sondern das Stadtleben genießen – und, wenn dafür Platz blieb, einen klaren Kopf gewinnen, was ihre Zukunft anging. Im Parlament. In der Partei. In Berlin.

Kaum war die Sitzung geschlossen, stürmten Hunderte von wohlerzogenen und wohlgekleideten Menschen wie die Schulkinder hinaus.

»Die meisten bestellen die Fahrbereitschaft schon Wochen vorher.« Emre Özbay guckte den Kollegen hinterher. Dann sah er sie prüfend an, umarmte sie und sagte: »Laß dich nicht abschrecken. Es ist alles nur Theaterdonner.« Sie nickte zurück, nicht ganz überzeugt, und ging neben ihm her zum Ausgang.

Ein Windstoß empfing sie. Sie atmete die frische kühle Luft tief ein. Der Himmel sah aus wie Spülwasser und hing über den Platanen, die auf dem Platz vor dem Reichstag Spalier standen und ihre Blätter schon abgelegt hatten. Es waren nur ein paar Schritte durch die Dorotheenstraße bis zum Büro.

Die schmiedeeiserne Tür am Portal des von Einschüssen pockennarbigen Barockgebäudes stand weit offen, in der Pförtnerloge war niemand zu sehen. Die Stille in dem wuchtigen Haus überfiel sie wie ein Schwall Polarluft. Ihre Schritte hallten durch den langen Flur, durch dessen Fenster ein kraftloses Nachmittagslicht fiel. Mit einem trockenen »Tock« sprang der große Zeiger der runden Uhr, die in der Mitte des Gangs hing, eine Stelle weiter.

Das Echo ihrer Schritte brach sich an der Decke und an den Wänden, zum ersten Mal fiel ihr auf, daß Säulen und Gewölbe einen langen Kreuzgang bildeten. Auf dem Brett vor einem hohen Fenster zum Innenhof hin stand ein Blechdeckel mit Zigarettenkippen. Als sie hinausblickte, stieg ein Vogelschwarm auf aus dem Wipfel der hochgewachsenen Fichte, die im Hof stand. Die Sehnsucht, mit der sie plötzlich an die Wiesen und Wälder des Weiherhofs dachte, überraschte sie. Sie beschleunigte ihre Schritte und straffte resolut die Schultern, bevor sie die Tür zu ihrem Büro öffnete.

Sie hätte sich fast die Nase zugehalten. Die Zang hatte wieder Räucherstäbchen angezündet, die von der penetranten Sorte, deren Geruch sich in sämtlichen Akten und Unterlagen festsetzte. Sogar in der Unterschriftenmappe hatte sie gestern nach Patchouli riechende Asche gefunden.

Außerdem telefonierte die Zang schon wieder. Erst als sie in ihrem eigenen Büro angekommen war, wunderte Anne sich über das erschrockene Gesicht der Sekretärin, das in Sekundenschnelle ganz rot geworden war. Und warum war die Frau überhaupt noch da, wo doch alle anderen Abgeordneten, Mitarbeiter oder Sekretärinnen das Gebäude schlagartig geräumt zu haben schienen?

Anne ließ sich in den Schreibtischsessel fallen. Auch in ihrem Büro bestand die Decke aus einem Kreuzgewölbe – und wie schön hätte dieser Anblick sein können, wenn man nicht zwei Schienen mit grellen Leuchtstofflampen daruntergehängt hätte. Abrupt stand sie wieder auf und löschte das Licht.

Aus ihrem Fenster sah sie keine Bäume oder Vögel, sondern in den Hof zum Nachbarhaus. Der Blick glitt von der Wand aus roten Klinkern hinunter auf die geborstenen Betonplatten, die den Hof bedeckten, auf den Glascontainer, zwei riesige Behältnisse für Altpapier, das verwitterte Plastikvordach über einer Art Werkstattgebäude und zwei senfbraune Stühle, die einander gegenüberstanden.

Durch die angelehnte Tür hörte sie die Zang sprechen, erst leise, dann lauter, dann wieder leise. Anne wollte nicht hinhören. Sie wünschte, die Frau würde endlich nach Hause gehen und ihre Privatgespräche da führen, wo sie hingehörten. Das laute, fast geschriene »Ich weiß es doch auch nicht!« von nebenan ließ sie aufhorchen. Bevor sie aufstehen und nach der Zang gucken konnte, hörte sie, wie die Tür zum Flur aufgerissen wurde und dann zufiel. Als sie ins Büro der Sekretärin kam, war Mechthild Zang gegangen.

»Auch recht«, murmelte Anne, blieb am Schreibtisch der Sekretärin stehen, schob einen Stapel Papier von rechts nach links und blätterte im Tischkalender, ohne recht zu wissen, was sie darin eigentlich suchte. Beim Eintrag »Peter Zettel 16 Uhr« war ihre Wut wieder da. Der Schuft, dachte sie. Der Termin war unter dem 10. August notiert. Die Verabredung mußte wenige Tage vor Bunges Tod stattgefunden haben.

Als das Telefon zu dudeln begann, zuckte sie zusammen. Dennoch nahm sie den Hörer auf. Fast erwartete sie, wieder dieses heisere Flüstern zu hören, diese geschlechtslose Stimme, mit der irgendwer versucht hatte, sie einzuschüchtern.

»Du bist noch im Büro, Anne?« Emre klang erstaunt.

Das wunderte wiederum sie. Denn warum rief er sonst hier an?

»Hast du heute abend schon was vor?« Anne hätte fast gelacht. Nein, sie hatte nichts vor. Gar nichts hatte sie vor.

»Dann hol ich dich in zwei Stunden ab!«

»Und wohin?« Sie ließ sich in den Stuhl der Sekretärin sinken. Richtig Lust hatte sie nicht. Aber irgendwie rührte sie seine Fürsorge.

»Wird nicht verraten.«

Anne lächelte in sich hinein. Sie war offenbar mitnichten so einsam, wie sie sich manchmal fühlte. Dann fiel ihr Blick auf den Brieföffner, der auf dem Schreibtisch lag und den sie während des Gesprächs geistesabwesend zwischen den Fingern gedreht hatte.

Es war eine Art Dolch, kein Kunstwerk, eher klobig und schwer. Sie hielt ihn unter die Schreibtischlampe. Auf dem schwarzen Griff konnte man Buchstaben erkennen, nach altdeutscher Schrift sah das aus, aber ihr sagten die Zeichen nichts. Einen seltsamen Geschmack hatte die Zang. Sie drehte den Öffner herum. Auf der anderen Seite des Griffs war etwas eingeritzt, das wie ein militärisches Emblem aussah, ein Hakenkreuz war es nicht, es kam ihr dennoch vertraut vor.

Anne schüttelte den Kopf und ließ den Brieföffner wieder auf die Schreibtischplatte fallen. Ein eigenartiges Souvenir für die Sekretärin eines Bundestagsabgeordneten. Aber was ging sie das an?

Resolut schob sie den Schreibtischstuhl nach hinten, stand auf und ging hinüber in ihr eigenes Zimmer. Dort stellte sie sich vor den Spiegel über dem Waschbecken im Wandschrank, kämmte sich die Haare, zog sich die Lippen nach und merkte plötzlich, daß sie sich auf den Abend mit Emre freute.

3

»Also, das muß dir doch auch auf den Wecker gehen, dieser Schnarchjournalismus!«

Hans Becker versuchte an Paulas Beinen vorbeizustarren, die sie provozierend schlenkerte. »Fakten sind nie langweilig, Paula«, sagte er. »Und außerdem sind wir keine Boulevardzeitung.«

Seit sie vor drei Wochen ihr Praktikum angetreten hatte, kam sie fast jeden Tag bei ihm vorbei, setzte sich auf den Schreibtisch, wobei ihr der Rock meistens ziemlich weit hochrutschte, ließ die Beine baumeln und redete auf ihn ein. Sie war jung, süß und hatte keine Ahnung. Er verzieh ihr alles und noch viel mehr – sogar, daß er sich in ihrer Gegenwart steinalt fühlte.

»Geschrieben von alten Säcken für alte Säcke!«

Hans Becker hätte beinahe laut aufgeseufzt. Wenn es nicht Paula wäre … Jeden anderen Praktikanten, Hospitanten oder blutjungen Berufsanfänger, der in seiner Gegenwart den Journalismus neu erfinden wollte, hätte er hochkant hinausgeworfen.

»Wir brauchen andere Textsorten. Mehr Glossen, mehr Kolumnen. Die kurze Form eben. Nicht nur Nachrichten, Kommentare, Essays.«

Becker versuchte seinen Blick von ihren Fesseln zu lösen. Paula war wunderbar. Paula war hinreißend. Und vielleicht würde sie ja irgendwann begreifen, wie schnell man dieser angeblich innovativen Schreibe überdrüssig war. Wie bald der Leser die tägliche Glosse überblättert. Wie blitzartig sich ein Kolumnist verschlissen hat.

Er blinzelte sie an, die kleine, dunkelblonde Person, die hübscher war, als es in seinem Büro erlaubt sein sollte, wie sie da saß, im kurzen Rock, mit einer nur auf den ersten Blick züchtigen weißen Bluse und einer verwegenen Brille auf der Nase, die sie wahrscheinlich nicht brauchte und sich nur zugelegt hatte, damit man sie für intellektuell hielt.

»Du solltest aufhören, das Rad neu erfinden zu wollen, Paula. Versuch es doch einfach mal mit korrekter Recherche, sauberem Denken …«

»… klarer Aussage und gutem Stil«, leierte sie und drehte die Augen himmelwärts.

Becker zuckte die Achseln und suchte in der Schublade nach dem Brillenputztuch. Sie mußte doch langsam gemerkt haben, daß man mit ihm über »innovatives Schreiben« nicht diskutieren konnte.

»Hansi, du bist ein Spielverderber.« Sie hatte die schönen dunklen Brauen gerunzelt.

»Jung und innovativ sein hilft im Journalismus selten weiter. Lebenserfahrung schon eher.« Becker lehnte sich in seinen Sessel, legte die Füße auf den Schreibtisch und nahm die Brille von der Nase. So was hätte ihm mal einer erzählen sollen – früher, dachte er und begann, die Brillengläser zu polieren.

»Na gut«, sagte sie nach einer Weile und reichte ihm das Blatt Papier, mit dem sie sich Luft zugewedelt hatte. »Und was hältst du davon?«

Hans setzte die Brille wieder auf und überflog den 45-Zeiler. Es war eine freche Abrechnung mit einem Schriftsteller, der es mittlerweile gewohnt sein mußte, als umstritten zu gelten.

»›Diesbezüglich‹ ist ein Unwort, Paula.«

»Aber das ist doch ironisch gemeint!«

»Ironie versteht der Leser nicht.« Hans las weiter. »Es gibt zwar Ananas, aber keine Internas«, sagte er, ohne aufzublicken.

»Ach, komm!« Paula wippte ungeduldig mit den Beinen.

»Es muß heißen: ›Walde erklärte, er habe gesagt‹, nicht ›er hätte gesagt‹, wobei mir das ›erklärte‹ auch nicht gefällt.«

Paula zog einen Flunsch. »Ich will doch nur wissen, ob das nicht mal eine Alternative …«

Hans hob abwehrend die Hand und las weiter. Dann legte er das Blatt behutsam auf den Schreibtisch. »Hat er nun gesagt, er rufe die Einwohner Berlins zu massenhaften Gegendemonstrationen auf?«

Sie zog die Schultern hoch. »Er kann nichts anderes gemeint haben.«

»Schon gut – aber hat er es auch *gesagt*?«

»Man kann es eigentlich nur so verstehen …«

»Hat er es *gesagt? Das,* Paula, ist die Frage im Journalismus, nicht, was du verstehst, meinst, hineininterpretierst oder unterstellst.«

Sie sah ihn gekränkt an. Er hätte sie am liebsten in den Arm genommen und »Du hast ja recht« gesagt – einerseits. Im Journalismus wurde gelogen, daß sich die Balken biegen – und schon mal richtig vorgeführt, wen man aus irgendwelchen Gründen nicht mochte. Erst gestern hatte der Kollege Schiffer strahlend in der Tür gestanden und geprahlt: »Ich hab ihn fertiggemacht, den Drecksack.«

Becker haßte diese Einstellung. Sie verstieß gegen das, was er noch immer für den hippokratischen Eid seiner Branche hielt – gegen die Selbstverpflichtung auf die Wahrheit.

»Aber …«

»Ich weiß ja, was du denkst.« Die Tat ist dem Verdächtigen zuzutrauen – *das* dachte sie. »Aber in diesem Beruf hier kommt es nicht darauf an, die Welt zu interpretieren, sondern sie zu beschreiben.«

Sie schmollte.

»Paula ...« Becker suchte nach dem Wort, das sie überzeugen könnte. »Es gibt so etwas wie die *Wahrheit.*«

Paula verzog das Gesicht, sagte »Wie langweilig«, rutschte von seinem Schreibtisch, griff sich das Blatt Papier und stürmte aus dem Büro. Becker sah ihr hinterher, mit einem Anflug von Bedauern. Unwillkürlich berührte sein Finger die weiße Narbe an der Stirn. Und, Paula, hatte er ihr noch sagen wollen – selbst die Rechtschreibreform sieht kein Apostroph vor dem Genitiv-S vor! »Walde's Behauptung ...« Um Himmels willen.

Becker seufzte. Er würde sie vermissen. Ihre Fesseln, ihre Knie, ihr freches Grinsen – aber nicht das Geschwätz vom »innovativen Schreiben«. Hatte er diesen Unsinn wirklich auch erzählt, vor fünfzehn Jahren, als er dachte, mit einem Volontariat beim »Journal« das große Los gezogen zu haben?

Wahrscheinlich. Wer als Anfänger nicht glaubt, fast alles verbessern zu können, der bringt wahrscheinlich noch nicht einmal gesundes Mittelmaß zustande. Aber irgendwann macht der ganz große Innovationsgestus aus jungen Talenten Nörgler und Besserwisser. Er jedenfalls konnte das mit jedem pickeligen Hospitanten und jeder bildschönen Praktikantin wiederkehrende Neue nicht mehr ertragen.

»Hansi?« Becker blickte auf. Paula steckte den Kopf zur Tür herein. »Du bist süß. Trotz alledem.« Gott sei Dank machte sie die Tür gleich wieder zu, sonst hätte sie Hans Becker erröten sehen.

Er schaltete zu den Sechzehn-Uhr-Nachrichten das Radio ein. Halblaut korrigierte er falsche Präpositionen, verbesserte falsche Konjunktive, den notorisch falschen Gebrauch der indirekten Rede und die sich immer weiter verbreitende falsche Aussprache. »Es heißt Kon*sens*, ihr Deppen!«

Flüchtig zog in seinem Hirn der Gedanke auf, daß er langsam aber sicher seltsam wurde. Oder war das etwa nicht skurril, daß er noch immer die Rechtschreibreform boykottierte, »Quentchen« und »überschwenglich« und »Greuel« in die Manuskripte der Kollegen redigierte und bis zum Andruck um sein »daß« mit sz kämpfte?

Becker klopfte mit dem Kugelschreiber auf die Schreibtischplatte. Er konnte sich nicht helfen. Er haßte Operationen am lebenden Sprachkörper. Und er *haßte* innovative Wortschöpfungen wie »beinhart« oder »schwächelnd« oder gar »säftelnd«.

Fast sehnsüchtig dachte er plötzlich an Walter Loewe, damals Leiter des Berliner Büros, der regelmäßig und mit empfindungsloser Brutalität alles aus Beckers Manuskripten getilgt hatte, was der selbst als mutig und experimentell empfunden hatte. Der alte autoritäre Sack hatte recht gehabt.

Becker suchte nach der Fernbedienung, um das Radio wieder auszumachen. Der für diese Stunde angekündigte Bericht über den Berliner Untergrund interessierte ihn nicht. Er hatte die Hand schon ausgestreckt, als er erstarrte.

»Trauriger Sonntag, dein Abend ist nicht mehr weit«, sang eine Frauenstimme. Eine schmerzhaft schöne Stimme.

»Mit schwarzen Schatten teil ich meine Einsamkeit«, lispelte sie.

Mona, dachte er, und allein der Name tat weh.

»Schließ ich die Augen, dann seh ich sie hundertfach …«

Es war ihr Lied, das man soeben im Radio spielte.

»Ich kann nicht schlafen, und sie werden nie mehr wach.«

Monas Lied, diese ungeheuer traurige ungarische Weise, Szomoru Vasarnap, »Trauriger Sonntag« genannt.

»Ich seh' Gestalten ziehn im Zigarettenrauch.«

Die Sängerin intonierte genauso, genau wie Mona, in vorsichtigem, hingetupftem, zerbrechlichem Deutsch. Monas Lied – und sein Lied.

»Laßt mich nicht hier, sagt den Engeln: Ich komme auch ...«, flüsterte er mit.

»Trauriger Sonntag.«

Bevor er sich auflösen konnte in Trauer und Schmerz, hatte sein Zeigefinger den Ausknopf auf der Fernbedienung gefunden. Tief atmend ließ er sich wieder zurücksinken in seinen Schreibtischsessel. Laß den Deckel drauf, dachte er. Es tut nicht gut, Vergangenes zu weit an die Oberfläche kommen zu lassen.

Er gab sich einen Ruck und ließ mit einer Mausbewegung den Computer wieder hochfahren. Mit brüchiger Aufmerksamkeit blätterte er durch die Meldungen der Nachrichtenagenturen – keine hatte etwas richtig Aufregendes zu bieten. Nur eine Meldung fiel ihm auf: »Bauprojekt des Bundes gescheitert?« lautete die Überschrift, »Baukommission sieht Millionenschaden entgegen« der Untertitel. Er ließ die siebenundzwanzig Zeilen ausdrukken und nahm das Blatt Papier aus dem Drucker, um es Peter Zettel zu bringen. Das fiel in dessen Mammutprojekt »Die Baustellen Berlins«.

Becker klopfte nicht an, bevor er Zettels Zimmer betrat. Das hätte auch nichts genützt, denn Zettel war nicht da. Schon wieder nicht, dachte er und legte ihm das Blatt Papier auf den Schreibtisch, der, wie er das von Zettel nicht anders gewohnt war, makellos aufgeräumt war – bis auf den kleinen Stapel von Hauspost, Briefen und Notizen, die sich im Laufe der Woche hier angesammelt hatten.

Zettels Computer lief im Standby-Modus, nur den Ventilator der Zentraleinheit hörte man leise rauschen. Die ganze Wand hinter dem Schreibtisch war bedeckt von einer Karte Berlins, auf der das Amt für Wohnungswesen sämtliche Projekte eingetragen hatte, die den Charakter der Stadt in den nächsten Monaten und Jahren gründlich verändern würden. Einiges war bereits realisiert, anderes war Baustelle, wieder andere Projekte befanden sich erst im Planungsstadium.

Immer wenn er in Zettels Zimmer war, stand Becker minutenlang wie gebannt vor diesem gigantischen Prospekt der Stadt. Und jedesmal sagte er sich, daß Zettel unmöglich alle Baustellen Berlins kennen konnte. Andererseits würde das seine ständige Abwesenheit erklären. Wer in jede Baugrube noch vor dem Richtfest geguckt haben wollte, mußte Tag und Nacht unterwegs sein.

Hans stützte sich mit beiden Händen auf den Schreibtisch und suchte mit den Augen nach dem Pariser Platz. Er mußte aus Versehen an die Maus gestoßen sein, die Zettel auf einem Mousepad mit der sinnigen Aufschrift »Ich steh auf dem Grundgesetz!« geparkt hatte. Die Matten waren vom Bundeskriminalamt am Tag der offenen Tür ausgegeben worden. Jedenfalls erwachte plötzlich der Bildschirm mit leisem Knistern zum Leben. Unwillkürlich sah Becker hin.

Mit der Erwärmung der Bildröhre kam ein rotes Quadrat auf blauem Grund zum Vorschein, in dessen Mitte sich die Lettern »Paßwort???« befanden. Der Cursor blinkte auf der ersten Stelle eines freien Kästchens direkt darunter.

»Da schau her!« murmelte Becker.

Zettel hatte seine Dateien gesichert – ganz im Gegensatz zu den anderen Kollegen, in deren Computern Hans gestern nach Dienstschluß nach Spuren der gefälschten dpa-

Meldung gefahndet hatte. Die meisten Festplatten, hatte er dabei festgestellt, waren in einem erbärmlichen Zustand. Defragmentierung hatte seit Monaten nicht stattgefunden, temporäre Dateien verstopften den Speicherplatz, und die wenigsten schienen davon gehört zu haben, daß man gelöschte Dateien auch aus dem virtuellen »Papierkorb« entfernen mußte, wenn man Wert darauf legte, daß sie auch wirklich verschwunden waren.

Lillys Papierkorb quoll geradezu über. Das hatte die Suche leicht gemacht: Auf ihrem Computer war die Meldung nicht gefälscht worden – korrekter gesagt: Auf ihrem Computer war die Fälschung nie gespeichert gewesen. Wer schlau war, hätte ein solches Dokument natürlich nie, auch nicht vorübergehend, auf der Festplatte abgelegt – jeder Speichervorgang hinterließ Spuren. Becker aber rechnete mit der Dummheit der Menschen – und mit ihrer Eitelkeit. Durchaus vorstellbar, daß der Täter (oder die Täterin) die gefälschte Meldung ordnungsgemäß abgelegt hatte in irgendeinem elektronischen Ordner, Name »Erstunken & Erlogen«.

Ohne groß nachzudenken, tippte Hans »Berlin« in den Computer und drückte dann die Eingabetaste. »Noch zwei Versuche!« erschien es jetzt drohend auf dem Bildschirm. Kurz durchfuhren Hans Skrupel – andererseits: Wer seine Datenbestände so absicherte, hatte unter Garantie etwas zu verbergen. Und wahrscheinlich würde er das Paßwort sowieso nicht treffen, also konnte er getrost einen weiteren Versuch unternehmen.

Sein Blick fiel auf das Foto des schwarzen Labradors, Zettels Hund, den er öfter Gassi geführt hatte, immer, wenn Zettel ihn ins Büro mitgebracht hatte und dann plötzlich zu einem angeblich wichtigen Termin mußte.

Damals hatten sich alle gewundert, vor gut einem halben

Jahr, als Peter Zettel sich als frischgebackener Hundebesitzer vorstellte. Irgendwie paßte das nicht zu ihm. Vielleicht, dachte Hans, weil er so kühl wirkt. So ganz und gar unsentimental. So verdammt abgebrüht für sein Alter. Plötzlich fiel ihm das verkniffene Lächeln wieder ein, mit dem Zettel sich für das Hundefoto bedankte, das Lilly ihm zum Geburtstag überreicht hatte.

Zettel war ihm immer wie jemand vorgekommen, dem ein soziales Gen fehlte. Klar sah er gut aus mit seinen braunen Augen und den schmalen Händen. Zugleich hatte er ein unschlagbares Talent, sich unsichtbar zu machen – eine gute Vorbedingung für einen Beruf, in dem es galt, auch das mitzuhören und zu -sehen, was einen nichts anging. Sein Meisterstück war die Überführung des alten Senger gewesen, des korrupten Oberbürgermeisters am Rhein – niemand hatte damals auch nur geahnt, hinter was Zettel her gewesen war, bis er die Geschichte aus dem Ärmel gezogen hatte. »Ich hab ihn guillotiniert!« Becker erinnerte sich noch gut an Zettels kindisch-grausamen Stolz auf seine Heldentat.

Die Wärme fehlt ihm, dachte Hans plötzlich. Peter Zettel fehlt die nötige Wärme für ein Haustier. Schon damals hatte er seltsam ausweichend reagiert, als ihn alle fragten, wie denn ausgerechnet er auf den Hund gekommen sei. Ein Nachbar sei gestorben, hatte er gesagt, und um dessen auch nicht mehr ganz junges Tier habe sich jemand kümmern müssen.

Jemand – gut. Aber Peter Zettel?

»Amber« hatte er die Hündin gerufen. Amber – das war das englische Wort für Bernstein. Einer plötzlichen Eingebung folgend tippte Becker »Bernstein« auf der Tastatur – das paßte zu Zettels sprichwörtlicher Suche nach dem Bernsteinzimmer. Daneben.

»Noch ein Versuch!« drohte es vom Bildschirm. Ohne

große Hoffnung gab Hans »Amber« ein. Ein Klingeln, und ein leises »Willkommen!« erklang aus den Lautsprechern, und auf dem Bildschirm erschienen die vertrauten bunten Icons.

Becker verschwendete keinen Gedanken mehr an Skrupel und andere edle Vorbehalte. Er setzte sich an den Schreibtisch und ließ seine Finger über die Tastatur fliegen. Zettel hielt auch auf seiner Festplatte Ordnung. Der Papierkorb enthielt kein einziges Dokument mehr. Becker klickte auf das Symbol gleich neben dem Papierkorb, das wie ein kleines Buch aussah. Auf dem Bildschirm erschien ein überdimensioniertes Kalenderblatt. Er war in Zettels Terminkalender gelandet.

Jetzt fragte er sich doch, was er hier zu suchen hatte. Dennoch blätterte er durch den elektronischen Kalender – mit dem wenig erstaunlichen Ergebnis, daß, nach den Eintragungen »A.B.« oder »A. Bu.« zu urteilen, Zettel engen Kontakt zu Alexander Bunge gehalten hatte. Der Abgeordnete war als Vorsitzender der Baukommission des Ältestenrats der beste Informant für Zettels Projekt »Baustelle Berlin«. Das Verhältnis hatte fast wie Freundschaft ausgesehen – wenn es so etwas wie Freundschaft gab im Leben Peter Zettels.

Hans Becker klopfte unschlüssig mit dem Zeigefinger auf die Schreibtischplatte. Warum sollte Zettel ausgerechnet einen Abgeordneten denunziert haben, von dem er profitierte?

Im Grunde hielt er die Art von Denunziation, deren Opfer Bunge augenscheinlich geworden war, für eine weibliche Spezialität. Das hatte, bildete er sich ein, nichts mit Frauenfeindlichkeit, sondern mit Menschenkenntnis zu tun. Isolde Menzi stand ganz oben auf seiner Liste. Der Haken war nur: Es war bekannt, daß sie ein überaus schlechtes Verhältnis zu allen elektronischen Medien hatte und ihre Texte noch immer mit der Hand schrieb.

»Wenn Ihre Schrift wenigstens lesbar wäre!« hatte er die Novak kürzlich sagen hören, mit einem Zischen in der Stimme, als ob sie gleich einen Giftzahn entblößen und Isolde in den Hals rammen würde. Sonnemanns Texte tippte sie anstandslos ab, auch die Diktate von Zettel, den sie wie den Kronprinzen behandelte.

»Haben Sie was gegen Frauen, Frau Novak?« Isolde hatte breit gegrinst.

»Ich habe nur was gegen Damen, die sich Privilegien anmaßen!« Die Novak hatte hoheitsvoll geklungen. In ihren Augen maßten sich wahrscheinlich alle Frauen etwas an, die das sein wollten, was sie »etwas Besseres« nannte.

Als Hans ein Geräusch vor der Tür hörte, schaltete er den Computer auf *standby* und erhob sich hastig aus dem Schreibtischsessel. Im gleichen Moment wurde die Tür aufgerissen, und eine Stimme rief: »Zettel, wo warst du, verflixt!«

»Hansi?« In der nächsten Sekunde hatte Jo Eyring ihn erkannt. »Was machst du denn hier?«

Nicht, daß dich das etwas angeht, dachte Hans und sagte: »Ich habe Peter ein paar Infos zu seinem Baustellenprojekt herausgesucht.«

»Schön, aber wo ist der Kerl?«

Hans hob die Schultern und ließ sie wieder fallen.

»So gut wie unser investigatives Wunderkind möchte ich es auch mal haben«, brummelte Jo und ließ die Tür geräuschvoll hinter sich zufallen.

Becker fuhr den Computer wieder hoch und klickte sich aus Zettels Notizbuch aus. Er hinterließ besser keine Spuren in fremden Rechnern. Dann verließ auch er Zettels Büro.

4

Der Geruch umhüllte ihn wie eine warme Wolke – es roch nach Staub und Alter. Es mußte einfach so riechen an Orten wie diesen, in denen Bilder, Düfte und Geräusche der Vergangenheit wie in einem Konservenglas aufbewahrt zu sein schienen – für alle Zeiten. Jonathan Frei hatte den Duft von Bienenwachs in der Nase, mit dem das Parkett getränkt gewesen sein musste nach all den Jahren, stellte sich vor, wie Hunderte von Hosenböden über Jahrzehnte hinweg honigfarbenen Glanz ins Gestühl polierten, und meinte den Stock zu hören, mit dem der alte Virchow aufs Pult geschlagen haben mochte, bevor er seinen Studenten am Skelett eines preußischen Soldaten die Wunder der Anatomie demonstrierte.

Er nahm einen Schluck aus dem Glas. Seltsamer Ort für eine Feier unter dem verkrampften Motto »Wissenschaft meets Politik« – wobei die Sache mit der Wissenschaft noch angehen mochte. Er stand im wohl berühmtesten Hörsaal der Charité. »Extra für Rudolf Virchow gebaut«, hatte ihm Kollege Carl Vetter vorhin während der Rede irgendeines der einladenden Würdenträger zugeflüstert. Der Saal war seit dem Krieg Ruine, man hatte ihm später eine Betondecke verpaßt. Frei ließ den Blick nach oben gehen, hinweg über die Köpfe der Anwesenden. Der Raum und seine Geschichte waren faszinierend genug. Aber die meisten Menschen zog wahrscheinlich etwas anderes an – das Morbide, wie es in den unzähligen Gläsern mit medizinischen Präparaten in den Vitrinen nebenan vertreten war.

Er war die Reihe der eingeweckten menschlichen Körperteile abgegangen. Ihn hatte der Schädel eines Mannes am meisten beschäftigt, der, wie die Legende versicherte, im

Preußisch-Dänischen Krieg einen glatten Durchschuß erlitten hatte. Schade, daß nicht dabei stand, ob der Mann Däne oder Preuße gewesen war. Als Däne dürfte ihn eine Kugel aus dem berühmten Zündnadelgewehr getroffen haben, mit dem Preußen im 19. Jahrhundert Schlacht um Schlacht gewann.

Wie revolutionär diese unhandliche, unbeholfene Waffe damals gewesen war, ein Hinterlader mit einem neuen Zündmechanismus, der die Feuergeschwindigkeit erhöhte! Natürlich war das nichts, verglichen mit der Effizienz moderner Waffen. Aber niemand sollte die alten Knarren unterschätzen. Selbst die noch älteren Musketen konnten eine ziemlich tödliche Wirkung entfalten, wenn man es richtig anstellte.

Frei sah plötzlich eine Schlachtanordnung aus dem 17. Jahrhundert vor sich: Zwei Heere einander gegenüber, Männer in ihren bunten Uniformen, die eine Art Menuett aufführten, das man ihnen in monatelangem Drill eingebleut hatte, genannt der spanische Kontremarsch. Um ein gleichmäßiges Feuer zu erreichen, schoß man versetzt: Nachdem die Soldaten in der ersten Reihe ihre Salve abgegeben hatten, traten sie einen Schritt nach hinten, knieten sich hin und luden nach, während nun die zweite Reihe vorn stand und feuerte. Eine ingeniöse europäische Erfindung aus dem 17. Jahrhundert, die wahrscheinlich niemanden hier in diesem Saal interessierte – außer ihn.

Er riß sich los von den Bildern einer untergegangenen Welt und blickte in die Runde. Die meisten anderen Gäste standen vor den »Monstra«, vor den mißgebildeten Föten, Paradestücke der Horrorshow. Frei hatte der Anblick der Embryos mit Fischschwanz oder mit zwei Köpfen merkwürdig berührt. Wir zählen die Neandertaler zu den Vorfahren der Menschen, weil sie ihre Toten begruben, dachte er. Die eingemachten kleinen Leichen waren schrecklich anzuschauen – vielleicht lachten die Frauen deshalb so laut, wenn sie sich mit dem Champagnerglas in der Hand über Wesen beugten, die nur ein Auge auf der Stirn trugen.

Oder war das nur der seltsame Effekt, den Schrecken haben kann, wenn er weit genug entfernt zu sein scheint? Schrecken beruhigt. Das Bild des Abweichenden bestätigt das Selbstbild. Warum sonst haben Menschen jahrhundertelang auf dem Jahrmarkt die Elefantenmenschen bestaunt und die siamesischen Zwillinge, die Frau ohne Unterleib oder die Kleinwüchsigen?

Sei froh, sagte sich Frei und nahm noch einen Schluck aus dem Glas, daß du nur ein weitgehend unauffälliger Krüppel bist. Sei froh, daß du nicht dreißig Steine in der Niere hast, wie das arme Schwein, das daran gestorben ist – an dem, was nun als einziges von ihm übrig ist: in einem großen, gemütlichen Einmachglas.

Er drehte eine Runde durch den Saal, nickte hierhin, grüßte dorthin.

»Furchtbar«, sagte eine Frau neben ihm und nahm hastig einen Zug aus ihrer Zigarette. »Stell dir vor, es hätte gelebt ...« Sie stand vor einem Fötus, der, wie die Göttin Kali, nicht zwei, sondern jeweils vier Arme und Beine hatte.

»Wieso eigentlich? Ich könnte öfter mal mehr als zwei Hände gebrauchen.« Der Mann neben ihr lachte laut auf und legte ihr seine Pranke auf die Schulter.

»Aber heute wird so was ja vorzeitig abgetrieben.«

Die Frau schien ein bißchen kleiner und ein bißchen schmaler zu werden. Sie schüttelte den Kopf und wand sich dann aus der Umarmung ihres Begleiters heraus.

Frei ging weiter. Vom großen Thema des Abends – »Wissenschaft meets Politik« – war nicht viel zu merken, abgesehen davon, daß fast alle Stipendiaten des Kollegs erschienen waren. Sein elegant gekleideter Direktor redete auf einen kleinen, rundlichen Mann ein, unter dessen gebräunter Glatze zwei rastlose Knopfaugen den Raum absuchten. Politiker oder Wissenschaftler? Politiker, dachte Frei. Nur Politiker strahlen diese nervöse Unruhe aus, die anzeigt, daß sie fürchten, sie könnten nicht rechtzeitig wahrnehmen, daß sie wahrgenommen werden.

Wissenschaftler hingegen sind gemeinhin so absorbiert von sich und der Bedeutung ihrer Tätigkeit, daß sie für nichts Augen haben, noch nicht einmal für das arme Opfer, das sich gerade ihre neuesten Hypothesen anhören muß.

»Haben Sie vielleicht …?« Die große, dunkelhaarige Frau hatte eine Zigarette zwischen den Lippen und den halben Inhalt ihrer Handtasche auf einem der weißgedeckten Bistrotischchen ausgebreitet – eine Illustrierte, zwei Päckchen Marlboro, einen Notizblock, einen umfangreichen Schlüsselbund, ein Diktiergerät, einen dicken Füllfederhalter, einen aus den Nähten platzenden Terminkalender und einen Lippenstift.

Jonathan zuckte mit den Schultern. »Leider nein.«

»… ein Tempotaschentuch?« Die Frau lachte ihn an.

Sie hatte das Feuerzeug gefunden, hielt die Flamme an die Zigarette und inhalierte tief. Sie mußte gemerkt haben, daß er die Nase gekräuselt hatte.

Er grinste zurück. Es fiel ihm noch immer schwer, sich daran zu gewöhnen, daß so viele Menschen auf dem Kontinent rauchten.

Die Dunkelhaarige schickte ihm einen spöttischen Blick und einen Schwall Zigarettenrauch hinüber. Sie hatte eine physische Präsenz, die so signalrot war wie ihre Jacke. Fasziniert sah er zu, wie sie den ganzen Krempel auf dem Tisch wieder in ihre Handtasche schaufelte, sie unter den Arm klemmte und auf hohen Absätzen zu einer Gruppe von Männern am Ende des Saales stöckelte.

»Professor Frei?« Die Stimme hinter ihm war so leise, daß er sie erst gar nicht wahrnahm. Jonathan drehte sich um.

Das Auffälligste an der kleinen Person war die fast altmodisch anmutende Lockenfrisur, die nicht richtig paßte zu der knabenhaften Figur und dem ungeschminkten Gesicht. Sie sah ein bißchen wie ein unversehens in die Jahre gekommener Rauschgoldengel aus.

»Lilly E. Meier vom ›Journal‹.« Sie streckte ihm die Hand hin, die andere hatte sie in die Tasche ihres Jacketts versenkt. »Sie kennen vielleicht unser Organ? Wir haben ein bißchen die Meinungsführerschaft hier ...«

»Herzlichen Glückwunsch.« Er grinste und neigte den Kopf. Unter all der Bescheidenheit verbarg sich offenbar ein ausgeprägtes Ego. Immerhin lächelte die Frau, wenn auch etwas säuerlich, zurück.

»Sie sind« – Lilly E. Meier hatte beide Hände wieder in den Jackentaschen versenkt – »eine sehr angesehene Persönlichkeit ...«

Jonathan Frei neigte wieder den Kopf. Wenn sie meinte.

»... sonst hätte man Sie nicht ins Kolleg eingeladen.«

Frei drehte sein leeres Glas in der Hand und guckte suchend durch den Raum.

»Womit beschäftigen Sie sich – während Ihres Aufenthalts in Berlin?« Sie hatte etwas Indiskretes im Blick. Frei merkte verwundert, daß ihm das Gespräch unangenehm war.

»Ich werde die Arbeit an einem Buch beenden.« Endlich hatte eine der Kellnerinnen ihn gesehen. »Über die sogenannte Beutekunst.« In dem fast fertigen Manuskript ging es um das Schicksal bedeutender europäischer Kunstwerke, die erst von den Nazis, dann von ihren siegreichen Gegnern in alle Winde verschleppt worden waren. Ein Großteil war nie wiedergefunden worden.

Vic wußte von diesem Projekt und hatte sich das gleich zunutze gemacht. »Jon«, hatte er begeistert ausgerufen, »bei diesem Thema fällt es gar nicht auf, wenn du noch ein paar ganz andere Nachforschungen anstellst!«

Zum Beispiel nach des Führers Waffe und anderen Absonderlichkeiten.

»Das Kolleg ist der ideale Ort für eine solche Arbeit.«

Die Frau nickte, als ob sie diese Auskunft für erschöpfend hielt. »Sind Sie nicht auch ein international bekannter Waffenexperte?«

»Das ist richtig.« Frei versuchte seine Verwunderung zu verbergen. Nicht viele wußten das.

Die kleine Person vor ihm sah ihn unverwandt an, mit einer seltsamen Intensität in den grauen Augen. »Warum sprechen Sie so gut Deutsch?«

Die Frage überraschte ihn – sie wirkte fast intim.

»Es ist meine Muttersprache.« Er verbesserte sich. »Es ist meine Großmuttersprache. Meine Großmutter war Deutsche.«

»Ah – so.« In ihren Blick legte sich jene Ernsthaftigkeit, die man in diesem Lande bei einer solchen Auskunft zu bekommen pflegte. »Ihre Großmutter war – Jüdin?«

»Stimmt.« Endlich schenkte die Kellnerin ihm nach. »Sie *ist* Jüdin.« Hilde wurde immer älter und immer weniger – aber in ihrem schmal gewordenen Körper steckte Lebenskraft für zwei. Deshalb hatte ihn gewundert, daß sie es mit einer kurzen, bestimmten Handbewegung zurückgewiesen hatte, ihn in Berlin zu besuchen. »Ich möchte mir in meinem Herzen alles so bewahren, wie es einmal war«, hatte sie schließlich gesagt.

Lilly Meier sah ihn immer noch an – kalkulierend, dachte er für einen Moment.

»Und was macht einen – Juden zum Waffenexperten?«

»Ich bin Amerikaner, Frau Meier«, sagte er, knapper und unhöflicher, als es eigentlich nötig war. »Und die sind bekanntlich allesamt Waffenfreaks.«

Sie lachte verlegen, und sofort tat sie ihm leid.

Denn woher sollte sie wissen, daß er nur nach den Nürnberger Rassegesetzen ein Jude war – nicht nach der jüdischen Abstammungslehre, auch nicht vor der jüdischen Glaubensgemeinschaft – und allenfalls, wenn es das denn gab, vor der Geschichte?

»Gehen Sie – diesem Hobby auch in Berlin nach?« Lilly Meier hatte den Kopf gesenkt.

Frei blickte auf den schmalen, mit Steinen besetzten Kamm, mit dem sie die Haare auf einer Seite festgesteckt hatte. Die Frage wunderte ihn. Wußte sie etwas? Das war eigentlich nicht möglich.

»Ich glaube nicht, daß ich dazu kommen werde.« Ihm fiel auf, wie steif seine Antwort ausgefallen war.

Sie hob den Kopf und sah ihn mit zusammengezogenen Augenbrauen an. Er sah Intelligenz in ihren Augen – aber da war auch noch etwas anderes, Undefinierbares. Zorn? Schmerz?

»Und – es macht Ihnen gar nichts aus? Berlin? Die Vergangenheit? Die Stadt der Täter?«

»Nein.« Jon sah mit Erleichterung, daß ihm vom Nachbartisch die Kristeva zuwinkte. »Ich bin an der Zukunft interessiert.«

»Ich verstehe«, murmelte Lilly Meier.

Das sah man ihr gar nicht an, fand Jon.

»Sie entschuldigen mich ...?« Er deutete auf den Nachbartisch.

»Aber natürlich!« Plötzlich strahlte sie ihn an. Und nur für einen kurzen Augenblick bildete er sich ein, sie blicke ihm nach, sie starre ihm ausgerechnet auf das rechte Bein, während er hinüberging zu den anderen.

Es gab ihm einen kleinen eifersüchtigen Stich, als er merkte, daß die Kristeva keine Augen für ihn hatte. Der Kerl, mit dem sie sprach, sah auch noch gut aus, ein schmaler, dunkelhaariger Typ in einem hervorragend sitzenden Anzug. Armani, nahm er an. Das, hatte er mittlerweile gelernt, bevorzugten deutsche Politiker – neben schweren Rotweinen und dicken Zigarren.

Sein Blick glitt hinüber zur Begleiterin des Mannes, der mit blitzenden Augen und elegant gestikulierenden Händen auf eine versonnen lächelnde Agneta Kristeva einredete. Die andere Frau war groß, blond und wirkte kühl – eigentlich nicht sein Typ, vielleicht, weil sie ein bißchen blaß aussah neben der dunklen Polin.

»Wissenschaft oder Politik?« fragte er sie, als ob er in Wirklichkeit »Geld oder Leben!« meinte.

Es mußte, dachte er später, ihr Grinsen gewesen sein, das ihn im Handumdrehen für sie einnahm. Die Blonde lachte so entspannt, als ob sie nichts und niemanden zu fürchten hätte, als ob es weit und breit keinen Grund gäbe, einen guten Eindruck zu machen oder kompetent und vernünftig zu wirken. Wissenschaft, dachte er. Andererseits ...

»Wetten werden entgegengenommen!« Sie strich sich mit langen Fingern das blonde Haar hinters Ohr.

Er legte den Kopf schräg. »Ich liege eigentlich meistens richtig, aber bei Ihnen ...«

»Sagt Ihnen das DNA-Identitätsfeststellungsgesetz etwas?«

»Also Wissenschaft!«

»Politik. Wir haben den Antrag 14/445 zur Änderung des DNA-Identitätsfeststellungsgesetzes vorgestern im Bundestag verabschiedet.« Sie lachte ihm ins verblüffte Gesicht und streckte ihm die Hand hin.

»Anne Burau. Mitglied des deutschen Bundestags. Aber der Punkt geht an Sie. Ich bin erst seit ein paar Tagen im Geschäft und habe nicht den blassesten Schimmer, für was ich da eigentlich gestimmt habe.«

Plötzlich durchmaßen ihre Augen unruhig den Raum. Bei ihr wirkte das anders als bei ihren Kollegen – sie sah dabei so aus, als ob sie sich vergewissern wollte, daß sie auch wirklich dazugehörte.

»Und Sie?« Er sah, wie sich langsam ihre Augenbrauen zusammenzogen, während sie ihn betrachtete. Zu seiner Überraschung machte ihn das verlegen. Wie ein Teenager fragte er sich plötzlich, ob ihr gefiel, was sie sah.

Bevor ihm eine wirklich intelligente Antwort hätte einfallen können, schlug ihm jemand auf die Schulter und brüllte »Jonathan Frei! Jon, alter Kumpel!« in sein Ohr. Unwillig drehte er sich um und sah in das breite Grinsen seines Studienkollegen David Grossman.

Er begrüßte ihn so hastig, wie es die Höflichkeit gerade noch erlaubte, und drehte sich dann wieder zu ihr hin. Aber sie war schon verschwunden. Abgetaucht in der Menge, als hätte sie nur auf diesen Moment gewartet.

David schien sich wenig daran zu stören, daß er nicht gerade enthusiastisch empfangen wurde. »Hab' ich sie vertrieben?« Der Attaché an der amerikanischen Botschaft riß die großen blauen Augen in gespieltem Entsetzen auf, bis Jonathan lachte.

»Schon gut«, sagte er und nahm den anderen in den Arm. »Wie geht's dir, was machst du, was führt dich hierher?« Sein Blick suchte in der Menge nach ihren blonden Haaren.

»Willst du wirklich *alles* wissen?« Wieder riß David die Augen auf.

Natürlich nicht, dachte Jonathan, winkte der Bedienung und ließ sich sein leeres Glas wieder füllen. Vor allem keine reich bebilderten Geschichten von idealen Gattinnen und gesunden Kindern.

»Alles«, sagte er.

5

Er hatte unruhig geschlafen. Die Bettdecke lag auf dem Boden, und das Laken schlug Falten, als er aufwachte. Er hatte von Paula geträumt, von der wunderbaren, frechen, schönen Paula, von ihren Beinen, von ihren Fesseln. Becker setzte sich auf. Prompt wurde ihm wieder heiß. Er sah sie vor sich, wie im Traum, wie in der Wirklichkeit: so, wie sie gestern auf seinem Schreibtisch gesessen hatte, mit dem kurzen Rock und mit schwingenden Beinen. Aber dann war sie plötzlich heruntergerutscht vom Schreibtisch, plötzlich saß sie auf seinem Schoß, hatte ihm die Brille abgenommen, die weißen Arme um den Hals gelegt und ihn lange und tief geküßt – und dann waren es mit einem Mal ihre Beine, mit denen sie ihn umschlang, ihre kühlen nackten Beine, und er war tief in ihr und wollte noch tiefer in sie hinein, wollte sie halten, sie stoßen, bis ihre Augen unter den halbgeschlossenen Lidern verschwammen, bis er nur noch das Weiße sah in ihren Augen, bis er schielte, bis ... Becker stöhnte in der Erinnerung. Das war der schöne Teil des Traumes gewesen. Der andere war weniger schön.

Mitten in der tiefsten Leidenschaft war die Tür aufgegangen, und Paula hatte sich mit einem erschrockenen Quieken von ihm befreit. Sonnemann tat so, als ob es das Normalste von der Welt wäre, daß einer seiner Redakteure im Büro die Praktikantin vögelte, lächelte Paula an, die versuchte, ihren Rock glattzustreichen, und sagte zu Becker, der hastig nach einer Zeitung gegriffen hatte, um sich zu bedecken:

»Hast du eine Gegendarstellung zu unserem Bericht über Alexander Bunge geschrieben?«

»Aber wieso …?« Hatte Sonnemann nicht in Hinblick auf die Auflage eine Richtigstellung abgelehnt?

Der Redaktionsleiter schüttelte mit sanftem Tadel den Kopf. »Hast du denn wenigstens die Ermittlungsbehörden benachrichtigt?«

»Aber …«

Sonnemann schüttelte wieder den Kopf, machte »Tztz!«, verbeugte sich in Richtung Paula, die noch immer an ihrem Röckchen herumzupfte, und schloß die Tür sanft hinter sich.

Becker schwang sich aus dem zerwühlten Bett und ging auf unsicheren Beinen zur Kochnische. Es war schon merkwürdig, wie sich nach der verbotenen Lust prompt das schlechte Gewissen in seine Träume einschlich. Er machte sich rabenschwarzen Kaffee, beschloß, die nötigen Aufräumarbeiten in seiner Wohnung ein weiteres Mal vor sich herzuschieben, zog sich an und ging ins Büro.

Sie waren ihm sowieso am liebsten, die Samstage und Sonntage und Feiertage, an denen niemand den Fuß ins Büro setzte – nur Leute, die sich so heimatlos fühlten wie er. Auch wenn Sonnemann seine Befehle nur im Traum gegeben hatte und Hans für eine Gegendarstellung nicht zuständig war – in einem Punkt wies der Traum den richtigen Weg. Wenigstens die Ermittlungsbehörden sollte man informieren. Auf der CD-ROM des »Oeckl«, dem Handbuch für alle Zweifelsfälle, fand er die Telefonnummer der Frankfurter Staatsanwaltschaft.

»Wissen Sie, was heute für ein Wochentag ist?« fragte ein mürrischer Mann in der Telefonzentrale.

»Stimmt es, daß in hessischen Strafverfolgungsbehörden der wöchentliche Dienstschluß schon donnerstags um zwölf Uhr mittags stattfindet?« fragte Becker zurück.

Der Mann brummelte Unverständliches.

»Ich will ja nur eine Faxnummer von Ihnen.« Becker versuchte, begütigend zu wirken. »Und die zuständige Person in der Abteilung für ...« Ja, für was? In welches Ressort fiel eigentlich ein durch eine Falschmeldung in der Zeitung ausgelöster Selbstmord? »... Kapitalverbrechen«, sagte er mit fester Stimme.

»Also 80JS«, korrigierte ihn der mürrische Mensch, nannte ihm eine Nummer und einen Namen. Dr. Manfred Wenzel.

Hans bedankte sich artig und legte auf. Dann löschte er die Kennung aus seinem Computerfaxprogramm, um keine elektronischen Spuren zu hinterlassen, und setzte einen Brief an die Frankfurter Staatsanwaltschaft auf.

»Sehr geehrte Damen und Herren«, schrieb er vorsichtshalber. Wer weiß, ob die Auskunft, die er erhalten hatte, auch richtig war.

»Der Bundestagsabgeordnete Dr. Alexander Bunge, Wahlkreis Frankfurt am Main, ist Opfer einer Falschmeldung geworden. Dem ›Journal‹, das die entsprechende Meldung abgedruckt hat, liegen keinerlei Beweise dafür vor, daß Bunge sich über das Internet mit Kinderpornographie versorgt hat.«

Das mußte genügen. Daß er das Fax ohne Kennung oder Namen abschickte, würde ihn zwar nicht lange schützen –

und es war gut möglich, daß Sonnemann, der nur im Traum so milde war, ihm dafür die rote Karte zeigte. Er lehnte sich in seinem Sessel zurück und sah hinaus durchs Fenster auf die taubenkotbekleckerte Wand des Lichtschachts.

Aber seltsamerweise schreckte ihn dieser Gedanke nicht – ihn, den sonst viel zuviel erschreckte. Hans Becker spürte plötzlich ein Gefühl der Befreiung in sich hochsteigen. Nach einigem Nachdenken analysierte er es als die Befriedigung, die mit der Gewißheit verbunden ist, das Richtige getan zu haben.

6

Frankfurt am Main

Karen rückte ihren Caféhausstuhl ein Stück zur Seite, damit sie noch eine Weile länger in der warmen Septembersonne saß, nahm einen Schluck Milchkaffee und gabelte sich ein Stück Pflaumenkuchen in den Mund. Trotz des Wetters und der Gegenwart von Marion hatte sie schlechte Laune.

Sollte sie noch ein zweites Stück bestellen? Für die Seele? Und damit die liebe Mutter auch beim nächsten Besuch wieder über ihre Figur meckern konnte?

Der Gedanke daran verdarb ihr den Appetit. Mit spitzen Fingern schob sie den Teller mit dem Rest vom Pflaumenkuchen von sich.

»Erzähl mir nicht, daß du schon wieder an deine Mutter denkst!« Marion konnte sich sichtlich nicht entscheiden, ob sie belustigt oder entgeistert sein sollte.

Karen ärgerte das. Eine Freundin war dazu da, daß sie verstand – und zwar alles. »Was sonst? Ich muß sie schließlich am Wochenende besuchen.«

»Sie ist bald siebzig!« Marion ließ den Kaffeelöffel geräuschvoll auf den Teller fallen.

»Na und?« War das vielleicht eine Entschuldigung? »Alter schützt vor Bosheit nicht.«

»Und manche Töchter werden niemals erwachsen. Wie kannst du das alles noch so ernstnehmen!«

Karen *wollte* ernst- und übelnehmen. »Weißt du, was sie zu meinem neuen Kleid gesagt hat, als ich sie vor zwei Wochen besucht habe?«

Marion guckte schicksalsergeben.

»Gar nichts hat sie gesagt. Mich gemustert, mit diesem kritischen Blick, von oben nach unten. Und nur wissend gelächelt, als mein Vater rausplatzte mit: ›Man soll auch zeigen, was man hat, Karen!‹«

Marion prustete los.

Fast hätte Karen mitgelacht. Marion schien von solchen Konflikten völlig frei zu sein. Vielleicht, weil sie so perfekt aussah wie eine Porzellanpuppe. Oder weil die gute liebe Mama früh genug abgelebt war. Karen vermutete mittlerweile das letztere.

»Entschuldigen Sie …« Der junge Mann, der auf den Stuhl neben ihr deutete, hatte rote Haare und rote Ohren. »Es ist kein anderer mehr frei.«

»Kein Problem.« Karen lächelte ihn an, als ob sie Größe 38 trüge und räumte den Stuhl von all den Tüten und Taschen, die sie daraufgestellt hatte. Heute am Samstag war sie endlich zum Einkaufen gekommen.

Marion sah erst auf den jungen Mann, dann auf sie und grinste.

»Ich bin doch keine Kinderschänderin!« antwortete Karen mit gespielter Empörung. Die unbedachte Formulierung versetzte ihr einen Stich. Sie hatte Wenzel versprochen, sich um den Fall Bunge zu kümmern, hatte aber seit dem Gespräch mit der Manning keinen Handschlag getan.

Marion gähnte und betrachtete ihre Fingernägel – seltsamerweise nicht, wie es Frauen sonst tun, nämlich mit ausgestreckter Hand, Rücken nach oben, sondern nach Männerart, die Hände zu Fäusten geballt. Marion war der wandelnde Widerspruch – denn von solchen Gesten (und von ihrem Beruf) abgesehen, war sie aufreizend weiblich. Heute trug sie ein aprikotfarbenes Kostüm mit wadenlangem Rock und einer taillierten Jacke, auf dem Kopf ein Etwas, das eher Haarschmuck war als Hut.

Sie blickte auf und lächelte.

Karen grinste zurück. »Du mußt gehen. Du kommst sonst zu spät.«

Marion gähnte wieder. »Eine Dame kommt nie zu spät.«

Karen beneidete sie um ihre Gelassenheit – und wahrscheinlich, fürchtete sie plötzlich, auch um den Mann, dessen sie so sicher war, daß sie ihn warten lassen konnte. Während Karen auch in dem neuen Bett allein liegen würde, dessen Lieferung seit Wochen ausstand.

»Mein Bett ist übrigens immer noch nicht geliefert worden«, sagte sie. »Dienstleistungswüste Deutschland!«

»Und wieso denkst du am hellen lichten Tag bereits ans Bett?« Marion lächelte schläfrig.

»Weil du es tust.« Karen merkte, wie die schlechte Laune ihr auf den Magen schlug. Zwei alleinstehende Frauen, die das im Grunde nicht bleiben wollten – das mochte noch angehen. Aber seit Marion einen Neuen hatte, spielte Karen die Rolle des beweglichen und aufgeklärten städtischen Singles völlig solo.

Marion runzelte die Stirn und schien sie dann mit geschärfter Aufmerksamkeit anzusehen. »Du bist nicht unzufrieden mit deiner Figur. Du hast nicht den geringsten

Grund dazu. Du ärgerst dich auch nicht ernsthaft über deine Mutter. Du bist unzufrieden mit dir selbst.«

Karen wechselte in den Gesichtsausdruck über, der »Ach – jaaa?« signalisierte.

»Du beschäftigst dich seit Wochen nur noch mit Gardinen, Bettwäsche, Kleinmöbeln und Rheumamatratzen. Du klagst seit Monaten über deine Mutter, als ob du noch ein Teenager wärst. Du magst dich selber nicht mehr. Du gehst nicht aus. Du interessierst dich nicht mehr für deinen Beruf. Du ...«

»Mein Beruf ist das einzige, wofür ich mich überhaupt noch interessiere.« Der Satz war heraus, bevor sie ihn hätte zensieren können.

Marion guckte, als ob sie am liebsten »Siehste!« sagen würde.

Karen guckte trotzig zurück.

»Was ist los mit dir?« fragte die Freundin nach einer Weile leise.

Karen antwortete nicht. Zu ihrer Verwunderung merkte sie, daß ihr nach Tränen zumute war. Der Gedanke an die neue Bettwäsche, die sie vorhin endlich gekauft hatte, freute sie nicht mehr. Und die Vorstellung, schon bald in eine leere Wohnung zurückzukehren, war plötzlich schrecklich.

Was ist los? Gute Frage, dachte Karen. Vielleicht war es die Midlife-crisis. Vielleicht das prämenstruelle Syndrom, auf Dauer gestellt. Vielleicht gab es einen Wetterumschwung – sie krauste die Nase und blickte gen Himmel. Kein Wölkchen war zu sehen. Vielleicht – war es wirklich nur die Tatsache, daß Marion nicht mehr allein war.

Aber sollte sie ihr das etwa sagen? Daß es ihr lieber war, zu zweit frustriert durch die Gegend zu laufen, als die andere glücklich zu sehen? Sie lächelte ihre beste Freundin matt an.

»Ich hab es satt, allein zu sein.«

»Ich weiß«, sagte Marion. Der jäh aufkommende Wind hätte ihr fast den Hut von den Haaren geweht.

Karen spürte, wie sehr sie die Freundin schon jetzt vermißte, die künftig nicht mehr mit ihr, sondern mit einem Mann in den Urlaub fahren würde. Sie bestellte die Rechnung. Nein, sie mochte sich momentan wirklich nicht sehr.

»Was macht eigentlich Paul?« Marion schien einen Gedankengang zu verfolgen, den Karen ihr schon seit Jahren auszutreiben versuchte.

»Na was wohl? Er sitzt auf dem Land ...«

»... und verbauert.«

Am liebsten hätte sie ihn gegen diesen ungerechten Vorwurf verteidigt. Aber genau das war Gegenstand des letzten Streits mit ihm gewesen. »Du ziehst dich zurück, Paul«, hatte sie ihm vorgeworfen. »Du wirst zum Eigenbrötler.« Es war, fiel ihr auf, so ziemlich das, was Marion an ihr kritisierte.

Paul hatte den Vorwurf richtig übel genommen – und ihr erst nach ein paar Tagen gestanden, warum. Sie strich die dicke rote Haarsträhne zurück, die der Wind ihr ins Gesicht geblasen hatte. Anne Burau hatte ihm offenbar das gleiche vorgeworfen – Anne, die jetzt im Bundestag war. Als Nachrückerin.

Karen setzte sich abrupt auf. Als Nachrückerin von Alexander Bunge. Daß ihr das nicht gleich aufgefallen war ...

Als das Mobiltelefon quäkte, durchwühlte sie hektisch ihre Handtasche. Das Gerät blinkte aufgeregt, als sie es endlich gefunden hatte.

»Ja?«

Sie hatte ein schlechtes Gewissen. Das Telefon war bis vor einer halben Stunde ausgeschaltet gewesen. Vielleicht hatte ja Paul versucht, sie zu erreichen.

»Karen?«

Sie verzog das Gesicht. Manfred Wenzel war seit ihrem letzten Gespräch zur hanseatischen Form der Kombination von Vorname und Sie übergegangen. Manchmal wünschte sie sich seine alte Arroganz zurück.

»Ich hab' Sie schon heute früh zu erreichen versucht.«

War das etwa ein Vorwurf in seiner Stimme? Karen antwortete vorsichtshalber nicht.

»Es gibt was Neues im Fall Bunge.«

»Ich bin noch nicht ...«

»Macht nichts.« Ausnahmsweise erwies er sich als nicht interessiert an ihrem schlechten Gewissen.

»Im Büro ist heute ein Fax eingetroffen.«

Streber, dachte Karen. Was machte der Mann an einem Samstag im Büro, ohne daß er im Dienstplan stand?

»Darin wird behauptet, daß das ›Journal‹ über keinerlei Beweismittel für die Anschuldigung gegen Bunge verfüge.« Sie hörte die Zufriedenheit in seiner Stimme.

»Aber warum hat sich Bunge dann umgebracht?«

»Eben!« Wenzel hatte wieder die alte Ungeduld in der Stimme. »Wenn Sie nach Berlin fahren, morgen ...«

Sie freute sich seit Wochen auf die paar Tage in Berlin. Und sie hatte keine Lust, die wenigen Stunden Freizeit, die sie sich während der Tagung nehmen wollte, an Wenzel und seinen Exlover abzutreten.

»Ich kümmere mich drum«, sagte sie so gelassen wie möglich. Sie drückte die Aus-Taste.

»Du klingst nicht gerade begeistert – für jemanden, dem sein Beruf so viel bedeutet.« Marion hatte sich während des Gesprächs die Lippen nachgezogen und steckte den Lippenstift in der krokoledernen Hülle wieder in die Handtasche.

»Ich hatte mich gefreut auf die Tagung in Berlin.« Das

Thema war »Kriminalistik und Öffentlichkeit«. Es referierten ein paar interessante Frauen – und ein paar nicht minder interessante Männer. »Und jetzt muß ich mich auf die Spuren des toten schwulen Freundes meines schwulen Kollegen begeben.«

»Schwule sind angeblich auch Menschen.« Marion guckte sie mit kritischem Spott an. »Sogar im toten Zustand.«

»Hab' ich auch gehört. Aber Liebhaber von Kinderpornographie und andere Päderasten sind nicht mein Fall.«

Marion zog fragend die Augenbrauen hoch.

»Aber vielleicht ist er ja gar keiner.« Karen trank ihren Milchkaffee aus und setzte die Tasse unsanft ab. Danach sah es offenbar aus.

Warum bloß sagte ihr Gefühl ihr etwas anderes?

7

Berlin

Anne wachte erst gegen Mittag auf. Das erste Mal seit Jahren hatte sie verschlafen. Es war so still hier oben. Keine Kuh muhte, kein Schaf blökte. Keine Rena, kein Krysztof. Keine wild gewordenen Gänse und röhrenden Traktoren. In einer Millionenstadt konnte man einsamer sein als in einem gottverdammten Kuhkaff. Das mochte ja ein Klischee sein – aber es war die schlichte Wahrheit.

Besonders hier, in der sogenannten »Serpentine«, in der sie ihre Abgeordnetenwohnung gemietet hatte. Der gigantische Wohnblock kam ihr am hellen Tag noch gespenstischer vor als an den Abenden zuvor. Es war Samstag – also war sie wahrscheinlich wirklich die einzige Anwesende in dem wie eine Welle geschwungenen Band von Wohnungen. Insgesamt siebenhundert Unterkünfte waren im Moabiter

Werder gebaut worden, auf einer Art Halbinsel in einem Bogen, den die Spree hier beschrieb – »ein gelb verklinkertes Auffanglager für heimatvertriebene Rheinländer« hatte sie mal in einer Zeitung gelesen. Die aber wollten offenbar nicht ins Lager – gerade mal gut hundert Wohnungen waren vermietet. Die meisten der Abgeordneten und Mitarbeiter des von Bonn nach Berlin umgezogenen Bundestags hatten eine Altbauwohnung in einem Berliner Kiez vorgezogen.

Nach dem Frühstück ging sie einkaufen, nur eben um die Ecke, zu einem kleinen Supermarkt. Als sie zurückkehrte, tauchte sie in eine Wolke vertrauter Gerüche ein, die nicht paßten in diese Umgebung, in der es gestern noch nach frischer Farbe und Putzmittel gerochen hatte. Seither überlagerte der Duft von Knoblauch und Geräuchertem alles.

Auch der Portier, ein freundlicher, berlinernder Schnauzbart mit polnischem Namen, der sie schon bei der zweiten Begegnung wie eine alte Freundin begrüßt hatte – Kunststück, es wohnte ja sonst kaum jemand hier –, hatte die Nase gerümpft, als er ihr das schwere Paket hochtrug. Ein Freßpaket von Rena, in dem alles steckte, was sonst fürsorgliche Mütter ihren Töchtern in die erste eigene Studentenbude mitgeben – zum Beispiel die luftgetrocknete Lammsalami, deren Geruch die kleine Wohnung erfüllte. Als ob man ohne das in Berlin verhungern würde.

Und jetzt saß sie das erste Mal, seit sie hier angekommen war, in Ruhe in ihrer Wohnung. Zeit zum Nachdenken, dachte sie. Wenn sie nur nachdenken wollte.

Sie fürchtete sich vor dem Gedanken, fehl am Platz zu sein in Berlin, im Parlament, in der Fraktion, in ihrer Partei. Die Erinnerung an die abgewandten Gesichter der Kollegen, an das Getuschel hinter ihrem Rücken, an den bösartigen Artikel im »Journal«, an die Zang mit ihren Heimlichtuereien, an Peter verfolgte sie. Und zugleich ärgerte sie sich über diese neue Bänglichkeit.

Hatte sie das Kämpfen doch verlernt? Stand sie nur noch in Gummistiefeln fest und mit beiden Beinen auf dem Boden?

Um sich abzulenken, dachte sie an den Mann von gestern abend. Eigentlich hatte er ihr gefallen – die tiefe Stimme mit der amerikanischen Klangfärbung, die Ironie in den braunen Augen, die Kraft, die der Mann ausstrahlte. »Jonathan« hatte sein Freund ihn genannt. Andererseits hatte sie wenig Lust gehabt, den beiden dabei zuzusehen, wie sie einander unaufhörlich auf die Schultern klopften und »Alter Junge!« nannten.

Auch Emre Özbay war beschäftigt gewesen. Er schien völlig gefangen zu sein von einer Frau, die sich alle Mühe der Welt gab, unscheinbar zu wirken – mit den kurzen Haarstoppeln und der dunklen, kastenförmigen Brille auf der Nase. Die Verkleidung nützte nicht viel.

Anne hatte sich eingeredet, daß ihr das alles nichts ausmachte, noch eine Runde gedreht durch den Hörsaal mit den seltsamen Erscheinungen in ihren Glassärgen und die Veranstaltung schließlich verlassen. Sie hatte es nicht weit gehabt bis nach Hause. Und kaum war die Tür zu ihrem Appartement hinter ihr zugefallen, hatte sie sich ausgezogen, ins Bett gelegt und war eingeschlafen.

Seufzend stand sie auf und öffnete das Fenster so weit wie möglich. Noch nicht einmal einen Balkon hatten die Wohnungen – wozu auch? Abgeordnete sollten schließlich tags arbeiten und nachts schlafen. Wenigstens konnte man von hier oben die nackte Betonmauer nicht sehen, mit der sensible Sicherheitsarchitekten das neue Bundeskanzleramt gleich nebenan verbarrikadiert hatten. Statt dessen gab es einen ungestörten Blick über die Spree und das von herbstlichen Goldtönen durchwebte Grün des Tiergartens hinaus zur Reichstagskuppel und zum Potsdamer Platz.

Unwillkürlich gingen ihre Augen in die Himmelsrichtung, in der sie den Stadtteil vermutete, in dem Zettel wohnte. Sie hatte seine Straße während der langweiligen Debatte gestern abend auf dem Stadtplan gesucht. Er residierte, wie es sich für einen Journalisten mit der Hand am Puls der Zeit gehörte, am Prenzlauer Berg. In einem alten, heruntergekommenen Berliner Haus, wie sie es aus den Zeiten kannte, in denen sie in Ostberlin ein häufiger Gast gewesen war?

Die Erinnerung an damals – und an Leo, den Mann mit dem langen Bart und den sentimentalen Liedern – überfiel sie mit einem ziehenden Schmerz irgendwo in der Nähe des Herzens. So fühlt sich die Sehnsucht nach einer untergegangenen Welt an, dachte sie. Aber die war nicht deshalb die bessere gewesen, weil damals alles so einfach schien. Und so unschuldig.

Oder wohnte Peter Zettel mit der Ostalgie, wie sie gerade Westdeutsche kultivierten, in einem Plattenhochhaus, einst Stolz der DDR?

Anne ging in die Kochnische, eine hochmoderne, chromblitzende Angelegenheit, in der sich nun die Einmachgläser mit den roten Paprika, gelben Kürbissen und grünen Gurken stapelten. Am Handtuchhalter und von der Dunstabzugshaube herab hingen die Würste. Der Anblick war zum Lachen und zum Weinen zugleich.

Es erinnerte Anne an damals, an die Reisen an die Ostsee, an das jährliche Ritual mit ihren Eltern, als Vater noch lebte. Ihre Mutter hatte immer Tage zuvor mit dem Packen begonnen, hatte seufzend und vor sich hin murmelnd Eingemachtes in mit Leinentüchern ausgelegte geflochtene

Körbe gelegt, Würste, Käse, das selbstgebackene Brot, sogar Kerzen.

»Bevor wir uns ärgern«, pflegte sie dazu zu sagen. Oder: »Damit es später keine Klagen gibt.«

Anne hatte sich mit dem Trotz und der Sehnsucht aller Kinder einen Urlaub mit Eis, Bratwurst und Pommes gewünscht. Aber das war ebensowenig erlaubt gewesen wie Fernsehen und »Micky-Maus«-Hefte.

Sie holte eine Flasche Wein aus dem vollgestopften Kühlschrank und suchte in einer der vielen Schubladen nach einem Korkenzieher. Ihre Wut auf Zettel war verraucht. Daß er sich nicht meldete – nun, wahrscheinlich arbeitete er gerade an irgendeiner Sache, die ein Journalist für heiß hielt. Daß nicht er, sondern Lilly E. Meier sie porträtieren sollte – sicher war das ein Irrtum, und der ließ sich korrigieren. Daß das »Journal« gehässig über sie berichtete und sogar die alten Geschichten aufwärmte, nicht ohne sie in eine Richtung zu wenden, die sie als Täterin, nicht als Opfer erscheinen ließ – das mußte nicht auf Zettels Mist gewachsen sein. Vielleicht hätte er es sogar verhindert, wenn er rechtzeitig davon erfahren hätte?

Nach dem zweiten Glas war sie davon überzeugt, daß er nicht der Schurke im Spiel war, sondern der einzig denkbare Retter in der Not. Entschlossen griff sie zum Telefon. Wieder hörte sie seine Stimme vom Anrufbeantworter. Diesmal folgte sie der Aufforderung, nach dem Signalton zu sprechen.

»Peter, hier ist Anne«, hörte sie sich sagen. »Es ist Samstag nachmittag. Melde dich.«

Sie nannte ihre Telefonnummer. Sagte, nach einer Pause: »Ich muß dich sehen.« Und stellte mit Unbehagen fest, daß sie verzagt klang.

Nach dem dritten Glas zog sie sich bequeme Schuhe und

ihre Windjacke an und verließ den leergefegten Appartementblock. Plötzlich erklärte sie Zettels Schweigen nicht mehr mit seiner Abwesenheit. Plötzlich machte sie sich Sorgen um ihn. Das jedenfalls redete sie sich in der S-Bahn bis zum Alexanderplatz ein. Und in der U-Bahn, auf der Strecke zum Senefelder Platz, glaubte sie zu wissen, daß etwas passiert war.

Ein warmer Spätsommernachmittag empfing sie, als sie aus dem U-Bahnhof emporstieg zur Schönhauser Allee. Um so überraschender war der kühle Lufthauch, der ein paar Schritte weiter zu ihr herüberwehte. Hinter Mauer und Gitterzaun, unter Bäumen und Efeuranken verborgen lag – kein Park, sondern ein alter Friedhof. Ein jüdischer Friedhof – durch das Gitter des mit einer Kette fest verrammelten Tors konnte sie Grabsteine erkennen und Namen entziffern wie Aronson und Rosen und Loewe. Die morbide Schönheit dieses verwunschenen Ortes stimmte sie noch melancholischer.

An milden Septembertagen wie diesem hatte sie in einem früheren Leben auf der Terrasse gesessen. Mit Rena, mit Otto Grün, mit Paul Bremer, wenn er zu Besuch kam. Oder sie hatte das Pferd gesattelt und war ausgeritten.

Wie leicht ihr das all die Jahre gefallen war, was sie anderen gegenüber spöttisch Verbauern genannt hatte! Und wie idiotisch es ihr plötzlich vorkam, etwas anderes zu wollen. Wem mußte sie eigentlich noch etwas beweisen? Sich selbst?

Anne stopfte die Hände noch tiefer in die Jackentaschen und beschleunigte ihren Schritt.

Das Haus in der Kollwitzstraße war kein Plattenbau, wie sie befürchtet hatte, aber auch keine frisch renovierte, solvente Mieter herausfordernde Villa, sondern ein Mietshaus aus der Gründerzeit mit verwitterter Fassade. Dort, wo der Putz abgefallen war, fast überall also, schimmerten blaßrot die angeschlagenen Klinkersteine. Gerade mal den Schatten sah man von Stuck und Schnörkel, die die Fassade einmal geziert haben mußten. Nur über den Fenstern des Erdgeschosses schwebten Engelsköpfe mit bröckelnden Locken und abgeschlagenen Nasen inmitten von Wein- und Rosenranken, daneben, damit alle ihr Recht bekamen, Teufelsfratzen. Von den Fenstern der oberen Etagen blätterte die Farbe; je höher das Auge kam, desto eher traf es auf nackten Klinker.

Links und rechts des Haupteingangs befanden sich Läden – von der Art, wie sie zum Flair des Prenzlauer Bergs gerechnet wurden. Der eine gleich links hatte die Rolladen heruntergelassen, vor der Tür befand sich ein bizarres Eisengitter, das als Schmuck und Schutz zugleich zu dienen schien. Noch weiter links leuchtete die Türeinfassung mittelmeerblau. Aus dem Laden namens »Elixier« roch es nach Sandelholz und Vanille, ein Duft, der Esoteriker und Ausgeflippte aller Kulturen und Zeiten beim Eintauchen in eine andere Wirklichkeit zu begleiten schien.

Fast hätte Anne leise aufgejuchzt. Rechts vom Hauseingang stand, erbsengrün, mit auberginefarbenem Sitzpolster und einem Rückspiegel wie ein wachsames Fuchsohr, eine »Schwalbe«, der Traum jedes Ostnostalgikers, *der* Motorroller aus DDR-Zeiten. Plötzlich hatte sie ein verdächtiges Brennen in den Augen. Bloß nicht heulen …

Auf dem Sozius einer »Schwalbe« war sie einmal, an einem Augustnachmittag, unendlich lange schien das her, mit Leo an den Müggelsee gefahren.

Sie schüttelte den Kopf. Demnächst würde sie wahrscheinlich schon beim Geruch von Zweitaktergemisch in Tränen ausbrechen. Sie legte alle verfügbare Haltung in den Schritt, mit dem sie auf das Haus zuging. Sonst glaubte Peter Zettel noch, ausgerechnet der Gedanke an ihn hätte ihr die Tränen in die Augen getrieben.

Im Hauseingang wehte ihr der Duft von Schimmelpilz und fünfzig Jahren Vernachlässigung entgegen. Hinter der Kassettentür mit den abblätternden dunklen Farbanstrichen und den ovalen Fenstern lag eine Einfahrt, gerade breit genug für einen kleinen Lieferwagen. Runde Säulen mit Kapitellen, auch sie angeschlagen und blaß geworden, flankierten das Treppenhaus nach oben. Von der Wand im Flur löste sich der Putz in dicken Placken. Die Nachrichten der Hausverwaltung hingen neben je einem verbeulten und einem nagelneuen Briefkasten, auf dem in Handschrift »Keine Reklame reinschmeißen!« stand.

Am Klingelbrett waren Namen wie Nuschke, Roedinger, Zilowski und Öcekinzi zu lesen. Hier wohnte Peter Zettel offenbar nicht. Zögernd ging sie durch den Flur, dem Hintereingang entgegen.

Im Hof hinter der Glastür parkten zwei Autos, an einer vor Jahren einmal dunkelrot gestrichenen Hoftür rechts von ihr war »Rhenania« zu lesen, ordentlich in altertümlich wirkender Schreibschrift geschrieben. Die Breite des Hofes nahm ein Werkstattgebäude aus der Gründerzeit ein, unverputzt, aus gelben und roten Klinkern, auf dem noch die Schriftzüge »Werner Engelmann. Großhandel« zu erkennen waren. Die Werkstattfenster waren vergittert, als sie näher trat, sah sie durchs Fenster rechts in einen Raum voller alter Motorräder – nicht nur eine, nein, viele »Schwalben« hatten hier Asyl gefunden.

Anne sah sich um. Links hinter dem Haus beugte sich eine Kastanie über die Traufe, im Hof hatte sich ein Holunder durchs Pflaster gekämpft. Das Katzenkopfpflaster war an mehreren Stellen mit Beton geflickt, und die Fassade konnte eine Reinigung gebrauchen. Hier stand die Zeit still.

Trotzdem, dachte sie plötzlich, würde sie lieber hier leben als in ihrem sterilen Abgeordnetenappartement. Alle wollten in Berlin anders leben – romantischer, pittoresker, mit Hauptstadtfeeling oder wenigstens mit Vergangenheit.

Anne ging zur breiten, vergitterten Werkstattür. Sie drückte auf die Klingel, neben der ein Papierschild klebte, auf dem sie ein »P. Zettel« auszumachen glaubte. Drinnen erklang ein unmelodiöses Scheppern. Dann Stille. Dann hörte sie das Geräusch langsam näher kommen.

Erst traute sie ihren Ohren nicht. Es war ein matter, schwacher Laut – eine Art Winseln. Sie spürte, wie ihr Puls sich beschleunigte. Es war also tatsächlich etwas passiert.

Sie klingelte noch einmal, voller Vorahnung und ungeduldiger diesmal. Das Winseln ging in ein Kläffen und dann in ein leises Heulen über. In Panik klingelte sie wieder. Und wieder.

Ihre Angst schien sich dem Tier mitzuteilen, das sich hinter der Haustür befand. Und von Peter Zettel fehlte jedes Lebenszeichen. Nach einer Weile setzte sie sich auf die Treppenstufen und redete auf den Hund hinter der Haustür ein, der sie durch die Türritzen zu erschnüffeln versuchte. »Ist ja gut«, sagte sie. »Ist ja gut.« Nichts war gut. Sie dachte an einen kräftigen Tritt gegen die Tür. An die Polizei. An die Nachbarn.

Bis sie ihr wieder einfiel, die Szene in Bonn, in der Wahlnacht, als sie mit Zettel vor dessen Wohnungstür gestanden hatte – benebelt vor Verliebtheit, dachte sie und verzog das Gesicht. Peter hatte den Finger auf den Mund gelegt, »Psst! Niemandem weitersagen!« geflüstert und sich dann hochgereckt, bis seine Hand den oberen Rand des Türrahmens erreicht hatte. Sie erinnerte sich an ein scharrendes Geräusch. Dann hatte er einen Schlüssel in der Hand gehabt, den er ins Schloß steckte.

»Wenn ich mal unterwegs bin. Für die Nachbarin. Damit die Blumen gegossen werden«, hatte er ihr ins Ohr gesagt und sie dann hineingezogen in den engen Flur, in dem sie sich das erste Mal küßten.

Anne schüttelte den Gedanken ab. Ihr war nicht nach Küssen. Sie wollte nur wissen, was los war.

Sie stand auf, stellte sich auf die Zehenspitzen und fuhr mit der Hand über den Türrahmen. Loser Putz, Staub, Spinnweben und tote Fliegen rieselten herunter. In der Mitte des Türrahmens berührten ihre Finger Metall. Aufatmend packte sie den Schlüssel, steckte ihn ins Schloß und drehte ihn zweimal herum.

Das Kläffen hinter der Tür war längst wieder in ein Winseln übergegangen. Als sie die Tür mit zitternden Fingern öffnete, flog ein schwarzer Schatten an ihr vorbei.

Unter dem Holunder machte das Tier halt, hockte sich hin und tat, was es sich längere Zeit verkniffen haben mußte. Anne blickte in den Flur hinter der geöffneten Haustür und schnüffelte. Es roch nach ungelüfteten Räumen, Essensdünsten und Hundepisse.

Sichtlich erleichtert stürmte der schwarze Labrador wieder an ihr vorbei in die Wohnung. Anne rief vorsichtshalber »Ist da wer?«, bevor sie ihm in einen langen Flur folgte. Sie fand das Tier in der Küche sitzen, vor zwei verkrusteten braunen Plastiknäpfen, die Ohren gespitzt und langsam-abwartend, aber erwartungsvoll den Schweif hin und her bewegend.

»Guter Hund«, sagte sie und hielt ihm die Hand hin. Er schnüffelte kurz daran und sah sie dann wieder an, mit leicht zusammengekniffenen Augen und zur Seite gelegtem Kopf. Anne richtete sich auf, ging zur Spüle und ließ Wasser in den Trinknapf laufen. Sie guckte ihm zu, wie er gierig die Schnauze hineinsteckte. Das Tier war nicht mehr jung, es hatte graue Haare um die Nase. Dann versuchte sie seinen Freßnapf in der Spüle notdürftig zu säubern. Jetzt mußte sie nur noch das Hundefutter finden.

Sie drehte sich einmal um die eigene Achse. Die Küche war aufgeräumt, nur auf dem Herd stand eine Pfanne mit angetrockneten Essensresten. Rechts vom Herd befand sich eine schmale Tür, halb offen. Anne öffnete sie ganz. Im Regal standen Putzmittel, Gurkengläser, zwei Packungen Spaghetti, eine Tube Tomatenmark, ein paar Flaschen Wein und eine ganze Palette von Dosen mit Hundefutter. Sie griff sich eine, während das Tier ungeduldig zu fiepen begann, und hoffte, der Dosenöffner würde sich genauso schnell finden lassen.

»Gleich«, sagte sie, »ist ja gut.« Der Dosenöffner hing an einem Haken über dem Herd. Das Tier saß da und sah sie unverwandt an, während sie die Dose öffnete und ihm den Napf füllte. Kaum hatte sie ihm das Fressen vor die Nase gestellt, machte sich der schwarze Hund darüber her.

Anne spürte, wie der alte Zorn auf Peter Zettel wieder in ihr hochstieg. Wo war der Kerl? Man ließ doch ein lebendes Wesen nicht so lange allein! Behutsam verließ sie die Küche und machte die Tür hinter sich zu. Dann inspizierte sie die Wohnung.

In der Toilette hing ein großer Spülkasten hoch oben an der Wand, der aussah wie eine gußeiserne Antiquität, mit Porzellangriff an der Zugkette. Das kleine Waschbecken war verfärbt vom Kalk. Sie schloß die Tür wieder. Rechts davon war eine Art Bad: Auf der Marmorplatte einer Kommode stand ein Rasierspiegel, daneben die wenigen Utensilien, die Männer benötigten, die sich um ihr Äußeres keine Gedanken machten. Anne konnte nachempfinden, warum Zettel sich in diesem Haus wohl fühlte.

Dann ging sie die Treppe hoch. Die Tür rechts stand halb

offen. Das Bett war gemacht, auf dem Stuhl lag eine blaue Jeans, darunter Joggingschuhe. Sie wußte nicht genau, wonach sie suchte – aber vorsichtshalber guckte sie sogar in den breiten Kleiderschrank. Keine Spur, von nichts und niemandem. Das Haus fühlte sich leer an. Und der Hund hätte sich nicht so ruhig füttern lassen, wenn irgendwo – sie schüttelte sich.

Nicht wieder eine Leiche, dachte sie.

Gegenüber vom Schlafzimmer befand sich das Wohnzimmer – jedenfalls ließen das schwarze Ledersofa, die Musikanlage und der Fernseher darauf schließen. Sie konnte es nicht lassen, sich den Stapel Bücher anzusehen, der auf dem Boden neben dem Sofa lag. »Fama – die Geschichte des Gerüchts« lag obenauf. Anne mußte widerwillig grinsen, als sie merkte, daß dieser Buchtitel alle Vorbehalte gegen Peter wieder mobilisierte. Wo war der Kerl?

»Auf der Flucht«, sagte sie laut. Vor ihrem und dem Zorn aller anderen Weiber, die er jemals gekränkt hatte. Seltsamerweise beruhigte sie diese Vorstellung.

Sie ging die Treppe wieder hinunter. Aus der Küche hörte sie den Hund winseln. Sie machte ihm die Tür auf. Schweifwedelnd kam er hinaus, lief an ihr vorbei und drückte eine weitere Tür im engen Flur auf, die sie übersehen hatte. Sie folgte dem Tier in ein düsteres Zimmerchen.

Durch die Werkstattfenster mit ihren vielen Sprossen fiel kein Sonnenstrahl, draußen waren sie vergittert, und wann sie zuletzt geputzt worden waren, mochten die Götter wissen. Viel konnte sie nicht erkennen. Von etwas, das wie ein Schreibtisch aussah, flackerte ein grünes Licht zu ihr herüber, unter dem Tisch leuchtete es rot und grün. Das Summen und Klicken, das sie hörte, war ihr vertraut. Sie suchte nach dem Schalter neben der Tür. Brummend und flackernd ging eine Neonröhre an. Neben dem Stuhl vor dem Schreibtisch mit dem eingeschalteten Computer saß der Hund und sah sie erwartungsvoll an.

Peter Zettels Büro war so aufgeräumt wie der Rest des Hauses – also mehr oder weniger. In einem Metallregal standen Aktenordner und einige Bücher, die, nach dem Etikett zu urteilen, aus einer Leihbibliothek stammten. Auf dem Schreibtisch lag ein Schreibblock neben der Computertastatur und einem knallroten Mousepad. Auf dem Fenstersims hockte neben einem länglichen Gegenstand, der wie ein verrostetes Metallstück aussah, ein bleicher menschlicher Schädel. Wahrscheinlich mit einem Teelicht innen drin, dachte Anne. Manche Leute haben seltsame Vorstellungen von gelungener Innendekoration.

Das Büro hinterließ den Eindruck, als ob sein Besitzer gleich zurück sein würde. Die Kaffeetasse auf dem Schreibtisch war halb voll, der Aschenbecher auch, und im Computer arbeitete es wieder vernehmlich.

»Komm!« sagte Anne leise zum Hund, der folgsam aufstand und ihr schweifwedelnd hinterherlief. Dann zog sie die Tür von außen zu.

Sie kam sich wie ein Eindringling vor und fühlte sich nicht wohl dabei. Was ging sie Peter Zettel an? Und was, fügte sie mit wieder erwachender Wut hinzu, interessierte sie, ob er seine Töle verhungern und verdursten ließ? Die Töle hatte eine rote Hundeleine mit Halsband in der Schnauze, als Anne die Haustür schon geöffnet hatte. Mit gerunzelter Stirn sah sie dem Tier in das erwartungsvolle Gesicht, bis der Hundeschwanz sein Wedeln einstellte und sich enttäuscht senkte. Ihr Mitleid siegte.

Als sie dem Hund das Halshand aus der Schnauze nahm und es ihm umlegen wollte, spürte sie unter den Fingern ein ledernes Täschchen – in Herzform, dachte sie, auch das noch. »Ich heiße …« stand auf dem inliegenden Blatt in

Schönschrift vorgedruckt. »Amber« hatte jemand hinzugekrakelt. Wahrscheinlich der gleiche, der in die Rubrik »Ich wohne bei ...« »Peter Zettel« eingetragen hatte, »Kollwitzstr. 54«.

»Komm, Amber«, sagte Anne laut und ließ die Haustür hinter sich zufallen. Die Freude der Hündin löste Gefühle aus, die ihr zeigten, was sie in den letzten Tagen vermißt hatte: Leben. Sie war gerührt. Sie fühlte sich getröstet.

Eine Stunde später kamen sie zurück, müdegetobt vom guten alten Stöckchenspiel. Vor der Toreinfahrt preßte sich der Hund an ihr rechtes Knie. Das Tier hatte gespürt, was auch sie plötzlich zu spüren glaubte: Sie wurden beobachtet. Irgend jemand war da, irgendwer – Anne blickte um sich, hinter sich. Niemand war da. Natürlich nicht.

Sie klingelte an Zettels Tür und wartete kurz. Aber im Grunde hatte sie nicht erwartet, daß er zurück sein würde. Als sie die Tür aufschloß, um das Tier hineinzulassen, ging eine junge Frau mit einem kunstvoll um den Kopf geschlungenen roten Tuch über den Hof, zum Mülleimer.

»Gut, daß sich endlich einer um das Vieh kümmert! Das Geheule den ganzen Tag!«

»Wie lange heult sie denn schon?«

»Das Vieh? Na, seit die alte Frau Fiebig im Krankenhaus liegt. Die hat sich ja sonst immer um alles gekümmert, wenn der Herr mal wieder unterwegs war.« Die junge Frau machte eine wegwerfende Handbewegung.

»Und – seit wann ist die Frau Fiebig im Krankenhaus?«

»Seit wann?« Die Frau sah sie voller Abwehr an. »Woher soll ick denn det wissen?«

Anne guckte ihr hinterher. Eine liebevolle Nachbarschaft mußte was Schönes sein. Dann folgte sie Amber, die schweifwedelnd im Flur stand, und füllte ihr noch einmal Wasser in den Trinknapf. Wenn Peter sich morgen nicht meldete, würde sie sich wieder um das Tier kümmern müssen. Entschlossen ging sie in sein Büro, nahm ein weißes Blatt aus dem Drucker, registrierte, daß der Computer wieder an irgend etwas zu arbeiten schien – »Unnötige Stromvergeudung« dachte die geizige Landfrau in ihr – und schrieb: »Ich hab' mich um deinen Hund gekümmert. Wo bist du? Melde dich gefälligst! Anne.«

Noch immer stand Amber im Flur und sah sie aus freundlichen braunen Augen an. Plötzlich spürte sie, wie einsam sie sich in den letzten Tagen gefühlt hatte. Sie kauerte sich hin, legte die Arme um den Hund, atmete den Geruch des weichen schwarzen Fells ein und ließ die Tränen laufen.

Willkommen in der Hauptstadt, Anne Burau, dachte sie.

8

»Darf ich bitten?« Die Frau mit dem glatten schwarzen Madonnenhaar und dem dunkelroten Seidentuch um den Hals, die ihm gegenübersaß, deutete auf das Brot. Jonathan reichte ihr den Brotkorb und wunderte sich im stillen. Sie war die Frau eines amerikanischen Schriftstellers, aber sogar mit ihm sprach sie Deutsch. So viel Höflichkeit dem Gastgeberland gegenüber war bei seinen Landsleuten ungewöhnlich – es mußte wohl der Einfluß des Ambientes sein. Selbst der israelische Kollege, ein sonnengebräunter Militärhistoriker, der aussah, als ob er in Tel Aviv den ganzen Tag in kurzen Khakihosen und mit der Uzi unter dem Arm herumlief, war zum Abendessen mit Krawatte erschienen.

Nur Frei fühlte sich heute nicht in Form. Er stocherte im Salat und wunderte sich nicht, daß Agneta es mittlerweile aufgegeben hatte, die Konversation mit ihm aufrechtzuerhalten. Er gab einsilbige Antworten. Er verstand nicht gleich, was sie sagte. Er war abgelenkt. Konfus. Verwirrt.

Mit allem möglichen hatte Jonathan Frei gerechnet, nur nicht damit, daß er die blonde Frau von gestern abend so schnell wiedersehen würde – und auch noch an diesem Ort: Kollwitzstraße 54, Hinterhaus ... Was hatte sie in der Wohnung eines Mannes zu tun, der, nach allem, was er wußte, entweder ein Spinner oder ein Betrüger oder beides war?

Sie hatte ihn seltsam berührt, diese schmale Gestalt mit den wehenden blonden Haaren und dem schwarzen Hund an ihrer Seite, dessen Hinterteil vor lauter Schwanzwedeln um sich selbst zu kreisen schien. Sie ging mit ausgreifenden Schritten, ohne Zögern, und noch aus der Distanz sah man die Mischung aus Stolz und Melancholie in ihrem Gesicht. Und dann war sie im Hinterhaus verschwunden.

Im Haus Peter Zettels, vor dem er schon seit einer halben Stunde Wache schob.

»Das ist der Mann«, hatte Vic gesagt. »Peter Zettel. Journalist. Find heraus, was er hat.«

Das war leicht gesagt – aber ans Telefon war niemand gegangen. Also hatte er sich auf den Weg gemacht, zu Zettels Adresse. Auf mehrfaches Klingeln machte niemand auf. Warum er gewartet hatte, obwohl er der Angelegenheit keine große Bedeutung mehr beimaß? Er wußte es selbst nicht mehr.

Sicherheitshalber hatte er sich auf die andere Straßenseite gestellt und von da aus das Hinterhaus beobachtet, das man durch den Torbogen erkennen konnte. Zettel war weder gekommen noch gegangen. Nur sie. Was hatte sie dort zu suchen? Was hatte sie mit dem Mann zu tun? War sie die Frau, Freundin, Geliebte? Was wußte sie?

»Die ganze Nacht hindurch! Das arme Ding hat die ganze Nacht hindurch geweint!«

Frei war dem Disput am Nachbartisch nur mit halbem Ohr gefolgt, weshalb die plötzliche Eskalation des Konflikts ihn überraschte. Es ging offenbar wieder um das Thema, das, soviel er seit seiner Ankunft mitgekriegt hatte, das ganze Kolleg beschäftigte und die versammelten Geistesheroen mitsamt Anhang in zwei Lager gespalten hatte. Ein Geologe aus Kanada, begleitet von seiner Frau, über die Carl Vetter, der Literaturwissenschaftler aus Belgien, behauptete, sie sei ebenso knochig wie humorlos, wurde von den einen der grausamsten Tierquälerei bezichtigt, während ihn die anderen für einen vernünftigen Mann hielten, der seinem Tier statt Sentimentalitäten artgerechte Haltung bot. Warum? Weil der Kanadier seinen Hund nicht in der Wohnung, sondern auf der kleinen Terrasse vor dem Appartement hielt, das das Paar auf dem Kolleggelände bewohnte.

Eddie Pinkerman, der sonst so überströmend herzliche, etwas rundliche Soziologe aus Harvard mit den warmen braunen Augen, hatte den Vorsitz der Partei der Hundefreunde übernommen.

»Es war *freezing* heute nacht!«

»Das wird doch wohl einem Schäferhund aus Kanada nichts ausmachen!«

Ernst v. Weißmann, deutscher Historiker und Anführer der Gegenfraktion, saß aufrecht und streng da und wirkte schon deshalb wie ein Mann aus alter »Hart-wie-Kruppstahl«-Schule. Jonathan sah zu Pinkerman hinüber, dessen weiche Wangen gerötet waren und vor Erregung zu zittern schienen. Der Haß, mit dem er v. Weißmann betrachtete, war fast physisch zu spüren. Frei tupfte sich mit der Serviette den Mund ab. Er verstand den Kollegen Pinkerman nicht. Die Geschichte war seiner Meinung nach überreich an Beispielen dafür, daß die übertriebene Liebe zu Hunden nicht notwendigerweise mit einem guten Charakter zusammenging. Also dürfte wohl auch das Gegenteil zutreffen.

»Und warum hat *the poor brat* gejault der ganze Nacht?« Pinkermans Deutsch war ihm von anderen Konferenzen als makellos in Erinnerung. Der Soziologe mußte außer sich sein vor Empörung.

»Daß Ihnen das nicht gefällt, verstehe ich gut.« v. Weißmann bewahrte die Fasson. »Vielleicht bitten Sie das Direktoriat um eine andere Wohnung?«

Frei sah aus den Augenwinkeln, wie Pinkermans Frau ihm beruhigend die Hand auf den Arm legte und ihm etwas ins Ohr flüsterte. Vielleicht einen guten antideutschen Witz. Jedenfalls lachte der Blonde plötzlich laut auf und sah von der Seite zu v. Weißmann hinüber. Der hatte den kantigen Kopf mit der gescheitelten Frisur gesenkt und goß Rotwein in das Glas seiner Tischnachbarin.

»Geht das immer so zu hier?« fragte Frei sein Gegenüber. Vetter war bereits seit einer Woche hier.

»Pinkermans Hündin darf in seinem Bett schlafen – wenn auch nur am Fußende.« Carl Vetter hob den gekrümmten rechten Zeigefinger in Richtung auf die eigene Stirn. »Und Weißmann haßt Hunde, vor allem Pinkermans Töle, seit sie ihm die ganze Hose verschlabbert hat.«

»Andere Probleme gibt's nicht?«

Der Literaturwissenschaftler grinste. »Kann ja noch werden. Im letzten Jahr soll es zu wiederholter ehebrecherischer Aktivität, zu mehrfachem nächtlichen Nacktbaden im Koenigssee und zu einer Schlägerei gekommen sein.«

Frei nickte dankend der Bedienung in der weißen Kittelschürze zu, die ihn von seinem Salatteller befreite.

»Keinen Appetit?« Vetter guckte mitfühlend.

Jonathan schüttelte den Kopf. Keinen Appetit – nur einen großen Widerwillen. Er hatte die Sache aufgeben, er hatte sich nicht weiter mit ollen Kamellen, windigen Gerüchten und schmutzigen Geschäften herumschlagen wollen. Aber mit einem Mal interessierte ihn das alles mehr, als ihm recht war. Er wollte wissen, wer sie war und was sie dort suchte. Die blonde Frau, die Anne Burau hieß und Bundestagsabgeordnete war.

»Sie seufzen, Jon.« Agneta Kristeva sah ihn an, eine Mischung aus Belustigung und Sorge im Blick. »Denken Sie auch an den Einbruch im Louvre?«

Er seufzte noch einmal auf, theatralisch diesmal. »Agneta ... Um die Wahrheit zu sagen ...«

Sie spielte mit der Serviette und richtete den Blick in die Ferne. »Ich meine – es ist schrecklich, oder?« Aus ihrer Stimme war jede Belustigung verschwunden.

Er nickte. Natürlich war es das. Es war Kunstmord, es war Körperverletzung, einen Pisanello und einen Caravaggio aus ihren Rahmen herauszuschneiden und, womöglich auch noch zusammengerollt, wegzuschaffen. Er hatte plötzlich Michelangelo Caravaggios »Amor als Sieger« von 1602 vor seinem inneren Auge – den nackten Knaben mit Flügeln und braunen Locken, dessen spöttisches Lächeln allen Verliebten eine Warnung sein sollte.

»Wer tut so etwas?«

»Gutbezahlte Ganoven.« Hochbezahlt von Fanatikern, denen es nicht genügte, große Werke im Museum zu sehen. Sie mußten sie besitzen und sie in ihren Schatzkammern einschließen, wo sich niemand an ihnen erfreute außer ihnen selbst.

»Fragt sich nur, wie es die Kerle immer wieder schaffen, die neuesten und angeblich unbesiegbaren Sicherheitssysteme zu überlisten.« Die Kristeva zerbröselte eine Scheibe Weißbrot zwischen den schmalen Fingern.

»Die schwächste Stelle in jedem System ist der Mensch.« Einer aus der Wachmannschaft der Kunsthalle war nach dem Raub verschwunden, hatte in der Zeitung gestanden. Die Polizei glaubte, daß er entweder Mittäter war oder doch wenigstens den Tätern die entscheidenden Hinweise gegeben hatte.

»Aber was machen die mit ihrer Beute? Ich meine: Wer kauft ihnen das ab? Einen Caravaggio, den er niemals in der Öffentlichkeit zeigen kann?« Die Kristeva hatte die Nase gekraust.

»Die Kundschaft ist da und hat viel Geld.« Frei glaubte mittlerweile zu ahnen, was für unermeßliche Schätze überall auf der Welt in privaten Sammlungen gehortet wurden.

»Und – die hängen sich so was ins Wohnzimmer und ...?«

»In den Tresor.« Frei konnte sich vom Anblick ihrer Finger nicht losreißen. Das Weißbrot hatten sie zerlegt, jetzt spielten sie mit Salzfaß und Kaffeelöffel.

»In einen begehbaren, gepanzerten Raum, gesichert wie ein Atombunker.«

Er hatte solche geheimen Sammlungen schon mehrmals gesehen – dann, wenn ihre Besitzer aufgeflogen waren. Manchmal unter seiner Mithilfe, wie im letzten Jahr. Der angesehene Kunsthändler hatte wahrscheinlich geglaubt, niemand würde die unscheinbare Waffe identifizieren können, die auf dem Kaminsims lag. Frei konnte – der Revolver stand auf der Verlustliste eines aufsehenerregenden Kunstraubs in London.

»Und – niemand kriegt diese Schätze jemals zu sehen?«

Frei zuckte mit den Schultern. »Keiner dieser Fanatiker

sollte zu oft der Versuchung nachgeben, sein Glück mit einem anderen zu teilen. Es hält dann nicht mehr lange.«

Die Hände der Kristeva rangen mit der Serviette. »Ob in diesen Tresoren ...« Sie brach ab.

Dann sagte sie: »Viele der von den Nazis aus Polen verschleppten Kunstwerke sind nie wieder aufgetaucht.«

»Stimmt«, sagte Frei.

Agneta Kristeva war Beraterin des Außenministers. Er konnte verstehen, daß die polnische Regierung wissen wollte, wo das alte Tafelsilber gelandet war. Die Nazis hatten gekauft, enteignet, geraubt. Und die Sieger über die deutschen Verbrecher hatten sich ebenfalls nicht zurückgehalten.

»Unsere Kultur ist geplündert worden«, sagte die Kristeva leise.

Frei nickte wieder. Über fünfzig Jahre nach Kriegsende waren viele der einst von den Nazis gehorteten Gemälde, Skulpturen, Antiquitäten, Keramiken, Bücher und Handschriften noch immer verschollen. Das meiste, vermutete er, hatte längst seinen Weg über den internationalen Markt in die gepanzerten Schatzkammern privater Sammler gefunden. Vielleicht lag der eine oder andere Schatz sogar noch heute dort, wo ihn die Nazis einst verborgen hatten. Aber er bezweifelte das. Auf der Suche nach dem Bernsteinzimmer hatten Verrückte, Fanatiker, die Behörden der DDR und neuerdings wieder die Russen wohl jeden Ort gründlich durchforscht, an dem solche Beute hätte versteckt sein können.

Agneta Kristevas unruhige Finger waren in den letzten Minuten noch unruhiger geworden. Dann schien sie sich einen Ruck zu geben, entschuldigte sich bei ihm und ging hinaus – wahrscheinlich in den Park, um endlich eine zu rauchen.

Jon knöpfte sein Jackett wieder zu und stand ebenfalls auf.

Er würde den Abend vor dem Kamin verbringen, vielleicht mit anderen wortkargen Männern, er würde Whisky trinken, melancholische Gedanken haben und darüber einschlafen. Am nächsten Morgen mußte er die Suche wieder aufnehmen, von der er geglaubt hatte, er könne sie sich sparen. Das Zielobjekt hatte sich geändert. Es trug seit heute einen Frauennamen – Anne Burau.

Jonathan Frei ging die knarrende Treppe hoch und spürte mit Bedauern dem Gefühl der Leichtigkeit nach, das sich langsam zu verflüchtigen begann.

9

Sie schreckte aus dem Schlaf, mit fliegendem Atem und schweißnaß. Noch nie hatte sie so intensiv davon geträumt – in Cinemascope und mit Sensurround. Wie sie zur Gauck-Behörde gefahren war, an jenem angemessen düsteren Wintertag. Wie sie erfahren hatte, was sie sich hätte denken müssen, aber nie hatte vorstellen können: daß sie von Leo Matern, ihrer großen Liebe, ihrem Mann, jahrelang ausspioniert worden war. Ihre Ehe eine Farce. Ihre Liebe eine Anordnung des Ministeriums für Staatssicherheit.

Noch jetzt, im Aufwachen, sah sie sein Gesicht vor sich – wie er lächelte, als sie ihm entgegenschleuderte, was sie in den Akten gelesen hatte. Im Traum hatte sie ihm die Hände um den Hals gelegt und langsam zugedrückt. In der Wirklichkeit war das von jemand anderem erledigt worden.

Anne setzte sich auf. Die Entdeckung seiner Leiche in der Kühlkammer im Weiherhof, in der er am Fleischerhaken hing wie eine tote Gans, war schlimm gewesen. Aber noch schlimmer war, als sie selbst in der Kühlkammer gehockt hatte, eingesperrt; in der Erwartung, ihren Mörder zu sehen, sollte die Tür jemals wieder aufgehen.

Sie erhob sich vom schmalen Bett, das sich tagsüber in eine Couch verwandeln ließ, und ging auf nackten Füßen in die Küche, wo sie die Kaffeemaschine einschaltete. Im Bad klatschte sie sich mit beiden Händen kaltes Wasser ins Gesicht und sah sich dann lange im Spiegel an.

Blaß war sie, und Ringe unter den Augen hatte sie auch. Sie blies die Backen auf, verzog den Mund zu einem künstlichen Grinsen, kniff die Augen zusammen und streckte sich schließlich die Zunge heraus. »Nicht irremachen lassen«, empfahl sie ihrem Spiegelbild, das tapfer, aber lustlos zurücknickte.

Den Becher mit dem Milchkaffee nahm sie mit ans Fenster. Das rötliche Licht des Septembermorgens streichelte die Kuppel des Reichstagsgebäudes. Sie zählte die blauen, gelben und rostroten Kräne, die um das gläserne Ei standen wie Störche um einen Froschteich. Beim ersten Mal zählte sie fünfzehn, beim zweiten Mal dreizehn. Beim dritten Mal verzählte sie sich gleich zu Anfang. Es war ein wunderbares Kinderspiel. Aber es riß sie nicht heraus aus ihren Erinnerungen, die ihr die Brust zuzuschnüren begannen.

Kurz entschlossen zog sie sich bequeme Hosen, Sweatshirt und Jackett an und ging ins Büro. Arbeit machte zwar nicht glücklich, lenkte aber ab.

Das schmiedeeiserne Gitter vor der Eingangstür war verschlossen. Unschlüssig stand Anne davor. Über ihr ertönte ein leises Summen. Als sie aufblickte, schwenkte eine Kamera langsam über ihr hin und her. Sie fühlte sich beobachtet und abgelichtet, als ob sie eine potentielle Einbrecherin wäre. Anne schüttelte das Gefühl ab, daß sie ja eigentlich hier wirklich nichts verloren hatte, daß sie ein Eindringling war, von niemandem gewollt und erwünscht, und hielt statt dessen ihren Ausweis in die Linse. Nach einer langen Bedenkpause schwang das Gitter auf.

Ich weiß, daß es Sonntag ist, dachte sie, als die Pförtnerin den Blick von der Zeitung hob, bedeutungsvoll auf die Armbanduhr schaute und sie erst dann eines Blickes würdigte. Manchmal muß das Volk eben auch am Wochenende vertreten werden. Sie lächelte die streng blickende Person an und ging auf die Schwingtür vor der Wandelhalle zu. Im Vorübergehen registrierte sie die engbedruckten grauen Blätter, die mit Tesafilm an den Türen befestigt waren und die hochwehten, als sie die Tür öffnete.

Im Treppenhaus war ihr kühl nach der warmen Septembersonne draußen. Der unbehaglich kalte Hauch ließ sie spüren, wie alt das Haus wirklich war. Sie lief die breiten, ausgetretenen Treppen schneller hoch.

Auch oben an der Tür zu ihrem Büro, am frisch aufgetragenen grauen Lack, klebte eines der Flugblätter. Verärgert riß sie es ab und nahm es mit in ihr Zimmer. Sie ließ sich in den Schreibtischsessel fallen und begann zu lesen.

»Bundesrepublik Deutschland oder Germania?« Schon die Schlagzeile machte klar, was seine Autoren nicht wollten: Germania war in Fraktur geschrieben. Das assoziierte man mit Nazideutschland. Am Fuß der Lettern fanden sich schwarze Pfützen – das bedeutete in der internationalen Sprache der Propaganda Blut, also auch nichts Gutes. Fast hätte sie das Blatt wieder weggelegt. Aber dann blieb ihr Blick am letzten Satz hängen: »Die Bundesregierung will die Geschichte entsorgen!«

Wie sollte das gehen? Anne fing von vorn an. »Die Bundesregierung bezieht Nazigebäude«, lautete die Unterschlagzeile. »Der Finanzminister kriecht bei Göring unter!« Tatsächlich bezog das Finanzministerium das ehemalige Luftfahrtministerium Hermann Görings. »Der Arbeitsminister als Nachfahre von Goebbels!« Richtig war daran nur, daß sich das Arbeitsministerium in den Gebäuden befand, in denen früher das Propagandaministerium Joseph Goebbels untergebracht war. »Der Außenminister sitzt auf dem Schoß von Hjalmar Schacht!« Die Sätze waren auf Empörung kalkuliert. Das Auswärtige Amt besetzte das Gebäude, das bis zum Ende des Nationalsozialismus der ehemaligen Reichsbank gehörte, soweit war das richtig. Aber nach 1945 tagten hier Zentralkomitee und Politbüro, Honecker und Krenz und wie sie alle hießen, bis zum verdienten Untergang der DDR.

Man konnte in Berlin der Vergangenheit nicht entrinnen – und die Verfasser des Flugblatts erwähnten noch nicht einmal die halbe Geschichte. Erst Wilhelm Zwo, dann die Nazis, dann die DDR – auch dieses Haus hier hatte alle diese Epochen der deutschen Geschichte überstanden. Anne ging zum Fenster. Der große Block beherbergte einst Teile der Staatsanwaltschaft der DDR. Hatte er auch Schauprozesse gesehen? Politische Gefangene? Gewalt und Brutalität?

Plötzlich war ihr kalt. »Die Bundesregierung will die Geschichte entsorgen«? Keine Chance. Es gab kein Entrinnen. Wo heute das Kanzleramt entstand, hatte der Mittelpunkt des neuen »Germania« stehen, hatte sich die Kuppel der »Halle des Volkes« erheben sollen, in der nach dem Willen des Führers und seines Architekten Albert Speer 180 000 Menschen hätten Platz finden sollen. Der Krieg beendete all diese Pläne. Doch noch immer konnte man den Betonklotz besichtigen, mit dem Speer einst die Belastbarkeit des märkischen Bodens getestet hatte. Er war metertief in den Boden gesunken, aber er hatte allen Beseitigungsversuchen widerstanden.

Und so war es auch mit der Geschichte. Ihre Spuren waren gegenwärtig, sie würden alle Versuche überleben, zu vergessen, zu verdrängen, zu verbergen, weißzuwaschen. Was wollte man mehr? Anne knüllte das Flugblatt zusammen und warf es in den Papierkorb.

Dann griff sie zur Hauspost, die auf dem Schreibtisch lag. Oben auf dem Stapel lag ein Blatt mit dem Ausdruck einer dpa-Meldung. »Bauprojekt des Bundes gescheitert?« lautete die Überschrift. Die Bebauung eines Areals in der Nähe des Reichstags, in den ehemaligen Ministergärten, Bauträger war der Bundestag, komme nicht voran. Unbestätigten Gerüchten zufolge sei man bei Ausschachtungsarbeiten auf etwas gestoßen, das mittlerweile die Denkmalschutzbehörde auf den Plan gerufen habe. Der voraussichtliche Schaden durch den Baustopp gehe in Millionenhöhe.

Da war sie wieder, die Geschichte. Anne legte das Blatt beiseite und versuchte sich auf die restliche Post zu konzentrieren. Aber es drängten sich andere Bilder vor ihr inneres Auge – Bilder von Ereignissen, die sie nie gesehen hatte und die ihr vielleicht deshalb um so plastischer erschienen. Bilder von den letzten Tagen des Führers. Von dem durchgedrehten Feldherrn und seiner grauen Gefolgschaft, untergetaucht in kilometerlangen, labyrinthischen Gängen unter den Straßen und Häusern der Stadt, die sich im Feuer der Gegner in Schutthalden verwandelten.

Sie stieß sich mit beiden Händen vom Schreibtisch ab, bis der Stuhl fast an den Aktenschrank hinter ihr geprallt wäre, und stand abrupt auf.

Auf der großen Karte der Baustellen Berlins, die an der Wand hing, suchte sie nach dem Areal. Es mußte sich um das brachliegende Gelände handeln, auf das sie damals vom

Reichstag herabgeguckt hatten. »In den Ministergärten« hieß das Gebiet zwischen Alter und Neuer Reichskanzlei. Wie hatte die Stimme hinter ihr gesagt? »Dort endete das ›Dritte Reich‹ in Blut und Flammen.« Sie fuhr mit dem Finger die Landkarte entlang. Das Areal lag da, wo bis 1989 die Mauer gestanden hatte – gesichert vom Todesstreifen. Es war jahrzehntelang unberührt geblieben. Was Wunder, das man dort nun etwas fand.

Wieder lief es ihr eisig den Rücken hinunter. Geschichte vergessen, Erinnerung auslöschen? Wer das bloß konnte! Sie fühlte sich ganz im Gegenteil in einem Sog der Erinnerung, der sie nicht mehr losließ und herabzuziehen schien – unter die Stadt bis in den märkischen Sand, in dem erst am Ende aller Tage alles versinken würde …

Sie holte das Jackett wieder aus dem Schrank, stürmte aus dem Büro und lief die Treppe hinunter. Die Pförtnerin las noch immer in der »Bild am Sonntag« – oder war sie eingeschlafen? Sie guckte nicht hoch, als Anne durch die große Tür rannte, in die warme Septemberluft draußen. Nach kurzem Zögern lief sie nach links, Richtung Brandenburger Tor. Erst, als sie Unter den Linden ankam, verlangsamte sie das Tempo. In den ersten der roten Doppeldeckerbusse stieg sie ein.

Auf dem Oberdeck war noch Platz in der vordersten Reihe. Neben ihr saß ein knutschendes Pärchen, hinter ihr redeten drei Touristen, die nach Asien aussahen, unermüdlich aufeinander ein. Als der Bus nach zehn Minuten losfuhr, begann die Lautsprecheranlage zu rauschen und zu knacken. Die Stimme, die eine Fahrt durch die Geschichte Berlins ankündigte, klang weiblich und jung. Anne lehnte sich zurück. Wenn die Geschichte erst auf der Ebene touristischer Vergnügungen angelangt war, konnte es so schlimm nicht mehr kommen.

Nach einer halben Stunde Fahrt sah sie das anders. Die gleichbleibend heitere Stimme der Fremdenführerin minderte den Schrecken nicht, der im Regierungsviertel Berlins versammelt war. Vom Checkpoint Charlie über die Reste des Prinz-Albrecht-Palais, in dem die Gestapo ihr Hauptquartier unterhalten hatte, bis hin zum Bendlerblock, heute wie unter dem Kaiserreich und den Nazis Sitz des Verteidigungsministeriums, in dessen Hof Graf Stauffenberg nach dem mißglückten Attentat auf Hitler am 20. Juli 1944 erschossen worden war – alles sprach von Tod und Verhängnis. Und so heiter es auch klang, wenn die junge Frau die Namen der Ministerien herunterbetete, die einst die Wilhelmstraße säumten, wie komisch es auch anmutete, das Wort »Reichskanzlei« gelispelt zu hören – es minderte die Depression nicht, die sich über Anne senkte. Als der Bus am ehemaligen Standort der von Hitlers Architekten Speer erbauten Neuen Reichskanzlei in der Voßstraße hielt, mochte sie nicht mehr zuhören. Bei den Worten »Und unter diesem Rasenstück dort drüben liegen die Reste des Führerbunkers« verließ sie den Bus.

Am Zaun um den vergilbten Rasenplatz stand eine Gruppe junger Leute um einen auch nicht viel älteren Mann in Pudelmütze herum, dessen ausgreifende Armbewegungen ihn als einen weiteren der vielen Studenten auswiesen, die in Berlin mit Stadtführungen ihr Geld verdienten.

»Das ganze Regierungsviertel war verbunkert«, sagte der Mann gerade – ein Student im achten Semester, schätzte Anne. »Man konnte kilometerweit gehen, unter der Erde.«

»Hier?« Ein vielleicht Siebzehn- oder Achtzehnjähriger in Bomberjacke zeigte unter sich und dann in die Runde. »Überall?«

Der Mann mit der Mütze nickte. »Alles unterkellert – die Reichskanzlei. Das Luftfahrtministerium. Von manchen Bunkeranlagen gibt es keine Pläne mehr. Man weiß also nicht, wo sie anfangen und wo sie enden – bis sich plötzlich die Erde auftut ...«

Ein Mädchen in Leggins und Buffalos starrte den Studenten mit offenem Mund an. »Sie meinen – einen Geheimeingang?«

Der lachte. »Nein. Einen Bagger.«

»Aber der Führerbunker existiert doch noch?« Der Junge in der Bomberjacke leckte sich nervös die Unterlippe.

»Wir stehen fast drauf.«

»Kann man da noch rein?« Die Buffaloträgerin fragte in aller Unschuld. Der Mann mit der Pudelmütze schien diese Frage gewohnt.

»Keine Chance. Die Russen haben 1945 versucht, die Betonplatte zu sprengen, und in der DDR hat man alle Eingänge zugeschüttet und Gras darüber wachsen lassen. Man wollte keine Pilgerfahrten zu Hitlers Todesstätte.«

Anne starrte auf das unauffällige Fleckchen Erde, auf die Kanaldeckel und Bodenplatten, die das Rasengrün ab und an unterbrachen. Keine Ahnung, warum ihr plötzlich Lenchen Frenkel einfiel.

Oder vielmehr die Geschichte von Lenchen Frenkel, wie ihre Mutter sie erzählt hatte, als sie wieder einmal die weißen Damasttücher aus der Truhe nahm, sie auseinanderfaltete, nach gelben Stellen oder Mottenschäden untersuchte, einige sorgfältig wieder zusammenlegte und wegpackte und andere zur Wäsche gab. Anne hatte das Ritual mitverfolgt, seit sie ein kleines Kind war. Bis sie eines Tages fragte, warum die schönen weißen Tücher nie auf dem dunklen Eßtisch lagen, bei Familienfesten, zu Ostern oder zu Weihnachten.

»Weil sie Lenchen Frenkel gehören«, hatte ihre Mutter auf die übliche kurz angebundene Art geantwortet. Erst viel später wagte Anne zu fragen, wer Lenchen Frenkel war.

»Sie war unsere Nachbarin, damals in Posen.« Mutter hatte eines der weißen Tücher auseinandergefaltet. »Eines Abends kam sie zu uns, es war Winter. ›Heb sie für mich auf, Erika‹, hat sie gesagt.« Ihre Mutter glättete das steife Leinen, als ob sie es streicheln wollte.

»Und warum hat sie die Tücher nicht abgeholt?«

»Wer weiß?« Ihre Mutter hatte ins Leere geblickt. »Es ist ja noch nicht aller Tage Abend.«

Hatte sie wirklich geglaubt, Lenchen Frenkel würde eines Tages zurückkommen? Aus Treblinka? Oder Auschwitz? Das Ungeheuerliche dieser Vorstellung war ihr erst Jahre später aufgegangen.

Anne fühlte die Beklemmung in sich wachsen. Sie drehte der Gruppe den Rücken zu und ging weiter, dorthin, wo ihr ein Bauzaun den Weg versperrte. Dahinter lag eine unwirtliche Landschaft. Aus dem grauen Boden ragten ein paar vertrocknete und verstaubte Pflanzen, Goldrute vielleicht, und Schafgarbe. Auf der Wasserlache in der Mitte des Terrains stand schillernd das Öl. Eine Bachstelze wippte über die Brache, über die sich Insektenschwärme erhoben, wie eine Rauchwolke, wie ein Vorhang, der sich nach oben und zur Seite blähte und dann in sich zusammenfiel, um Sekunden später wieder hochzuwehen.

Das mußte der Platz sein, wo man die Bauarbeiten hatte unterbrechen müssen. Sie hatte am Donnerstag im Bauausschuß weder der Debatte noch dem Problem richtig folgen können. Sie erinnerte sich an die angespannte Stille nach der Frage eines jüngeren Abgeordneten: »Wie wurde das Problem denn früher gelöst?« Und an das beklemmende Gefühl, daß alle sie vorwurfsvoll angesehen hätten dabei.

Ein paar Meter weiter links ging die Tür eines der weißen Baucontainer auf, ein Mann mit einem blauen Helm auf dem Kopf guckte aus der Tür, sah zu ihr hinüber, drehte sich dann wieder um und schien in den Raum hinter sich etwas hineinzurufen. Dann fiel die Tür wieder zu.

Für einen Moment beschlich Anne das Gefühl, etwas Verbotenes zu tun. Was für ein Unsinn, dachte sie und schüttelte den Kopf. Dann ging sie am Zaun entlang, bis sie eine Öffnung entdeckte, durch die man sich hindurchzwängen konnte. Mit einer Mischung aus Furcht und Trotz betrat sie das Stück Boden, dem man seine Geschichte so wenig ansah – weder die eine, noch die andere.

Beide Geschichten verschränkten sich in ihrer Vorstellung zu einem unentwirrbaren Knoten.

Was immer hier gewesen sein mochte bis 1945 – es war danach in einen Dornröschenschlaf gefallen. Denn hier hatte über fünfzig Jahre lang die Zeit stillgestanden. Hier war der Todesstreifen gewesen, das nachts taghell erleuchtete Gelände um die Mauer herum, das nur Lebensmüde oder Verzweifelte zu betreten versuchten.

Annes überreizte Phantasie ließ sie die Hunde bellen hören, die Wachmannschaften fluchen, die Maschinenpistolen husten. Sie verdrängte den Gedanken an Minen und Selbstschußanlagen. Heute konnte man das Gebiet betreten. Heute war sein einziger Schrecken die Erinnerung.

Die Todeszone hatte die Sedimente der Zeit gespeichert. Und jetzt gab der Boden sie wieder preis – er spie aus, was in ihn für alle Ewigkeit eingehämmert worden war. »Wie wurde das Problem denn früher gelöst?« Sie hatte wieder die unschuldige Frage im Ohr. Und das bedeutungsvolle Schweigen danach.

10

Frankfurt – Berlin

Der Flug von Frankfurt nach Berlin war ausgebucht, obwohl es Sonntag morgen war. Karen war zu spät am Flughafen eingetroffen, hatte sich den Mißmut des Personals eingehandelt und mußte sich mit einem Platz in der Mitte bescheiden, Backe an Backe mit einem Mann von Iwan-Rebroff-Statur rechts und einer dynamischen Kostümträgerin links, die nach kaltem Zigarettenrauch roch. Beide schlossen während des Abhebemanövers die Augen und krallten die Hände um die Armlehnen. Es mußte weit mehr Menschen geben, die Angst vorm Fliegen hatten, als man glaubte.

Karen hingegen liebte den Moment, in dem die Motoren auf Vollast gingen, den Augenblick, in dem die schwere Maschine sich vom Boden löste – was der einzige Grund war, warum sie normalerweise einen Fensterplatz dem Platz am Gang vorzog, obwohl das den Nachteil hatte, daß man länger brauchte, bis man aus der Sardinendose endlich rauskam.

Sie fühlte sich leicht und beschwingt – so euphorisch wie lange nicht mehr. Es mußte daran liegen, daß sie wenigstens für ein paar Tage erlöst war vom Trott und sich auf dem Weg in eine Stadt befand, in der Aufbruch herrschte und nicht das langweilige *business as usual.* Frankfurt, dachte sie manchmal, war nur in Bewegung, wenn morgens die Pendler herein- und abends wieder hinausströmten. Sie lehnte sich zurück und versuchte einen letzten Blick auf sonnenerleuchtete Äcker und Wälder zu erwischen. Das Leben war endlich wieder aufregend.

Das einzige, was ihr Wohlgefühl störte, war der Gedanke an den Fall Bunge – aber den konnte sie getrost bis morgen verdrängen, am Sonntag war sowieso niemand in der Redaktion des »Journal«.

Kaum war der Airbus in Tegel gelandet, sprang der Schwergewichtige neben ihr hellwach auf und versäumte nicht, ihr sein ausladendes Gepäckstück auf die Hand zu stellen, bevor er sich in die Schlange der Wartenden im Gang drängelte. Die Frau im Kostüm machte ihr Mobiltelefon wieder an und kramte in der Handtasche nach der Zigarettenschachtel. Karen hob ihre vom schweren Reisesack des Dicken zusammengequetschte Tasche aus der Gepäckablage und atmete auf, als sie endlich das Flugzeug verlassen konnte.

Die schlechte Luft im Flughafen war erfüllt von Lautsprecheransagen und Babygeschrei. Die Eltern unter den Berlinern schienen just heute massenhaft ihren Urlaub anzutreten. Sie floh an die frische Luft und ins nächste Taxi. Im Fond lehnte sie sich in die Polster und ließ Bäume und Hausboote am Hohenzollernkanal und die hochherrschaftlichen Mietshäuser an der Spree an sich vorbeitragen.

Am Tagungsort angekommen, platzte sie in die erste Kaffeepause des Vormittags hinein. Sie hätte den kahlköpfigen Hünen nicht wiedererkannt, wenn er nicht zielstrebig auf sie zugekommen wäre.

Der Mann, der trotz seines bulligen Körpers leichtfüßig wirkte, grinste ihr ins wahrscheinlich ziemlich verwirrte Gesicht. »Karen! Karen Stark! Erzähl mir nicht, daß du dich nicht mehr an mich erinnerst!«

Sie schüttelte matt den Kopf und hoffte auf baldige Aufklärung.

»Frankfurt, Hörsaal IV, Vorlesung von Buddeberg über ›Grundlagen der Rechtsphilosophie‹ – du hast gegähnt, ich hab' gegähnt, und dann sind wir beide rausgegangen und für den Rest des Tages an den Baggersee gefahren.« Der Hüne verbeugte sich elegant.

»Frank Sonnemann, damals viertes Semester Soziologie, heute Berliner Redaktionsleiter des ›Journal‹.«

Karen hoffte, daß sie nicht allzu erstaunt aussah. Sie hatte seine Karriere verfolgt – Sonnemann galt als einer der einflußreichsten Journalisten der Republik, mit den besten Beziehungen zur Regierung. Aber sie erinnerte sich nicht, jemals ein Bild von ihm gesehen zu haben. Während ihrer Studienzeit war Frank Sonnemann ein aufgeschossener Knabe gewesen mit weichen dunklen Locken und einem ausgeprägten Gefühl fürs Gute und Schöne. Der hier hatte kaum noch Haare und sah aus, als ob er eine ganze Maß Münchner Oktoberfestbier ex trinken könnte. Dann fing sie an zu lachen. Sie wurden offenbar alle nicht jünger.

»Und wie hast du *mich* wiedererkannt?«

Sonnemann grinste zurück. »Du bist unverwechselbar. Außerdem habe ich dich im Fernsehen gesehen. Auf der Pressekonferenz nach der famösen Seebestattung.«

Karens Lächeln wurde etwas dünner. Sie erinnerte sich ungern an den Auftritt. Lachhaft, was die Journaille daraus gemacht hatte, aus den paar Knochen, die sie hatten einäschern und in die Ostsee werfen lassen – vor Kiel, auf Kosten des Steuerzahlers, für 5600 Mark. Hätten sie das Skelett vielleicht noch länger aufheben sollen? Es hatte schließlich bereits 54 Jahre lang herumgelegen, erst 27 Jahre unter der Erde, am Lehrter Bahnhof in Berlin, zuletzt weitere 27 Jahre in einer Plastiktüte in der Asservatenkammer der Frankfurter Staatsanwaltschaft. Man hatte einfach nicht gewußt, wohin mit den Überbleibseln.

Den Resten von Hitlers Vize Martin Bormann.

Was insofern ein Glück gewesen war, als man vor ein

paar Jahren mit Hilfe der Knochen letzte Zweifel daran hatte ausräumen können, daß der Naziverbrecher wirklich tot war. Nachdem die DNA-Analyse geklärt hatte, daß das Skelett Bormann gehörte und daß Zeugen unglaubhaft waren, die ihn irgendwo in Argentinien auf einer Veranda hatten Gin Tonic trinken sehen, hatten sie das Vernünftige getan und sich seiner entledigt.

»Hätten wir die Knochen vielleicht in die Restmülltonne stopfen sollen? Oder dachtest du an ein Staatsbegräbnis?«

Sonnemann breitete die Arme aus. »Ich freue mich, dich wiederzusehen. Das ist alles.«

Das klang nicht nach Floskel. Und sie freute sich auch. Sie redeten aufeinander ein, bis der Gong ertönte. Erst als er ihr von Lilly E. Meier und der preisgekrönten Geschichte von Burschi, dem Schäferhund, erzählte, fiel ihr Alexander Bunge wieder ein – und die Meldung im »Journal«.

»Ach – Frank ...« Er hatte ihr mit großer Geste den Arm gereicht.

»Es gab da vor einigen Wochen eine Meldung in eurem Blatt – über Alexander Bunge. Mitglied des Bundestags.«

Er guckte sie mit hochgezogenen Augenbrauen an. Fragend. Und sagte dann gedehnt: »Ach – das ...«

»Woher hattet ihr die Information?«

»Das – also ... Ich glaube mich zu erinnern, daß das ursprünglich eine dpa-Meldung war. Schiffer hat daraus einen Mehrzeiler getextet. Tut einem natürlich leid, wenn sich einer gleich umbringt, nur weil ...«

»Nur weil auffliegt, daß er auf Kinderpornographie steht?« Sonnemann mußte gemerkt haben, wie empörend sie das fand – beides. Sowohl die Vorliebe für mißbrauchte Kinder als auch seine Geringschätzung des Skandals.

»Nein, um Himmels willen, so meine ich das natürlich nicht. Aber er hätte sich zum Sachverhalt doch wenigstens äußern können …«

»Du meinst, er hätte versuchen sollen, sich rauszureden?«

Sonnemann wurde es sichtlich unbehaglich.

Karen seufzte tief auf und legte ihm dann versöhnlich die Hand auf den Arm. »Und was ist dran am Gerücht, daß die Meldung falsch war?«

»Eine gefälschte Meldung?« Er guckte sie an, als ob er sich so etwas nicht einmal im Traum vorstellen konnte. Karen registrierte interessiert, daß er »gefälscht« sagte, obwohl sie lediglich von »falsch« gesprochen hatte.

»Ich kann dem gern nachgehen lassen, aber …« Er zuckte die Schultern.

»Tu mir den Gefallen«, flüsterte sie zurück. Sie waren im Saal angelangt, und der nächste Vortrag hatte schon begonnen.

Zufrieden lehnte sie sich in ihren Stuhl zurück.

Sie war, glaubte sie, für heute ihrer Pflicht nachgekommen.

11

Berlin

Seit einiger Zeit gab sie sich nicht mehr die Mühe, sich anzukleiden – auch nicht, wenn er sie besuchte. Hans Beckers Mutter saß im Nachthemd und im Morgenmantel am Tisch im Aufenthaltsraum, an den Füßen die pelzbesetzten Pantoletten, die er ihr vor zwei Jahren geschenkt hatte, und aß ein Käsebrot, als ob nichts wichtiger sei auf der Welt. Ihre Augen waren andächtig ins Weite gerichtet, und Mund und

Kinn bewegten sich so langsam, als ob jede Minute und jeder Brosamen ausgekostet werden müßten.

Sie hatte ihm zur Begrüßung die Wange hingehalten, wie sie es immer tat. Er spürte noch die trockene, warme, papierdünne Haut auf seinen Lippen und hatte ihren Geruch in der Nase. Ihr Parfüm benutzte sie noch.

Seit einer halben Stunde hielt sie sich in einem anderen Universum auf – irgendwo, wo er nicht vorkam. Ihn überraschte das mittlerweile nicht mehr. Ihre Begegnungen waren in den letzten Wochen von Mal zu Mal wortkarger und einseitiger geworden. Letzte Woche hatte sie ihn in den ersten Minuten gar nicht erst erkannt – er erinnerte sich mit Schrecken an ihr verschlossenes Gesicht, an die zusammengepreßten Lippen, an das abwehrende »Wer sind Sie?«, das sie schließlich hervorstieß, nachdem Frau Wittek, die ihn zu ihr gebracht hatte, gegangen war. Völlig übergangslos, wie ihm schien, erzählte sie ihm fünf Minuten später eine rührende Episode aus seiner Kindheit – »Als Hansi noch klein war«.

Der Korridor zwischen ihr und der Welt begann sich zu verengen. Bald würde niemand mehr hindurchgehen können.

Er küßte sie zum Abschied und schloß leise die Tür. Die Zeiten, in denen sie das Leben hätte »tipptopp« und »1a« nennen können, waren für Inge Becker vorbei. Hans ging durch den Tiergarten zurück, die Augen auf den Boden gerichtet, weil er nicht in die hauptstädtische Hundekacke treten wollte. Er hatte schließlich erst vorgestern seine Stiefel geputzt. Kurz hinter dem Brandenburger Tor schlug er einen Haken und ging ins Büro – zum Trost. Andere mochten ihre Hobbies haben oder ihre Familie, aber er ging ins Büro, wenn er sich ablenken wollte.

Summend brühte er sich in der Küche einen Tee auf.

»Wohnst du eigentlich hier?« hatte Paula ihn kürzlich gefragt.

Sie hatte das ironisch gemeint – aber es stimmte: Das Büro war sein eigentliches Zuhause. Dort, wo er nachts sein Bett hatte, war er nicht daheim. Aber das ging niemanden etwas an.

»Hast du eine Frau? Wohnst du bei deiner Mutter? Hast du eine Freundin? Oder gar – einen Freund?« Paula hatte immer wieder versucht, ihn auszuquetschen – erfolglos. Natürlich.

Hans Becker nahm die Tasse mit zum Schreibtisch, auf dem schon die Sonntagszeitung lag. Wenn man nichts sagte, hörten die Menschen irgendwann auf zu fragen. Und außerdem war er beruhigenderweise nicht interessant genug für anhaltende Neugier.

Nur Peter Zettel wußte mehr. Nicht nur das, was er ihm in einem Anfall von Redseligkeit anvertraut hatte. Selbst dran schuld, dachte Becker und faltete die Zeitung auseinander. Aber daß er von Mona wußte – das schmerzte ihn mehr, als er sich hatte eingestehen wollen, vor zwei Wochen, als Zettel davon angefangen hatte.

»Du hast ja ziemlich gute Karten bei unserem Journalistennachwuchs.« Zettel hatte im Türrahmen zu Beckers Büro gelehnt, Zigarillo in der schmalen Hand, den Fuß im hellbraunen Lederslipper angewinkelt, ein Bild entspannter Urbanität. Manchen Leuten schien das angeboren zu sein.

»Tja«, hatte Becker sich sagen hören und sich wie ein ungehobelter Klotz gefühlt dabei.

»Aber in deine ungelüftete Junggesellenbude würde ich Paula auch nicht mitnehmen wollen.«

Ihm hatte es die Sprache verschlagen. Keiner hatte jemals seine Wohnung gesehen – hatte er bis dato gedacht. Woher wußte Zettel …?

»Wie lange mußt du denn noch zahlen?«

Ein Leben lang – aber was geht dich das an? hätte er damals am liebsten gerufen. Aber er war stumm geblieben.

»War sie's wert, Hansi?«

Wer Peter Zettel nicht kannte, hätte die Wärme in seiner Stimme für Mitleid gehalten. Für einen Moment hatte sogar Hans daran glauben wollen – daß nicht nur ihm die Geschichte mit Mona weh tat. Aber als er aufblickte in Zettels braune Augen, sah er darin nichts als das naturwissenschaftliche Interesse, das kleine Jungs beim Fröschesezieren haben. Er war eine Versuchsanordnung, sonst nichts.

Becker berührte die dünne weiße Narbe an seiner rechten Schläfe. Dort hatte ihn die Vase erwischt, die Mona im Streit nach ihm geworfen hatte, damals, in den besseren Zeiten. Er seufzte und schob die Zeitung beiseite. Manchmal schmerzte ihn die Abwesenheit Monas mehr als das Geld, das er für sie abzahlte. Sie hatte in ihm ihren Dummen gefunden – und der wäre er auch gern geblieben. Das würde ein Mensch wie Zettel wahrscheinlich nie verstehen.

Zettel hatte kein Mitleid. Zettel war ein Egomane, den nichts antrieb als eine Neugier, die, schwante Hans, gegenstandslos war. Zettel würde sich für alles interessieren – fürs Katzenfoltern und Menschenmalträtieren. Wenn man nur eine Geschichte daraus machen konnte.

Einen Moment lang fragte Becker sich selbstkritisch, ob er sich bloß deshalb in Rage redete, damit er die Skrupel besser loswürde, die ihn umtrieben. Er spionierte hinter seinen Kollegen her – etwas, das er im Grunde seines Herzens für unentschuldbar hielt. Dann schüttelte er solche Überlegungen mit einem Ruck ab, stand auf, ging über den Flur zu Zettels Büro und loggte sich in dessen Computer ein.

Glöckchen klingelten, eine Stimme sagte »Willkommen!« und wieder war er drin in Zettels Computer. Nach seinem letzten Besuch auf der Festplatte hatte sich in seinem Kopf ein vager Verdacht geformt. Zielstrebig ging er ins Internet und klickte »Lesezeichen« an. Das Fenster, das sich öffnete, hatte nur wenige Einträge. Zettel hielt sich offenbar regelmäßig in einschlägigen Datenbanken auf und war zu Gast im Katalog der Staatsbibliothek. Außerdem war er Kunde von amazon.de, dem Buchversand, und von eBay, der virtuellen Börse, auf der man alles und jedes er- und versteigern konnte. »Colt« nannte sich ein weiteres Lesezeichen. Neugierig klickte Becker sich ein. Er landete bei einem Militariahändler.

Nach einem kurzen Blick in die seltsame Welt der Waffenfetischisten verließ er das Internet und wechselte in das Verzeichnis von Zettels Textdateien. Unter dem Namen »Brot« fanden sich säuberlich aufgelistet alle Beiträge, die Zettel nach Beckers Wissen in den letzten Monaten geschrieben hatte. Das war nicht weiter interessant. »Müll« nannte sich ein Verzeichnis, in dem sich nur eine Datei fand. Nicht das, wonach Becker suchte – die gefälschte dpa-Meldung. Sondern eine Liste mit Daten und Zahlen, mit der er nichts anfangen konnte. Ohne groß nachzudenken, ließ er die Liste ausdrucken. Vielleicht konnte er sich ja später einen Reim darauf machen.

Fast hätte er die Suche aufgegeben. Hinterher konnte er nicht mehr sagen, warum er dann doch den Ordner noch angeklickt hatte, den Ordner namens »Rente«. Aus Neugier – oder aus Langeweile? Er hatte jedenfalls nicht erwartet, etwas Interessantes zu finden, weshalb er erst nicht begriff, wieso die einzelnen in diesem Ordner enthaltenen Dateien jeweils den Namen eines der Redaktionsmitglieder des Berliner Büros vom »Journal« trugen.

Dabei war da gar nichts zu begreifen: Zettel hatte zu jedem und jeder fein säuberlich erarbeitete Dossiers angelegt.

Unter »Menzi« hatte er absonderliche sexuelle Riten dokumentiert, die Isolde Menzi offenbar pflegte. Hans fühlte sich sittlich und moralisch durch nichts erschütterbar, aber die praktische Durchführung des Geschilderten überforderte sein Vorstellungsvermögen.

Unter »Sonnemann« war, wie er beim flüchtigen Durchblättern feststellte, die Erkrankungsgeschichte von dessen Frau festgehalten, einer Ärztin, die Alkoholikerin war – ein Tatbestand, der sie den Job kosten konnte, trotz des womöglich erfolgreichen Entzugs, über den Zettels Notizen auch berichteten.

Was er unter Lillys Nachnamen fand, verblüffte ihn so, daß er die Eintragungen fast laut vorgelesen hätte. Wenn das stimmte, was Zettel hier penibel mit Ort und Datum auflistete, dann stand es schlecht um Lilly E. Meiers Ruf als Mutter Teresa aller Beleidigten und Entrechteten.

Zuletzt, mit zitternden Fingern, klickte Becker das Dokument an, das Zettel »Hansi« genannt hatte. Der Kollege hatte gut recherchiert. Die ganze traurige Geschichte starrte ihm vom Bildschirm entgegen.

Mona. Sein Mädchen aus Békéscsaba. Hans wurde die Brust eng vor Elend. Er hatte sie in einer Kneipe kennengelernt, in der sie illegal kellnerte. Verängstigt war sie gewesen, und das Auffälligste an ihr waren ihr dickes blondes Haar und ihr unbeschreiblicher Duft. Der wilde Geruch hatte ihn verfolgt bis in den Schlaf.

Sie hatten geheiratet, damit sie nicht wieder zurück mußte nach Ungarn, er hatte für sie gebürgt, als sie sich selbständig machen wollte mit einem kleinen Café. Und war auf den Schulden sitzengeblieben, die aufgelaufen waren, bevor sie eines Tages fort war. Er hatte nie erfahren, mit wem sie sich aus dem Staub gemacht hatte. Und er wollte es auch nie wissen.

»Wolle Majerski, 27, Rockmusiker«, las er bei Zettel. Sowenig überraschend diese Information auch war – sie wirkte wie ein Schlag in die Magengrube.

Erst nach ein paar Minuten hatte er sich wieder im Griff. Er wußte noch immer nicht, wer die Meldung über Bunge gefälscht hatte. Aber die Antwort lag ziemlich nah – weshalb er sich plötzlich gar nicht mehr sicher war, ob nicht doch stimmte, was die gefälschte Agenturmeldung Bunge unterstellt hatte. Wer so viel über andere Menschen wußte wie Peter Zettel, der kannte auch die geheimsten Vorlieben eines Abgeordneten, besonders, wenn er so einflußreich war wie Bunge.

Becker lehnte sich zurück und starrte auf den Bildschirm. War Zettel – ein Erpresser? Einer, der sich gegen alle Eventualitäten des Lebens absichern wollte? Oder nur hemmungslos neugierig?

»Was gefunden?«

Die unerwartete Stimme ließ ihn scharf die Luft einziehen, bevor er sich langsam umdrehte. Wenn Zettel mitbekäme, daß er seine Dateien durchforstete …

Aber es war Lilly, die im Türrahmen stand, die Hände, wie immer, in den Jackentaschen. Ihr blondes Haar war heute nicht streng zurückgekämmt, sondern legte sich wie eine Aureole um ihr Gesicht. Der Gedanke an das, was Zettel über sie zu wissen glaubte, machte ihn traurig. Vielleicht – hoffentlich – hatte Zettel die Wahrheit doch nicht gepachtet.

Hastig klickte er sich aus dem Programm. »Peter hat sich seit Tagen nicht blicken lassen. Ich dachte, ich finde den Text, den er Sonnemann versprochen hat – du weißt schon:

das Stück über die Baustellen Berlins …« Ob sie seine Ausrede glaubte?

Lilly kam näher und sah ihm über die Schulter. Über den Bildschirm schwebte eine rote Kugel, zerbarst und setzte sich wieder zusammen. »Seltsam, daß er so gar nichts von sich hören läßt, oder?«

Hans nickte. Ihre Nähe beunruhigte ihn. Nicht so, wie Isoldes Nähe ihn beunruhigte – Lilly machte ihm keine Angst. Er fürchtete eher, es könnte ihr auffallen, wie sehr er sie bewunderte.

Und außerdem wirkte sie heute ganz anders als sonst. Weicher. Privater.

»Du gehst offenbar auch nicht gern nach Hause, Hansi, oder?« Lilly lehnte sich an den Schreibtisch und sah ihn an – mit diesem langen, intensiven Blick, den sie immer dann bekam, wenn ihr etwas naheging. »Was soll man da auch? Man kennt sich ja schon.« Sie hob die Schultern und sah ihn dann betont heiter an. »So ist das nun mal, wenn man allein ist.«

Ist man allein, wenn man zu den Prominenten der Stadt gehörte, hier einem Komitee vorsaß, dort eine Rede hielt, im Fernsehen auftrat, für eine bekannte Spendenorganisation warb? Und sah man Lilly nicht seit einiger Zeit mit einem Mann, einem bekannten Mäzen? Hans wunderte sich – auch darüber, daß er so wenig wußte über sie.

»Aber Klagen bringt auch nicht weiter …« Lilly schaute aus dem Fenster und wirkte, als ob sie nichts lieber täte als das.

»Vorübergehend – schon.« Becker bot sein Verständnis mit aller Vorsicht an.

Sie seufzte tief auf. »Manchmal geht mir dieser Laden hier furchtbar auf den Keks. Das ganze Leben. Alles.« Langsam drehte sie sich wieder zu ihm um. »Kennst du das?«

Hans nickte. Natürlich kannte er das. Depression. Melancholie. Überdruß. Nenn es, wie du willst.

»Man kann nicht immer – gut drauf sein.« Sie schlug die Augen nieder. »Ich verrat' dir ein Geheimnis, Hansi. Ich hab' mich mal drei geschlagene Tage und Nächte in einem Hotelzimmer verkrochen und entsetzlich betrunken dabei. Die Bomben fielen Tag und Nacht. Und einmal hatte ich buchstäblich die Hosen voll vor Angst.«

Er erinnerte sich. Der Bericht über die Menschen im Bombenhagel, über die Geschockten, Verwundeten und Toten war hautnah, realitätsgesättigt und besonders erschütternd gewesen. Als ob Lilly mittendrin gewesen wäre. Sie sah wieder aus dem Fenster.

»Es ist manchmal nicht auszuhalten. Der Schmerz, der Tod. Die Frauen, die Kinder. Das ist nicht human ...« Lilly machte eine hilflose Geste mit den Händen. Wie klein sie war. Wie zart sie wirkte.

»Manchmal wird mir das alles zuviel. Verstehst du das, Hansi?«

Er nickte, benommen. Natürlich verstand er. Alles. Andererseits ...

»Andererseits: Wer, wenn nicht wir? Irgendeiner muß die Arbeit ja machen – auch wenn es einem manchmal bis hier steht.« Sie fuhr sich mit der Handkante über die Kehle. »Oder, Hansi?«

Was sollte er dazu sagen? Er zuckte hilflos mit den Schultern.

»Es macht ja auch Spaß.« Lilly nahm den Kamm aus ihrem Haar, schüttelte die blonden Locken und steckte sie wieder fest. »Nur manchmal ...« Dann lachte sie leise.

»Ich habe schon als Kind geglaubt, ich würde nur geliebt, wenn ich was leiste. Wenn ich was schaffe, wenn ich was bringe.«

Hans kam das vertraut vor. So verdammt vertraut.

»Ich hab' nichts anderes gekannt. Nur nicht weich werden, war die Devise.«

Sie sah ihn wieder an. Hans wand sich unter ihrem Blick. Er verstand nur zu gut. Er kannte dieses Gefühl, eine Null, ein Nichts zu sein, wenn er nicht brachte, was alle Welt von ihm zu fordern schien. »Wir haben nichts anderes von dir erwartet«, pflegte sein Vater zu sagen, wenn er mit guten Noten nach Hause gekommen war und eigentlich gelobt werden wollte. »Bei dem Erbgut!«

»Du verstehst das. Wer, wenn nicht du?« Ob sie das noch sagen würde, wenn sie wüßte, daß er wußte, was Zettel wußte?

»Der da« – Lilly zeigte mit dem Kinn auf Zettels Computer –, »der da denkt nur an sich.«

»Er ist – ein guter Journalist«, sagte er lahm.

»Er hat gern Macht über andere.« Lilly war ganz leise geworden und sah an ihm vorbei. »Du bist der einzige Anständige hier.« Sie lachte auf. »Weißt du eigentlich, daß die kleine Paula auf dich steht?«

Hans hatte das dumme Gefühl, daß ihm die Röte ins Gesicht stieg. »Sie will was lernen«, sagte er. »Ich versuche, ihr die Grundbegriffe des Journalismus beizubringen.«

»Die Rechtschreibregeln?!« Lilly grinste. Es war in der Redaktion nicht verborgen geblieben, daß er die Rechtschreibreform mit religiösem Eifer bekämpfte.

»Nein, Lilly. Den Unterschied zwischen Dichtung und Wahrheit«, sagte Hans mit fester Stimme, innerlich zitternd vor Kühnheit.

Lillys Augen hatten sich verengt. Nach einer Weile sagte sie: »Ach – weißt du – die Wahrheit ...«

»Ist das nicht das Entscheidende?« Hans versuchte, den Ausdruck in ihren Augen zu deuten.

Sie wiegte den Kopf. »Manchmal sind die Gefühle wichtiger als die Wahrheit.«

»Meinst du das ernst?«

Es war ein seltsamer Blick, mit dem sie ihn ansah. Dann schien sie sich einen Ruck zu geben. »Erinnerst du dich an den kleinen Mehmet?«

An Mehmet, eine Zeitlang das berühmteste Kind Deutschlands? »Und ob«, sagte Hans. Der Junge mit den großen dunklen Augen hatte Vater und Mutter, die Großeltern, die Onkel und die Tanten und alle sechs Geschwister verloren im Bürgerkrieg – und Lilly hatte die ganze schreckliche Geschichte aufgeschrieben. »Für Mehmet!« hatte der Verteidigungsminister mit Tränen in der Stimme ausgerufen, als er der Öffentlichkeit die Entscheidung zum Eingriff ins Krisengebiet mitteilte.

»Hättest du dich für das Gefühl oder für die Wahrheit entschieden?«

Natürlich für die Wahrheit, wollte er schon sagen, als er sah, daß sie Tränen in den Augen hatte.

»Wenn du das gesehen hättest ... Die Frauen ... Die Kinder ... Das alles brauchte ein Symbol.« Lilly holte ein Taschentuch aus der Jackentasche und schneuzte sich.

Becker war sich nicht sicher, ob sie meinte, was sie damit sagte.

»Es war vielleicht nicht die *Wahrheit*, die schließlich im Blatt stand. Aber es hätte so sein können, Hansi. Es hätte alles genauso gewesen sein können.«

Hätte, hätte – aber *war* es auch so, wollte er fragen: War es auch so? Und wie war das mit all den anderen Berichten aus dem Lager der Mühseligen und Beladenen? Waren es wirklich Neonazis, die der Rollstuhlfahrerin ein Hakenkreuz in die Wange geritzt hatten? Stimmt sie, die Geschichte von der türkischen Familie, die von ihren gutbürgerlichen Nachbarn aus der Wohnung gemobbt worden ist? Und was ist mit all den anderen Menschen, denen Unrecht widerfuhr, das der Welt verborgen geblieben wäre, wenn Lilly E. Meier es nicht beherzt aufgedeckt hätte?

Zettel hatte offenbar recht mit dem, was er über sie aufgeschrieben hatte – und das verschlug Hans Becker die Sprache.

»Es gibt eine höhere Wahrheit.« Lilly zielte mit dem zusammengeknüllten Taschentuch auf seinen Papierkorb.

»Höhere« Wahrheit? Kalter Kaffee, dachte Hans. Unsere Pflicht ist die Wahrheit, die einfache, schlichte, niedere Wahrheit.

»Etwas, das uns aufrüttelt, damit wir begreifen. Damit wir etwas tun. Damit sich das Schreckliche nicht wiederholt.« Sie nickte noch immer, sich selbst bestätigend. Aber ihr Mund war ein schmaler Strich geworden.

Ihr Pathos erschütterte ihn. Glaubte sie an das, was sie da erzählte? Er versuchte, in ihrem Gesicht zu lesen. Sie glaubte an den ganzen Käse. Herrgottnochmal, sie glaubte daran! Wußte sie denn nicht, daß sie das Kopf und Kragen kosten konnte?

Er erinnerte sich noch gut an den Fall der amerikanischen Journalistin, die mit der Geschichte eines drogensüchtigen Zwölfjährigen den Pulitzerpreis gewonnen hatte. Ein mißtrauischer Kollege war der Geschichte nachgegangen, die sich als rein erfunden erwies. Der Preis wurde der jungen Frau aberkannt – man hatte nie mehr von ihr gehört.

Es war dunkel geworden. Draußen war eine graue Wolkenwand aufgezogen. Die Temperatur in Zettels Zimmer schien um einige Grade gefallen zu sein. Hans Becker wagte nicht, Lilly ins Gesicht zu sehen. Er fürchtete, daß sie seine Enttäuschung sehen könnte – und etwas von der Verachtung, die sich in den letzten Minuten hinzugesellt hatte.

»Ich werde diese Wahrheit immer verteidigen«, sagte sie in die Stille hinein. »Gegen jeden Widerstand. Und wenn ich daran sterbe.« Ihre Stimme war leise geworden. Und für einen Moment glaubte Hans Becker, er habe einen Unterton mitschwingen gehört – einen Hauch von Härte. Kälte. Größenwahn?

Dann stand sie auf, schien den Ernst ihres Gesprächs von sich abzuschütteln und lächelte ihn an. »Du bist der einzige Anständige hier, Hansi.« Sie legte ihm die Hand auf die Schulter, drückte sie kurz und ging lautlos aus dem Raum.

Becker lehnte sich aufatmend in Zettels Schreibtischsessel zurück. Er fühlte sich – überwältigt. Auf seltsame Weise emotional erpreßt – von seiner Verehrung für sie. Lilly E. Meier konnte Worte machen, wie man sie selten zu lesen kriegte. Nun stellte sich heraus, daß das meiste davon nichts als Worte waren. Reine Phantasie. Heiße Luft.

Die Enttäuschung spülte einen bitteren Geschmack in seinen Mund.

»Sie hat wenigstens ein Gewissen!« insistierte eine innere Stimme, die sich auf Lillys Seite schlug.

Na wunderbar, dachte Hans Becker. Ein Gewissen, das gewissenlos macht.

12

Es war ihr gar nicht aufgefallen, daß der Himmel sich langsam zuzog. Als sie aus der U-Bahnstation Senefelder Platz kam, war es draußen dunkel. Auf dem Weg zu Zettels Haus stemmte sie sich gegen bissige Gewitterböen. Die ersten Tropfen trafen sie, als sie in die Kollwitzstraße einbog. Sie war ziemlich naß, als sie die Haustür aufschloß und der Hund sie überschwenglich begrüßte.

Das Gewitter näherte sich mit rasender Geschwindigkeit. Amber japste auf, als auf den Blitz in Sekundenschnelle der Donnerschlag folgte. Draußen regnete es nicht, nein, Regenwände fielen zu Boden. Anne murmelte beruhigend auf das Tier ein, öffnete ihm eine Dose und trocknete sich mit dem Küchenhandtuch die nassen Haare, während sie in den grauen Vorhang blickte, der vor dem Fenster stand.

Es blitzte und donnerte mit einer Wucht, die für diese Jahreszeit und diese Gegend ungewöhnlich war. Unwillkürlich fiel ihr das Wort »weißwaschen« ein. Als ob der Regen der Stadt ihre Geschichte aus den Mauern spülen wollte. »Quatsch«, sagte sie laut und legte das blaue Grubentuch zum Trocknen über die Stuhllehne.

Es blitzte wieder. Fast zeitgleich rollte der Donner über sie hinweg. Das Licht der Birne in der schwarzen Blechlampe über dem Küchentisch flackerte und erlosch. Der Hund winselte. Das Licht ging wieder an. Aufatmend streichelte sie dem Tier den Kopf, das jetzt zu lauschen schien, die Schnauze zur Zimmerdecke gereckt.

Dann hörte auch Anne hin. Es mußte, dachte sie und ihr Herz schlug einen Takt schneller, jemand im Haus sein. Sie horchte angestrengt, wartete auf Schritte, auf knarrende Balken. Statt dessen wehten Sphärenklänge von oben herunter.

Musik. Und was für eine Musik. Das Haus war bis unter die Traufe angefüllt mit Klängen. Flötentöne schwebten im Raum, wurden vom hingetropften Räuspern eines Basses unterbrochen, flogen wieder auf und gesellten sich einem ganzen Chor von Streichern hinzu, der auf weiten Schwingen wie ein Vogelschwarm im Wald aus dem Unterholz hochrauschte in die Wipfel.

Anne setzte sich auf den Küchenstuhl, als sie spürte, daß

ihr die Knie weich wurden. Du drehst durch, dachte sie. Du fängst an zu spinnen.

Dann war es still.

Also bitte. Sie wollte aufstehen.

Wieder setzten Sphärenklänge ein, weit oben schwebende Flötentöne, in die sich das Streicherorchester einschmeichelte, die hohen Töne umrundend, umgarnend, sie einkreisend, bedrohlich immer näherrückend.

Dann ein Horn, ein immer drängender werdendes Flirren der Geigen.

Anne krümmte sich zusammen, als mächtige Baßakkorde in einen triumphierenden Aufschrei des Blechs mündeten, in ein forderndes, herrisches Schmettern, umtanzt vom Flattern der Geigen. Die Trompeten von Jericho, dachte sie. Diese Musik läßt Mauern einstürzen.

Sie merkte, daß sie den Atem angehalten hatte, und atmete aus, als die Geigen und Celli wieder in einen begütigenden Rhythmus einschwangen und der Baß nur noch brummelte wie das abziehende Gewitter.

Alles wird gut, behaupteten die Geigen.

Am Horizont ist Licht, versicherten die Bläser.

Die Sonne geht auf, flötete der ganze schwingende Reigen im Chor.

Aber im nächsten Augenblick verdüsterte sich die Sonne wieder – und die schwarze Meute saß auf und blies zur Menschenjagd. Todesschwadronen marschierten, Waffen klirrten, Feldgeschrei unter Pulverdampf, Sterben bis zum Morgengrauen. Nichts war gut.

Sie atmete tief ein. Da oben spielte jemand die schönste, martialischste Musik, die sie kannte und die ihr ans Herz griff, als wäre sie damals dabeigewesen in den verdunkelten Nächten vor dem Volksempfänger.

Franz Liszt hatte Les Préludes geschrieben, bevor die

Welt auch nur ahnen konnte, für was sie einmal das Vorspiel abgeben sollten: für die Sondermeldungen der Wehrmacht von den Kriegsschauplätzen des Zweiten Weltkriegs. Die fordernden, düsteren Klänge sollten die Deutschen auf all das Große, auf all das Existentielle einstimmen, das der Führer ihnen versprochen hatte. Und was bescherte er ihnen alles!

Sie kam sich plötzlich beschmutzt vor – als ob jemand nach ihr gegriffen hätte, der sie hineinziehen wollte in das tiefe Loch, in dem eine Vergangenheit lauerte, die so waffenklirrend, schwarz und machtvoll war wie die Musik, die sie soeben gehört hatte. Und ebenso lebendig.

Anne schüttelte halb betäubt den Kopf und blickte auf ihre Hände, die sich verkrampft und verknotet zu haben schienen. Dann raffte sie allen Mut zusammen, stand auf und ging hinüber zum Treppenaufgang.

»Ist da wer?«

Ihre Stimme zitterte und ihre Knie auch, als sie sich nach oben tastete. Amber stob plötzlich an ihr vorbei, die Treppe hoch, voran ins Wohnzimmer. Sie lauschte hinterher, bis das Tier wieder herauskam und schweifwedelnd im Türrahmen stand.

Es war also niemand da. Es konnte niemand da sein. Nur der CD-Spieler hatte sich nach der Stromunterbrechung wieder eingeschaltet und das wiederholt, was sich zuvor ein anderer mit beträchtlicher Lautstärke angehört haben mußte – irgendwann, irgendwer. Wahrscheinlich, nein: mit Gewißheit Peter Zettel.

Sie atmete ruhiger. Das Gewitter war vorbeigezogen, draußen war es heller geworden, und es schien nicht mehr zu regnen. Sie legte Amber das Halsband um. Durch die geöffnete Tür zu Zettels Büro sah sie den Bildschirm seines Computers leuchten – das Gerät war nach dem Stromausfall ebenfalls wieder hochgefahren. Anne konnte sich keinen Reim machen auf die Bilder und Zeichen, die sie nur im Vorübergehen wahrnahm, außerdem zerrte Amber an der Leine. Dann ging sie mit dem Hund hinaus in die frische Luft.

Mit geschärfter Wahrnehmung sah sie die Einschußlöcher in den Hauswänden, aus den letzten Stunden des Kampfes um Berlin. Las die Namen auf den Straßenschildern, die Gedenktafeln an Hauswänden. Sie war stehengeblieben, als der Hund plötzlich so heftig an der Leine riß, daß sie ihr aus der Hand glitt. Wie ein schwarzer Blitz raste Amber davon, hinter ihr flatterte das dünne rote Lederband.

»Amber!« Sie schrie, obwohl sie wußte, daß Schreien zwecklos war.

Schreien war immer zwecklos. Im Sommer war die Luft in den Wäldern und über den Feldern der Rhön erfüllt von den verzweifelten Schreien der Hundebesitzer nach ihren Tölen, die eine unwiderstehliche Fährte in der Nase hatten und ihr folgten. Amber würde zurückkommen, wenn es ihr paßte. Oder waren Stadthunde anders?

Anne ging erst schneller, dann fing sie an zu laufen. Was, wenn dem Hund was passierte? Was, wenn Peter Zettel sie verantwortlich machte – der es womöglich keineswegs für einen Gefallen hielt, wenn sie sich um seinen Hund kümmerte?

Noch konnte sie Amber sehen; daß sie um die Ecke geflitzt war, erkannte sie wenig später an der Reaktion der Leute, die sich nach ihr umsahen. Schließlich sah sie das Tier an einer Schlange von Leuten vorbei in einen Eingang stürmen, der sich wie ein dunkles Loch in einem Hügel mitten auf einem großen Platz auftat. Als Anne nähergetrabt kam, sah sie die Leute lachen. An der Eingangstür saß eine junge Frau, vor sich eine Geldkassette.

»Der Hund!« Anne hörte sich japsen.

»Ist schon gut«, sagte das Mädchen freundlich. »Laufen Sie nur.«

Nach einigen Metern mußte sie anhalten. Geblendet vom Tageslicht, hatte sie im Dunkeln die Orientierung verloren. Nach allem, was sie sah, befand sie sich in einer großen, aus hellrotem Klinker gemauerten Halle, aus der Abzweigungen nach links und nach rechts führten, in noch tieferes Dunkel.

»Amber!« rief Anne und kam sich im selben Moment unerträglich hilflos vor.

Auf ihren Ruf glaubte sie erst ein fernes Kläffen zu hören, aber dann rollte auch schon das Echo heran und über sie hinweg – »Amber!« vielfach verstärkt, verzerrt, wiederholt und nur ganz langsam leiser werdend. Ohne nachzudenken wandte Anne sich nach links. In einem kränklichen Licht, dessen Quelle sie nicht erkennen konnte, tastete sie sich an feuchten Klinkerwänden entlang, vorbei an Eisentüren, die mit schweren Fallriegeln verschlossen waren. Neben und über ihr wisperte es, sie hörte Lachen, Rufen, Quieken. Das Echo verzerrte, vergröberte und vergrößerte alle Geräusche, selbst ihr eigener Atem kam ihr plötzlich unnatürlich laut vor. Oder – gehörte das gehetzte Keuchen zu jemand anderem?

War jemand neben ihr? Oder hinter ihr her?

Anne stockte der Atem. Sie hörte Schritte vor sich, glaubte es atmen zu hören aus der Maueröffnung, die sich rechter Hand auftat. Sie ging schneller, dann begann sie zu laufen, in wachsender Panik. Die Bilder in ihrem Kopf begannen herumzuwirbeln. Sie glaubte sich plötzlich wieder in der Kühlkammer, damals, als sie auf ihren Mörder wartete und in dem engen Raum hin und her lief, um nicht zu erfrieren. Die Dunkelheit schien sich über sie zu senken, schien von allen Seiten her näher zu rücken, und zugleich war einer in der Dunkelheit unterwegs, war hinter ihr her.

Ihr Herz raste. Sie hatte das Gefühl, im Kreis zu laufen, weiter, immer weiter. Als irgendwann ihr Arm etwas streifte, etwas Warmes, etwas Lebendiges, wie sie sich einbildete, schrie sie laut auf. Bevor das Echo ihres Schreis zu ihr zurückgerollt war, hatte sie jemand von hinten gepackt, ihr die Hand auf den Mund gelegt und sie in eine Nische gezogen, an der sie eben vorbeilaufen wollte.

Sekundenlang fühlte sie sich wie betäubt, wie nach einem Schlag. Unendlich lang kam ihr die Zeitspanne vor, in der sie gelähmt war vor Entsetzen.

»Ruhig«, flüsterte eine Stimme an ihrem Ohr. »Ruhig. Beruhigen Sie sich.«

Beruhigen? Bei diesem Wort überschwemmte Adrenalin ihr Nervensystem, und sie versuchte, sich mit all ihrer durch Panik verstärkten Kraft zu befreien. »Ruhig«, sagte der Mann. »Ich tu Ihnen nichts.« Er nahm die Hand von ihrem Mund.

Sie atmete in tiefen Zügen ein.

»Wovor auch immer Sie Angst hatten – es ist vorbei«, sagte die Stimme, die eine Sprachmelodie hatte, die ihr bekannt vorkam.

Und langsam drang er zu ihr durch – seine Stimme. Die Wärme seines Körpers. Die Härte seiner Muskeln. Die Sehnsucht, sich fallen zu lassen, wurde unwiderstehlich – obwohl sie ihn kaum kannte, den Mann. Den Amerikaner.

»Was wollen Sie von mir?« flüsterte sie.

DRITTER FALL

1

Rhön

Als Bremer aufs Rad stieg, begann die Sirene zu jaulen, die auf der schmucklosen Schuhschachtel montiert war, die sich Dorfgemeinschaftshaus von Klein-Roda nannte. Sekunden später schloß sich die Sirene von Groß-Roda an, und als er aus dem Dorf hinausfuhr, heulte es von allen Seiten, je weiter entfernt, desto melancholischer. In Waldburg sah er sie in den roten Bus springen, die Männer der Freiwilligen Feuerwehr, unübersehbar gut gelaunt und ohne die geringste Hast. Kein anderer Verein verfügte über eine derart spektakuläre Weise, seinen Stammtisch anzukündigen.

»Und die Löschbereitschaft?« hatte er irgendwann unschuldig gefragt, als es wieder zum Kollektivbesäufnis heulte.

»Voll gegeben!« Willi hatte ihm beruhigend die Hand auf den Arm gelegt und gegrinst dabei. »Zum Spritzen muß man ja nicht trocken sein!«

Als Bremer auf der langgezogenen geraden Strecke hinter Waldburg in den höchsten Gang schaltete, wurde das scharrende Geräusch lauter, das ihm schon vor zwei Kilometern aufgefallen war. Er fluchte leise. Es mußte der Umwerfer sein, der an der Kette schabte. Er haßte dieses Geräusch – es war fast so schlimm wie ein ächzender Sattel oder quietschende Bremsen. Ein gutes Fahrrad hatte lautlos durch Berg und Tal zu gleiten.

Er schaltete einen Gang tiefer, stellte das Treten ein und schwebte die langgestreckte Abfahrt hinunter, den sich allmählich verdichtenden Nebelschleiern entgegen, die aus der Talsenke aufstiegen und sich vor den Sonnenuntergang zu schieben begannen. Noch leuchtete der Horizont in dramatischem Rot, und der Wind tätschelte sein brennendes Gesicht, als ob er ihn über den Abschied vom Sommer hinwegtrösten wollte.

Oder über die Rasur heute morgen, die zweite schon in dieser Woche, einmal zuviel also – nur weil Karen bei seinem letzten Besuch in Frankfurt glaubte, darauf hinweisen zu müssen, daß Männer mit Sechstagebart out seien. Wahrscheinlich fürchtete sie wieder den schlechten Einfluß des Landlebens. Geschenkt – aber auch Städter können verspießern, dachte er und wich der goldbraunen Raupe aus, die sich auf den langen, lebensgefährlichen Weg über die Straße gemacht hatte.

Dann war er unten und rauschte, vom eigenen Tempo getragen, gleich wieder hoch, durch das Wäldchen, am Weiherhof vorbei, wo er wieder in die Pedale trat. Über das nackte Feld zu seiner Rechten schritten Dutzende von taubengroßen Vögeln mit weißen Lätzchen, die mit dem Kopf hin und her ruckten, auf dem sie eine Art Krönchen trugen. Ein solches Tier konnte eigentlich nur Wiedehopf heißen.

Auf der Koppel kurz hinter der Kurve, hinter der die Straße wieder leicht anstieg, flogen drei schlanke braune Falken gewagte Pirouetten – wie Halbstarke in einer italienischen Kleinstadt, die sich feierabends ihre Motorräder vorführen.

Die untergehende Sonne ließ Wiesen und Wälder rosig leuchten, und die Luft brummte vor lauten Zeichen der Lebenslust – Tschirpen, Jubeln und Schmettern. Als ob alle noch einmal tief Luft holten, bevor es bergab ging mit dem

Jahr, vor den ersten bunten Blättern. Den ersten Herbststürmen. Dem ersten Frost.

Alles war so wie immer, redete Bremer sich ein. Das Brüllen der Rasenmäher und Kreischen der Motorsägen, mit denen die Männer den Holzvorrat für den Winter handlich machten. Das Licht und die Luft und der Duft von Pflaumenkuchen, der ihn anwehte, als er in Rottbergen einfuhr. Und die Frauen, die vor dem Backhaus die Kuchenbleche auf Handkarren und Fahrradgepäckträger verteilten – für die Männer, die sie nach Hause schafften.

Alles so wie immer. Und so würde es bleiben. Auch wenn in letzter Zeit immer häufiger die Parzellen in der Feldflur brachlagen, wo früher die Bauersfrauen Salat und Kohl, Kartoffeln und Zwiebeln gezogen hatten. Er war den Anblick gewohnt gewesen, den Anblick der hochaufgereckten Hinterteile in den geblümten Kittelschürzen, während die Frauen jäteten und hackten. Heute hockte nur 's Marieche einsam und allein zwischen ihren Kartoffeln, dem Wirsing und dem Rosenkohl.

»Moije!« Bremer grüßte den alten Herrn auf dem Fahrrad, der ihm entgegenkam. Der grüßte nach einer Schrecksekunde breit grinsend zurück. »Morgen!« sagten nur Fremde. Mit »Moije« gehörte man dazu. Paul hatte Jahre gebraucht, bis er endlich gelernt hatte, so zu grüßen, wie es alle hier taten. Es wirkte wie Simsalabim oder andere Zaubersprüche.

Dann war er wieder aus dem Dorf hinaus, dem langen Anstieg nach Streitbach entgegen. Wie unterschiedlich Kühe aussehen können, dachte er, als ein Tier auf der Koppel rechterhand ihn anmöhte. Die hier hatte lichtgraues Fell, eine weiße Gesichtsmaske und ein rabenschwarzes Maul. Sie sah wie ein Kunstwerk aus.

Beckers hatten im Frühjahr ihr letztes Kalb geschlachtet.

Er hatte an das Allerschlimmste gedacht, an Vandalen, sogar an Rinderwahnsinn, als er es mit in den Himmel gereckten Beinen auf der Wiese hatte liegen sehen. Aber es war der Metzger gewesen, der es draußen gekeult hatte. Noch am selben Tag hatte er das Tier in der Waschküche zerlegt. Aus dem Blut und den Innereien wurde in einem Riesenbottich Metzelsuppe gekocht, die man an jeden Dorfbewohner austeilte.

So, wie es immer gewesen war. Und wie es immer sein würde. Nur, daß es dann im ganzen Dorf kein Kälbchen mehr geben dürfte, das man schlachten konnte.

»Ach, das lohnt sich doch nicht mehr«, hatte Marianne gesagt, als er sich dieser düsteren Aussichten wegen bei ihr ausweinen wollte. »Und meine Milchküh' – damit ist auch irgendwann Schluß.«

Die Vorstellung, sie könnte nie mehr ihre schwarzbunten Holsteiner durchs Dorf treiben, er würde nie mehr das langgezogene »Aaauf!« hören, mit dem sie die Tiere antrieb, nie mehr das Klatschen des dicken Buchenstocks auf den Flanken der ständig trödelnden Tiere – das trieb ihm die Tränen in die Augen.

Aber vielleicht war das auch nur der Wind, der mit einem Mal herbstlich und kalt wehte.

Für ihn gab es keinen Weg zurück – etwa in die Stadt? In einen ordentlichen Beruf? In ein Leben ohne blühende Rosen und Schweinestallgestank? Und es gab auch keinen Weg zurück für Anne – irgendwann würde auch sie das einsehen müssen. Und was sollte man schon von Begründungen für den Ausflug nach Berlin halten wie: »Ich hab' noch eine Rechnung offen« und »Sonst hätte er noch im nachhinein gesiegt«?

Dabei hatte die einzig gute Tat von IM Caruso just darin bestanden, sie hierherzubringen, in die Rhön, auf den

Weiherhof. Erst mit der Schwachsinnsidee, zurückzukehren in die Politik, hatte der Mann gesiegt – auf ganzer Linie. Bremer erinnerte sich mit Grauen an die Parteisitzung, an der er einmal teilgenommen hatte, nur, um zu wissen, nach welcher Welt Anne sich zurücksehnte. Das Gemurmel, während sie ihre Rede hielt, die bösen Blicke, die sich insbesondere die »Jute-statt-Plastik«-Weiber zuwarfen – und der hämische Spott, der über sie niedergegangen war:

»Wenn eine so blöd ist, daß sie sich jahrelang von ihrem eigenen Mann ...«

»Also, wenn das meiner gewesen wäre, das hätte ich gewußt ...«

Nichts hätten die doofen Schnepfen gewußt. Aber die Botschaft war so alt wie die Welt: Anne, das Opfer, war mindestens so schuldig wie Leo, der Täter.

Bremer trat fester in die Pedale. »Ich will's noch einmal wissen« – tja. Ob sie jetzt mehr wußte? Er war bei Rena vorbeigefahren, gestern. Das Mädchen wirkte, als ob es nie etwas anderes getan hätte, als einen Bauernhof von der Größe des Weiherhofs zu betreiben. Auf die Frage nach Anne hatte Rena mit den Schultern gezuckt und »Keine Ahnung« gemurmelt. »Wahrscheinlich hat sie zu tun.«

Bremer überholte Hayder, den Dorf-Kurden, der auf seinem klapprigen Damenfahrrad unterwegs war, diesmal ohne die Kinder, also wahrscheinlich unterwegs zu irgendeinem Aushilfsjob. Hayder schwankte bedrohlich hin und her, als er die Hand hob, um Bremer zu grüßen.

Das ganze Dorf fieberte der Entscheidung des Gerichts entgegen, das über Hayders Asylantrag zu befinden hatte – in drei Wochen. Alle waren sich einig, daß es ungerecht, ein Verbrechen, daß es unmenschlich, geradezu skandalös wäre, würde man Hayder zurückschicken – mal abgesehen davon, daß man ihn hier brauchte, beim Heumachen, Stallausmisten und für die Schwarzarbeit am Bau, genannt Nachbarschaftshilfe. Bei anderen Asylfällen war man in Klein-Roda zugegebenermaßen nicht ganz so großherzig. Aber Hayder »ist uns«, wie Gottfried zu sagen pflegte – er gehörte dazu, auch wenn er noch immer kaum Deutsch konnte und seine Frau vorsichtshalber lachte, wenn sie nichts verstand. Auf dem Dorf verteidigt man eben, was man kennt – und nicht irgendein Prinzip.

Bremer fühlte sich plötzlich als Asylsuchender eigener Art, der aufgenommen war, obwohl er ebenfalls die Landessprache nicht beherrschte. Und vielleicht war es auch für ihn Zeit zu gehen – auch wenn ihn kein Gericht dazu auffordern würde. Aber warum? Und wohin? Anne glaubte wenigstens, noch eine Rechnung offen zu haben. Er aber hatte keine Außenstände. Er wollte weder sich selbst noch anderen irgend etwas beweisen. Er hatte nichts mehr vor im Leben – nichts Großartiges jedenfalls. Und das war völlig in Ordnung so. Morgens die Asche raustragen, nachmittags die Socken stopfen, samstags die Gass' kehren und abends einen Schoppen trinken. *Das* war das Leben – ein Leben, das andere für ihr spezielles Gottesgeschenk hielten, statt sich den Kopf zu zerbrechen, ob sie anderswo irgend etwas versäumten.

Aber die hatten offenbar Talent zum Glück. Anders als Paul Bremer.

Wie auf einer Künstlerpostkarte sah er sich plötzlich am Fenster sitzen, die Nase spitz, das Gesicht voller Falten, im Rollstuhl womöglich, mit einer karierten Decke über den dünnen Beinen, geradeso wie Großonkel Wallenstein kurz vor seinem Tod. Wie alte Herren eben am Fenster sitzen, vielleicht, um sich den Film des eigenen Lebens vorzuspielen, vorwärts und rückwärts. Der alte Kappes hatte jahrelang so am Fenster gesessen. Würde Bremer, wenn es soweit war, die Glücksmomente zählen? Oder sich die Versäumnisse vorrechnen? Nach Jahren würden alle im Dorf glauben, sein Bild gehöre fest zum Fensterausschnitt. Und dann, eines Tages, würde er nicht mehr da sein. Wie der alte Kappes plötzlich nicht mehr da war. Weg vom Fenster.

Bei der Einfahrt in Klein-Roda registrierte er mißbilligend die tiefen Furchen, die die Panzer in den Acker gezogen, die Schrammen, die sie auf dem asphaltierten Feldweg hinterlassen, und das Loch, das sie in den letzten noch nicht elektronisch aufgerüsteten Weidezaun aus Balken und Planken gerissen hatten. Nur die Kinder hatten die zwei Tage genossen, in denen das Dorf besetzt war – endlich war mal was los, und das Dosenbrot, das die Soldaten kiloweise verteilt haben mußten, fanden alle ungeheuer exotisch. Sogar Carmen und ihre Freundinnen hatten neuerdings etwas wirklich Wichtiges zu bereden, während sie die Dorfstraße hoch- und wieder herunterdefilierten: Welcher der jungen Männer, die ihnen zugelacht hatten, »süßer« gewesen sei.

Als Bremer vor seinem Gartentor bremste, hockte mitten auf dem Weg der dicke graue Kater über der jungen schwarzweißen Kätzin. Der Dicke grollte und grummelte und versuchte, die Kleine am Nacken zu packen. Sie schien das für ein nettes Spiel zu halten, rollte sich unter ihm auf den Rücken, tatschte mit den Pfötchen nach dem Kerl und winkte kokett mit der schwarzen Schwanzspitze. Bremer schaute fasziniert zu. Der Dicke knurrte noch immer, schien aber zu begreifen, daß die Kleine nicht ahnte, worum es eigentlich ging, und begann schließlich, ihr das Gesicht abzulecken.

Auch eine Lösung, dachte Paul, stellte das Rad in den Schuppen und ging in die Küche. Den Wein fürs Abendessen öffnete er schon jetzt, voller Lust auf den Duft und den Geschmack von Rheingauer Riesling, Jahrgang 1994, ein

Erstes Gewächs, aus der besten Lage, die Großonkel Walenstein besessen hatte, und einer seiner großartigsten Weine. Ein echter Zaubertrank.

Vielleicht hätte er ihn rechtzeitig am lebenden Objekt ausprobieren sollen? Er hob das Glas gegen das Licht. Den Probeschluck trank er auf Anne.

2

Berlin

Warum sammelte Peter Zettel, ordentlich, akribisch, wie ein guter Journalist eben, intime Details aus dem Leben seiner Kollegen? Diese Frage trieb Hans Becker schon seit Stunden durch die Stadt. Gedankenverloren war er bereits zweimal in die Hinterlassenschaften Berliner Witwentröster getreten, wie Walter Loewe selig den kläffenden Teil der Stadtbevölkerung zu nennen pflegte. An solchen Informationen waren höchstens potentielle Erpresser interessiert. Dann allerdings mußte es in Zettels Computer auch Dossiers über wichtigere Personen geben, als seine Kollegen es waren. Über Politiker? Über einflußreiche Männer wie Alexander Bunge? Basierte die gefälschte dpa-Meldung also womöglich doch auf der Wahrheit? Denn wer so präzise so viele Geheimnisse anderer kennt – muß der fälschen?

Nächste Frage, dachte Becker. Hatte Bunge erpreßt werden sollen? Dann mußte etwas schiefgelaufen sein dabei. Tote zahlen keine Schutzgelder. Das wiederum würde die Abwesenheit Zettels erklären – der hatte sich abgesetzt, weil er Enthüllung befürchtete. Fast hätte Becker laut geschnaubt. Enthüllung? Etwa durch solche Geistesgiganten wie Thomas Schiffer? Unwahrscheinlich.

Irgend etwas stimmte ganz offenbar nicht mit seinen

Schlußfolgerungen, aber er konnte beim besten Willen nicht sagen, was. Vielleicht lag es daran, daß er diese ganze Fälscherei noch immer für etwas hielt, das untypisch war für einen Mann. Männer drohten direkt, nicht hintenherum. Andererseits: War es denkbar, daß ein und dieselbe Redaktion gleich zwei Menschen mit krimineller Energie aufbot, einen Fälscher und einen Erpresser?

Es war Abend und dunkel geworden, ohne daß er es gemerkt hatte. Er mußte schon eine Zeitlang vor dem hellerleuchteten Fenster von Tines Zeitungsladen gestanden und versunken hineingestarrt haben, bis er das handgeschriebene Schild mit Bewußtsein wahrnahm:

»Die Firma Lotto-Faber hat nicht's mit der Deutschen Klassenlotterie zu tun. Ihre Annahmestelle.«

Becker hob die Augen gen Himmel. Alles war verloren. Sogar Tine schloß sich den neuen Marotten an.

Früher war hier eine Stehkneipe gewesen, »Walters Pinte«, noch ohne das obszöne Strichelchen vorm Genitiv-S. Walter hatte Glück: Er hatte Tine, immer gute Laune und zwei schwarze Beos, die in einem großen Käfig am Fenster saßen, durch die Gitterstäbe schissen und »Arschloch« sagten, wenn ein Gast hereinkam – und »Du hast ja 'n Vogel!«, wenn er wieder ging.

Und dann verließ ihn das Glück. Erst waren die Vögel gestorben. Den einen hatten Kunden heimlich mit Styropor gefüttert – Idioten von der Sorte »Mal gucken, was passiert«. Eine Woche lang war das Tier daran verreckt. Der andere Beo starb nicht lange danach, »aus Einsamkeit«, davon war Tine jedenfalls fest überzeugt. Und dann verabschiedete sich Walter, nach Thailand, der Liebe wegen. Die Liebe währte vier Monate, ebensolange wie das Geld, das er aus der Kasse hatte mitgehen lassen. Danach verloren sich seine Spuren.

»Er hätte doch nach Hause kommen können, der Depp«, sagte Tine immer, wenn sie die Geschichte erzählte – jedesmal, wenn sie wieder einen gefunden hatte, der sie noch nicht kannte.

Doch Menschen sind grausam. Die meisten interessierten sich weit mehr für den schrecklichen Tod der Beos als für das ungütige Geschick Walters. Als Hans sich vorgestern eine Tüte Fishermen's Friend bei Tine kaufte, stand ein weißhaariger Herr im Laden, rauchte ein Zigarillo und gab eine ähnliche Geschichte zum besten.

»Im Zoo hat jemand einem Nilpferd einen Schirm in den Rachen gesteckt – haben Sie das gelesen? Es stand in der ›Bild‹.«

Tine hatte ihre dunkle Mähne geschüttelt und »So sind die Menschen« gesagt.

Hans erwischte sich dabei, wie er ebenfalls den Kopf schüttelte. Wenn es Walters Pinte noch gäbe, würde er sich jetzt an den Tresen stellen, Tine beim Trocknen der Gläser zusehen und ein Bier trinken. Das Bedürfnis nach warmem Licht, klapperndem Geschirr, Stimmengemurmel und Alkohol wurde so übermächtig, daß er der Versuchung nachgab und die Straße hinunterging zur nächsten Kreuzung, dort, wo ein bekannter Italiener war.

Als er das erste Mal mit dem alten Loewe die Kneipe ansteuerte, hatte der »Ahhh – das ›Capriccio‹ – berühmte Wäscherei!« gemurmelt. Spürsinnige Journalisten glaubten, hinter allen etwas besseren italienischen Restaurants stecke unweigerlich die Mafia. Wenn das stimmte, waren die Geldwäscher vom »Capriccio« besonders wohlerzogen.

An der Tür empfing ihn Emilio, riß die dunklen Augen auf und sagte: »Lange nicht gesehen!« Hans wehrte sich erfolglos gegen die Rührung, die in ihm aufstieg wie ein Schluckauf. Er hatte sich seit Monas Fahnenflucht eine

Kneipe dieser Kategorie nicht mehr leisten können. Heute konnte er sie sich auch nicht leisten. Aber heute mußte er sich trösten.

Über Lilly. Seit ihrem Gespräch hatte er ein Gefühl, als ob sich die Eckpfeiler seiner bescheidenen kleinen Welt irreparabel verschoben hätten. Daß es skrupellose Lügner gab, auch und gerade in seiner Branche – geschenkt. Nur Journalisten selbst glauben, in ihrem Berufsstand seien die kritischen Geister, die Aufklärer und Rächer der Enterbten in der Mehrzahl.

Aber Lilly? Jemand, der so vom Mitleid beseelt war, von seiner aufklärerischen Mission, von seinem guten Ruf?

Genau. Genau so jemand wie Lilly, insistierte sein Verstand.

Sie hatte sich mitreißen lassen vom Nimbus, den einem die Mediengesellschaft verleiht, wenn man auch nur den Anschein von Untadeligkeit erweckt. Sie war hereingefallen auf ihre eigenen moralischen Inszenierungen. Sie hatte die Wahrheit verwechselt mit dem, was sie für gut und richtig hielt. Was für Allmachtsphantasien sich unter der Fassade der Bescheidenheit ausgetobt haben mußten! Lilly hatte Schicksal, sie hatte Gott gespielt.

Aber in Peter Zettel war Lilly ihrer biblischen Strafe begegnet. Er dürfte ihre Fälschungen nicht deshalb so akribisch aufgelistet haben, um den Verrat der Moral an der Wahrheit anzuprangern – dazu war er viel zu sehr Zyniker. Was würde geschehen, wenn er Lillys Betrug aufdeckte?

»Ich werde diese Wahrheit immer verteidigen«, hatte sie gesagt – *ihre* Wahrheit. »Gegen jeden Widerstand. Und wenn ich daran sterbe.« In diesem Moment hatte er ihn gespürt, den Größenwahn, den Fanatismus …

Neben ihm räusperte sich jemand. Verwirrt blickte Becker auf. Emilio stand lächelnd da, die Augenbraue fragend hochgezogen, einen Teller mit Tiramisú in der Hand. Er lächelte dankbar zurück und stürzte sich wie ein Süchtiger auf den Nachtisch. Das riß ihn heraus aus seinen Gedanken, ja, kurzfristig gelang es ihm sogar, sich mit schöneren Vorstellungen abzulenken. Von Paula, zum Beispiel. Aber der lichte Moment dauerte nicht lange.

Solche Gedanken hatten keine Zukunft. Sein Herz – und sein Portemonnaie – gehörten bis ans Ende aller Zeiten Mona (und Wolle Majerski ...).

Wie zum Hohn durchfluteten Klänge das Restaurant, die ihm unendlich nah und schrecklich vertraut waren. Es schien ihn neuerdings zu verfolgen, das Lied vom »Traurigen Sonntag« – Monas Lied. Selbstvergessen summte er mit, und bei der Zeile »Sagt den Engeln, ich komme auch« überfiel ihn eine süße Ahnung vom Tod – bis er sich klarmachte, daß Mona nicht im Himmel, sondern im Zweifelsfall bei ihrem Rockmusiker war und selbst seine Mutter noch lebte, wenn auch in einer anderen Welt.

Er setzte sich auf, schob den Teller von sich, berührte wie zum Abschied mit dem Finger die Narbe an seiner Schläfe und verbot sich jede Sentimentalität. Und deshalb erhielt ein anderer Gedanke endlich seine Chance, ein Gedanke, der schon lange im Hintergrund auf seinen Moment gewartet hatte, ein Gedanke, der mit Zettels Computer zu tun hatte, mit dem, was er dort gesehen oder auch nicht gesehen hatte.

Abrupt forderte Becker von Emilio die Rechnung. Er zwang sich zu einem Trinkgeld von drei Mark – das waren fast fünf Prozent der für seine Verhältnisse abenteuerlich hohen Summe – und drängte aus dem Restaurant, in das gerade eine Gruppe von älteren Herren einbrach, die sich mit unverkennbar rheinischem Singsang begrüßten.

»Wie isset?«

»Wie sollet sein?«

Becker machte sich auf den Weg in die Redaktion, wo um diese Zeit keine Menschenseele sein dürfte. Um so besser für das, was er vorhatte. Schon in der Charlottenstraße hörte er Musik und Stimmen. Als er auf den Gendarmenmarkt einbog, kamen ihm die Menschen in Trupps entgegen.

Vor dem Französischen Dom war ein großes weißes Zelt aufgebaut, ein Zelt wie aus Tausendundeiner Nacht, von dessen Spitze bunte Banner flatterten. Der Platz war hell erleuchtet, Menschen mit Gläsern in der Hand standen herum, aus dem Zelt klang der Schlußchor aus »Aida«. Er hatte vergessen, daß es schon wieder ein Fest gab auf dem, was allgemein als schönster Platz Berlins galt. Der Anlaß war ihm entfallen, aber es würde zum krönenden Abschluß bestimmt wieder ein Feuerwerk geben, es gab neuerdings immer ein Feuerwerk zum Ende eines Festes. Um so besser, dachte er.

Um so weniger fiel auf, wenn er um diese Zeit noch im Büro war.

Als er an der Tür zu Zettels Büro stand, glaubte er, einen schwachen Geruch wahrzunehmen, einen vertrauten Geruch – aber wonach? Er blähte die Nasenflügel. Er hatte das Gefühl, als ob das Zimmer gerade erst verlassen worden wäre. Die Putzfrauen? Unwahrscheinlich. Die kamen erst in ein paar Stunden, kurz bevor am Montag der Betrieb wieder losging.

Er blickte den Flur hinauf und hinunter. Nichts zu hören, nichts zu sehen – und etwas anderes hätte ihn auch gewundert. Sonntagabends kamen nur Verrückte ins Büro. Spinner wie er. Vielleicht war es sein schlechtes Gewissen, das ihm das Gefühl bescherte, er sei nicht der einzige heute.

Geschieht dir recht, wenn du erwischt wirst, dachte er.

Dann ging er ins Büro und ließ die Tür einen Spalt weit offen, damit er rechtzeitig hörte, wenn jemand kam.

Er fuhr Zettels Computer hoch. Während er wartete, bis sich das Bild auf dem Monitor aufbaute, wanderten seine Blicke zum Fenster, das sich in eine Panoramapostkarte verwandelt hatte. Draußen badete die schönste Kulisse Berlins im warmen Licht der Scheinwerfer. Der Goldengel auf der Kuppel des Französischen Doms schien ihn heute persönlich zu grüßen. Es war so bilderbuchmäßig hier, daß es fast weh tat.

Prompt sehnte er sich wieder zurück in die Zeit, als ein Korrespondentenjob in Berlin nicht viel Besseres als Abschiebehaft war. Damals hatte er es sich noch leisten können, mit den Kollegen abends in die Kneipe zu gehen. Zum Beispiel ins Dietzl, eine schummrige Eckkneipe, in der die Tische klebten und die senffarbenen Vorhänge nach altem Fett rochen. Oder zum Peter, wo man vom kleinen dicken hüftschwenkenden Wirt mit »Herzchen« und »Liebling« begrüßt wurde.

Walter Loewe hatte sich einen Sport daraus gemacht, die häßlichsten und verkommensten Kneipen des Viertels auszusuchen und sie alle auf Abenteuertour einzuladen. Die ganze Journalistenbagage war abends in eine dieser Kneipen eingelaufen, meistens sehr zum Entsetzen der Eingeborenen, und hatte lauthals Bier bestellt. »Komm, Hansi, auf einem Bein kann man nicht stehen!« Die Kampftrinker der Redaktion hatten sich die größte Mühe gegeben, die jungen Kollegen auf ihren Pegel zu bringen. »Komm, Hansi, noch 'n Absacker!« Er hatte Loewes verrauchte und verrußte Stimme im Ohr.

Es war eine gnadenlose, finstere, urkomische, hinreißende Zeit gewesen in einem gottverlassenen, sterbenden Berlin, bevölkert von Studenten, Rentnern und verseuchten

Tauben. Aber die welthistorische Nische hatte Platz gehabt für Kreuzberger Nächte, alternatives Chaos und eine skurrile Bohème, die dem neuen Berlin abhanden gekommen war. Das alte Berlin hatte Charme gehabt – das neue hatte Zukunft.

Entschlossen wandte Hans Becker sich wieder dem Bildschirm zu. Heute hatten die aufgeräumten Neuberliner das Sagen – Leute wie Peter Zettel, smart, ehrgeizig, umtriebig. Er mußte wissen, was Zettel wußte. Bevor Lilly ihn unterbrochen hatte, war ihm etwas aufgefallen. Eine Kleinigkeit nur, aber …

»Falsches Paßwort. Sie haben keinen Zugang« flimmerte es ihm vom Bildschirm entgegen. Hans erstarrte. Er ging die möglichen Erklärungen durch und kam auf zwei, die am wahrscheinlichsten waren. Entweder war Zettel zurückgekehrt, hatte gemerkt, daß sich ein Fremder in seinen Computer eingeloggt hatte, und hatte den Zugang versperrt. Unlogisch, wandte sein Verstand ein. Zettel hätte beim geringsten Verdacht einfach das Paßwort geändert, wie es jeder tun würde.

Die zweite Erklärung: Es hatte sich eine andere Person an den Computer herangemacht, hatte nicht, wie er, das Glück gehabt, das richtige Paßwort zu finden, und hatte damit den Computer blockiert. Auch für ihn. In wachsender Frustration starrte Becker auf den Bildschirm.

Wieso auch für ihn? dachte er plötzlich. Zwei Dinge halfen seiner Erfahrung nach immer: die alte Zauberformel »Ctrl-Alt-Del« oder Ausschalten und Neustarten. Wenn er den Computer neu startete, wurde – möglicherweise – die Blockade aufgehoben und die Paßwortabfrage erneut initiiert.

Becker beugte sich hinunter zur Zentraleinheit, die unter Zettels Schreibtisch summte, und drückte auf den Knopf für »Restart«. Instinktiv reagierte er auf das leise Geräusch und auf den Lufthauch, der von der Tür her kam.

»Zettel!« dachte er und wollte sich aufrichten.

Der Schlag am Hinterkopf traf ihn mitten in der Bewegung und fegte seinen Kopf zur Seite.

Aber das spürte Hans Becker schon nicht mehr. Sein Körper glitt kopfüber vom Stuhl. Seine rechte Hand krampfte sich im Fallen um das Verlängerungskabel der Tastatur und riß sie mit nach unten. Sein Fuß schlug einmal aus, dann blieb er regungslos liegen.

Auf dem Schreibtisch über ihm leuchtete der Monitor magentarot, blinkte das Promptzeichen hinter der Frage: »Paßwort???« Das Foto mit dem schwarzen Labrador namens Amber flatterte zu Boden. Dann schloß sich die Tür zu Zettels Büro von außen. Sanft, nachdrücklich und fast geräuschlos.

3

Der Saal der Bundespressekonferenz kam ihr vor wie eine Schulaula kurz vor der Vergabe der Abiturzeugnisse. Die meisten der Männer und Frauen standen noch, einige liefen suchend durch Gänge und Stuhlreihen, aber alle redeten aufeinander ein – ein Rauschen und Summen, das bis unter die hohe Decke zu steigen schien, um sich dort zu einer Klangwolke zu ballen, die sich langsam wieder herabsenkte auf die Versammelten. Am langen Tisch auf der Bühne saßen die zum Verhör geladenen Politiker, die Baukommission war vertreten durch den Mann mit der Vorliebe für grelle Schlipse. Diesmal trug der Kollege einen leuchtend roten Binder, übersät mit grünen Strichen, die wie Wahlkreuze aussahen.

Als der Vorsitzende der Bundespressekonferenz die Sitzung eröffnete, wurde es in Sekundenschnelle still, und alle nahmen ihre Plätze ein. Das altgediente Ritual war zwar nichts anderes als eine hochnotpeinliche Befragung, aber man wahrte wenigstens die Formen der Höflichkeit.

Journalisten fragen, Politiker antworten – mehr oder weniger jedenfalls, dachte Anne. Die Finanzexpertin der kleineren der beiden Regierungsparteien begann ihre Antwort auf die Journalistenfrage mit der rhetorischen Arabeske:

»Verstehen Sie mich bitte nicht falsch, wenn ich zunächst einmal festhalten möchte ...«

Anne wand sich auf ihrem Sitz. Verzeih, Paul, dachte sie. Aber Politiker brauchen die Girlanden – den Wortschleier, hinter dem man sich Raum schafft für das strategische Nachdenken darüber, was man besser wegläßt bei seiner Antwort.

Ihr Blick ging durch die Reihen der Journalisten und Journalistinnen. Die meisten schauten konzentriert nach vorn, mit hochgerecktem Kinn und wachen Blicks, Stenoblock und Stift in der Hand. Einen Moment glaubte sie in dem schlanken, dunkelhaarigen Mann an der Säule in der zweiten Reihe links Peter Zettel zu erkennen.

Aber er war es nicht. Gut, daß er es nicht ist, redete sie sich ein und lehnte sich aufatmend zurück. Die Luft wurde immer dicker, erwärmt von den Fernsehscheinwerfern und der bloßen Masse Mensch. Langsam löste sich ihre Aufmerksamkeit von dem Ritual da vorn und ging eigene Wege. Sie dachte an gestern, an ihre Panik in dem dunklen Keller, von dem sie erst später erfuhr, daß es der historische Wasserspeicher am Prenzlauer Berg war. An den Mann, der sie abgefangen hatte, als sie wie ein durchgehendes Pferd durch die dunklen Gänge gehetzt war – in der festen Überzeugung, daß jemand hinter ihr her war.

Sie ballte die Fäuste. Und stimmte das etwa nicht? Es war jemand hinter ihr her gewesen, das war das einzige, was sie sicher wußte – und der einzige Grund, warum sich die Zweifel an ihrem Verstand in Grenzen hielten. War es Peter Zettel, der sie verfolgte? War der Hund fortgelaufen, weil er die Witterung seines Herrchens aufgenommen hatte?

Der Sprecher des Landwirtschaftsausschusses hatte einen Scherz gemacht, und insbesondere die versammelten Männer lachten. Sie hatte den Witz nicht ganz verstanden, das Wort »Misthaufen« war drin vorgekommen, etwas, das ihrer Erfahrung nach alle Städter komisch fanden. Vor ihrem inneren Auge schwebte der Weiherhof vorbei wie eine ferne, paradiesische Insel, bis er verschluckt wurde von einer Nebelbank – ganz wie das sagenhafte Avalon. Ob Rena wirklich alles im Griff hatte? Gestern abend am Telefon war sie ausgesprochen maulfaul gewesen. »Mutti, du nervst.« Ist man in dem Alter immer so zickig?

Daß ausgerechnet der Amerikaner ihr zur Hilfe gekommen war, hatte sie verwundert – Jonathan Frei hieß er. Er hatte sich sogar dafür entschuldigt, als sie wieder an der frischen Luft waren, raus aus den dunklen Gängen und Räumen. Dabei mußte es jedem seltsam vorgekommen sein, wie sie da, von Furien gejagt, durch den Wasserspeicher hetzte.

Er hatte sie hinausbegleitet ans Tageslicht, sie hatte sich geduckt in der plötzlichen Helligkeit – und unter seinen Augen, in denen sie einen prüfenden Blick wahrzunehmen glaubte. Dann hatte sie Amber gesehen.

Der Hund saß da, als sei rein nichts geschehen und ließ sich von einem Mann in hellbraunen Hosen und einem grauen Blouson hinter den Ohren kraulen. Ihr Herz stolperte. Aber es war nicht Peter Zettel – natürlich nicht. Als der Mann sich aufrichtete, blickte sie in ein spitzes Gesicht, das sich verzog, als er sie sah. Ihr war, als ob er dem Hund etwas ins Ohr flüsterte. Amber klopfte mit dem Schwanz auf den Boden. Dann tätschelte der Mann dem Hund den Kopf, drehte sich um und ging.

»Wer ist das?« Die Frage war voller Mißtrauen gewesen.

»Keine Ahnung.« Sie hatte sich nach Jonathan Frei umgedreht und wieder diesen seltsamen Ausdruck in seinem Gesicht gesehen. Mit einem Mal war ihr die Szene im Wasserspeicher unendlich peinlich, weshalb sie sich zu Amber hinunterbeugte, den Hund an die Leine legte und mit einem knappen Kopfnicken in seine Richtung fortgegangen war.

Sie fühlte, wie ihr die Wärme ins Gesicht stieg. Dabei konnte er wirklich nichts dafür, daß sie sich eine Schwäche erlaubt hatte. Und wahrscheinlich hatte er noch nicht einmal etwas davon gemerkt – davon, daß sie sich in seinen Armen einen Moment lang geborgen gefühlt hatte. Sie hatte sich fallenlassen, hatte sich nicht mehr gewehrt gegen den festen Griff, in den er sie genommen hatte. Hatte sich angelehnt an die breite Brust, sich hineingeschmiegt in die starken Arme. Ihre wurde noch wärmer. Die Wahrheit war: Sie hatte sich ihm an den Hals geworfen, diesem starken Helden, der sich auf sie gestürzt hatte, als lebte man im Dschungel.

Hi Tarzan, I'm Jane.

Sie hatte weiche Knie bekommen – nur weil da einer mit harten Muskeln den Beschützer spielte.

»Du bist so sanft errötet«, spottete Emre und ließ sich auf den Stuhl neben ihr gleiten. »Hast du an was Nettes gedacht?«

»An die Zukunft des Regenwalds«, antwortete sie und legte sich beide Hände auf die glühenden Wangen. Sie hatte die Chance verpaßt, Jonathan danach zu fragen, warum er praktischerweise zur Hand war, als sie im Dunkeln die Nerven verlor. Sollte ihn wirklich der Zufall dorthin geführt haben? Sie pustete sich das Haar aus der Stirn.

»Jetzt seid ihr dran.« Emre nickte mit dem Kinn zur Bühne hinüber.

»Ist es richtig, daß die Verzögerung des Baus in den Ministergärten Millionen von Steuergeldern kosten wird?« fragte ein Journalist mit modischer Halbbrille auf der Nase.

Anne verstand den Sinn der Frage nicht. Das lag doch auf der Hand.

»Das ist richtig«, sagte der Kollege mit dem Schlips.

»Wann rechnen Sie mit der Wiederaufnahme der Bauarbeiten?«

»Sobald uns das baugeologische Gutachten vorliegt, können wir ...«

Der Journalist unterbrach. »Und der Denkmalschutz?«

»Also ich bin der festen Überzeugung ...«

Anne hörte nicht mehr hin, wie der Kollege sich aus der Affäre zu ziehen versuchte. Sie sah Emre an.

»Erzähl mir was über Alexander Bunge.«

Emre hatte die Arme über der Brust verschränkt, die Beine weit von sich gestreckt, und sah aus, als ob er sich auf ein Mittagsschläfchen eingerichtet hätte.

»Alexander ...? Aber Anne: Der ist tot!«

Sie fand den Witz nicht komisch. »Was hat Bunge für eine Rolle gespielt in der Baukommission?«

Emre sah sie scharf an und setzte sich dann auf. »Er war der Vater der Kompanie. Die Seele des Ganzen. Er hat in alle Richtungen Kontakt gehalten – zur Bundesbaugesellschaft, zu den Architekten und den Journalisten. Er kannte jede Baustelle.«

»Und was hatte er für ein Verhältnis zu Peter Zettel?«

»Ich glaube, die beiden waren ein gutes Gespann. Beide wie besessen von ihrem Thema – von der neuen Hauptstadt.«

»War Bunge vielleicht – korrupt?«

»Bunge?« Emre kratzte sich am Kopf und sah sie an, als ob sie nicht ganz bei Trost wäre.

»Ich lege normalerweise für keinen Politiker die Hand ins Feuer, ich kenne mich ja schließlich selbst.«

Wieder lachte er, diesmal nicht ganz so fröhlich wie sonst.

»Aber Bunge erschien mir immer über den Niederungen des Politgeschäfts zu schweben. Er wollte das Beste. Er wollte die Zukunft ...«

Emre schien nicht weiterzuwissen. Anne nickte. Wenn Bunge ein Ausbund an Tugend war, dann waren da immer noch Mechthild Zang, eine Frau mit unübersehbar schlechtem Gewissen, und Peter Zettel, bequemerweise verschwunden. Irgend etwas jedenfalls war faul – und sie hatte die feste Absicht, es herauszufinden.

Sie verabschiedete sich von Emre. Es war nicht weit vom Haus der Bundespressekonferenz zu ihrem Büro. Auf der Spreebrücke blieb sie stehen und ließ sich den weichen Morgenwind um die Ohren wehen. Unter ihr erläuterte eine lautsprecherverstärkte Stimme die einschlägigen Sehenswürdigkeiten. Ein Ausflugsboot glitt vorbei, auf dem Oberdeck ein Paar, das sich im Arm hielt. Voller Sehnsucht wünschte sie sich an deren Stelle.

Vom Wasser aus sah man angeblich die Neubauten des Kanzleramts am besten. Sie bezweifelte, daß sie das jemals ausprobieren würde, und ging weiter, erst langsam, dann immer schneller, bis sie beinahe außer Atem vorm Abgeordnetenhaus angelangt war. Sie stürmte die Treppe hinauf.

Die Zang war nicht da – für einen Moment ärgerte sie

sich darüber. Und eigentlich hätte es sie ebenfalls ärgern müssen, daß die Sekretärin auch heute wieder vergessen hatte, worum Anne sie schon dreimal gebeten hatte – doch statt dessen atmete sie auf beim Blick auf das Bücherregal in ihrem Arbeitszimmer. Die ganze Handbibliothek von Bunge, die schon längst seiner Familie hätte geschickt werden müssen, stand noch da, darunter Bücher, an denen sie plötzlich ein brennendes Interesse entwickelte.

Und sogar die Protokolle der letzten Sitzungen des Bauausschusses lagen auf ihrem Schreibtisch – die Zang mußte Überstunden gemacht haben. Das Protokoll der ersten Sitzung, an der sie teilgenommen hatte, lag obenauf.

Sie blätterte es durch, auf der Suche nach der Diskussion, deren Sinn ihr damals nicht aufgegangen war. »Wie wurde das Problem denn früher gelöst?« hatte die entscheidende Frage gelautet. Die Stelle war nicht zu finden. Sie begann von vorn, langsamer diesmal. Als sie wieder nichts fand, überprüfte sie das Datum auf dem Deckblatt des Protokolls. Es war das richtige Protokoll – das richtige, aber nicht das wahrheitsgetreue. Sie hatte ein zensiertes Protokoll in der Hand, eines, in dem jeder Hinweis darauf fehlte, daß man in der Vergangenheit in vergleichbaren Situationen eine Lösung des Problems zur Verfügung gehabt hatte.

Anne lehnte sich zurück. Bunges Handbibliothek – es war ihr bei ihrer Ankunft schon aufgefallen, daß dort vor allem Bände standen, die sich mit dem »Dritten Reich« befaßten. Sie stand auf und nahm einen schweren Band aus dem Regal – »Die Katakombe«, ein Buch über den Führerbunker. Daneben stand ein Buch über Hitlers Tod, »Die letzten Tage im Führerbunker«, daneben Trevor-Ropers »Hitlers letzte Tage«, daneben die Hitler-Biografie von Fest und schließlich ein Band mit Karten vom alten Berlin.

Als sie das Kartenwerk aufklappte, rutschte ein mehrfach gefalteter Bogen heraus. Sie brauchte eine Weile, bis sie sich orientiert hatte. Offenbar handelte es sich um eine Karte des alten Regierungsviertels um Wilhelmstraße und Voßstraße, auf die jemand rote und grüne Linien eingetragen hatte. Sie war nicht gut im Kartenlesen. Aber wenn sie nicht alles täuschte, dann lag ein Teil des Bereichs, der rot schraffiert war, mitten im Gelände der Ministergärten, vor dem sie gestern gestanden hatte. Am Fuß des Blattes hatte eine ordentliche Handschrift einen von einem Querstrich durchzogenen Kreis gemalt und dahinter »Peter Zettel« geschrieben.

Durchschlag – oder Kopie – an Peter Zettel, hieß das.

War das ein Dokument der guten und engen Zusammenarbeit zweier gleichermaßen um die Zukunft Berlins bemühter Männer? Oder bahnte sich hier eine von Bunges »Problemlösungen« an – und war Peter Zettel davon informiert oder gar daran beteiligt gewesen? Bunge war tot – und Peter Zettel verschwunden. Wie hing das zusammen? Warum hatte sich Bunge vom Kirchturm gestürzt? Anne dachte an den anonymen Anrufer, daran, daß jemand im Wasserspeicher hinter ihr her gewesen war, und spürte, wie sich ihr Herzschlag beschleunigte. Irgend etwas war hier los, was sie nicht verstand und das sie beunruhigte – nein, verängstigte. Selbst der kühne Held von gestern, der behauptete, sie aus der Gefahr gerettet zu haben, schien ihr plötzlich verdächtig. Was spielte der Amerikaner für eine Rolle?

Als jemand die Tür aufriß, stieß sie unwillkürlich einen spitzen Schrei aus. Fast wäre sie grob geworden zu Mechthild Zang, die mit theatralisch auf die Brust gepreßter Hand vor ihr stand.

»Haben Sie es gehört? Beim ›Journal‹ ist jemand umgebracht worden.«

»Peter Zettel?« Ihr Herz tat einen Sprung, und die Zang machte ein Gesicht, als ob sie ein Gespenst gesehen hätte. Dann schüttelte sie den Kopf.

»Nicht Peter Zettel. Hans Becker.«

4

Frank Sonnemann fühlte sich hilflos. Dieser Zustand machte ihn rasend. Die Redaktion war in Aufruhr, aber im Unterschied zu sonst fiel ihm kein geeignetes Mittel ein, sie alle wieder einzufangen und an die Kandare zu nehmen. Das Berliner Büro des »Journal« war im Begriff durchzugehen – und er war dabei, die Fassung, die Haltung und die Oberhand zu verlieren.

Am liebsten hätte er Isolde Menzi den Füller weggenommen, den sie gegen ihre großen weißen Vorderzähne tackern ließ, und ihr mit dem Zahnarzt gedroht. Am liebsten hätte er Paula nach Hause geschickt, die mit der Kraft und Schamlosigkeit der Jugend heulte, daß ihr die Wimperntusche schwarz die Wangen herunterlief. Am liebsten hätte er Schiffer hochkant aus dem Büro geworfen, der in einem Stapel Papier blätterte, als ginge ihn das alles nichts an. Am liebsten hätte er Lilly geschüttelt, damit ihr endlich die edle Trauer aus dem Gesicht fiel. Am liebsten hätte er sich selbst die Kündigung ausgesprochen – wegen Vernachlässigung der Fürsorgepflicht des Vorgesetzten aufgrund eklatanter Fehleinschätzung der Situation.

Er hatte Hansi Becker auf dem Gewissen.

Wenn er ihn nicht einem Fälscher auf die Spur gesetzt hätte, der offenbar bereits einen Menschen in den Tod getrieben hatte, dann ... Die Putzfrau hatte Becker morgens gefunden – im Zimmer Peter Zettels. Zettel mußte der Fälscher, Zettel mußte der Mörder sein.

Sonnemann schluckte.

»Wo ist eigentlich Peter?« Isolde Menzis durchdringender Alt ließ alle zusammenzucken, sogar Paula blickte aus rotgeweinten Augen auf.

»Gute Frage!« rief Jo Eyring.

»Und was hatte Becker in Zettels Zimmer zu suchen?«

»Ist Peter womöglich auch – etwas passiert?« Sonnemann verzog das Gesicht angesichts Eyrings Unvermögen, die brutale Wahrheit auszusprechen. Becker war nichts »passiert«. Becker war erschossen worden. Sonnemann hatte gesehen, wie Hansi dalag, unter dem Monitor, auf dem ein mit vielen drohenden Fragezeichen versehenes »Paßwort???« blinkte, in einer Blutlache, den zerschossenen Kopf halb begraben unter der Tastatur. »Wissen Sie, was es damit auf sich hat?« hatte der Mann von der Spurensicherung gefragt und ihm ein Foto entgegengehalten, das er mit der Pinzette von Beckers Gesicht genommen hatte. »Sieht wie Zettels Hund aus.« Sonnemann hatte sich gewundert über seine Stimme, die ihm brüchig und unsicher vorgekommen war.

»Was soll dem Kollegen Zettel schon passiert sein?« Er klang wahrscheinlich unbeteiligter und barscher, als er sich fühlte. Eyring guckte, als ob er schon wieder »Man fragt ja nur« sagen wollte.

Und in der Tat: Die Frage war nicht unberechtigt. Es sei denn, man wußte, was Sonnemann wußte: daß Hansi heimlich einem Denunzianten, Fälscher und möglicherweise Erpresser auf der Spur war. Daß es Becker, offenbar am späten Abend, vor Zettels Computer erwischt hatte, hieß für Sonnemann nur eins: Zettel war auf der Flucht, tauchte nur noch außerhalb der Arbeitszeit im Büro auf und hatte

Becker beim Spionieren ertappt – Becker, Anstands-Bekker, Unschulds-Becker, dessen Unrechtsbewußtsein noch nicht einmal dazu gereicht hatte, die Vorhänge zuzuziehen oder die Rolläden herunterzulassen.

»Weiß denn irgend jemand, wo Zettel abgeblieben ist? Ich jedenfalls habe ihn seit mindestens einer Woche nicht mehr gesehen.«

Alle schüttelten den Kopf. Isolde Menzi griff zum Telefon.

»Das habe ich auch schon versucht.« Die Stimme der Novak, die plötzlich in der Tür stand, klang ungewohnt verhalten, fast demütig. »Der Anrufbeantworter ist angeschaltet und wird bald keinen Speicherplatz mehr haben, so viele Nachrichten habe ich schon hinterlassen.«

Schiffer hob noch immer nicht den Kopf von den Akten und brummte: »Der Herr hat doch stets getan, wie ihm beliebte. Wahrscheinlich steckt er in irgendeiner Baugrube. Oder in einem thüringischen Kalibergwerk.«

Sonnemann, der wie ein Tiger zwischen Tür und Fenster hin und her gelaufen war, blieb stehen. Vielleicht hatten sie ja recht. Vielleicht war Becker auf der falschen Spur gewesen. Und vielleicht war Peter wirklich etwas passiert – auf der Suche nach dem Bernsteinzimmer.

Er hatte ihm diese Schwachsinnsidee schon vor ein paar Wochen austreiben wollen. Alle Jahre wieder kam irgendein Blödmann an und hatte das Bernsteinzimmer gefunden – bombensicherer Tip, es würde höchstens mehrere hunderttausend Mark kosten, um die Expedition auszurüsten, die in diesen Bergwerksstollen oder in jenen Gebirgssee steigen sollte. Er konnte sich selten einen Anflug von Schadenfreude verkneifen, wenn kühne Taucher und heldenhafte Höhlenforscher vermißt wurden. Oder wenn die von Schatzsuchern besonders geplagten einschlägigen Ortschaften, insbesondere in der ehemaligen DDR, Unfälle in stillgelegten Gruben meldeten.

Dabei war noch zu DDR-Zeiten alles abgesucht worden – sogar mit eigens abgerichteten Hunden, die Bernstein erschnüffeln konnten. »Bernstein riecht«, hatte Zettel ihm damals erklärt. »Es ist ja schließlich Harz. Und die Stasi ...«

Sonnemann schüttelte den Kopf. Was immer Zettel Verrücktes getrieben haben mochte: Er hatte ihn nicht davon abgehalten und seine Abwesenheit seit einer geschlagenen Woche nicht zum Anlaß genommen, alarmiert zu sein.

»Vernachlässigung der Fürsorgepflicht«, murmelte er mit angehaltenem Atem.

Nur nebenbei bemerkte er den erstaunten Blick, mit dem ihn Eyring anstarrte. Er würde es den ermittelnden Beamten sagen müssen. Beides – sowohl den Verdacht gegen Zettel als auch die Möglichkeit, daß es einen zweiten Toten oder Verschwundenen in der Redaktion des »Journal« gab.

»Aber sein Computer lief die ganze Zeit.« Das schien Isolde Menzi, die sich, wie sie gern betonte, mit dem elektronischen Teufelszeug nicht auskannte, besonders zu beeindrucken.

»Den kann auch Hansi angemacht haben.«

»Das hätte Peter gar nicht gern.«

Das hätte Peter gar nicht gern. In der Tat. Hatte Peter Zettel etwas herausgefunden, das er anderen vorenthalten wollte? Hatte Hansi – aber nein. Dazu war Becker zu anständig. Hatte womöglich der Mörder Zettels in dessen Computer schnüffeln wollen, und mußte Becker nur aus Versehen daran glauben?

Sonnemann hatte das Gefühl, als platzte ihm der Kopf. Abrupt steuerte er seinen Sessel am Kopfende des runden Tisches an und ließ sich hineinfallen. »Schluß jetzt!«

Schlagartig verstummten alle und sahen ihn an. Es funktioniert also noch immer, dachte er erleichtert. Und seine Stimme hatte fast gar nicht gezittert.

»Wir müssen heute noch eine Zeitung machen.«

Wieder hob Stimmengewirr an.

»Und die Meldung über Hansis Tod schreibe *ich.*«

Er sah aus den Augenwinkeln, daß Lilly drauf und dran war, ihm zu widersprechen.

»*Keine* Gegenargumente, bitte.«

Und dann begann er systematisch seine Agenda durchzugehen, die Themenliste abzuarbeiten, die er in einem blauen Aktendeckel vor sich liegen hatte. Nach jedem Punkt, den er abhaken konnte, wippte er zweimal mit den erhobenen Daumen, als ob er die Spannung imaginärer Hosenträger prüfen wollte. In einer halben Stunde waren sie durch.

»Wer hat noch was?« Er guckte in die Runde und erwartete allgemeines Schweigen. Schiffer meldete sich, die Augen immer noch fest auf seine Unterlagen gerichtet.

»Thema Berliner Baustellen …«

»Das ist Zettels Beritt!« rief die Menzi und schlug sich gleich darauf die Hand vor den Mund. Sonnemann guckte sie strafend an.

»Es gibt ein Problem bei den Bauvorhaben des Bundes – die Baustelle in den Ministergärten. Thema heute früh bei der Pressekonferenz.«

»Na und?« Sonnemann hatte die Meldung gelesen – das übliche.

»Es scheinen wieder einmal Bunker gefunden worden zu sein …«

Alle stöhnten auf. Es wurden immer irgendwelche Bunker gefunden.

Sonnemann winkte ab. »War das schon alles?« Wieder

blickte er in die Runde. Paula hatte aufgehört zu weinen und starrte vor sich hin. Isolde Menzi kramte in ihrer Handtasche, dieser obszönen schwarzen Riesenwurst. Schiffer blätterte schon wieder in seinem Papierstapel. Und Eyring hatte sich weit zurückgelehnt und starrte an die Decke.

»Also dann.« Sonnemann ließ beide Hände flach auf die Tischplatte fallen und stemmte sich hoch. Er war der erste, der den Konferenzraum verließ. Auf dem Weg in sein Büro bat er die Novak, ihm die Nummer des Kongreßzentrums herauszusuchen, in dem die Juristen tagten. Er mußte mit Karen reden.

Aber zuerst hatte er den ermittelnden Beamten mitzuteilen, was er ihnen bislang verschwiegen hatte – und das behagte ihm gar nicht. Denn nun kam unweigerlich an den Tag, daß das »Journal« eine Falschmeldung gedruckt und sich noch nicht einmal dafür entschuldigt hatte. Und daß in seiner Redaktion nicht nur ein Fälscher, sondern womöglich auch ein Mörder zugange war.

5

Der junge, rotwangige Mann stand vor der Tür des Hinterhauses und begrüßte sie strahlend und in schönstem Sächsisch. Der neben ihm war älter, hatte eine Glatze und war sichtlich weniger zu Leutseligkeit aufgelegt. Der Jüngere stellte sich als Kommissar Schmoll und den anderen als Kommissar Wanka vor. Die beiden sahen aus wie die perfekte Paarung – wie *good cop, bad cop.* Oder Ossi und Wessi.

Karen Stark lächelte zurück. Man hatte bei der Berliner Kripo ihr Interesse am Mordfall Becker gelassen hingenommen. Man kooperierte, nicht mit Begeisterung, aber korrekt. Das war auch völlig ausreichend, sie hatte nicht vor, sich auffällig zu machen. Denn seit Franks Enthüllungen gestern abend in einem unfreundlichen und nach kaltem Zigarettenrauch stinkenden Nebenraum, in dem man den lärmenden Sektempfang am Ende des zweiten Tages der Konferenz nur gedämpft hörte, machte sie sich den Vorwurf, aus reinem Vorurteil schlampig gearbeitet zu haben.

Wenn die Meldung, die womöglich Bunge in den Selbstmord getrieben hatte, gefälscht war – egal ob sie von der Sache her zutraf –, dann gehörte dazu auch ein Fälscher. Offenbar hatte das Mordopfer Hans Becker in einem Kollegen namens Peter Zettel den Fälscher vermutet. Offenbar hatte man Zettel seit einer Woche nicht mehr in der Redaktion gesehen.

»Offenbar bist du verschwiegen wie ein Grab, Frank«, hatte sie Sonnemann gestern spöttisch entgegengehalten. »Selbst dann, wenn soviel Diskretion nach hinten losgeht!«

Die Tür hinter Kommissar Schmoll stand offen.

»Ist jemand zu Hause?«

Sie verbarg ihre Überraschung nicht. Eigentlich hatte sie nicht damit gerechnet, daß der verschwundene Peter Zettel ausgerechnet nach dem Mord an einem Kollegen wieder auftauchen würde. Kommissar Wanka spitzte den Mund und guckte betont in die andere Richtung.

»Nein, nein, es ist nur – sie ging kinderleicht auf.« Schmoll errötete, als ob er sich getadelt fühlte. »Ich kann so 'n Vieh nicht leiden sehen.«

Wanka machte ein Gesicht wie ein melancholischer Mops und guckte auf den schwarzen Hund hinunter, der neben ihm saß und jetzt verhalten den Schweif bewegte. »Haste ja auch nicht. Du hast es ja nur gehört.«

Hundekläffen und -jaulen waren offenbar die einzigen

Lebenszeichen aus dem geklinkerten Hinterhaus gewesen. Daraufhin hatte der Kollege dem Türschloß nachgeholfen. Ein bißchen voreilig, dachte Karen – aber manchmal konnte Initiative nicht schaden.

»Ich wollte gerade die Runde machen und die Nachbarn befragen«, sagte Schmoll und guckte Karen fragend an. Sie nickte. Kollege Wanka blieb bei Hund und Haus, während Karen und Schmoll das Vorderhaus abklapperten.

Schmoll sagte an jeder Wohnungstür sein Sprüchlein auf, lächelte dabei verbindlich und hielt den Ausweis hoch.

»Das Vieh hat gejault, stundenlang, was sag ich: tagelang. Seit die alte Frau Fiebig ins Krankenhaus gekommen ist, die hat sich sonst immer gekümmert um die Töle, wenn der Zettel wieder mal nicht da war.«

Keine sehr angenehme Person, die junge Frau, die den armen Schmoll anfunkelte, obwohl der Beamte mit ausgesuchter Höflichkeit fragte.

»Irgendwann kam endlich wer und hat sich gekümmert. Ich wär' fast närrisch geworden von diesem ewigen Geheule.«

Wer gekommen und sich gekümmert habe? Zettel?

»Nö. So 'ne Frau.«

Eine Frau. Aha. Soso. Mehr war aus der Berlinerin nicht herauszukriegen – und aus den anderen Bewohnern des Vorderhauses noch weniger.

»Ich hab keine Zeit für so was«, nuschelte ein dünner rothaariger Junge im Unterhemd, der die Tür nur einen Spalt aufmachte und sie wohl am liebsten gleich wieder zugeschlagen hätte. »Ich bin kreativ. Ich bin Künstler. So was geht mich nichts an.«

Sie gingen schließlich über den Hof zu Zettels Haus zurück. Wanka schien auf den Hund einzureden – er sah ertappt aus, als er sie kommen sah.

»Und?«

»Nix und.«

»Und jetzt?«

Schmoll hob verlegen die Schulter und sah zu Karen hinüber.

»Wo die Tür schon mal auf ist ...« sagte sie gedehnt. Er strahlte sie an und hielt mit großer Geste die Tür auf.

Beim Rundgang durch das Haus ließ sich nichts erkennen, was einen Verdacht rechtfertigte. Zahnbürste und Rasierzeug lagen im Bad, und im Arbeitszimmer lief der Computer. Alles wirkte, als ob der Bewohner jederzeit zurückkehren würde.

Andererseits war es natürlich trotzdem möglich, daß er verreist war – manch einer hatte seinen Koffer immer gepackt. Zettel konnte ja nicht ahnen, daß die alte Frau Fiebig nicht mehr in der Lage sein würde, sich um seinen Hund zu kümmern. Und nicht jeder machte sich Sorgen um seinen Stromverbrauch, wenn der PC eingeschaltet blieb.

Schmoll, für den minütlich weiter in die Ferne rückte, was ein gutes Argument hätte abgeben können für das Öffnen der Tür, wurde immer kleinlauter.

»Wir haben nichts in der Hand«, knurrte schließlich Wanka, dem man ansah, daß er ihre Mission für unnütz hielt. »Und nur so auf Verdacht ...«

Karen mußte ihm recht geben.

»Und was machen wir denn jetzt mit dir, hmmm? Solange Herrchen nicht da ist?« Schmoll streichelte dem schwarzen Hund den Kopf.

Wanka hob vielsagend die ausgebleichten Augenbrauen unter dem kahlen Schädel. Karen mußte grinsen. Aber sie wußte es auch nicht.

»Fassen wir doch mal zusammen.«

Sie hatte das mit aller Vorsicht gesagt, aber Wanka nickte zustimmend.

»Hans Becker war vom Redaktionsleiter des ›Journal‹ beauftragt herauszufinden, woher eine Meldung stammte, in der ein Bundestagsabgeordneter des Konsums kinderpornographischer Werke beschuldigt wurde – eine Meldung, die erwiesenermaßen nicht von einer der Nachrichtenagenturen kam.«

Schmoll hielt den Daumen der linken Hand hoch und sagte: »Erstens.«

»Ein paar Tage später wird Hans Becker erschossen, und zwar vor dem laufenden Computer seines Kollegen Peter Zettel sitzend.«

Schmoll hielt stumm den Zeigefinger seiner Linken hoch.

»Zweitens«, sagte Karen und grinste ihn an. »Möglicher Täter, drittens: Peter Zettel selbst, der Entdeckung zu fürchten hatte. Oder irgend jemand anders, dem Becker hinterhergeschnüffelt hat.« Sie machte eine Pause. Das alles überzeugte sie noch nicht.

»Vierte Möglichkeit«, sagte Wanka und starrte dabei auf seine Fußspitzen. »Jemand hat Hans Becker erschossen, weil der herausgefunden hat, daß die gefälschte Meldung in Auftrag gegeben worden war, um mit Alexander Bunge einen in gewissen Kreisen Berlins sehr, sehr unbeliebten Politiker aus dem Weg zu schaffen.«

Karen runzelte die Augenbrauen. Warum nicht. Der Rücktritt von allen Ämtern hätte dafür allerdings ausgereicht. Wer konnte ahnen, daß Bunge sich gleich vom Kirchturm stürzen würde? Weshalb das Wissen um den Ursprung der Denunziation ihr keineswegs so brisant erschien, daß es den Mord an einem potentiellen Mitwisser nötig machte.

»Das reißt mich auch nicht vom Hocker«, sagte sie. »Und was heißt ›unbeliebt‹?«

»Die Interessen Berlins und die Interessen von Bundesregierung und Parlament sind, sagen wir mal, nicht unbedingt identisch.«

Karen verzog das Gesicht. Eine ähnliche Theorie hatte auch Kollege Wenzel vertreten.

Wanka hatte plötzlich so etwas wie innere Anteilnahme auf dem mürrischen Gesicht. »Die Filetstücke der Hauptstadt gehen alle an die Wessis aus Bonn, während ein paar internationale Investoren die Stadtkasse in Nullkommanix saniert hätten.«

Karen war drauf und dran, den sauertöpfischen Ermittler wenigstens ansatzweise sympathisch zu finden – weil Intelligenz ja auch was Schönes ist –, aber sie konnte sich für seine Theorie nicht erwärmen. Der linke Aberglaube, wonach in den Gefilden von Geld und Macht Mord an der Tagesordnung war, korrelierte nicht mit der Statistik. Und außerdem fragte sie sich langsam, ob sie nicht alle miteinander auf der falschen Fährte waren, ob das alles wirklich zusammenhing – Bunge, Becker und das wahrscheinlich wenig rätselhafte Verschwinden eines mutmaßlichen Fälschers. Wer weiß, was Zettel wirklich mit Bunge verband – vielleicht war er ein eifersüchtiger Liebhaber gewesen? Vielleicht war Bunge – häufiges Selbstmordmotiv – aus unglücklicher Liebe gesprungen?

Sie zuckte zusammen, als der Hund zu kläffen begann und sich an Schmoll vorbeidrängte. Der Kommissar blickte mit breitem Lächeln auf etwas hinter Karen, sogar Wanka guckte milde interessiert. Sie drehte sich um. Im Hof vor dem Werkstattgebäude stand eine Frau.

Karen registrierte im Schnelldurchlauf die markanten Charakteristika: blond, sehr schlank, Brillenträgerin – und dann konnte sie einen überraschten Ausruf nicht unterdrücken:

»Anne Burau! Was machen Sie denn hier?«

»Das wollte ich auch gerade fragen ...« Anne guckte mit gerunzelter Stirn auf Wanka und Schmoll, der sich verneigte und »Morddezernat« murmelte.

»Ist was passiert?« fragte sie. »Ist was mit Peter?«

Karen, Schmoll und Wanka blickten erst einander und dann Anne an und fragten, fast im Dreiklang: »Kennen Sie ihn?«

Die Burau sah aus, als wäre ihr überaus unbehaglich zumute. Karen dachte mit ebensolchem Unbehagen an ihre erste Begegnung zurück. Annes Anblick erinnerte sie an die finstersten Stunden ihres Lebens. Hastig stellte sie den beiden Ermittlern Anne Burau als Bundestagsabgeordnete vor, was Schmoll zu einem breiten Lächeln animierte, während Wanka besonders säuerlich guckte. Anne sah noch immer mißtrauisch aus, während sie sich vom Hund die Hände lecken ließ.

Karen schüttelte sich innerlich und dachte an Sagrotan und ein robustes Handtuch. Dann gingen sie wieder ins Haus, im Gänsemarsch, Anne mit Hund wie eine Sünderin hinterher. Während die Burau dem Tier in der Küche eine Dose aufmachte, deren Inhalt es gierig zu verschlingen begann, stellte sich Wanka mit hinter dem Rücken verschränkten Armen ans Fenster, und Schmoll zog ein zerknautschtes Notizbuch aus seiner Lederjacke.

»Selbstverständlich können Sie jede Auskunft verweigern.« Er strahlte sie an. »Als Abgeordnete sind Sie ja – äh – immun. Andererseits – wenn Sie uns helfen können ...« Anne schien zu zögern, dann setzte sie sich, ohne Karen anzusehen, die sich an die Küchentür lehnte.

Das Spektakel, das die beiden Bullen abzogen, war filmreif. Fast hätte sie das alles zum Lachen gefunden – wenn die Geschichte, die Anne Burau erzählte, nicht so hoffnungslos dürftig gewesen wäre.

Sie kümmerte sich um Zettels Hund, aha. Hatte er sie dazu beauftragt? Nein – a-ha, hmhm. Wie war sie überhaupt ins Haus reingekommen?

Bei dieser Frage guckte Schmoll angemessen zerknirscht.

Mit einem Schlüssel, soso. Und den hatte sie ...? Ahh – ja? Woher sie denn wußte, wo Zettel seinen Schlüssel aufbewahrte? Eines Abends in Bonn – aaa-ha. Das war doch schon etwas länger her, oder? Hmmmh. Und – warum hatte sie mit ihm vor gut einem Jahr vor seiner Wohnung gestanden?

Anne sah aus, als ob sie am liebsten »Das geht Sie gar nichts an!« gebrüllt hätte. Statt dessen sagte sie mit einer Kühle, die Karen unendlich bewunderswert fand:

»Wir beabsichtigten, miteinander ins Bett zu gehen.«

Armer Paul, dachte Karen.

Schmoll schrieb mit und machte »Aha, aha« und lächelte ihr aufmunternd nickend zu. Wanka hatte die Augenbrauen zusammengezogen und sah aus, als ob er gleich die Handschellen herausholen würde.

»Und Sie haben seit Donnerstag jeden Tag den Hund gefüttert und ausgeführt? Ohne Peter Zettel einmal gesehen zu haben?«

Anne nickte und streichelte das Tier, das ihr den Kopf auf den Schoß gelegt hatte und ergeben zu ihr hochsah.

»Ihr Vorgänger war Alexander Bunge, nicht?« Karen merkte im Moment, in dem sie fragte, daß ihre Intervention nicht gern gesehen war. Schmoll hob die linke Augenbraue leicht an, lächelte aber gleich wieder. Karen nahm das als Einverständnis und fragte weiter.

»Können Sie uns irgend etwas sagen über das Verhältnis zwischen Peter Zettel und Alexander Bunge?«

Anne zuckte die Achseln. Karen sah an ihrem Gesicht, daß sie die Frage für unzulässig hielt. Kein Wunder, schließlich hatte ihr niemand mitgeteilt, worum es eigentlich ging.

Und so absurd die Geschichte klang: Warum sollte es eigentlich nicht stimmen, daß sie sich aus reiner Tierliebe um den Köter ihres ehemaligen Liebhabers kümmerte – sie hatte doch offenbar ein genauso sentimentales Verhältnis zu Katz' und Hund wie Paul Bremer. Karen fragte sich, nicht zum ersten Mal, warum die beiden sich nicht zusammengetan hatten, obwohl sie zueinander zu passen schienen wie Max und Mathilde. Ein Jammer.

Auch die beiden Ermittler streckten die Waffen. Nach einer Weile blickte Schmoll zu Wanka hinüber, der nickte und anstandshalber zu Karen hinübersah, die ebenfalls nickte.

»Ja dann, Frau Burau ...«

Anne begleitete ihr Inquisitionskommando bis vor die Tür, gefolgt von dem aufgeregt umherspringenden Hund, der eine Hundeleine in der Schnauze trug. Schmoll blieb unschlüssig vor der Tür stehen, drehte sich dann um, reckte sich, suchte mit ausgestrecktem Arm erst rechts und dann links und hielt schließlich triumphierend den Schlüssel hoch. Grinsend steckte er ihn ins Schloß und drehte zweimal um. Dann drückte er ihn Anne Burau in die Hand.

Karen wartete ein paar Sekunden, bis die beiden Männer außer Reichweite waren, und murmelte: »Tut mir leid.«

»Ich wüßte ganz gern, was eigentlich los ist.« Die Burau klang resigniert und distanziert zugleich.

»Ich ermittle im Todesfall Alexander Bunge«, sagte Karen.

»Und was hat das mit Peter Zettel zu tun?«

Karen sah Anne scharf ins Gesicht. Sie hatte plötzlich das Gefühl, daß die andere sich durchaus einen Zusammenhang vorstellen konnte.

»Alexander Bunge ist offenbar zu Unrecht als Konsument von Kinderpornographie beschuldigt worden. Die Meldung war gefälscht. Peter Zettel ist in Verdacht geraten, der Urheber dieser Fälschung zu sein. Der Journalist, der der Sache auf der Spur war, ist gestern abend erschossen worden.«

»Und – war Peter Zettel der Fälscher?«

Anne Burau wirkte ungerührt. Sie reagierte gelassen – zu gelassen. Was immer sie wußte: freiwillig würde sie nichts mehr sagen.

»Keine Ahnung«, sagte Karen. Im Fortgehen sagte sie noch: »Wir telefonieren.« Als sie Wanka und Schmoll hinterherlief, fühlte sie die Blicke der anderen im Rücken und kam sich kaltherzig und unfreundlich vor. Andererseits: Was, wenn Anne Burau tief drinnen im Schlamassel steckte, egal, um welchen es sich konkret handelte?

Sie ließ sich von den beiden Kommissaren am Alexanderplatz absetzen und nahm die U-Bahn zurück zum Kongreßzentrum. Als sie ankam, stand man bereits an den mit weißen Tischdecken verhüllten und mit bunten Weinblättern dekorierten Tischchen, trank Kaffee und stopfte Gebäck in sich hinein.

Sie stellte sich an einen noch unbesetzten und unverkrümelten Tisch in der Nähe des Saaleingangs, froh, kein bekanntes Gesicht in ihrer Nähe zu sehen, und versuchte ihre Gedanken zu ordnen.

Hans Becker war am Sonntag abend erschossen worden – nach zweiundzwanzig Uhr, vor ein Uhr früh, mit einem Stahlvollmantelprojektil. Er war wahrscheinlich sofort tot gewesen. Noch vor einer Stunde war ihr der Zusammenhang zwischen diesem Mord, dem Tod Alexander Bunges und dem Verschwinden Peter Zettels nicht zwingend erschienen. Seit der Begegnung mit Anne ordnete sie ihre Gedanken neu – auch wenn sie ihr nicht angenehm war, die Vorstellung, daß ausgerechnet die Freundin Paul Bremers in diesen Fall verwickelt sein könnte.

Anne Burau war diejenige, die vom Tod Bunges profitierte. Anne Burau gestand eine Liebesaffäre mit Peter Zettel ein. Und was vor einem Jahr zutraf – warum sollte das nicht auch heute noch gelten? Wankas Theorie – daß Unbekannte mit Becker einen Mitwisser aus dem Wege geräumt hätten, um den wahren Hintergrund des Todes von Bunge zu vertuschen – war schön und gut und bester Stoff für einen Krimi. Aber sie glaubte nicht daran. Die meisten Morde, jedenfalls soweit sie aufgeklärt wurden, entpuppten sich als Taten aus rein persönlichen Motiven.

Im vorliegenden Fall schien das persönliche Motiv auf der Hand zu liegen: Peter Zettel mußte Hans Becker zum Schweigen gebracht haben. Peter Zettel hatte Alexander Bunge erpreßt – und vielleicht nicht nur ihn. Er hatte dafür sorgen wollen, daß Anne Burau an Bunges Stelle in den Bundestag kam. Warum? Aus Liebe? Als einziges Motiv war das unwahrscheinlich. Weil es sich lohnte? Tja. Das war der Schwachpunkt ihrer Argumentation. Inwiefern konnte eine ihm verbundene Abgeordnete für einen Journalisten profitabel sein?

Geheimnisverrat? Karen schnaubte und schüttelte den Kopf. Der Mann, der an ihr vorbeiging auf dem Weg zum Auditorium, schüttelte ihn auch – sie mußte ein komisches Bild abgeben. Nein – Spionage hatte seit dem Ende des kalten Kriegs gewaltig an Charme eingebüßt. Was war es dann? Karen strich sich die Haarsträhne, mit der sie ihre unruhigen Finger beschäftigt hatte, wieder hinters Ohr.

Auf jeden Fall mußte die Fahndung eingeleitet werden – sofort. Sie hatte viel zu lange gezögert. Peter Zettel mußte gefunden werden.

Um sie herum leerte sich der Vorraum, man strömte wieder zurück in den Saal. Nur Karen interessierte sich nicht mehr für das Thema – »Vorteilsnahme und Staatsvertrauen«, Vortrag eines bekannten Staatsrechtlers. Sie war vollauf mit ihrer eigenen Bilanz beschäftigt – im Klartext: Sie leistete Abbitte.

»Tut mir leid – Manfred«, würde sie zu Wenzel sagen, und wenn sie es noch so haßte, diese neue Intimität per Vornamen. »Ich habe die Sache nicht ernst genommen. Ich habe mir den Blick durch Vorurteile verstellen lassen. Ich habe ...«

Sie merkte, daß ihre Hände feucht waren. Daß der Lack auf ihren Fingernägeln nicht mehr ganz einwandfrei war. Und auf dem linken Ärmel ihrer Kostümjacke hatte sie einen Kaffeefleck. Sie sah wahrscheinlich so zerknirscht aus, wie sie sich fühlte.

Karen Stark zog sich den Rock gerade und schwor, ab jetzt auch die Dinge zur Kenntnis zu nehmen, die sie eigentlich nicht sehen wollte. Es würde keine Extrawurst für Anne Burau geben, nur weil Paul sie mochte. Und schließlich: Manchmal sind auch Männer die Opfer. Und Frauen die Täter.

Sie schob die Tasse mit dem Rest kalt gewordenen Kaffees von sich, so resolut, wie sie ihre letzten Zweifel wegwischte. Anne Burau eine skrupellose Mitwisserin? Die Weiherhofbäuerin eine Frau, die über Leichen ging, nur wegen eines Jobs als Bundestagsabgeordnete?

»Man ist da schon nach acht Jahren pensionsberechtigt«,

flüsterte eine innere Stimme. »Außerdem gehören Biobäuerinnen nicht gerade zu den Damen, die in Fragen von Leben und Tod zimperlich sind.«

Karen preßte die Lippen aufeinander, holte tief Luft, schielte bedauernd zur Tür zum Auditorium, durch die sich soeben ein Zuspätgekommener zwängte, stand auf und verließ die Veranstaltung. Es gab zu tun.

6

An der Ungeduld des Hundes, der an der Leine zog, merkte sie, daß sie immer langsamer gegangen war.

»Schon gut, Amber, ich komme ja.«

Ihre Schritte schienen sich ihren Gedankenprozessen anzupassen: Sie drehten sich im Kreis und kamen irgendwann zum Stillstand.

Daß Peter Zettel versucht hatte, Alexander Bunge mit einer gefälschten Zeitungsmeldung unter Druck zu setzen, wunderte sie noch am wenigsten. Ihr war schon bei ihren letzten Telefongesprächen aufgefallen, daß er sich aufführte, als ob er persönlich dafür gesorgt hätte, daß sie doch noch in den Bundestag kam. Und im Grunde traute sie Journalisten alles zu – alles Schlechte, selbstredend. Nur – was wollte er damit bezwecken?

Und hatte sich Alexander Bunge wirklich wegen einer gefälschten Zeitungsmeldung vom Kirchturm gestürzt? Nach allem, was sie mittlerweile über ihn wußte, hätte sie ihm mehr Durchhaltevermögen zugetraut.

Anne blickte sich um. Sie waren bereits am Oranienburger Tor – es schien, als folgten sie einem inneren Kompass. Langsam dämmerte ihr, was das Geheimnis Alexander Bunges gewesen sein könnte.

Der Vorsitzende der Baukommission des Ältestenrates des Bundestags seligen Angedenkens wurde schmerzlich vermißt – weil er Probleme aus dem Weg räumte. Weil er den Weg freischaufelte – im wahrsten Sinn des Wortes. Doch dann räumte er sich selbst aus dem Weg. Und jetzt schien sich ein ganz spezielles Problem langsam, aber sicher an die Oberfläche durchzufressen. Es konnte nicht mehr lange dauern, bis die Büchse der Pandora sich öffnete.

Anne war wieder stehengeblieben. Amber fiepte und zog an der Leine. Sie standen vor einem Geschäft, wie es sie in diesem Stadtteil häufig zu geben schien. Hinter dem angelaufenen Fenster stapelten sich Anrufbeantworter, Telefone, Rundfunkgeräte, bonbonfarbene Handys, erleuchtete Vasen und Taschenlampen in Zigarrenform.

Sie leinte Amber am Straßenbaum an und betrat den Laden.

»Eine Taschenlampe.« Der alte Herr hatte jede Strähne des ihm noch verbliebenen Haares sorgfältig an seinem Schädel festgeklebt und nickte jetzt, als ob sie ihm eine Denksportaufgabe gestellt hätte. »Soso. Na, dann wollen wir mal sehen.«

»Ich hatte gedacht an ...«

»Es gibt da mehrere Möglichkeiten. Es kommt ganz auf Ihre Zwecke an. Also wir haben« – er zählte die Alternativen an der Hand ab – »die Pocket Light, die Sturmlaterne, die Heavy Duty – das sind schon mal die unterschiedlichen Größen. Von den ganz kleinen würde ich Ihnen abraten. Und dann gibt es natürlich auch noch ...«

»Also eigentlich wollte ich ...«

»... Helligkeitsgrade. Soll es sehr hell sein? Oder brauchen Sie eher was für den Notfall, damit man bei Stromausfall die Streichhölzer findet und den Kerzenleuchter?«

»Mir würde völlig reichen ...«

»Und schließlich ist das alles ja auch eine Frage des Geldes, nicht.« Der Mann guckte sie erwartungsvoll an.

»Ja, also ich dachte da an …«

»Und dafür habe ich genau das Richtige. Schauen Sie …« Agil drehte sich der alte Herr um und griff zielgenau ins Regal.

»Die nehm' ich«, sagte Anne. Es schien ihr das Einfachste zu sein.

Nicht mit der kleinen, eleganten Taschenlampe, die sie im Schaufenster gesehen hatte, sondern mit einem »Supersonderangebot«, mit einer besonders günstigen und besonders hellen, aber auch besonders großen Lampe kehrte sie zu Amber zurück. Der Himmel war grau geworden, und als sie hochsah, traf sie ein Tropfen auf der Wange.

»Wir sind wasserfest«, murmelte sie und band die Hündin los. Das Tier strebte vorwärts, ungeduldig an der Leine ziehend, wenn sie wieder langsamer zu werden drohte. Was immer dann der Fall war, wenn sich ihre Gedanken überstürzten. Sie glaubte zu wissen, was die Bauarbeiten auf dem Areal in den Ministergärten behinderte.

Anne zog ihr Jackett enger um sich. Plötzlich reimte sich alles: das Foto von Bunge mit der Grubenlampe auf der Stirn, der Dolch auf dem Schreibtisch der Zang. Sie begann die Entschiedenheit Alexander Bunges zu bewundern: Hätte er sich nicht zu diesem Schritt entschlossen, wären schon früher viele der Bauvorhaben des Bundes zum Stillstand gekommen, während Denkmalschützer und erregungsbereite Öffentlichkeit sich die Köpfe heiß gestritten hätten. Jede Verzögerung hätte Kosten verursacht. Bunge hatte, so, wie er es verstand, Schaden abgewandt von der Institution, der er diente – vom Parlament. Und damit auch von der Demokratie.

Er hatte die Vergangenheit entsorgt – und Anne erwischte sich plötzlich bei der leidenschaftlichen Identifikation mit diesem Vorhaben. Die Vorstellung, man könne die Vergangenheit aus dem märkischen Sandboden herausreißen, wie man sich einen schmerzhaften Dorn entfernt, war zu attraktiv, um ihr zu widerstehen.

Nur die Rolle Zettels war ihr unklar – vor allem nach dem, was Karen Stark gesagt hatte. Wenn Zettel mit Bunge gemeinsame Sache machte – was bezweckte er dann mit dessen Denunziation? Wieder blieb sie stehen.

Peter quälte gern. War es das?

Oder – hatte Bunge sich aus ganz anderen Gründen zu Tode gestürzt? Weil er sich, wie begründet sein Verhalten auch gewesen sein mochte, an den eigenen Vorstellungen von politischem Anstand versündigt hatte? Anne schüttelte den Kopf. Langsam begann offenbar auch sie zu glauben, was alle Welt ihr erzählte: daß Bunge etwas hatte, was unter Politikern nicht allzuweit verbreitet war – Anstand.

Sie blickte sich um. Es begann dunkel zu werden. Sie waren, ohne daß sie es richtig mitbekommen hatte, über Berlin-Mitte längst hinaus. Das Brandenburger Tor sah im Licht der Scheinwerfer unwirklich aus – wie ein Selbstzitat. Der Hund drängte nicht mehr ganz so stürmisch voran. Amber hatte sich auf die Hinterbeine gesetzt und guckte erwartungsvoll. Ohne darüber nachzudenken, ging Anne in die Knie und sah dem Tier in die Augen.

»Was weißt du?« fragte sie leise.

Der Hund schien sie anzuzwinkern und begann dann den Schwanz zu bewegen – nicht heftig, nicht freudig erregt, sondern so, als ob er sagen wollte: »Ich verstehe, was du wissen willst. Aber ich kann es dir nicht verraten.«

Sie streichelte ihm über den Kopf und stand auf. Im gleichen Moment sprang auch der Hund wieder hoch und begann sie vorwärtszuziehen. Auch Amber folgte einem inneren Kompaß – offenbar dem gleichen, der sie leitete.

Eine Viertelstunde später standen beide am Bauzaun. Obwohl ringsum gebaut wurde, im Licht der Scheinwerfer auf den großen Kränen, schien die gesichtslose Wüstenei vor ihr jede Helligkeit verschluckt zu haben. Schatten geisterten über den Sandplatz und über die Pfütze, die wie schillernder Sirup dalag, umringt von mannshohem Unkraut, das vorwurfsvoll vertrocknete Zweige in den Himmel reckte.

Wie ein Blitz durchzuckte sie ein Bild schierer Gewalt. Sie sah, wie die Erde aufriß, wie alles, was sie barg, in einer riesigen Sandfontäne in die Luft geschleudert wurde, wie der Boden konvulsivisch ausspuckte, was man einst gewaltsam in ihn hineingetrieben hatte.

Dann ließ sie den Hund von der Leine.

Der schwarze Schatten bahnte sich seinen Weg durch die Lücke im Zaun. Sie lief ihm hinterher, er war im Zwielicht kaum noch zu erkennen und plötzlich wie vom Erdboden verschluckt. Sie lief trotzdem weiter und wäre beinahe gefallen, als der Boden sich plötzlich senkte. Über Geröll und dicke Betonbrocken kletterte sie nach unten, in eine Baggergrube, auf deren Sohle sich ein schwarzes Loch öffnete. Sie sah gerade noch den Schwanz des Hundes darin verschwinden.

Dann suchte sie mit ungeschickten Fingern nach dem Schalter der neuen Taschenlampe. Der Lichtschein fiel auf zerklüfteten Boden, auf verrostete Rohre, auf wie ausgerissene Fliegenbeine aus dem Beton starrende Armiereisen.

Sie sah zerborstene Stufen. Und als sie in den Schacht hineinleuchtete, sah sie am Ende der Stufen einen dunklen Gang.

Anne atmete tief ein, wie man es tut, bevor man ins Wasser springt. Der Spielkamerad, der sie damals in den Keller gelockt, das Licht gelöscht und den Schlüssel von außen umgedreht hatte, mußte gewußt haben, was das Schlimmste im Leben eines siebenjährigen Mädchens war: niedrige, dunkle, kalte Räume und verschlossene Türen. Was sie jetzt vor sich sah, war ihr persönlicher Albtraum – in der Erwachsenenversion.

»Amber!«

Ihr Mund war trocken, der Ruf war kaum hörbar, und das Tier würde ihm sowieso nicht folgen. Sie war diejenige, die dem Hund hinterhergehen mußte. Anne nahm all ihren Mut zusammen und stieg hinab.

Der Lichtkegel glitt über grauen Beton, pockennarbig und feucht. Die Gewalt mußte enorm gewesen sein, unter der die massiven Treppenstufen geborsten waren. Wahrscheinlich hatte man versucht, den Eingang zu sprengen, um ihn bis ans Ende aller Tage unzugänglich zu machen. Anne hob den Kopf, als sie unten angekommen war. Über ihr rosteten Eisenträger, baumelten Lichtkabel, herausgerissen aus ihren metallenen Ummantelungen, die wie ausgreifende Tentakel aus der Wand hingen. Fast hätte sie das Gleichgewicht verloren.

Sie leuchtete voraus. Es war nicht viel zu sehen, der Gang machte hinten einen Knick. Als sie dort angelangt war, öffnete sich vor ihr ein langer Flur, aus dem es nach Fäulnis roch und nach etwas anderem, Vertrautem, das sie nicht gleich identifizieren konnte.

Sie hörte den Hund japsen, so, als ob er ihr seinen Standort durchgeben wollte. Solange Amber da war, redete sie sich ein, konnte ihr nichts passieren. Mit dem Hund würde sie auch wieder herausfinden aus diesem Verlies, er war zuverlässiger als der Faden der Ariadne. Sie ging schneller, leuchtete den Weg aus, indem sie den Lichtkegel hin- und herfahren ließ.

Als sich rechts von ihr ein gähnendes Loch in der Wand auftat, ließ sie vor Schreck die Taschenlampe fallen. Die Lampe erlosch, Dunkelheit warf sich über sie. Nur mühsam unterdrückte sie einen Aufschrei.

Anne ging auf die Knie, ließ die Hand über den rauhen, nassen Boden gleiten auf der Suche nach der Lampe. Ihre Augen starrten in undurchdringliche Schwärze. Das Atmen wurde ihr schwer, während sie sich einbildete, die Wände würden immer näher rücken, die Decke sich auf sie herabsenken, sie ersticken, sie erdrücken. Panisch kroch sie vorwärts und zwang sich schließlich zum Innehalten: So würde sie die heruntergefallene Lampe nie finden. Und je verzweifelter ihre Augen die Dunkelheit zu durchdringen versuchten, desto näher rückten sie, die Schreckensbilder.

Sie hörte kurze, knappe Befehle. Sah heranmarschierende Schaftstiefel. Totenkopfembleme auf dunklen Uniformen.

»Die Leibstandarte Hitler umfaßte zum Schluß noch etwa dreihundert Männer«, hatte sie im Buch über den Führerbunker gelesen. »Man hatte rechtzeitig Waffen und Munition gebunkert, mit denen man sich mindestens sechs Monate hätte verteidigen können.«

Sie stöhnte vor Erleichterung auf, als ihre Hand den Griff der Taschenlampe ertastete. Mit zitternden Fingern nahm sie die Lampe auf, suchte nach dem Schalter und hoffte, daß sie noch funktionierte. Als das Licht wieder anging, setzte ihr Herz für den Bruchteil einer Sekunde aus. Für einen kurzen Moment hatte sie an ihre Phantasien geglaubt – daran, daß jemand vor ihr stehen würde, lächelnd, mit schmalen Lippen, in Uniform, die Hundepeitsche in der Hand, die rhythmisch gegen die auf Hochglanz polierten Stiefel klopfte.

Mühsam kam sie wieder auf die Füße. Dann ging sie vorwärts. Der Gang schien schmaler zu werden, aber vielleicht bildete sie sich auch das nur ein. Vorsichtshalber tastete sie sich an der Wand entlang. Unter ihren Händen war die Wand rauh und feucht und grobkörnig, und ein grauer Betonschleier stand in der Luft. Das Atmen fiel ihr immer schwerer.

Nach ein paar Metern öffneten sich rechts und links des Ganges zwei weitere Gänge. Sie leuchtete hinein. Mannsdicke Rohre, verrostet und verkalkt, stiegen aus der Erde bis unter die Decke des Raums. Der Gang auf der anderen Seite führte ebenfalls nicht weit. Hier stand Wasser, eine brackige braune Brühe, in der sich die zerborstene Decke spiegelte. In der hintersten Ecke meinte sie einen Stuhl und zwei Flaschen zu erkennen.

Sie ging weiter. Der Geruch, den sie vorhin nicht identifizieren konnte, wurde stärker – ein durchdringender, ekelerregender Geruch, der sie unwillkürlich die Hand vor Mund und Nase legen ließ.

Abrupt endete der Gang. Die Lampe beleuchtete eine graue Mauer, an der Wassereinbruch dunkle Spuren hinterlassen hatte. Sie leuchtete nach rechts in einen abzweigenden Gang. Trümmer versperrten ihn, sie konnte nicht erkennen, wie unüberwindlich die Barriere war.

Dann glaubte sie, ein Winseln zu hören. Amber? Sie versuchte zu rufen. Es wurde ein Krächzen. Aber der Hund mußte da sein, hinter der Geröllhalde, es gab keine andere Möglichkeit. Erst kletterte sie, dann kroch sie auf Händen und Füßen über den Wall aus Schutt und Betontrümmern. Je näher sie der Decke kam, desto enger wurde ihr die Brust. Der Beton senkte sich wie ein Sargdeckel auf sie herab, wieder sah sie sich eingeschlossen, ohne Licht, ohne Luft, zum Ersticken verdammt.

Ihre schweißnasse Hand umklammerte die Taschenlampe, mit der Rechten suchte sie Halt an einer zerborstenen Betonplatte, zog sich hoch und kroch über die Geröllhalde. Ihre Hand brannte. Ihre Hosen mußten erbärmlich aussehen.

Jetzt hörte sie den Hund leise heulen. Der Geruch, der ihr zuvor schon aufgefallen war, schien stärker geworden zu sein. Geruch? Sie rümpfte die Nase. Das war kein Geruch. Das war Gestank. Endlich hatte sie die Barriere überwunden, sie ließ sich den Geröllhaufen hinabgleiten und tastete sich auf dem unebenen Boden vor. Es stank nach stehendem Wasser. Und nach dem, was ein heißer Sommertag aus einer totgefahrenen Katze machte.

Es stank nach Verwesung.

Der Boden unter ihr senkte sich leicht, rechts oben an der Wand hatte Tropfwasser grünlichschwarze und kalkweiße Zapfen gebildet. Heruntergefallene Brocken knirschten unter ihren Schuhen. Der Geruch ließ sie plötzlich würgen, es roch wie damals, als sie eine an Lungenentzündung verendete Kuh vom Abdecker hatte holen lassen. Aus dem Wagen des Mannes hatte es getropft, ein Fliegengeschwader brauste heraus, als er die Klappe öffnete, und der Geruch hatte noch Stunden später über dem Weiherhof gestanden. Rena hatte sich übergeben, während der Mann die Kuh auf den großen Haken spießte und in den Wagen zog.

Im Lichtkegel sah sie ihre Füße, die Schuhe grau vom Betonstaub, dann den unebenen Boden und schließlich das Nichts. Vor ihr, direkt vor ihr endete der Weg. Es ging senkrecht hinunter ins Schwarze.

Amber lag an der Wand, an den Boden gepreßt, die Schnauze auf die Pfoten gelegt und stieß einen leisen Jammerlaut aus. Im Lichtkegel der Taschenlampe sah sie neben dem Hund etwas liegen, einen kleinen, ungeheuer alltäglichen Gegenstand, der sie rührte, weil er so gar nicht hierherpaßte. Sie nahm ihn auf und steckte ihn in die Tasche.

Dann richtete sie den Lichtstrahl hinunter in den Abgrund.

Das Wasser unten im Krater glänzte im Licht der Lampe wie flüssiger Teer. Die zwei schwarzen Höcker, die aus der Wasseroberfläche ragten, sahen wie blankpolierte Steine aus. Als sie den Lichtkegel weiter nach rechts schwenken ließ, erkannte sie, daß es zwei Fußspitzen waren, die zu zwei Beinen gehörten. Und die gehörten – diesmal schrie sie leise auf.

Er mußte dort unten auf einer Art Vorsprung gelandet sein, so daß nur seine Beine im Wasser lagen. Im Tod hatte er die Arme ausgebreitet und den Kopf nach hinten geworfen. Sie erkannte ihn sofort.

Anne stieß den Atem aus, den sie angehalten hatte die langen letzten Sekunden. Im Grunde ihres Herzens hatte sie ihn unter den Lebenden gewähnt, vibrierend vor Energie und selbst in seiner Bosheit noch attraktiv. Der Leiche da unten sah man keinen Funken Leben mehr an, sie mußte schon länger dort liegen. Tage, vielleicht Wochen.

Er mußte gestolpert und gefallen sein. Seltsam, dachte sie. Wenn ihre Vermutung stimmte, dann hatte er ziemlich viel Übung beim Explorieren eingefallener Bunker und Schächte gehabt. Anne merkte, wie ihr der Mund trocken wurde. Und wenn er nicht gestolpert und gefallen war, was dann?

Als etwas Kühles, Feuchtes gegen ihre Hand stieß, schrie sie wieder auf. Amber war zu ihr hingerobbt und steckte die Schnauze in ihre Hand, Schutz suchend. Anne redete beruhigend auf den Hund ein. Hatte man nicht von rührenden, traurigen Fällen gelesen, in denen Hunde nicht vom Grab ihres Herrn wichen, bis auch sie gestorben waren?

Sie merkte, wie die alte, vertraute Panik ihr die Kehle zuschnürte. Hoffentlich fand sie wieder hinaus – mit Amber. Hoffentlich war in der Zwischenzeit der Eingang nicht verschüttet worden oder zugesperrt, hoffentlich stand die Treppe noch, die nach oben führte, in die kühle, frische Herbstluft, in die Freiheit. Sie stolperte den Weg zurück, stieß sich das Knie, als sie zu hastig über die Barriere aus Geröll und Steinen kletterte, scheuerte sich die Hand auf, mit der sie sich festhalten wollte. Ihre Handballen brannten wie Feuer. Auf der anderen Seite der Barrikade ließ sie sich hinunterrutschen. Als sie wieder aufgestanden war, sah sie mit Erleichterung den schwarzen Hundekopf hinter sich auftauchen.

Sie lief und stolperte den Gang hinunter, der Lichtkegel der Taschenlampe schwankte von rechts nach links und wieder zurück. Amber fing wieder an zu fiepen und dann zu kläffen.

»Shhhh!« Anne versuchte, das Tier zu beruhigen. Sie wußte nicht, wer und was da draußen womöglich auf sie wartete – oder wen und was das aufgeregte Gebell auf sie aufmerksam machen könnte. Die Bilder, die sie vorhin in der Dunkelheit gesehen hatte, verfolgten sie. Wieder glaubte sie schneidende Stimmen und marschierende Stiefel zu hören.

Das Geräusch, das an ihr Ohr drang, paßte nicht zu diesen Phantasien. Es war nur ein Hauch, es war nur ein Flüstern aus weiter Ferne. Und plötzlich glaubte sie ihren Namen zu hören – ein hingehauchtes »Anne«. Sie blieb stehen, lauschte in die Dunkelheit hinein und spürte ihren Herzschlag in der Kehle.

Halluzinationen, dachte sie, eben wirst du verrückt.

Sie zwang sich, die Lampe hochzunehmen, die plötzlich unendlich schwer zu sein schien, leuchtete Decke und Wände ab und sah im Lichtkegel schließlich einen staubigen Schuh.

Sie hob die Lampe noch höher, über ihren Kopf. Der Mann saß auf dem Boden, an die Wand gelehnt, das Gesicht so grau wie der Beton ringsum, die Augen geschlossen.

»Jonathan«, flüsterte sie.

Amber stand neben dem Amerikaner und schnüffelte an ihm. Er schien zu leben, sonst würde sich das Tier anders aufführen. Mit ein paar Schritten war sie bei ihm und kniete sich auf den Boden. Seine Stirn war kalt und schweißnaß, aber der Puls flatterte – er atmete. Die Hand, die er um ihr Handgelenk legte, zitterte leicht.

»Anne«, sagte er wieder und öffnete die Augen.

War er verletzt? Es war nichts zu erkennen. »Was machst du hier?« flüsterte sie.

Er schüttelte stöhnend den Kopf.

»Kannst du aufstehen?«

Er nickte. Seine Augen glänzten wie schwarze Schlitze, sein dunkles Haar war graugepudert vom Staub. Sie umfaßte ihn mit dem rechten Arm und versuchte ihn hochzuziehen. Mühsam rappelte er sich auf. Sie schleppten sich den Gang hinunter.

Anne bildete sich ein, die Luft werde bereits frischer und rieche besser. Ihr fiel auf, daß der Amerikaner das rechte Bein nachzog.

Nach ein paar Metern übergab er sich.

Sie wartete, bis er sich beruhigte, und spürte, wie sich die Mühle in ihrem Kopf wieder zu drehen begann. Was machte der Mann hier? Verfolgte er sie? Steckte er mit Bunge und Zettel unter einer Decke? Auf welcher Seite stand er?

Dann waren sie draußen, in balsamischer Luft. Niemand hatte sie erwartet. Die Gespenster waren unter der Erde geblieben. Über ihren Köpfen schwang einer der Kräne seinen Ausleger über die ehemaligen Ministergärten, das Scheinwerferlicht kroch an der schillernden Pfütze und dem Unkraut vorbei, weit genug von ihnen entfernt. Amber hatte sich ganz eng an sie geschmiegt.

Jonathan schnappte noch immer nach Luft. »Ich kann diesen Gestank nicht ertragen«, sagte er schließlich.

»Verwesungsgeruch«, sagte sie sachlich. »Da unten liegt eine Leiche.«

7

»Nach Peter Zettel wird gefahndet.«

Sonnemann ließ einen angekauten Bleistift auf seiner Schreibtischunterlage hin- und herrollen und nickte. Es kam Karen vor, als wäre er seit gestern nachmittag geschrumpft. Plötzlich sah sie hinter dem massigen Mann wieder den zarten Knaben, der er damals gewesen war – damals, als sie sich beinahe in ihn verliebt hätte. Karen seufzte.

»Ich möchte mit deinen Mitarbeitern sprechen.«

Wieder nickte Sonnemann.

»Und – Frank?«

Seine Augen waren müde, als er sie ansah.

»Nimm es nicht so schwer.« Sie stand auf und ließ ihn allein.

Die Sekretärin bat sie, den Mann zu ihr ins Konferenzzimmer zu schicken, der ganz oben auf ihrer Liste stand. Thomas Schiffer, der Journalist, der die Meldung über Bunges sexuelle Neigungen ins Blatt gebracht hatte.

»Sie können sich ruhig setzen«, sagte sie, als er trotzig wie ein Schuljunge vor ihr stand. Widerwillig ließ er sich in einen Stuhl fallen – fehlte nur noch, daß er die Füße auf den Tisch gelegt hätte.

»Ich hab' doch schon alle Fragen beantwortet. Die haben uns stundenlang gelöchert, die Bullen.«

Sie lächelte ihn milde an. »Ich weiß. Sie *müssen* meine Fragen nicht beantworten.«

»Und wenn ich das auch nicht tue?«

Karen lächelte wieder und hob die Schultern. Nach einer Weile seufzte er theatralisch auf.

»Na schön. Was gibt's?«

Karen ließ ihn zappeln, bevor sie ihm ihre erste Frage stellte. »Hat Peter Zettel was gegen Sie?«

»Wieso?« Schiffer brauste auf. Dann schien er zu begreifen, worauf sie hinauswollte. »Er hat gegen jeden was – zwar nicht so direkt. Aber er stichelt gern.«

»Gibt es bei Ihnen etwas zu sticheln?«

Interessiert sah Karen zu, wie der Mann erst blaß und dann rot wurde. Erst nach längerem Bohren machte er endlich den Mund auf. Peter Zettel – wenn er es denn war, der Schiffer die gefälschte Meldung auf den Schreibtisch gelegt hatte, aber daran zweifelte sie eigentlich nicht mehr – hatte offenbar genau gewußt, warum er sich ausgerechnet diesen Mann ausgeguckt hatte. Ein Mann, der weit besser formulieren als denken konnte. Sie sah nicht ohne Genugtuung, daß er den Kopf hängen ließ, als sie ihn endlich wieder hinausschickte.

Isolde Menzi rauschte ins Konferenzzimmer, als ob sie zur Triathlonweltmeisterschaft antreten wollte. Die Frau wirkte von Kopf bis Fuß kampfbereit.

»Zettel?« Sie zog die Augenbrauen hoch. »Ich dachte, es ginge um Hans Becker.«

Karen lächelte sie schweigend an.

»Also gut.« Die Menzi holte eine verknautschte Zigarettenschachtel aus den Tiefen ihrer Handtasche und sah fragend hoch. Karen schob ihr den Aschenbecher hin.

»Zettel ist –« Sie hielt ein signalrotes Feuerzeug an ihre Zigarette und nahm zwei tiefe, gierige Züge. »Ein Einzelgänger. Intelligent, hinterhältig. Zwangsneurotiker, wenn Sie mich fragen. Frauenfeindlich.«

Karen war verblüfft über diese Kurzanalyse, die keinen Widerspruch zu dulden schien. »Wissen Sie etwas über sein Verhältnis zu Anne Burau?«

Menzi zog die dunklen Augenbrauen hoch. »Frauenfeindlich – sagte ich das nicht?«

»Und was heißt das?«

»Er hat sie erst angemacht und dann fallenlassen. Er macht das gern. Das ist sein Stil.« Menzi schnippte die Asche von ihrer Zigarette, als ob sie die Fernzündung einer Dynamitladung betätigte. Sie sprach offenbar aus persönlicher Erfahrung.

»Er quält gern. Er hat alle gequält. Lilly. Thomas. Besonders Hansi.«

»Auch Sie?«

»Auch mich.« Isolde Menzi schien Karen durch den Zigarettenrauch hindurch anzublinzeln. »Aber mir macht das nichts.«

Karen zog fragend die Augenbrauen hoch.

»Ich laß mich gern quälen«, sagte die Journalistin und verzog den großen Mund zu einem spöttischen Lachen.

»Und wie hat Zettel Hans Becker gequält?« Erstaunt sah Karen, wie Isolde Menzis Gesicht weich wurde.

»Becker war das Gegenprogramm zu Peter Zettel. Hansi war absolut rührend. Er war ein Mensch ...« Wieder zog Isolde Menzi an ihrer Zigarette, legte den Kopf mit inszenierter Nachdenklichkeit in den Nacken und sah den Rauchwölkchen hinterher.

»Er war ein Mensch, der völlig uneitel war. Ehrlich. Loyal. Der sich ausnutzen ließ, wenn man nur an sein Pflichtgefühl und an seine Wahrheitsliebe appellierte.«

Sie setzte sich auf und sah Karen an: »Und der dumme Kerl hatte Angst vor mir.« Ihre Stimme klang, als ob sie das nie begreifen würde.

»Und wer erschießt so jemanden?« fragte Karen nach einer Weile.

»Peter Zettel, oder?« sagte die Menzi in aller Gemütsruhe.

»Das würde passen.«

Karen öffnete das Fenster, als die Journalistin aus dem Zimmer war, und sog die milde Septemberluft in tiefen Zügen ein. Einen Moment lang sehnte sie sich nach einer Zigarette – nach diesem Kick, der sich nach dem ersten Zug einstellte. Und der nach mehr Nikotin verlangte, nach Nikotin, Kaffee und Cognac. Nach so viel Nikotin, daß sie spätestens nach drei Wochen wieder in ihre alten Klamotten passen würde. Dann schloß sie das Fenster wieder.

Die Menzi machte einen hellwachen Eindruck. Einerseits. Andererseits – irgend etwas gefiel ihr an der Frau nicht. Vielleicht das Laute, das Forcierte. Das Besserwisserische.

Drei Minuten später kam Lilly E. Meier in den Konferenzraum, unauffällig, geräuschlos, uneitel – ganz anders als Isolde Menzi. Karen kannte Lillys Namen, hatte von ihr gelesen, hatte sie auch schon mal im Fernsehen gesehen – und auf den Anzeigen, in denen ihr Bild um Spenden für ein internationales Kinderhilfswerk warb. Sie hatte sich Lilly E. Meier ganz anders vorgestellt als die Frau, die sie vor sich sah: Die Meier war zart, fast winzig, und trug

Jeans und ein Männerjackett über der karierten Bluse. Sie war ungeschminkt, hatte die dunkelblonden Locken streng nach hinten gekämmt und auf einer Seite mit einem Kamm zusammengehalten. Sie sah älter aus, als sie sich gab.

»Es ist schrecklich. Ich vermisse ihn so«, sagte sie zur Begrüßung.

Karen bot ihr einen Platz an.

Lilly setzte sich, zog ein zerknülltes Papiertaschentuch aus der Jackettasche und schnaubte hinein. »Sie müssen den Verbrecher finden.«

Lilly E. Meier war die Frau fürs Herz. Ihre Geschichte von Burschi, dem mit dem Fall der Mauer arbeitslos gewordenen Grenzerhund, war selbst Karen ans Gemüt gegangen – ganz zu schweigen vom Schicksal des durch Lilly bundesweit bekannt gewordenen kleinen Mehmet, dem der Krieg die ganze Familie genommen hatte.

Lilly war ein anderes Kaliber als die kühle, analytische Isolde Menzi. Karen schlug das halbbeschriebene Blatt auf ihrem Block nach hinten und schrieb »Lilly E. Meier« oben auf die neue Seite. Dann sah sie auf. Die Meier guckte sie aus grauen Augen an, die keineswegs so leidgeprüft aussahen, wie ihre Stimme klang.

Auch sie wußte nicht, wo sich Peter Zettel aufhielt, und hatte keine Ahnung, wie der Bericht über Alexander Bunge ins Blatt gekommen war. In Fragen der psychologischen Einschätzung wich sie indes auffallend von Isolde Menzi ab.

»Anne Burau? Peter war heiß verliebt in sie.« Und über Zettels Charakter sagte sie: »Na ja – er nimmt es vielleicht mit der Wahrheit nicht immer so genau. Da ist er ganz anders als Becker.«

»Ist das nicht – etwas seltsam für einen Journalisten? Ich meine: es mit der Wahrheit nicht so genau zu nehmen?«

»Hansi sah das genauso.« Wenn Lilly lachte, sah man

ihre Zähne blitzen – kleine, scharfe Mausezähne, dachte Karen.

»Einmal hätten sich die beiden fast geprügelt. ›Nenn mich noch einmal Lügner‹, hat Peter gebrüllt. Hansi war weiß wie eine Wand.«

Lilly nagte mit ihren schimmernden Zähnchen an der Unterlippe. Dann sah sie Karen an, als hätte sie einen Entschluß gefaßt.

»Für Hansi war sein Beruf sein Leben. Für Peter nur – der Weg zum Lebensunterhalt. Er war nicht leidenschaftlich –« Lilly ballte die Faust und machte Anstalten, sie zu schütteln. Sie sah Karen mit einem »Na, Sie wissen schon«-Lächeln an.

Lillys Reportagen waren all das – leidenschaftlich, vom Wahrheitsfieber beseelt. Karen hatte das immer bewundert.

»Sie meinen, er schreibt, was opportun ist, aber nicht, was der Wahrheit entspricht?«

»Na ja«, sagte Lilly. So weit wollte sie offenbar doch nicht gehen. »Aber daß er seinen Hund allein zu Hause läßt ...«

Karen mußte unwillkürlich lächeln.

»Burschi?« fragte sie, immer noch lächelnd.

»Der Hund heißt Amber«, kam es wie aus der Pistole geschossen. »Und ich frage mich, wer sich die Woche über um das Tier gekümmert hat.« Lillys Mund war schmal geworden.

Karen tippte mit der Spitze ihres Bleistifts auf das Blatt Papier. »Die Meldung über Alexander Bunge ...«

Lilly nickte.

»Würden Sie die Information, auf der diese Meldung beruhte, für falsch halten, wenn Sie sicher wüßten, daß sie von Peter Zettel stammt?«

Lilly stutzte. Nach einer Weile nickte sie und sagte bestimmt: »Auf Zettels Unterstellungen sollte man nichts geben.«

Dann entschuldigte sie sich. Karen ließ sie gehen.

Als sie Frank Sonnemann eine Stunde später mit der Behauptung Lillys konfrontierte, daß Peter Zettel ein Lügner sei, schüttelte der ebenso bestimmt den Kopf.

»Das ist es ja, Karen, was ich nicht verstehe. Falschmeldungen sind nicht seine Art. Peter Zettel ist ein hervorragender Journalist, er war nie ein Märchenerzähler. Er ist im Unterschied zu Lilly nicht sehr gefühlsbetont ...«

Karen hätte den Satz beenden können: »... aber sind das nicht alle im Vergleich zu Lilly?«

»Er quält gern, hat Isolde Menzi gesagt.«

»Ach ja, die Menzi ...« Sonnemann blickte nicht auf. Nach einer Weile sagte er:

»Peter sammelt Herrschaftswissen. Er vergißt nichts, was er über eine Person in Erfahrung bringen kann. Er läßt gern anklingen, daß er eingeweiht ist.« Sonnemann klang bitter.

»Er weiß etwas – auch über dich?«

Karen hörte sich die ganze traurige Geschichte an, mit der Frank Sonnemann herausplatzte, bis er sich erschöpft in seinen Sessel zurücklehnte.

»Gott, im Grunde darf das natürlich jeder wissen, Karen.«

In seinem Gesicht las sie das Gegenteil.

Als er gegangen war, versuchte sie, ihre widersprüchlichen Informationen zu ordnen. Es schien plötzlich alles auf diese, auf die entscheidende Frage hinauszulaufen: War Peter Zettel ein Lügner? Oder nur ein Fälscher? Sie blätterte in ihrem Notizblock nach vorn, auf die ersten Seiten. Da war sie, die Todesanzeige Alexander Bunges mit dem seltsamen Text:

Du liebtest die Wahrheit
mehr als dich selbst
An ihr hing Dein Herz –
nicht am Leben.
Das Leben hatte ein Einsehen.

Welche Wahrheit hatte Alexander Bunge gemeint?

Karen griff zum Telefon. Eine Minute später kam Frau Novak zur Tür herein, nervös wie ein flatterndes Huhn. Aber ihre Bluse saß korrekt, die Bügelfalte der Hose war messerscharf – und sie bestätigte Sonnemanns Bild.

»Peter Zettel ist immer akkurat«, sagte sie mit strengem Blick auf Karens zerknittertes Kostüm. »Er ist pünktlich. Er hält Ordnung. Er diktiert druckreif. Und seine Manuskripte sind fehlerlos.«

»Meistens«, fügte sie nach einer kurzen Pause hinzu.

Karen fiel auf, wie unsicher, ja, verängstigt die Frau plötzlich aussah.

»Deshalb hat es mich ja so gewundert – ich meine: Er hat seit einer Woche nichts von sich hören lassen.«

Sie schien die einzige zu sein, die sich aufrichtig Sorgen machte um Peter Zettel.

Schließlich klappte Karen ihren Notizblock zu. Sie hatte nicht das Gefühl, auch nur einen Schritt weitergekommen zu sein. Aber was hatte sie anderes erwartet – von Journalisten?

8

Klein-Roda in der Rhön

Unter Fluchen schnitt Paul Bremer sich ein zweites Pflaster ab – das erste leckte schon. Wie ein Amateur hatte er sich beim Filetieren von Gottfrieds Stallhasen in den Zeigefinger geschnitten. Er zog das zweite Pflaster etwas stärker an, als angenehm war, damit die Bluterei endlich aufhörte. Dann begann er die Möhren zu schälen und die Schalotten zu pellen. Als ihm die Tränen aus den Augen tropften, merkte er, wie wütend er wirklich war. Sie hatte ihn ausgehorcht, die scheinheilige Schlange. Karen, seine älteste, seine einzige wirkliche, seine beste Freundin hatte ihn hinters Licht geführt. Nicht anders konnte er sich das Telefongespräch von vorhin erklären.

Er nahm die Schere vom Haken und ging vor die Tür. Die Haustür krachte hinter ihm zu. Gut so, dachte er. Recht so. Er würde am liebsten noch ganz andere Türen hinter sich zukrachen lassen. Zum Beispiel die zu einer langen Freundschaft.

Er schnitt Büschel aus dem Rosmarin und pflückte drei Lorbeerblätter vom Baum. Ein flüchtiger Blick auf das Gemüsebeet zeigte ihm, daß er dringend die letzten Bohnen ernten mußte. Und zwei der grünweiß gestreiften Zucchini waren schon wieder zu gigantischer Größe aufgeschwollen.

»Was weißt du über Annes Reaktion auf den Tod ihres Vorgängers?« hatte Karen gefragt, in munterem Tonfall, als unterhalte sie sich mit ihm über seine bevorzugte Zahnpastamarke. Er hatte ihr die Wahrheit gesagt. Er hatte ihr gesagt, wie wenig erschüttert Anne damals auf ihn gewirkt hatte.

»Als ob sie – damit gerechnet hätte?«

Karen, die Scheinheilige. Und er Dorftrottel hatte brav geantwortet.

»Nicht direkt.«

»Es hat sie nicht weiter erstaunt, vielleicht?«

Er hatte ausweichend geantwortet. Aber er hatte ihr auch nicht widersprochen.

Bremer ließ die Haustür wieder hinter sich zukrachen, als er ins Haus zurückging. Beim nächsten Mal würde Marianne besorgt das Fenster öffnen und ihn fragen, ob bei ihm noch alles richtig sei. Dann ließ er Öl und Butter im Bräter heiß werden. Es störte ihn nicht, daß ihm heißes Fett auf Hände und Unterarme spritzte, während er die Kaninchenbeine scharf anbriet. Es war, als müßte er sich selbst bestrafen für den Verrat an Anne.

Verrat an Anne? Bremer hätte sich fast wieder in den Finger geschnitten, als er die geschälten Petersilienwurzeln wütend zerhäckselte. Oder Annes Verrat? Mit den wesentlichen Dingen hatte Karen zwar bis zum Schluß hinter dem Berg gehalten, aber eines hatte sie ihm ziemlich bald gesteckt: daß Anne ein Verhältnis gehabt hatte – mit einem Journalisten. Wie passend. Und wie karriereförderlich.

Bremer warf die Petersilienwurzeln, die Möhren, Schalotten, Oliven und eine quer durchgeschnittene Knoblauchknolle in den Bräter zu den Hasenbeinen und ließ auch sie anbraten.

Weiber! Die einen waren hinterhältig und die anderen karrieregeil.

Seine Wut auf beide Arten von Frauen wollte nicht kleiner werden. Das Zischen, mit dem die Dampfwolke hochschoß, als er die Keulen und das Gemüse mit Rotwein ablöschte, tat gut.

Verdammt sei Karen. Hatte sie nicht ganz schön zugenommen in letzter Zeit? Kühlte sie deshalb ihr Mütchen an den hübscheren Frauen? Und verdammt sei Anne. Erst zum Schluß war Karen rausgerückt mit ihrem Verdacht.

»Es sieht so aus, als ob Annes Freund dafür gesorgt hätte, daß der Abgeordnetenstuhl frei wurde, auf dem sie jetzt sitzt.«

»Was für ein Gentleman!« hatte er geantwortet.

»Was, wenn sie davon gewußt hat?«

Was, wenn sie davon gewußt hat? Der Gedanke kreiste durch sein Hirn und hieb mit spitzen Krallen Wunden in alles, was ihm hoch und heilig war. Anne Burau, zum Beispiel – jedenfalls bis vor circa zwei Stunden. Bremer legte den Deckel auf den Bräter und stellte ihn in den Ofen, Gas Stufe 2. Gottfrieds Karnickel, die er das Jahr über mit feinstem Gras und leckersten Küchenabfällen fütterte, brauchten nicht länger als eine halbe Stunde in der Röhre. Er hatte Hunger, obwohl ihm der Appetit vergangen war.

Er stellte die Küchenuhr an und ging hinaus in den Garten. Die Hortensien leuchteten in vornehm verblaßtem Rot, der mannshohe eisblaue Eisenhut schwankte im warmen Abendwind, und über seinem Kopf brummte ein Motorsegler gen Osten. Er setzte sich auf die Gartenbank, streckte die Beine aus und starrte vor sich hin. Das Geräusch tanzender Katzenpfoten ließ ihn aufblicken. Neben der Bank spielte die große Schwarzweiße mit einer Maus, nahm sie zwischen die Zähne, ließ sie wieder fallen, wendete sie mit der bekrallten Samtpfote hin und her, wie der Koch die Bratwurst, und ließ das Tierchen liegen, als es sich nicht mehr rührte.

Da lag der kleine Mausekörper, das Fellchen naß von Katzenspucke. Es war eine graubraune Hausmaus mit zierlichem Schwanz und kreisrunden rosa Ohren. Noch nicht einmal gefressen hatte die Katze ihre Beute.

Bremer wandte sich ab. Katzen waren so. Sie spielten gern mit ihren Opfern.

Als er nach einer Weile wieder zur Seite guckte, war das Tierchen fort. Es hatte also doch noch gelebt. Ein Kratzen zeigte ihm, wo es jetzt war. Die kleine Maus versuchte verzweifelt, die Regenrinne am Schuppen hochzuklettern, immer wieder rutschten die Pfoten ab vom glatten Blech. Das Tier mußte halb wahnsinnig sein vor Angst oder Schmerz oder beidem.

Er würde nie verstehen, warum er zuerst in den Schuppen gegangen war, um ein paar Handschuhe zu holen. Hatte er sich nicht getraut, das Tier mit bloßen Händen anzufassen? Als er zurückkam, war es schon geschehen. Die Schwarzweiße mußte bemerkt haben, daß ihr Opfer sich noch regte und hatte die Sache auf ihre Weise erledigt. Mit auf die Seite gelegtem Kopf zerbiß sie gerade krachend den Mauseschädel und arbeitete sich dann durch den kleinen bepelzten Körper. Das Schwänzchen ließ sie verachtungsvoll zurück. Bremer hob es auf und legte es unter die Souvenir de la Malmaison, die drei letzte duftende Blüten geöffnet hatte.

Er fühlte sich verloren.

Nach einem Umweg über die Küche, in der er sich ein Glas Wein eingoß, stellte er sich mit dem Glas in der Hand ans Gartentor und sah der Dämmerung zu, die sich über die Koppeln hinten am Friedhof senkte. Gottfried spielte mit dem Hund. Bei Beckers gab es den allabendlichen Krach zwischen Vater und Sohn. Erwin hob grüßend die Hand mit der Zigarette und hustete herüber. Derzeit war er gerade wieder trocken. Dann war der alte Schwätzer stumm wie ein Fisch.

Im letzten Tageslicht hörte er Getrappel, die Stimme von Kathrinchen und dann das fröhliche Quietschen der kleinen Nicole. »Böööh«, würde es gleich machen. Oder »Ööòhöööh«. Das waren die Lieblingslaute der Zweijährigen, ein Geräusch, das für das Dorf mittlerweile so typisch war wie das hysterische Geschrei, das Willis Schweine anstimmten, wenn er sie abends fütterte. Aber Nicole überraschte ihn diesmal.

»Aaaauf«, rief das Kind. Und noch einmal, ungeduldiger: »Aaaaauf.«

Es war der Ruf Mariannes, mit dem sie ihre faulen Milchkühe jeden Tag von der Weide zum Melken in den Stall trieb. Dieser Ruf war tiefster Frieden, solange er erklang, war die Welt mit sich im reinen. Paul spürte, wie ihm Rührung die Kehle eng werden ließ. Auch wenn Mariannes Holsteiner einmal nicht mehr waren – ihr Ruf, *der* Ruf, würde fortbestehen.

9

Berlin

Jonathan fühlte sich hundeelend. Er hatte kaum etwas mitgekriegt von ihrem hastigen Rückzug. Anne hatte ihn unter den Arm genommen, ihn hinausgeschleppt aus dem dunklen Loch, hatte ihm den Staub von der Hose geklopft und ihn ins Taxi gesetzt, den schwarzen Hund zu seinen Füßen – wie einen alten Mann. Aus weiter Ferne hörte er sie dem Fahrer eine Adresse zurufen. Dann saß sie neben ihm. Nur er – er war noch immer ganz woanders.

Noch im Taxi schrien die Stimmen auf ihn ein.

»Scheiße, es hat ihn erwischt!«

»Charlie!«

»Die Schweine! Die verdammten Schweine!«

»Der Kopf! WO IST SEIN KOPF?«

Und dann ein dumpfer Schlag – und noch ein dumpfer Schlag. Und dann dieses Brüllen, dieses schreckliche Brüllen, von dem er heute wußte, daß es sein eigenes Brüllen gewesen war. Und die Dunkelheit. Und der Schmerz. Und der Gestank.

Er mußte irgend etwas gebrabbelt haben im Taxi, das nach kaltem Zigarettenrauch und nassem Hundefell roch, denn sie legte ihm beruhigend die Hand auf den Arm. Was sie wohl von ihm hielt, von einem Mann, der beim Geruch von Verwesung und Tod schwach wurde wie ein Kind? Jonathan schloß die Augen und ließ den Kopf ins Polster fallen. Er hatte nicht damit gerechnet, daß alles noch da war, noch nach achtzehn Jahren, direkt unter der Oberfläche, frisch wie am ersten, zweiten, dritten Tag – als er erwacht war im Dunkeln, eingekeilt zwischen den zerrissenen, stinkenden und verdammt toten Kadavern seiner Kampfgefährten. Seiner Kameraden. Seiner Freunde.

Er ließ sie sogar das Taxi bezahlen. Auf dem Weg durch das Foyer des Appartementblocks wurde er langsam wieder wach. Im Fahrstuhl hatte er sich soweit im Griff, daß er ihr in die Augen sehen konnte.

»Hi, Tarzan«, sagte sie und grinste ihn plötzlich an.

»Sorry, Jane«, antwortete er und versuchte zurückzugrinsen.

Der Hund saß zwischen ihnen und klopfte mit dem Schwanz auf den Boden. Er sah an sich hinunter. Er war verstaubt und durchnäßt – genau wie sie.

»Was war los, da unten?« Sie versuchte, die Frage als die normalste von der Welt erscheinen zu lassen.

Jonathan schüttelte sich. »Altes Kriegsleiden«, sagte er, und das sollte ironisch klingen. Aber sie sah ihn aus kühlen blauen Augen an, und er merkte, daß sie ihm nicht abnahm, daß das ein Witz war.

Erst unter der Dusche war er vollends klar. Er ließ das heiße Wasser über sein Gesicht laufen und versuchte, sich alles vom Körper und von der Seele zu spülen – den Gestank und die Erinnerung. Es hatte nach Verwesung gerochen dort unten im Bunker. Was hatte sie gesagt? »Da unten liegt eine Leiche.«

Und plötzlich stand sie neben ihm unter der Dusche. Anne. Deren Wege ihm ein Rätsel waren. Deren Verbindung zu Peter Zettel ihm obskur erschien. Von der er immer noch nicht wußte, wer sie *wirklich* war. Er legte seine Arme um sie und spürte, wie sie zitterte. Vielleicht lag es am heißen Wasser, das von oben über sie fiel, daß sie sich plötzlich aneinanderklammerten wie Ertrinkende. Im nächsten Moment war es ihm egal, welches Spiel sie spielte und welche Rolle ihm wohl zugedacht war dabei.

Er preßte sie an sich, spürte ihre Brüste und ihre Arme um seinen Hals. Er legte ihr die Hände unter den Hintern, hob sie an und glitt in sie hinein, mit dem Gefühl einer anschwellenden und alles überflutenden Zärtlichkeit, die ihm in die Augen stieg, bis er nicht mehr wußte, ob es nur Wasser oder auch Tränen waren, die ihm über das Gesicht liefen. Ihr Mund schmeckte kühl, sie roch nach Lavendelseife, und die Laute, die sie von sich gab, übertönten alle anderen Stimmen und Geräusche in seiner Seele, seinem Herzen, seinem Kopf, bis er sich wieder brüllen hörte.

Diesmal aus Lust.

So trieb man die Dämonen aus, seit Menschengedenken. Immer schon. Überall.

Er hüllte sie in das große Handtuch, das neben der Dusche hing, trocknete sie ab und trug sie ins Bett. Ihr schlanker Körper lag federleicht an seinem, aber ihre Beine umschlossen ihn beim zweiten Mal mit einer solchen Kraft, daß es ihm für einen Moment den Atem verschlug.

Er schlief noch, als sie sich aus der Umarmung löste. Mit dem Finger zeichnete sie seine Lippen nach, er lächelte im Schlaf. Sie fuhr ihm über die Kehle, das Schlüsselbein entlang, die seidige Haut unterhalb der Achselhöhle hinunter bis zu der Bucht zwischen Hüfte und Bauch. Dann sah sie das Bein, das so gar nicht zum Rest seines Körpers paßte. Als sie ihm über die weißen Narben strich, über die tiefen Kerben oberhalb der Wade, über den verkrüppelten Fuß, hörte sie ihn aufstöhnen.

Anne streifte sich einen Pullover über und ging in die Küche. Amber lag an der Heizung unter dem Fenster, öffnete die Augen, klopfte sanft mit dem Schwanz auf den Boden, gab ein tiefes Hundeseufzen von sich und schloß die Augen wieder. Sie hatte vorhin eine ganze Dose Wellfleisch in sich hineingeschlungen – Anne dankte Renas Voraussicht, die sie sogar Fleischkonserven ins Freßpaket hatte legen lassen.

Sie ging auf nackten Sohlen zum Kühlschrank und öffnete eine Flasche Wein. Dann nahm sie Flasche und Gläser und setzte sich neben Jon auf die Bettkante. Es wurde Zeit, daß sie redeten.

Sie hatte ihr Glas halb geleert, als er die Augen öffnete – Augen, in denen noch immer etwas von dem Schrecken lag, dem er dort unten unter der Erde wiederbegegnet sein mußte. »Altes Kriegsleiden«? Warum nicht? Aber aus welchem Krieg?

»Libanon«, sagte er, als könnte er ihr sämtliche Fragen vom Gesicht ablesen. »1982. Illegale Aktion einer Antiterroreinheit der Marines. Wir haben einen Fehler gemacht. Ich bin übriggeblieben. Aber sie haben mich erst nach drei Tagen aufgesammelt.« Er ließ sein rechtes Bein unter der Bettdecke verschwinden, setzte sich auf und stopfte sich ein Kissen hinter den Kopf.

»Danach haben sie mich ausgemustert. Ich war nicht traurig darüber.«

Er betrachtete sie so, wie sie ihn betrachtete: mit gemischten Gefühlen von Nähe und Mißtrauen.

»Was willst du noch wissen?« fragte er schließlich leise.

Anne senkte den Kopf und goß ihm Wein ins Glas. Warum so jemand wie du Soldat wird, dachte sie. Warum du seit Tagen hinter mir her bist. Warum du mich so anschaust – zärtlich und wachsam zugleich. Sie reichte ihm das Glas und hob den Kopf.

Jon sah sie noch immer an. »Erst ich, dann du, okay?«

Sie nickte. Es gab sowieso nichts mehr zu verbergen.

Nach einer Stunde machte sie die zweite Weinflasche auf. Es waren seltsame Wege, auf denen aus dem Enkel einer jüdisch-deutschen Großmutter ein Waffennarr und aus dem Waffennarren ein Elitesoldat und aus dem Soldaten ein anerkannter Kunsthistoriker geworden war. Und es waren merkwürdige Zufälle, die just diesen Mann nach Deutschland kommen ließen, in einem Moment, in dem die Vergangenheit noch einmal aufzubrechen schien, bevor sie endgültig eingeebnet wurde. Aber war das ein Zufall?

»Es gibt – alte Verbindungen«, sagte Jon und ließ sie nicht aus den Augen. »Ich hatte den Auftrag, nach Peter Zettel zu suchen. Statt dessen traf ich auf dich. Du mußt zugeben, daß das einen gutgläubigen Mann aus Chicago verwirren kann.«

Er drehte das Glas zwischen den Fingern und sah sie wieder an, als wüßte er nicht genau, wie weit er ihr trauen konnte.

»Ich bin dir gefolgt. Ich dachte, du führst mich zu ihm.«

Anne spürte, wie sein Mißtrauen sie ungeduldig machte. Hatte sie nicht mindestens genausoviel Grund, seine abenteuerliche Geschichte zu bezweifeln?

»Und warum ist ein Kunsthistoriker aus Chicago mit ›alten Verbindungen‹« – sie gab sich Mühe, ironisch zu klingen – »warum ist ein Amerikaner so an einem deutschen Journalisten interessiert, daß er einer fremden Frau hinterherläuft – bis unter die Erde?«

Ihr war mulmig zumute. Sie konnte es sich langsam denken.

Endlich nahm er einen Schluck Wein. Dann setzte er das Glas ab.

»Peter Zettel hat auf dem internationalen Markt der Sammler, Waffenfreaks und Politfanatiker ein paar interessante Dinge angeboten.« Seine Stimme veränderte sich, er sprach plötzlich härter und schneller.

»Panzerfäuste. Handgranaten. Gewehre. Pistolen. Orden und Abzeichen. Uniformteile. Stahlhelme. Knochen. Devotionalien aus dem Krieg. Aus Nazideutschland.«

Das war schlimmer, als sie befürchtet hatte. Zettel war Alexander Bunge zu Gefallen gewesen, soweit hatte sie richtig gelegen. Aber er hatte sich nicht darauf beschränkt, die aufgefundenen Bunker leerzuräumen, damit nichts den Neuaufbau der Hauptstadt aufhalten konnte. Er hatte auch noch all das, was er unter Tage fand, verhökert.

Was für ein mieses, schmutziges Geschäft. Der logische Gedanke, der sich daran anschloß, war ihr womöglich noch widerlicher: Hatte er sich etwa vorgestellt, auch sie würde ihm dabei helfen? Williger womöglich als Bunge?

»Er hat das Zeug kiloweise angeboten – im Internet. Er hat direkt an Militariahändler geliefert. An bekannte Rechtsradikale.«

Jon sah ihr in die Augen, als ob er nach einer Reaktion suchte, die ihn befremden könnte.

»Und das mögen wir nicht«, sagte er schließlich.

Sie wich seinem Blick aus. Nur kurz fragte sie sich, wer

wohl hinter dem »wir« steckte, von dem da so selbstverständlich die Rede war. Die amerikanische Regierung? Die hatte in Berlin nichts mehr zu sagen. Aber sie war zu sehr mit ihren eigenen Gedanken beschäftigt.

Schließlich sah sie ihn wieder an. Warum sollte sie ihm nicht sagen, was sie zu wissen glaubte?

»Peter hatte offenbar Zugang zu jeder Baustelle in Berlin – zu jedem Bunker. Zu jedem Waffendepot. Zu jedem Fundort solcher Bodenschätze.« Sie hatte einen trockenen Mund, als sie das sagte.

»Und die Sache wird noch besser: Die diskreten Hinweise, wo es etwas zu finden geben könnte, kamen wahrscheinlich aus dem Büro des Vorsitzenden der Baukommission des Ältestenrates des Bundestags – aus meinem Büro.« Anne korrigierte sich. »Aus dem Büro meines Vorgängers. Und der hat sich vor ein paar Wochen zu Tode gestürzt.«

Sie verstand den Widerwillen in Jons Gesicht. Nichts anderes empfand sie selbst. Er leerte sein Glas in einem Zug. Dann nickte er. Sein Blick ging in weite Fernen. Nach einer Weile sah er sie wieder an, mit gerunzelter Stirn.

»Freund Zettel hat noch etwas anderes angeboten. Etwas, das auf dem Markt der Perversen drei Millionen Dollar wert ist. Eine Waffe, eine Walther PPK, eine im Grunde stinknormale Pistole. Nur die mit der Seriennummer 803 157 ist etwas Besonderes. Es ist die, mit der Adolf Hitler sich umgebracht hat.«

Anne merkte, wie sich ihre Gedanken überschlugen. War das der Grund, warum Bunge aus dem Weg geräumt werden mußte? Ein Drei-Millionen-Dollar-Grund?

»Meine Aufgabe bestand darin, zu überprüfen, ob Zettel das nur behauptete – oder ob es stimmte. Ob Hitlers Selbstmordwaffe wirklich gefunden wurde, vierundfünfzig

Jahre, nachdem sie jemand vergraben hat. Unter den Trümmern des Lehrter Bahnhofs.«

Jon stellte das Glas ab und zog sie neben sich. Sie lehnte sich erst widerstrebend, dann mit einem tiefen Seufzer an seine Schulter.

»Mir ist die Vorstellung gräßlich, daß die alte Knarre irgendwo als Kultgegenstand benutzt werden könnte, auf schwarzen Messen, wo man die alten Schwüre deklamiert und die bluttriefenden Fahnen hißt ...« Jons Stimme war leise geworden. »Andererseits: Ich halte es für fast unmöglich, daß die Waffe wieder aufgetaucht ist.«

»Vielleicht hat Zettel eine Fälschung angeboten?«

Er hob die Schultern und ließ sie wieder fallen. »Schon möglich. Seriennummern kann man fälschen, wenn man es geschickt anstellt.«

»Für mich sieht eine Knarre wie die andere aus.« Anne dachte an all die Zettels der Welt – und an die Mehrheit der Dummen, die immer wieder auf sie hereinfielen.

»*Keine* Waffe ist wie die andere. Die Seele einer Waffe ist einzigartig.«

»Seele?«

Er lachte, als er sie ungläubig schnauben hörte. »Ein gezogener Lauf weist Rillen auf, das sind die Züge, und die nennt man die ›Laufseele‹. Diese Züge hinterlassen Spuren auf dem Geschoß. Man kann mit bloßem Auge erkennen, ob Geschosse aus dem gleichen oder aus verschiedenen Läufen stammen. Es gibt auf der ganzen Welt keine zwei Waffen mit identischen Zügen.«

Hier spricht der Waffennarr, dachte Anne und spürte, wie ihr unbehaglich wurde dabei.

»Es gibt noch eine weitere Besonderheit einer Walther PPK. Ihr Sicherungsmechanismus erzeugt charakteristische Abriebspuren auf den Geschoßhülsen. Nur bei dieser Waffe bleibt der Verschluß nach dem letzten Schuß offen.«

»Du könntest die Waffe also erkennen, wenn du sie in der Hand hältst?«

»Ja und nein. Ob das Alter und das Modell und die Seriennummer stimmten – das kann ich feststellen. Aber alles andere …«

Er zuckte mit den Achseln.

»Das Geschoß, mit dem Hitler sich erschossen hat, wurde nie gefunden. Wir wissen nicht, ob es irgendwo auf der Welt eine Kugel gibt, von der mit Sicherheit behauptet werden kann, daß sie aus Hitlers Walther PPK abgeschossen wurde. Wir haben also keine Vergleichsmöglichkeit.«

Er zog sie noch näher zu sich heran.

»Ich nehme an, daß er eine Fälschung angeboten hat. Aber ob Fälschung oder Original: Entscheidend ist, daß er sie nun nicht mehr meistbietend versteigern kann …«

»Weil er tot ist.«

»Genau.«

Nach einer Weile sagte sie: »Es war Peter Zettel – die Leiche im Bunker.«

»Ich dachte es mir«, murmelte er, den Mund in ihren Haaren.

»Gestorben in den Überresten des Führerbunkers …«

Sein Mund wanderte tiefer, ihren Hals hinunter.

»Und die Walther PPK?« fragte sie nach einer Weile.

»Was ist damit?« Seine Lippen umkreisten ihre Brust.

»Ich meine: Wo ist sie jetzt, das Original oder die Fälschung?«

»Hoffentlich unauffindbar.« Sie bäumte sich auf, als er sie küßte, dort, wo es sich am süßesten anfühlte.

Dann hörte sie auf zu fragen. Nach einer Weile zog sie ihn hoch zu sich und ließ ihn ein. Als kein Wort mehr zwischen sie paßte, schloß sie die Beine um ihn, bog den Hals zurück und ließ sich von seinem fließenden, drängenden Rhythmus davontragen.

Diesmal wachte er als erstes auf. Die Kerzen, die sie vorhin angezündet hatte, waren heruntergebrannt. Er betrachtete Anne lange und spürte einen vertrauten Schmerz – er würde bald gehen müssen und wäre doch gern geblieben. Dann bettete er ihren Kopf an seine Schulter und streichelte sie wach. Er mußte mehrmals fragen, bis sie ihm endlich ihre Geschichte erzählte – mit der Verlegenheit all jener, die auch noch Schuldgefühle haben, weil jemand sie verraten, betrogen und zum besten gehalten hat – ihr Ehemann. Und Peter Zettel.

»Aber was das Schlimmste ist ...« Sie hatte sich aufgesetzt, die Haare verwuschelt, die Augen tieftraurig.

»Sie läßt einen nicht los – diese Krake. Diese verdammte, elende Vergangenheit. Du stolperst an allen Ecken und Enden über sie. In dieser Stadt. In diesem Land.«

»Laß ihr keine Macht über dich.«

»Das sagst *du*?«

Ausgerechnet einer, den seine Vergangenheit vor ein paar Stunden mit Schwachheit geschlagen und zu Boden geworfen hatte? Er sah sie mit wiedererwachter Zärtlichkeit an. Am liebsten hätte er ihr das Gewicht der Geschichte von den Schultern genommen.

»Komm in der Gegenwart an«, sagte er leise.

»Wie geht das?«

»Üben hilft.«

Jetzt lächelte sie. »Aber nennt man das nicht Verdrängung?«

»Nicht, wenn man weiß, daß man es tut«, sagte er und dachte an Hilde. Früher hatte er sie nicht verstanden.

»Menschen können ohne Erinnerung nicht leben«, hatte sie oft gesagt. »Aber auch nicht, wenn sie nicht vergessen dürfen.«

Auf Annes Wecker war es fünf Uhr früh, als er ging. Sie schlief, die blonden Haare über das Kissen gebreitet. Er küßte sie auf die Schulter.

Fast hätte er ihn vergessen, den kleinen Gegenstand, der auf dem Boden lag neben dem Bett. Sie hatte ihn im Bunker gefunden, direkt neben dem Loch mit der Leiche. Irgendwann war sie urplötzlich aus dem Bett gesprungen und hatte hektisch nach ihrem Jackett gesucht. Dann hatte sie das Fundstück triumphierend hochgehalten. Er hob es auf, sah es lange an, schloß dann seine Finger darum und steckte es in die Tasche. Er zog so leise wie möglich die Tür hinter sich zu.

Im Treppenhaus roch es nach Putzmittel. Der Morgenhimmel war noch grau. Die Luft schmeckte nach Herbst.

10

Sie wachte auf – so gelöst wie lange nicht mehr. Sie hatte seinen Geruch in der Nase, spürte seine Hände, hörte seine Stimme. Im ersten Moment war sie enttäuscht, als sie sich zu ihm umdrehen wollte und niemand neben ihr lag.

»Jon?«

Hatte sie geträumt? Er war gegangen. Aber genauso hatten sie es verabredet, noch in der Nacht. »Halt du dich da raus«, hatte er gesagt, mit der Geste des Beschützers. »*Ich* rufe die Polizei an.«

Sie guckte auf den Wecker. Das mußte er längst getan haben. Längst würden sie Peter gefunden und ihn herausgeholt haben aus seinem nassen Grab. Anne wickelte die

Bettdecke enger um sich und ließ die gestrigen Ereignisse vor ihrem inneren Auge vorbeiziehen. Der Bunker und die Dunkelheit, der Geruch, die Enge, ihre Angst. Sie bewegte unter der Bettdecke Hände und Finger. Sie hatte sich im Bunker die Handflächen aufgeschürft, sie brannten noch immer.

Und dann – der Verwesungsgestank. Die Leiche. Nicht die erste in ihrem Leben. Fast hätte sie laut gekichert. Sie wollte sich doch wohl nicht daran gewöhnen?

Warum so frivol, Anne? dachte sie. Warum so – euphorisch? Nur weil wieder mal ein Mann neben dir gelegen hat? Unwillkürlich schüttelte sie den Kopf. Das war es nicht. Aber woher dann dieses tiefe Gefühl von Befreiung, das sie plötzlich durchströmte? Das alles war ein Albtraum gewesen, dort unten im Bunker – ihr höchstpersönlicher Albtraum. Aber sie hatte aus eigener Kraft wieder herausgefunden, sie hatte die Angst überwunden, diese Urangst, die sie ihr Leben lang begleitet hatte. Hatte Jon womöglich recht? Kann man vergessen? Hört die Erinnerung irgendwann einmal auf, Macht über die Menschen zu haben?

Üben, dachte sie und lächelte beim Gedanken an seine Hände und an seine langsamen, fordernden Bewegungen. Sie kuschelte sich ins Kissen und dämmerte wieder ein.

Mit dem alarmierenden Gefühl, etwas Wichtiges zu versäumen, schrak sie Stunden später wieder hoch. Es war schon Mittag. In einer Stunde begann die Fraktionssitzung. Anne sprang aus dem Bett.

Beim Dauerlauf die Dorotheenstraße hinunter fluchte sie leise in sich hinein. Der Umweg über ihr Büro kostete Zeit, aber sie mußte vor Beginn der Sitzung noch ihre Unterlagen holen. Der Pförtner winkte ihr zu, als sie an ihm vorbeistürmte. Atemlos riß sie die Tür zu ihrem Büro auf. Es roch nach Zimt und Sandelholz. Auf dem Fußboden neben dem Papierkorb lagen, wie üblich, zusammengeknüllte Papiertaschentücher. Die Zang telefonierte. Schon wieder.

Diesmal unterbrach die Sekretärin sofort ihr Gespräch. Sie wich Annes Blick aus und sagte ein fast schüchternes »Tag«. Anne blieb mitten im Raum stehen. Die Zang sah aus wie das verkörperte schlechte Gewissen.

Und plötzlich spürte sie das unwiderstehliche Bedürfnis, die Frau zu quälen. »Privat oder dienstlich, Frau Zang?«

»Es war nur ...«

»Kann es sein, daß Sie in letzter Zeit ein- oder zweimal zuviel telefoniert haben?« Sie genoß die Verlegenheit der Sekretärin.

Die Zang schniefte auf. »Ich habe ...«

Anne hörte nicht mehr, was die andere zu ihrer Verteidigung vorbrachte. Denn plötzlich fügte sich ein weiteres Steinchen in das Puzzle. »*Sie* waren das mit dem anonymen Anruf, nicht? Gleich am ersten Tag?« Anne ahmte die Stimme nach, die ihr hatte Angst einjagen sollen. »Paß auf dich auf, Anne. Berlin ist nicht die Rhön.«

Mechthild Zangs Gesicht war knallrot.

Anne war mit ein paar Schritten am Schreibtisch der Zang. Die Frau zuckte zurück, als ob sie Tätlichkeiten erwartete. Anne setzte sich auf den Schreibtisch, schlug ein Bein über das andere, wippte mit dem Fuß und registrierte mit Belustigung, daß plötzlich nicht mehr sie die Verängstigte war, sondern die andere. Die Sekretärin hatte ihren Schreibtischstuhl so weit wie möglich nach hinten gerollt und hätte sich im Bemühen um Abstand sicherlich noch weiter entfernt, wenn dort nicht der Aktenschrank gestanden hätte.

In einer plötzlichen Eingebung griff Anne nach dem

Terminkalender, der am Kopfende des Schreibtischs lag. Vergebens versuchte die Zang, ihn zu fassen zu kriegen.

Anne fächelte sich mit dem Kalender Luft zu. »Sie telefonieren *zu* gern, nicht? Deshalb haben Sie auch immer Peter Zettel angerufen, wenn wieder einmal etwas zu erledigen war, oder?«

Die andere hatte den Mund zu einem dünnen weißen Strich zusammengepreßt.

»Peter Zettel kam gern. Peter Zettel räumte auf. War es so?«

Genauso mußte es gewesen sein. Zang telefonierte, Zettel entsorgte und der sehr verehrte Dr. Alexander Bunge blieb sauber dabei.

»Wußte Alexander Bunge davon? Hat er den Deal stillschweigend geduldet? Und hat er irgendwann Skrupel bekommen?«

Anne legte den Kalender behutsam wieder zurück auf den Tisch.

»Er hat den Denkmalschutz angerufen, stimmt's?«

Die Zang starrte sie an wie ein Karnickel die Schlange. Dann nickte sie.

Anne stand auf und ging hinüber zum Fenster. Das war der Fehler in Peters Rechnung gewesen. Er hatte nicht einkalkuliert, daß es selbst unter Politikern noch Menschen mit einer Restgröße Anstand geben konnte.

»Ich weiß nicht, wieviel Sie an dem ganzen Dreck verdient haben – und es ist mir auch egal.« Anne merkte, wie ihr die Galle hochkam, als sie die Erleichterung im Gesicht der anderen sah.

»Aber kommen Sie bitte der Kündigung zuvor, Mechthild.« Auch der letzte Rest Mitleid, den sie mit der Frau hätte haben mögen, war verflogen.

Sie ging hinüber in ihr Zimmer, schaufelte den Packen

Papier vom Schreibtisch in die Aktentasche, ging an der Zang vorbei, ohne sie eines Blickes zu würdigen, knallte die Tür hinter sich zu und lief wie befreit die Treppe hinunter.

War die Frau Peter Zettels Charme erlegen? Sie schüttelte sich bei dem Gedanken. Oder ging es nur um das alleinseligmachende, allgültige Medium, um Geld? Und wie anständig war Alexander Bunge wirklich gewesen? Er hatte die schmutzige Arbeit andere erledigen lassen. Andererseits: Er hatte den Preis dafür gezahlt. Den höchsten.

Als sie auf den Platz vor dem Reichstag einbog, fuhr ihr eine Sturmbö ins Gesicht und in die Haare. Sie blickte nach oben. Die grauen Wolken waren an ihren Rändern zu einem kränklichen Grüngelb übergewechselt, es sah nach Gewitter aus. Sie hob das Gesicht in den Wind. Ein Wolkenbruch, dachte sie, täte jetzt gut. Ein Platzregen. Ein reinigendes Donnerwetter.

Sie ahnte nicht, was sich im Reichstag zusammengebraut hatte, als sie an der Pforte ihren Ausweis zeigte und dann mit vollem Schwung ins Foyer lief.

Scheinwerfer gingen an. Vor ihr stand eine erwartungsfrohe Meute. Ein Wald von Mikrofonen, Fernsehkameras und Fotoapparaten war auf sie gerichtet. Anne blieb abrupt stehen. Dahinter weiße Gesichter, in denen sich Neugier mit Sensationslust stritten. Für einen Moment war es gespenstisch still. Dann brachen die Dämme.

»Hat Peter Zettel Ihnen den Weg in den Bundestag freigeräumt?« fragte eine Blondine im lindgrünen Kostüm mit großen Kulleraugen und Haifischlächeln. Der Mann neben ihr hielt Anne das Mikrofon so nah vors Gesicht, daß sie kaum noch etwas anderes erkennen konnte – außer den Augen, den vielen aufgerissenen, glänzenden Augen.

»Was hatten Sie für ein Verhältnis zu ihm? Waren Sie ihm hörig?«

Was für ein lächerliches Wort, dachte sie. In den Augen der Frau, die diese Frage gestellt hatte, glaubte sie ein ganzes Panoptikum schmutziger Phantasien zu erkennen.

»Hat er auch Sie erpreßt?« fragte ein schlanker, jungenhafter Mann mit braunen Haaren und scheinbarem Mitleid in der Stimme, der sie entfernt an Peter Zettel erinnerte.

»Mußte er deshalb sterben?«

»Sie wissen doch, daß er tot ist, oder?« fragte ein anderer.

»Aber Sie kennen sich ja aus mit toten Männern ...« Die Blonde mit dem Haifischlächeln hatte die Stimme triumphierend gehoben.

Anne merkte, wie ihre Knie weich zu werden begannen. Sie fragen so, wie sie immer fragen, versuchte sie sich einzureden. Sie wollen dich provozieren. Sie wollen, daß du unvorsichtig wirst und zur Verteidigung etwas herausstotterst, das sie gegen dich auslegen können.

Aber ihre Euphorie war einer tiefen Beunruhigung gewichen. Woher wissen sie, daß Zettel Bunge erpreßt hat? Woher wissen sie, daß Peter und sie ... Aber sie hatten doch gar nicht ... Ihr wurde übel. Wer sich verteidigt, klagt sich an, dachte sie. Sag lieber nichts. Doch statt Beunruhigung empfand sie plötzlich Furcht. Denn woher wissen sie ...?

Die Zeit schien stillzustehen. Ihre Augen suchten im Pulk ein bekanntes Gesicht, jemanden, dem sie vertrauen, auf den sie setzen konnte. Und plötzlich sah sie es rot aufleuchten hinter dem Meer der weißen Gesichter. Es war das Jackett von Isolde Menzi, die am Rande der Versammlung stand, so, als ob sie mit alledem nichts zu tun hätte. Anne glaubte in ihrem Gesicht Spott zu lesen – Spott und Genugtuung. Als ob sie wußte, was hier gespielt wurde.

Die Menzi, dachte Anne. *Sie* hat die Meute auf mich gehetzt.

Dann kam wieder Bewegung ins Bild. Die Fernsehkameras surrten, die Verschlüsse der Fotoapparate klickten, die Schreibblöcke waren erwartungsvoll erhoben, manch einer hielt ihr sogar den Bleistift entgegen, als wäre er eine Waffe.

»Ich habe Ihnen nichts zu sagen, meine Damen und Herren«, hörte Anne sich mit fester Stimme erklären. Dann drehte sie sich um und schritt mit hocherhobenem Kopf an dem Journalistenpulk vorbei, Richtung Plenarsaal. Flüchtig wunderte sie sich, daß niemand sie daran hinderte.

Walter stand schon an der Tür und hielt sie ihr auf. Heute machte er keinen Scherz, wie er das sonst zu tun pflegte. Er sah ungewohnt ernst, ja verlegen aus.

In diesem Moment ging ihr auf, wie todernst die Lage war. Sie hatte einen Feind. Und sie wußte nicht, wer es war.

11

»Peter Zettel kann Hans Becker nicht erschossen haben – er war längst tot.« Karen Stark konnte ihre Aufregung nicht ganz unterdrücken. Wanka war anständig genug gewesen, sie sofort von dem Leichenfund im Bunker zu benachrichtigen.

Frank Sonnemann hockte wie ein trauriger Pinguin hinter seinem Schreibtisch.

»Frank!« sagte Karen ungeduldig. »Verstehst du, was das heißt?«

Er nickte wie in Trance.

»Was könnte Hans Becker herausgefunden haben, das so gefährlich war, daß jemand ihn töten mußte?«

Frank Sonnemann schüttelte hilflos den Kopf. Karen

seufzte auf, klopfte ihm auf die Schulter und verließ das Büro.

In der Redaktion war man der Meinung, Peter Zettel sei auf der Suche nach dem Bernsteinzimmer umgekommen. Er sei nicht das erste Opfer dieses monströsen Kitsches, hatte Jo Eyring gesagt – und sich keine Mühe gegeben, die Genugtuung in seiner Stimme zu verbergen.

»Erst Bunge, dann Zettel, dann Becker« – so sah es Lilly E. Meier. Karen drehte sich mit dem Zeigefinger Löckchen in die roten Haare. Ein Selbstmord, ein Unfall, ein Mord. Wie zum Teufel hingen diese Tode zusammen? Und was hatten Alexander Bunge und Peter Zettel, Hans Becker und Anne Burau gemeinsam?

Gewiß war nur eines: Es gab bloß eine Überlebende in diesem Quartett.

Sie saß allein im Konferenzraum, vor sich den Block mit ihren Protokollen. Sie mußte nicht weit zurückblättern, bis sie fand, was ihr schon damals aufgefallen war, ohne ihm Bedeutung zuzumessen.

»Scheiße!« sagte sie laut und schlug mit der flachen Hand auf den Tisch. Dann stand sie hastig auf.

»Ich möchte gerne noch einmal mit Frau Meier sprechen!« Der Vorzimmerdrache namens Novak sah sie aus müden Augen an.

»Sie hat vor zehn Minuten das Haus verlassen!«

Karen dachte einen Moment nach. »Sie wissen nicht zufällig, wohin sie gegangen ist?«

»Aber sicher weiß ich das!« Die Frau gewann langsam ihre steife Würde zurück.

»In den Reichstag! Sie hat doch noch ein Porträt zu schreiben!«

Karen mußte nicht fragen, über wen. Als sie das Büro verlassen hatte, begann sie ihre Schritte zu beschleunigen.

Vor dem Reichstagsgebäude standen die Menschen Schlange. Die riesige Glaskuppel und die Aussichtsplattform waren die neuen Attraktionen Berlins. Karen umrundete die Menschenmassen und zeigte am Eingang ihren Ausweis vor. Der Saaldiener, den sie nach Lilly E. Meier fragte, war jung, hatte glänzend schwarzes, gegeltes Haar und trug einen Ring im Ohrläppchen.

»Ich habe sie doch eben noch gesehen«, sagte der Mann und blickte sich suchend um. »Sie hat Frau Burau herausgebeten. Vielleicht« – er schaute auf seine Armbanduhr – »sind sie ins Restaurant gegangen?«

Karen nickte und ging zum Fahrstuhl. Sie spürte, wie die Unruhe in ihr wuchs. Schneller, verdammt, dachte sie. Als sich die Fahrstuhltüren oben zur großen Terrasse öffneten, stockte ihr der Atem.

Die Szene wirkte, als ob jemand den Filmprojektor angehalten hätte. Saaldiener, Besucher und einige andere, die sie für Abgeordnete hielt, standen bewegungslos herum und starrten auf das Bild, das sich ihnen bot. Nur die Kräne bewegten ihre Ausleger durch die Septembersonne, die Karen für einen Moment blendete.

Die Aussichtsterrasse über dem Reichstag war von einer Balustrade umgeben, einer breiten Mauer. Nur eine Reling schützte vor dem Abgrund. Auf dieser Mauer standen die Frauen. Zwei Frauen: die eine klein, zierlich, mit unordentlichen Locken, durch die sich das Sonnenlicht brach, in Jeans und Jackett. Die andere groß, aufgeschossen, mit glatten hellblonden Haaren und in einem strengen schwarzen Hosenanzug.

Sie standen regungslos da oben, nur der Wind spielte in ihren Haaren; so regungslos wie all die anderen, die ihnen zusahen dabei. Die größere der beiden Frauen hatte sich der kleinen zugewandt, die Hände leicht ausgebreitet. Die kleinere umfaßte mit beiden Armen eine lange schwarze Tasche.

Die Lippen Lilly E. Meiers bewegten sich, mehr konnte Karen von hier aus nicht sehen. Die Arme von Anne Burau hoben sich, unmerklich fast. Karen spürte, wie ihr Magen sich senkte.

Sie kam zu spät, sie kam schon wieder zu spät, sie kam immer zu spät.

Neben ihr begann es zu raunen, die Menschen redeten aufeinander ein, noch verhalten, aber mit wachsender Unruhe. Jetzt sagte Anne etwas. Und dann begann sie den Kopf zu drehen. In Karens Richtung. Gleich würde sie sie sehen.

Im selben Moment begann sie loszulaufen. Sie sah die aufgerissenen Augen Anne Buraus, sah den offenen Mund von Lilly Meier, ohne mitzubekommen, was sie sagte. Und hörte den vielstimmigen Schrei der Umstehenden, als plötzlich nur noch eine der beiden oben auf der Balustrade stand, im Wind, schwankend, mit Entsetzen im Gesicht.

»Sie ist weg!«

»Sie hat sie hinuntergestoßen!«

»Sie ist gesprungen!«

Karen hörte ihren eigenen keuchenden Atem und die Kommentare der Zuschauer und, wie ein Echo, wieder und wieder den Satz: Du kommst zu spät. Du kommst immer zu spät.

Aus der Ferne wehte der Klang von Martinshörnern herüber. Und plötzlich war es wieder still – so still, daß sie glaubte, das Geräusch zu hören, das entsteht, wenn der Ausleger eines Krans langsam die Luft zerteilt. Wuusch. Wuusch. Wuuuusch.

VIERTER FALL

1

Rhön

Kriminalhauptkommissar Gregor Kosinski straffte die Schultern und blinzelte in die Septembersonne. Er hatte die Hände in die Taschen seines Trenchcoats gesteckt und den Mund gespitzt. Nur der schräge Blick der jungen Frau mit dem vollen Einkaufskorb, die ihm entgegenkam, hinderte ihn am fröhlichen Pfeifen. Wenn alte Säcke sich daneben benehmen auf offener Straße, dachte er – wo kommen wir da hin? Dabei gab es noch nicht einmal Grund zu guter Laune. Er war schließlich nicht freiwillig Fußgänger – wer ging schon zu Fuß hier auf dem Land? Die Frauen, schön – wenn sie nicht gerade Fahrrad fuhren. Was blieb ihnen auch übrig? Ihre Männer stellten das Auto lieber sicher – da, wo ihm tagsüber nichts passieren konnte, zum Beispiel auf einem ruhigen und geräumigen Firmenparkplatz. Mit »Ökosteuern« auf Benzin durfte man dem an und für sich naturverbundenen Landvolk nicht kommen. Auf dem Dorf gehörte die Kiste zum Existenzminimum. Insofern war Kosinski arm dran: Seine war gestern mal wieder in die Knie gegangen.

»Wolltest du nicht schon letztes Jahr …?« Beate hatte ihn süß und mitleidlos angelächelt. Er hatte tatsächlich irgendwann einmal aus Versehen das Wort »Neuwagen« ausgesprochen. Seither drückte der junge Reining just ihr regelmäßig die erlesenen Farbfaltblätter mit den neuen Modellen in die Hand.

»Du gräbst dir damit selbst das Wasser ab, Jo!« sagte Kosinski ihm immer, wenn er die Reparaturrechnung bezahlte. »An so einem neuen Auto ist doch nix zu verdienen!«

An seinem hingegen …

Diesmal mußte zwar nur eine Bremsleitung erneuert werden, aber bis zum nächsten TÜV-Termin war einiges fällig – das Bodenblech war fast durchgerostet.

»Und wie sieht denn die Karre aus – ich meine, rein äußerlich. Und das bei einem Kriminal*haupt*kommissar«, hatte Jo Reining beim letzten Sicherheitscheck süffisant gesagt und ihm die Stellen gezeigt, an denen der Lack sich wie eine aufblühende Rose vom Autoblech zu heben begann.

Kosinski pfiff jetzt doch, als er die Straße überquerte. Bad Moosbach war eine nette kleine Kreisstadt mit einer schönen Altstadt aus prächtigen Fachwerkhäusern. Nur an der Hauptstraße, die um den Ort herumführte, reihten sich Flachdachhäuser der 60er Jahre aneinander – häßliche Schachteln, aber für Gewerbebetriebe und Autowerkstätten genau das Richtige. Die wenigen älteren Häuser waren grau und heruntergekommen. Hier wohnten schon immer die Außenseiter, die nicht oder nicht so ganz dazugehörten.

Jetzt lebte im Eckhaus eine Roma-Familie mit sechs Kindern und unzählig vielen Tanten, Onkeln, Neffen und Nichten, die den Unmut der Bürger erregten, weil die fünf Mülltonnen im Hof stets überquollen – und immer Plastiktüten mit Abfall daneben standen. Weil das Brennholz nicht ordentlich gestapelt war, sondern im Haufen neben einem schon ziemlich zerfransten Hackklotz lag. Weil die Frauen schlechte Zähne hatten und aussahen, als ob ihre Männer sie verprügelten. Weil …

Kosinski grüßte die Alte, die soeben die Haustür aufmachte und eine weitere Plastiktüte neben die anderen stellte. Sie trug ein Kopftuch und eine Schürze und lachte ihn breit an. Schlechte Zähne. Wer sagt's denn.

Jo Reining begrüßte ihn mit einem Espresso, fragte nach Beate und Thea und, wie er es immer tat, nach seinen neuesten »Fällen« und präsentierte ihm erst nach diesem Ritual die Rechnung.

»Und du willst nicht vielleicht doch einmal eine Probefahrt machen? Mit unserem neuesten Modell?«

Kosinski runzelte die Augenbrauen und sah ihn scharf an. »Nix da. Und versuch bloß nicht wieder, meine Frau zu verführen.«

Reining zuckte die Schultern und hielt ihm die Wagenschlüssel hin, als hätte er sie aus der Gosse gefischt. »War ja nur 'ne Frage.«

»War ja nur 'ne Antwort.«

Der alte Escort sprang an wie eine Eins. Kosinski lehnte sich zufrieden in die schon ziemlich nachgiebig gewordene Rückenlehne und steuerte das Auto aus dem Hof hinaus, die Hauptstraße hinunter. Vor dem neuen Großmarkt standen Menschentrauben an luftballongeschmückten Ständen. Das war das dritte Volksfest in zwei Jahren vor einem neueröffneten Supermarkt – man fragte sich, wie die alle überleben wollten. Bad Moosbach hatte fünf Supermärkte! Fünf! Alle auf der grünen Wiese, alle Backe an Backe. Wahnsinn.

Und dabei hatten die Moosbacher noch Glück gehabt. In Ottersbrunn war gleich der ganze alte Ortskern zum »Gewerbepark« geworden. Da, wo bis in die 70er Jahre Fachwerkhäuser gestanden hatten, die plötzlich alle auf einmal baufällig und von der praktisch denkenden Gemeindeverwaltung zum Niedermähen freigegeben worden waren, gab es jetzt große, fensterlose Betonschachteln – ein Baumarkt, ein Getränkemarkt, ein Rewe-, ein Edeka- und ein Schlecker-Markt. Im Postgebäude aus Sichtbeton hing ein langsam verblassendes Foto aus dem Jahr 1972. Es zeigte die alte Poststation: ein Sahnetörtchen von Fachwerkschloß mit Giebeln, Türmen und Balkons.

Man ist ja nicht sentimental, dachte Kosinski. Aber irgendwann war nichts Altes mehr übrig. Und irgendwann würden die Großmärkte einer nach dem anderen pleite gehen.

Und dann? Abreißen?

Und danach? Das städtebauliche Nichts? Der Mut zur Lücke?

Auf der Bundesstraße war nichts los. Fast hätte er gebremst, als er auf dem Feldweg kurz vor Ottersbrunn einen tomatenroten Pick-up sah, wie ihn sich Leute halten, die für die Fahrt aufs Land was Spezielles zu benötigen glauben. Der Wagen fuhr im Schrittempo, damit der verfettete Rottweiler, der hinter ihm herzockelte, noch mitkam. Hunde mit dem Auto Gassi führen – und das auch noch da, wo es außer Anwohnern (hier wohnte niemand) und landwirtschaftlichen Fahrzeugen (dies war keins) niemandem erlaubt war! Und außerdem – ein freilaufender Hund – Fahrradfahrer ... Jogger ... und nebenan war ein Naturschutzgebiet ...

Kosinski guckte auf die Uhr, schüttelte dann den Kopf, hupte nachdrücklich und fuhr weiter.

Idioten gab's. Der Mann dachte sich wahrscheinlich nichts dabei. Und er ahnte sicher noch nicht einmal, daß er sich auf diese illegale Weise auch noch gänzlich um das brachte, was Beate den »gesundheitlichen Mehrwert« nannte, den so ein Hund abwerfen konnte. Gesundheitlicher Mehrwert! Fast hätte Kosinski laut aufgelacht Lernte man solch einen Schwachsinn als Teilzeitkraft bei Dr. Carl?

Seit drei Monaten war das bei ihnen Thema, meistens nach zehn Uhr abends, wenn er vor Müdigkeit die Zähne nicht mehr auseinanderkriegte. Er verstand einfach nicht, was sie wollte. Einen Schoßhund, ein Schmusetier? Um Himmels willen, so was lehnte sie natürlich ab. Einen Schutzhund? Das war nie falsch, fand er, auch auf dem Dorf nicht. Ein Dobermann wäre eine gute Wahl, zur Not auch ein Rottweiler. Oder ein Schäferhund.

»Ein deutscher Schäferhund – das also empfiehlt der Bulle seiner Frau!« war ihr spöttischer Kommentar gewesen.

Er mochte es nicht, wenn sie spöttisch wurde. Vor allem, weil eigentlich er derjenige war, der Grund zum Spotten hatte. Sie hatte sich nämlich eine ganz spezielle Hunderasse in den Kopf gesetzt – modebewußt, wie sie war. Einen Malamud. Ausgerechnet.

»Das ist ein Schlittenhund, Beate!« hatte er ihr zu erklären versucht, mit aller Geduld, die er aufbringen konnte. »Der will laufen! Laufen! Laufen!«

»Aber er hat so schöne Augen!«

Frauen gehen nie nach Äußerlichkeiten, das wußte man ja. Aber dafür haben sie immer das letzte Wort.

»Und außerdem«, hatte sie noch schnell hinzugefügt, bevor er auch nur den Mund aufmachen konnte, »würde es gar nichts schaden, wenn du täglich wenigstens *einmal* Bewegung kriegst.«

»Ich?« Er war ehrlich empört gewesen.

Sie hatte gar nichts gesagt, nur an ihm herauf- und heruntergeguckt.

Kosinski klopfte sich aufs Bein. An seiner Figur war nichts auszusetzen – rappeldürr wie immer. Oder? Er kniff sich in die Seite. Manche Kollegen hatten, seit sie nicht mehr rauchten, zehn Kilo zugelegt. In drei Monaten.

»Jetzt, wo du nicht mehr rauchst ...« Sie wußte genau, wo es weh tat.

Er hatte kampflos aufgegeben und »Mach, was du willst« gesagt, mit geduldigem Entsagen in der verständnisvollen Stimme. Was er dachte, war weniger höflich: daß man auf solche Ideen nur kommt, wenn man nicht ausgelastet ist, zum Beispiel. Und daß das alles ganz anders aussähe, wenn sie ihren alten Vater noch zu pflegen hätte. Und daß der neue Halbtagsjob bei einem Frauenarzt sie wohl nicht richtig ausfüllte.

Wirst schon sehen, Beate, hatte er sich gesagt. Mich wirst du nicht mit der Töle durch die Gegend jachtern sehen.

Kurz hinter Ottersbrunn nahm er die Abkürzung über den Feldweg. Er durfte das, im Gegensatz zu anderen. Er hatte schließlich immer ein Anliegen. Aus dem Wäldchen vor dem Aussiedlerhof, der sich »Kettle Ridge Dairy« nannte – der Name stand auf einem braunen Holzschild, darunter eine im Stil des Neuen Infantilismus gemalte weißbraune Kuh –, stiegen eine dünne Rauchfahne und ein stechender Geruch auf. Er kurbelte sein Fenster herunter und bremste, worauf sich zwei Krähen mißgelaunt keifend aus der noch dampfenden Müllkippe erhoben.

Kosinski erkannte verrostete Bettgestelle, den Rest einer Matratze, Kanister, Drahtgeflecht und die Trommel einer Waschmaschine. Der halbe Scheuneninhalt mußte hier angezündet worden sein. Das war nicht nur verboten, sondern eine Schweinerei. Kosinski griff zum Funktelefon und sagte der zuständigen Polizeidienststelle Bescheid. Man drückte ja schon sämtliche Augen zu hierzulande, aber was zu weit ging, ging zu weit.

Hinter der Kurve kam ihm Frau Doktor entgegengejoggt, wie immer in grüner Jacke, mit einem dunkelroten Turban um den Kopf und leicht gerötetem Gesicht. Alle nannten sie so, obwohl sie keine Ärztin war. Sie war vor zwanzig Jahren in Heckhach aufgetaucht, hatte sich ein bucklichtes Haus direkt neben dem Schweinestall von Hansmann gekauft, war erst nur zum Wochenende, dann immer häufiger gekommen und schließlich geblieben. Sie malte Bilder; er hatte sich eine Ausstellung in Pfaffenheim mal angetan und mit der ganzen Farbkleckserei nicht viel anfangen können. Sie schien das auch nicht zu erwarten.

Man wurde alt miteinander, dachte Kosinski. Jahr um Jahr waren ihre Haare grauer und ihre Wangen ein bißchen schlaffer geworden. Früher hatte sie öfter mal die Liebhaber gewechselt. Seit einigen Jahren wurde nur noch einer regelmäßig gesehen. Erst gestern hatte er den hochgewachsenen Mann neben ihrem Schuppen die Axt schwingen sehen.

Gut, daß sie einen hatte, der für die Wärme und das Brennholz sorgte.

Er fuhr langsam an ihr vorbei, hob die Hand und grüßte. Dann gab er Gas und nahm die Steigung Richtung Heckbach. Die Kneipe hieß zwar »Rauschendes Brünnlein«, aber der Name stand einem gut gezapften Pils nicht im Wege.

Der Stammtisch war schon besetzt. Den in der Mitte kannte er, den Mann mit den sorgfältig nach hinten gekämmten dunklen Haaren. Ob der dicke Berninger sie färbte? Auch er wurde schließlich nicht jünger. Der Mann hatte Fliesenleger gelernt, war eine Zeitlang als Vertreter gereist und lebte seit seinem 50. Geburtstag vom Couponschneiden – oder wie man das heutzutage nennt.

Beneidenswert? Wie man's nimmt, dachte Kosinski, der seinen Beruf eifersüchtig verteidigte gegen Anfechtungen aller Art. Das Angebot, ihn auf einen etwas besser bezahlten Schreibtischjob zu versetzen – »Da kannst du kürzer treten, Gregor« –, hatte er vor zwei Monaten mit Worten abgelehnt, die man durchaus als Beleidigung hätte auslegen können. Die letzte Anfechtung war ihm in Gestalt von Beate erschienen, die nie um eine Schnapsidee verlegen war. Zu Weihnachten hatte sie ihm von einem »Sabbatical« und einer Weltreise vorgeschwärmt.

Ich glaub, es piept, dachte Kosinski.

Er grüßte zu Berninger hinüber. Nach dem dritten Glas Bier auf der Kirmes hatte der ihm vor einigen Jahren mal verraten, wie er zu seinem Reichtum gekommen war.

»Also mit Fliesenlegen schaffst du das nicht!« hatte Berninger fachmännisch gesagt – so, als ob Kosinski sich brennend für diesen Berufszweig interessierte, wegen der guten Aussichten. »Das geht nur mit Köpfchen!« Und dann hatte er seine Stimme gesenkt.

»Mein erster Ausbilder war ein ganz ein Schlauer, ein Jud' war das. Der hat mich als jungen Burschen beim Lesen der Bildzeitung erwischt. Am nächsten Tag hat er mir die FAZ auf den Tisch gelegt. ›Den Wirtschaftsteil studieren‹, hat er dazu gesagt, ›jeden Tag. Und dann sparen, sparen, sparen. Und das Geld klug anlegen.‹« Berninger hatte genickt und in sich hineingelächelt.

»Ich hab' mich dran gehalten. Und ich hab' es nicht bereut. Und ich denke jeden Tag an den alten Henry.«

Na so was. Der alte Henry. Kosinski wußte bis heute nicht, wie man »Hausse« und »Baisse« richtig aussprach. Hatte er da was versäumt?

Er ging zum Tresen, um schon mal zwei Alsfelder vom Faß zu bestellen. Er mußte kräftig auf die Theke klopfen, damit Lisa ihn überhaupt wahrnahm. Ganz rote Wangen hatte sie, so heftig flirtete sie mit dem jungen Maik aus Altenzell. Kosinski guckte auf seine Uhr. Er war zwei Minuten zu früh. Bremer würde höchstens zwei Minuten zu spät kommen. Die ideale Zeit für ein ordentliches Pils – wenn man kein Sektierer von der Sieben-Minuten-Fraktion war.

Der Tisch für zwei am Fenster schien ihm der passende Ort zu sein für ein ungestörtes Männergespräch. Auf der geblümten Decke aus Plastikstrick stand ein runder brauner Gebrauchsgegenstand, den er bis vor kurzem noch als guten Freund begrüßt hätte. Heute schob er ihn beiseite. Er brauchte keinen Aschenbecher mehr, nie mehr, wenn es nach Beate, dem Arzt, den jüngeren Kollegen und seinem Verstand ginge. Und bislang, toi, toi, toi!, hatte seine Leitzentrale noch jedesmal strammgestanden wie die Wacht am Rhein, wenn es ihn wieder einmal in den Fingern juckte. Vielleicht war er ja sogar schon längst immun, gefeit gegen jede Versuchung?

Versuchsweise stellte er sich vor, wie er eine Reval aus der zerknitterten gelben Packung fischte. Wie er die Zigarette glattstrich, an ihr roch, sie in den Mund steckte, sie anzündete ... Und dann – einatmen. Kosinski atmete ein.

Tief.

Und dann aus.

Und dann noch mal ein.

Und dann ...

Als der Hustenanfall verebbte, saß Bremer neben ihm.

»Sag jetzt nichts«, ächzte Kosinski.

Paul schüttelte den Kopf. »Niemals. Aber gegen einen Hustenanfall hilft erfahrungsgemäß immer ...«

»Die nächste Zigarette, schon gut.« Kosinski setzte sich wieder aufrecht und nahm einen tiefen Schluck aus dem Bierglas.

»Seit wann gibst du eigentlich schon den Helden?« Bremer tat gönnerhaft, wie jeder, der einen Nikotinentzug noch nicht nötig gehabt hatte.

»Seit zwei Monaten.«

»Und – schon zugenommen?«

Herzloser Bastard, dachte Kosinski, als er wahrheitswidrig den Kopf schüttelte.

»Kommt noch«, sagte Bremer ungerührt.

»Und dir Ausbund an Mitgefühl soll ich den Seelentröster machen?« Kosinski merkte irritiert, daß ihm die Stimme einen Halbton höher gerutscht war.

Bremer starrte in sein Glas und war plötzlich gar nicht mehr aufgekratzt. »Gregor«, sagte er.

So standen die Dinge also. Kosinski lehnte sich resigniert zurück. Es hieß nichts Gutes, wenn eine Konversation mit der Anrufung des heiligen Gregor begann. Bei seiner Mutter hatte es meistens kaum fünf Minuten später eins hinter die Ohren gegeben. Und bei Beate versprach das eine Debatte, die selten vor Mitternacht endete.

»Paul.« Er hob das Glas hoch, zeigte darauf und hielt Lisa, die ausnahmsweise mal guckte, zwei ausgestreckte Finger hin – obwohl Bremer sein Bier kaum angetastet hatte.

»Also wo tut's weh?«

»Verpaß ich was im Leben?«

Gregor Kosinski starrte seinen Freund verblüfft an. Mit dieser Frage hatte er nicht gerechnet.

»Ich meine: Ist es nicht eine natürliche menschliche Neigung, Erfolg, Macht und Ruhm anzustreben?«

»Wieso? Du kannst doch ganz gut leben von deiner Schreiberei. Und für die Rechnungen deines Weinlieferanten reicht es offenbar auch noch.«

»Ich meine: Muß da nicht noch mehr sein? So in Richtung Anliegen und Aufgabe?«

»›Frag nicht, was dein Land für dich tun kann. Frag, was du für dein Land tun kannst.‹ John F. Kennedy.« Kosinski ließ jedes Wort dieses altgedienten Spruchs fallen wie eine heiße Kartoffel. »Wie wär's mit der Freiwilligen Feuerwehr?«

Bremer mußte grinsen. »Komm, mach dich nicht lustig. Die nehmen nicht jeden. Es ist nur ...« Er hob hilflos die Hände und ließ sie auf die Tischplatte fallen. Dann sah er Kosinski in die Augen.

»Muß ich mir – oder dir – oder irgend jemandem noch etwas beweisen?«

So meinte er das also. Kosinski dämmerte langsam, was seinen alten Freund umtrieb. Er legte die Hände ums Bierglas – das war ja offenbar zur Zeit der einzige noch erlaubte Genußgegenstand, an dem sie sich festhalten konnten – und räusperte sich. Irgendwie kam ihm die Debatte bekannt vor. Er hatte sie mit Beate geführt, jahrelang. Beate war die Verkörperung der Frage »Soll das schon alles gewesen sein im Leben?«

»Wie man's nimmt.« Er räusperte sich wieder und nahm einen Schluck Bier. »Guck dir Otto Grün an. Der hat seine Arbeit, der hat sein Auskommen, den respektiert jeder, und der wird irgendwann friedlich sterben. In der Stadt würde er als Tierarzt bei all den Pudeln und Hauskatzen das Dreifache verdienen. Aber hier« – er zuckte mit den Schultern.

»Hier ist er glücklich«, sagte Bremer.

Kosinski sah ihn scharf an. Glücklich? »Zufrieden, würde ich sagen.«

Bremer nickte mit dem Kopf und sagte dann langsam: »Nimm Erwin. Meinen Nachbarn.«

Kosinski kannte den Mann: Intelligent. Arbeitslos. Alkoholiker.

»Er säuft sich alle paar Wochen die Hucke voll, hockt ansonsten in seiner Fachwerkhütte vor dem Großbildfernseher und hat sich kürzlich einen Minitrecker zum Schneeschieben gekauft. Von der Sozialhilfe.«

»Schnee? Wann habt ihr da unten in Klein-Roda denn mal Schnee?«

»Eben. Aber er gönnt sich ja sonst nichts.«

Kosinski grinste in sich hinein. Erwins Hang zu aufwendigem Gartengerät war bekannt. Von Frühjahr bis Herbst thronte er mindestens zweimal die Woche auf seinem besteigbaren Rasenmäher; man sah ihm die Lust an, die es ihm bereitete, in sauberen Bahnen über den mit Hingabe gepflegten Rasen zu fahren.

Erwin war das Paradebeispiel für Kosinskis Theorie über den Unterschied zwischen Stadt und Land.

Nein, die Stadt war nicht der Sündenpfuhl, für den die meisten seiner Nachbarn sie hielten – und das Dorf nicht die Idylle, an die ein Städter glauben mochte. Aber wer das Landleben nicht kannte, machte sich falsche Vorstellungen vom durchschnittlichen Glück der Bundesbürger. Auf dem Land konnte man auch von Stütze oder Frührente gut leben – den meisten gehörte das Häuschen, in dem sie wohnten. Außer einem Fernseher brauchte man keine teuren Einrichtungsgegenstände. Aushilfsjobs, genannt Nachbarschaftshilfe, gab es genug. Das Kaminholz kam aus dem Wald, das Gemüse aus dem Garten, und für Abwechslung sorgten die Jahreszeiten. Wer nicht unter Erfolgsdruck stand, keine Großkinos oder die Oper brauchte und dem Quelle-Katalog traute, konnte auf dem Land besser leben als in der Stadt. Das fanden sogar die Städter. Man denke an Frau Doktor. Oder, bis vor kurzem jedenfalls, an Paul Bremer.

»Willst du zurück in deine Werbeagentur, Paul?« Kosinski grinste in das Gesicht des Freundes, der theatralisch Abscheu und Empörung mimte.

»Ich will hier begraben werden!«

»Hast du's eilig damit?«

Bremer sah auf und seufzte tief. »Nein. Und deshalb will ich hier auch nicht lebendig begraben sein.«

Da lag der Hase im Pfeffer. »Die Frage nach dem guten Leben wird von jedem anders beantwortet, Paul. Du mußt wissen, was du willst.«

Kosinski kam sich vor wie der Pfarrer beim Konfirmandengespräch. Er orderte noch zwei Bier. Nun komm schon, Paul, dachte er. Spuck's aus.

Nach einer Weile seufzte Bremer wieder auf. »Kannst du dir vorstellen, daß jemand so vom Ehrgeiz zerfressen ist, daß er für einen Job mit Macht, Ruhm und Geld auch den Tod eines anderen in Kauf nimmt?«

Das war es also.

»Vorstellbar ist alles ...« Kosinski antwortete ausweichend, während er nachdachte.

»Nichts Menschliches ist dir also fremd?« Paul versuchte ironisch zu sein. Aber er klang nur besorgt und zweifelnd.

»Es geht um Anne, nicht?«

Paul nickte. Dann sagte er: »Karen ist durchgeknallt.«

Plötzlich sehnte Kosinski sich doch wieder nach einer Kippe. Früher hatte er jede Menge Zeit schinden können, während er das zerknautschte Päckchen in Hosen-, Jacken- oder Manteltasche suchte, um sich dann möglichst ungeschickt eine Zigarette herauszufingern. Heute mußte ihm sofort was einfallen.

Dabei wußte er nicht genau, was er sagen sollte. Karen Stark hatte ihn am Montag morgen angerufen und sich nach Anne Burau erkundigt. Was er für einen Eindruck von ihr habe. Ob sie ihm als übertrieben ehrgeizig in Erinnerung war. Ob in ihr, im Klartext, womöglich ein kalt kalkulierendes Biest steckte, das für einen einflußreichen Job über Leichen ging.

»Weich mir nicht aus.« Bremer sah noch eine Spur trauriger aus, wenn das überhaupt möglich war.

»Karen hat mich angerufen und mich nach Anne Burau gefragt.«

»Und?«

»Paul! Sie hat *gefragt*! Das ist völlig in Ordnung so. Sie tut doch nur ...«

»... ihre Pflicht – ich hätte mir denken können, daß du das sagst.« Bremer packte das Bierglas mit beiden Händen und trank langsam in tiefen Zügen. »Als pflichtbewußter Bulle.«

»Sie hat mir die Geschichte erzählt.« Kosinski versuchte alle Ruhe der Welt in seine Stimme zu legen. »Und ich finde ihr Vorgehen völlig korrekt.«

»Gregor! Sie hat Anne unter Mordverdacht!«

Arme Anne, dachte Kosinski. Es war ja nicht das erste Mal. »Hat sie das gesagt?«

»Nicht direkt. Aber ...«

»Na also. Es geht doch nicht darum, was wir, du und ich, Anne Burau zutrauen oder nicht.« Kosinski erinnerte sich gut an die verwirrend warmen Gefühle, die sie damals in ihm ausgelöst hatte. Ausgerechnet in ihm, dem überzeugten Monogam – oder wie das hieß, wenn man nur eine wollte im Leben.

»Es geht darum, daß eine präzise Ermittlungsarbeit nichts und niemanden ausläßt – selbst, wenn man Freunde dabei kränkt. In einer vorurteilsfreien Ermittlung gibt es auch keine positiven Vorurteile – also warum sollte Anne eine Extrawurst gebraten kriegen?«

Bremer saß da, als hätte er am liebsten die Ohren fest zugeklappt.

»Ob Karen jemanden kennt oder mag oder nicht mag – sie muß allen denkbaren Möglichkeiten nachgehen.«

Kosinski schob Lisa den Bierdeckel hin, damit sie zwei weitere Kreuzchen draufmalen konnte. Er sah Bremer von der Seite an. Was er jetzt sagen mußte, würde dem anderen nicht gefallen. »Und die Möglichkeit, daß Anne eine Rolle in dem Ganzen spielt, ist ja nicht ganz undenkbar.«

Wider Erwarten brauste Paul nicht auf. »Kann sie sich so verändert haben?« fragte er nach einer Weile. »Korrumpiert Macht? Jeden?«

2

Weiherhof

Es war klamm. Es war kalt. Es war dunkel. Sie tastete sich vorwärts. Es knirschte unter ihren Füßen. »Was willst du eigentlich?« hörte sie ihn sagen – mit dieser ruhigen, etwas spöttischen Stimme. »Glaubst du wirklich, daß alle nur auf dich gewartet hätten?«

»Natürlich nicht«, wollte sie antworten, aber ihre Kehle war wie zugenäht. Wenn er doch aufhören würde zu reden.

»Niemand hat nach dir gefragt. Niemand.«

Wieder tastete sie sich einen Schritt vorwärts in die Richtung, aus der seine Stimme kam. Seine samtweiche, einschmeichelnde Stimme. Er konnte seine Bosheit so wunderbar verpacken.

»Niemand braucht dich hier.«

Natürlich nicht. Im Grunde ihres Herzens hatte sie das gewußt. Sie hatte es immer gewußt. Warum hatte sie nicht auf ihre innere Stimme gehört? Sie hörte jemanden laut und mühsam atmen, das mußte sie selbst sein, die etwas sagen wollte, verzweifelt irgend etwas antworten …

»Niemand …« flüsterte es um sie herum. Ihre Augen versuchten, die Dunkelheit zu durchdringen. Fast glaubte sie, ihn zu sehen, wie er da stand, das rechte Bein kokett angewinkelt – der Fuß in den braunen Halbschuhen wippte –, in der einen Hand die Zigarette, in der anderen ein Glas. Wie damals in Bonn, vor einem Jahr, als sie sich kennenlernten, in seiner Wohnung, kurz bevor …

Und plötzlich *war* damals. Plötzlich war seine Stimme ganz nah. Glasklar und schneidend scharf.

»Du bist doch das Modell vom vergangenen Jahrhundert.«

Und dann wurde es hell vor ihren Augen. Es war, als hätte ihre ohnmächtige Wut das Licht angeknipst, jetzt sah sie ihn wirklich, sie sah sein spöttisches Lächeln, sie sah ihn wippen, wippen mit dem Fuß – am Rande des Abgrunds. Am Rande des Kraters, tief unten im Bunker unter den Ministergärten. Und sie – sie wollte ihm sein freches Grinsen vom Gesicht fegen. Sie lehnte sich vor. Plötzlich hielt er eine Pistole in der Hand anstelle der Zigarette. Ihr Körper spannte sich in Erwartung des Schusses. Und dann sah sie ihn fallen.

Sie rang nach Luft. Sie sah ihn fallen. Sie hatte ihn doch fallen sehen? Hinunter in den tiefen Schacht, in dem das Wasser schwarz schillerte, wo er aufschlug, halb auf dem Trockenen, mit ausgebreiteten Armen, wie ein gestrandeter Vogel, und mit weißer, weit nach hinten gebogener, dargebotener Kehle.

Oder war es die Frau, die fiel? Die Frau, die ihr zuflüsterte: »Wer sich erhebt, fällt tief«?

Plötzlich ging ihr Atem leichter, sie spürte den Wind im Haar, sah aus den Augenwinkeln, wie die Menschen um sie herumstanden, regungslos. Die Frau hatte eine schwarze Handtasche unter dem Arm. Und eine Pistole in der Hand.

»Spring! Das haben schon ganz andere geschafft!«

Sie hatte gelächelt dabei. Anne stöhnte auf.

Sie wollte etwas sagen. Sie mußte etwas sagen. Es gab ein Wort, ein Zauberwort, und wenn man es aussprach …

Ihr tat die Kehle weh. Sie kriegte die Zähne nicht auseinander, den Mund nicht auf.

»Spring!« höhnte die andere.

Und schließlich hörte sie, wie sie es sagte. Sie sagte es, leise nur, kaum hörbar.

»803 157.«

Die andere sah sie entgeistert an. Anne versuchte es noch einmal, lauter.

»803 157. Die Seriennummer. Hat das Ding auch die richtige Seriennummer?«

Sie sah in Zeitlupe, wie sich der blonde Kopf langsam senkte. Sie sah den perlenbesetzten Kamm vor sich, mit dem Lilly E. Meier sich das Haar aus dem Gesicht steckte. Sie fragte sich, warum sie heute nur einen Kamm trug. Und wo sie den anderen kürzlich gesehen hatte. Dann dachte sie: Jetzt. Jetzt mußt du handeln.

Mit einem Schlag war sie hellwach. Sie setzte sich auf und zog sich die Bettdecke mit beiden Händen bis unter das Kinn. Sekundenlang wußte sie nicht, wo sie war. Im Traum war sie im Bunker gewesen und hatte Peter Zettel fallen sehen – und im nächsten Moment stand sie hoch auf dem Reichstag, auf der Terrasse, auf der Mauer um die Terrasse herum. Und dann fiel Lilly.

Ihr war eiskalt. Um sie herum klirrte die Stille. So still war es auch gewesen, als Lilly fiel. Sie war lautlos gefallen.

Und kein Luftbauch hatte sich geregt. Nichts regte sich, als Anne plötzlich allein dort oben stand. Erst nach einer unendlich langen Zeitspanne war der Film weitergelaufen, Menschen kamen auf sie zugerannt, die sie gar nicht kannte, man half ihr herunter von der Balustrade, fragte sie: »Was ist passiert?« und »Was haben Sie getan?«

Ihr Nachthemd war naß vom Schweiß. Sie hatte diese Frage nicht verstanden. Sie hatte nicht begriffen, was sie in Karen Starks Gesicht sah. Die Staatsanwältin war mit zusammengepreßten Lippen auf sie zugekommen, hatte distanziert, förmlich gewirkt. Seltsamerweise war ihr aufgefallen, daß Karens Kostüm nicht richtig saß und daß seine Farbe nicht zu ihrem roten Haar paßte. Sie erinnerte sich an Karens ausgestreckte Hand, an ihre Fingernägel, die auch mal wieder frischen Nagellack gebrauchen könnten ...

Und dann zog Karen die Hand wieder zurück. Diese Geste sagte mehr als alles andere. Und als ein Saaldiener sie beide hinuntergeleitete, außer Reichweite der Journalistenmeute, dorthin, wo sie ungestört miteinander reden könnten, wie Karen Stark sich ausdrückte – »Ich hätte da ein paar Fragen an Sie, Frau Burau« –, da hatte sie das Gefühl beschlichen, daß die andere gleich »Sie sind verhaftet!« sagen und sie abführen lassen würde.

Anne zitterte vor Kälte und zog sich die Decke enger um die Schultern. Alles Einbildung. Und Abgeordnete konnte man auch nicht einfach festnehmen. Weshalb niemand sie daran gehindert hatte, noch in der Nacht nach Hause zu fahren, nach Hause in die Rhön. Zum Weiherhof.

Niemand hatte von einem Verdacht gesprochen oder ihr die Gesetzeslage erläutert oder ihr einen Telefonanruf erlaubt – den Anruf beim Anwalt.

Niemand hatte mit den Handschellen geklimpert. Warum fühlte sie sich dann schuldig? Nicht nur an Lillys, auch an Zettels Tod? Was zum Teufel hatte das mit ihr zu tun?

Anne zitterte noch immer, als sie die Decke zurückschlug, auf nackten Füßen zum Fenster ging und die Läden öffnete. Noch stand die Morgenröte am Horizont. Der Himmel war blaß, eine dünne Mondsichel neigte sich über den Rand des alten Pferdestalls. Mit lautem Räuspern sprang unten am Löschteich ein Traktor an. Der Weiherhof erwachte.

3

Frankfurt am Main

»Ich bewundere Ihren Spürsinn, Frau Kollegin.«

Schau an, dachte Karen. Kaum hat der liebe Kollege Manfred Wenzel zu alter Form zurückgefunden, hat er schon wieder Oberwasser.

»Zu Recht.« Sie guckte ebenso spöttisch zurück. »Sie sind ja wohl der erste, der zugeben würde, daß die statistische Wahrscheinlichkeit gegen die Täterschaft einer Frau sprach.«

»Na klar – wo doch Frauen meistens die Opfer sind.« Manfred Wenzel verneigte sich leicht. »Zwar nicht statistisch gesehen – aber historisch-moralisch ...«

»Ach, kommen Sie, Wenzel.« Wenigstens nannte er sie nicht mehr beim Vornamen. Trotzdem war ihr unbehaglich angesichts seines heiteren Gesichts. Er war erleichtert, er war bester Laune. Er glaubte seinen Freund Bunge weißgewaschen von aller Schuld. Sie zerstörte nur ungern seinen Glauben.

»Zum Fall Bunge.« Der ihres Erachtens nicht eigentlich ein Fall genannt werden konnte. Wenzel nickte und stützte das Kinn auf den Zeigefinger. Eine irritierende Angewohnheit.

»Wir können davon ausgehen, daß es ein Journalist vom ›Journal‹ namens Peter Zettel war, der die Nachricht gefälscht und lanciert hat, die Alexander Bunges Ruf ruinieren sollte.«

»Männer«, sagte Wenzel heiter. »Da sieht man's wieder.«

Karen war für einen Moment sprachlos. Wo hatte der sonst so nüchterne Kollegen seinen sonst so klaren Verstand geparkt?

»Was macht man in einem solchen Fall?« Sie versuchte, ihm die Sache vorsichtig beizubiegen. »Man sitzt es aus. Man wartet, daß der andere Beweise liefert. Bunge war ja offenbar keine Mimose, die um ihren Ruf fürchtete. Er hätte das alles als die üblichen schwulenfeindlichen Verleumdungen abtun können.«

»Deshalb habe ich ja auch nicht geglaubt, daß er sich wegen so etwas ...« Manfred Wenzel war schon etwas weniger heiter.

»Aber es gibt keinen anderen Grund, von dem wir wüßten.« Karen breitete die Hände aus, als ob sie sich bei ihm entschuldigen müßte. »Keine finsteren Machenschaften auf dem Berliner Immobilienmarkt. Keine dunklen politischen Verschwörungen. Alexander Bunge ist gesprungen – aus rein persönlichen Motiven.«

Das war ihr Credo schon immer gewesen: Was wie Selbstmord aussieht, ist auch meistens einer. Und sogar Kapitalverbrechen haben ihre Wurzeln im Allerpersönlichsten. Mord und Totschlag aus kühlem materiellen Kalkül waren seltener, als die Öffentlichkeit glauben wollte.

»Peter Zettel war ein Erpresser, kein Lügner. Keine einzige der Informationen, die er gesammelt hat, war, soweit man das jetzt schon wissen kann, erfunden. Er hat offenbar immer die Wahrheit gesagt.«

Sie sah nicht hin zu ihm.

»Natürlich«, sagte Wenzel mit scheinbar unbeteiligter Stimme. »Sonst gäbe es ja auch nichts zu erpressen.«

Karen atmetete tief durch. »Die Meldung war gefälscht. War sie aber auch falsch?«

Jetzt sah sie doch zu ihm hinüber. Manfred Wenzel starrte mit unbewegtem Gesicht aus dem Fenster. Karen versuchte mitleidlos zu sein.

»Kennen Sie seine Frau?«

»Edith? Sicher. Sie ist eine hervorragende Strafverteidigerin.«

Typisch Wenzel. Nach ihren beruflichen Qualitäten hatte sie ihn nicht gefragt.

»Sie ist die Mutter seiner Kinder. Hätte sie ihm verziehen, wenn sie erfahren hätte, daß er päderastischen Neigungen nachgeht?«

Er sah sie nicht an. Das war auch besser so. Sie wußte nicht, was er in ihrem Blick würde lesen können. Mitleid? Ekel? Wahrscheinlich beides.

Nach einer Weile nickte er müde mit dem Kopf. »Ich kann das alles noch immer nicht glauben. Alexander hatte Anstand. Ich weiß, das klingt pathetisch, aber …«

»Natürlich hatte er Anstand. Leute ohne Anstand merken gar nicht erst, wann sie dagegen verstoßen.« Sie hob die Schultern. »Ein skrupelloser Mensch hätte sich nicht umgebracht. Nicht – wegen ›so was‹.«

»Aber die Todesanzeige?« Zum Zweifel in Wenzels Stimme mischte sich wieder ein leiser Hoffnungsschimmer.

Wir hören eben nicht auf zu lieben, dachte Karen. Auch wenn das Liebesobjekt dessen nicht würdig ist – jedenfalls, wenn man *sie* fragte.

»Er liebte die Wahrheit mehr als das Leben. Das Leben hatte ein Einsehen.« Sie kannte die Anzeige mittlerweile auswendig.

»Vielleicht wollte er uns damit etwas sagen …«

Sie hob die Hände und ließ sie wieder fallen.

»Ich weiß es nicht. Wir werden es wahrscheinlich nie erfahren.«

Alexander Bunge hatte sich ihrer Meinung nach aus völlig nachvollziehbaren Gründen umgebracht. Daß er die Wahrheit ans Tageslicht kommen ließ, konnte man Peter Zettel nicht vorwerfen. Und selbst wenn er in bezug auf Bunge ausnahmsweise einmal gelogen hätte: Auch Zettel war tot. Es gab nichts mehr zu klären.

4

Weiherhof

Anne war schlaftrunken ins Bad getaumelt und hatte sich dabei den Zeh am Bett und das Schienbein am Stuhl gestoßen – offenbar konnte einem schon innerhalb von zwei Wochen das Allervertrauteste fremd werden. Schließlich hatte sie sich in Jeans und Pullover vor die Haustür gewagt, die Augen zusammengekniffen. Die frühen Sonnenstrahlen kamen ihr schmerzhaft hell vor. Die Hunde japsten wie zwei schwarze Derwische auf sie zu. Es war ein Wunder, daß sich Dagobert mit Amber verstand. Beide begrüßten sie mit wehendem Schweif, Dagobert stürmisch, Amber städtisch distanziert.

Anne atmete tief die Luft ein, in der sich der warme Duft aus dem Pferdestall mit dem Geruch von frisch gemähtem Gras vermischte. Das hatte sie vermißt in Berlin, den Duft des Landlebens. Sie blähte die Nüstern. Und da war noch etwas, das den Weiherhof von ihrem Appartement in Berlin unterschied – der Krach. Das schräge Singen der S-Bahn und das ferne Rauschen, das man im Moabiter Werder von den Autos auf der Straße des 17. Juni hörte, kam ihr vornehm vor im Vergleich zum Heulen der Motorsäge, das vom Garten herüberdrang – begleitet von einem anderen vertrauten Geruch. Es war der Duft von frischgeschlagenem Holz.

Sie ging dem fordernden Gejaule der Säge nach. Als sie um die Hausecke bog, blieb sie stehen vor Schreck. Der alte Apfelbaum, dessen schorfige, krüpplige kleine Äpfel ihr immer als die köstlichsten erschienen waren, die sie jemals gegessen hatte, lag am Boden, sein Wurzelgeflecht war aus der Erde gerissen, und seine großen Äste, die ihr im Frühling stets wie freundlich ausgebreitete Arme vorgekommen waren, lagen sauber abgetrennt daneben. Der Baum hatte schon schräg gestanden, als sie vor acht Jahren auf den Weiherhof gezogen war, sie hatte ihm mit Krücken und Stützen und Seilen ein Korsett verpaßt. Nun war er gefallen.

Krysztof zersägte den Baum mit Hingabe, er war so vertieft in seine Arbeit, daß er sie gar nicht kommen sah. Endlich blickte er auf. Anne spürte, wie ihr die Kehle eng wurde. Des Baumes wegen? Oder weil es sie anrührte, in Krysztofs Gesicht zu lesen, daß er sich ehrlich freute, sie wiederzusehen?

»Wurde Zeit«, sagte er und hielt ihr seine trockene, harte Hand hin. Als sich ihre Hände berührten, überkam sie das Gefühl, endlich wieder da zu sein: hier, mit beiden Füßen auf dem Boden, im Leben.

Sie ging ins Haus zurück, zog sich die Reitstiefel an und lief den Gartenweg hinunter zum Pferdestall. Bucephalos grummelte und streckte den Kopf aus der Box, als er sie kommen hörte. Als sie bei ihm war, legte er ihr den braunen Kopf mit den starken Adern unter der dünnen Haut auf die Schulter und schnaubte. Sie tätschelte seinen Hals und murmelte Koseworte. Dann holte sie den Sattel aus der Sattelkammer und öffnete die Boxentür. Er ließ sich willig das Geschirr anlegen. Als sie auf dem Hof den Stiefel in den Steigbügel steckte, dachte sie für einen kurzen Moment, sie könnte auch das schon verlernt haben – und der Zauber, der alte Zauber würde nicht mehr funktionieren.

Sie schwang sich hoch. Das Tier spitzte die Ohren und setzte sich in Bewegung, erst behäbig, dann mit verspieltem Übermut. Auf dem Weg zur Koppel schlossen sich ihnen freudig kläffend die beiden schwarzen Hunde an, gefolgt von Sammy, dem roten Setter.

Nichts ist beruhigender als ein warmes Pferd und eine freundliche Hundemeute, dachte sie. Berlin war plötzlich weit weg – groß, schön und kalt.

Als sie den Weg zum Wäldchen einschlugen, war das Glücksgefühl wieder da – vielleicht nicht ganz so stark, nicht ganz so unschlagbar wie früher. Aber es gab ihn noch, den alten Zauber – den uralten Zauber von Wald und Wiesen und Sonne und Wind, vom Rücken eines Pferdes aus gesehen.

Für eine kostbare halbe Stunde gelang es ihr, den Traum zu verdrängen, der ihr seit heute morgen durch den Kopf ging. Den Traum – und die Wirklichkeit, mit der die Traumbilder immer wieder verschwammen. Sie sah Lilly vor sich, wie sie den Kopf senkte. Sah den Kamm in ihrem Haar stecken – einen von zweien. Das war die Wirklichkeit. Auch, daß ihr in diesem Moment klargeworden war, daß er zu dem anderen Kamm paßte – zu dem, den sie im Bunker gefunden hatte, am Rande des Kraters, in dem Zettels Leiche lag. Auch das war Wirklichkeit gewesen.

Ebenso wirklich wie die Todesangst, die sie überfiel, in dem Augenblick, in dem sich das letzte fehlende Teil ins Puzzle fügte. Die Frau, die da mit wehenden blonden Locken auf dem Reichstag stand, war ihre Gegnerin auf Leben und Tod. Im Bruchteil einer Sekunde hatte ihr Körper alles mobilisiert, was er zum Kampf benötigte. Sie hatte ... Die Bilder verschwammen. Was genau war geschehen, bevor Lilly fiel?

Bucephalos wieherte leise. Spürte er, wie nahe ihr die Erinnerung ging – an das Gesicht der anderen? Lillys Kopf war hochgeschnellt, sie hatte Anne in die Augen gesehen, mit gerunzelten Brauen und einem Ausdruck im Gesicht, der ihr noch in der Erinnerung Schauer über den Rücken jagte.

Hatte Lilly nach ihr zu greifen versucht, bevor sie die Balance verlor? Hatte sie sich an ihr festhalten wollen?

Ihre Lippen waren ein schmaler Strich gewesen in dem blassen, ungeschminkten Gesicht, in dem Wut und Verzweiflung zu lesen waren. Und etwas anderes. Etwas ganz anderes. Anne versuchte, sich die Szene bis ins Detail vor ihr inneres Auge zu holen. Was mochte Lilly empfunden haben, als sie – lächelte, bevor sie fiel?

Bucephalos schlug, ohne zu zögern, den Weg ein, den sie immer nahmen. Sammy trottelte hinter ihnen her, während die beiden Schwarzen die Vorhut machten, die Nasen in die Luft und die Ruten in die Höhe gestreckt. Wenn das die Wirklichkeit war – was war dann bloß geträumt? In ihrem Traum hatte sie Peter Zettel gesehen, in ihrem Traum war er gestorben wie Lilly – hatte die Balance verloren, als ...

Plötzlich sah sie nicht sich, sondern Lilly dort unten in der Dunkelheit stehen, neben Peter; sah sie greifen nach dem, womit er sie womöglich gelockt und geneckt hatte – wonach? Im Traum hatte Peter eine Pistole in der Hand gehabt. Und in der Wirklichkeit?

Hatte sich Lilly von Zettel nicht nur an die Stätten seiner Obsession und damit an die Quelle seines Nebenverdienstes führen lassen, hatte er ihr womöglich auch das Prunkstück seiner Sammlung gezeigt? Die legendäre Walther PPK des Führers? War Lilly schlicht und ergreifend hinter jenen drei Millionen Dollar her gewesen, die, wenn man Jon glauben konnte, das seltsame Souvenir heute auf dem Markt der Idioten, Fanatiker und Spinner wert war? War es das, was sie antrieb?

Oder hatte Peter Zettel Lilly Meier gequält? Erpreßt? Provoziert? Welche Gemeinheiten hatte er ihr zugeflüstert? Anne beugte sich tief über den Pferdehals, unter die Zweige der Buche, die über den Waldweg ragten. Sie sah sein weißes Gesicht vor sich, seinen weißen Hals, die ausgebreiteten Arme. Hatte er noch gelebt, als er unten aufprallte? Oder hatte sich alles so lautlos abgespielt wie oben auf dem Reichstag – eben hatte Lilly E. Meier noch dort gestanden, mit der Handtasche unter dem Arm, »Spring doch!« gesagt. Und im nächsten Moment war sie verschwunden.

Anne seufzte tief auf. Es hätte auch sie sein können, die zerschmettert auf dem Pflaster vor dem Reichstag lag. Und dann? Hätte Lilly zitternd dagestanden und »Sie wollte mich töten!« gesagt? Und hätte man ihr geglaubt? Hätte Anne Burau in der Erinnerung der Nachwelt als die Frau dagestanden, die für Macht und Geld nicht nur den Vorgänger aus dem Wege räumen ließ, sondern auch ihren Liebhaber und einen Unschuldigen, der ihr auf die Schliche gekommen war?

Es hätte so ausgehen können – genauso hätte es ausgehen können. Vielleicht war sie deshalb weder empört noch verwundert gewesen, als sie den Verdacht in den Augen der anderen zu erkennen glaubte. In den Augen Karen Starks. Sie hatte sich resigniert darein ergeben. Sie hatte sich allen Ernstes schuldig *gefühlt.*

Nur ein weiteres Verhör durch ein erregtes Journalistenrudel – das hätte sie nicht durchgestanden. Sie war geflüchtet, noch in der Nacht. Sie atmete tief ein. Die Sonne wärmte noch durch das Laubdach des Waldes hindurch.

Dann wurde ihr kalt. Der Kamm! Das war der Beweis …

Der Charme des Gedankens verflüchtigte sich wie Tautropfen in Spinnweben unter der Mittagssonne. Beweis? Wofür? Der Kamm bewies nur, daß Lilly im Bunker gewesen war, weder wann noch mit wem. Und bei Licht betrachtet, bewies er noch nicht einmal das. Es hätte ihn auch jemand dort plaziert haben können – als falsche Fährte. Und vor allem – ihr wurde wieder kalt bei dem Gedanken: Wo war er überhaupt?

Bucephalos beschleunigte seinen Trab, als am Ende des Waldwegs helles Sonnenlicht sichtbar wurde. Sie waren an der Flußaue angelangt. Anne pfiff nach den Hunden.

Der Kamm hatte im Bunker auf dem Boden gelegen, sie hatte ihn im Lichtkegel der Taschenlampe gesehen, kurz bevor sie Zettel entdeckte. Sie hatte ihn aufgenommen und in die Jackentasche gesteckt. Das war ihr erst später wieder eingefallen, im Appartement; sie hatte Jon von ihrem Fund erzählt.

Jon. Sie sah ihn vor sich, er lag auf ihrem schmalen Bett, die langen Beine ausgestreckt, die Hände unter dem Kopf, die dunklen Haare verstrubbelt und die braunen Augen …

Anne seufzte auf. Nur nicht daran denken jetzt.

Sie war aufgestanden, in den Flur gegangen, hatte den Kamm aus der Jackentasche geholt und ihn Jon gegeben.

»Hmhm.« Er hatte den Kamm von allen Seiten betrachtet, mit unbewegtem Gesicht.

»Sagt dir das was?«

»Nicht richtig. Dir?« Für einen kurzen Moment war sie sicher gewesen, daß er ihr etwas verschwieg. Seine Augen hatten plötzlich in weite Fernen geblickt. Aber dann …

Anne spürte, wie ihr Herzschlag sich beschleunigte. Dann hatte sie anderes beschäftigt. Der Kamm war vergessen. Sie wußte nicht, wo Jon ihn hingelegt hatte. Und würde es überhaupt etwas nützen, wenn sie ihn jetzt aus der Tasche zauberte?

Sie ließ Bucephalos laufen, über die Wiesen der Flußaue, auf das Wäldchen zu, über dem zwei Bussarde kreisten.

Besser, sie fing gar nicht erst an damit. Man würde nur unangenehme Fragen stellen. Zum Beispiel nach dem Anlaß, der sie in den Bunker geführt hatte – just an den Ort, an dem ihr angeblicher Liebhaber elendiglich umgekommen war. Sollte sie etwa die Story vom treuen Hund erzählen, der verzweifelt nach seinem Herrchen suchte?

Anne schüttelte den Kopf, was Bucephalos zum Anlaß nahm, wieder langsamer zu laufen. Das glaubte ihr keiner. Zumal Zettel gar nicht Ambers Herrchen war. Aber auch diese Geschichte würde ihr niemand glauben.

Als sie es gestern endlich geschafft hatte, aus dem Reichstag zu fliehen, ohne weitere Fragen beantworten zu müssen – weder Staatsanwälten, Kripoleuten noch Journalisten –, und in ihr Appartement kam, hatte sie als erstes den Hund ausgeführt, der schon ungeduldig auf sie gewartet hatte. Sie waren am Haus der Kulturen vorbei Richtung Tiergarten gelaufen, als Amber zum zweiten Mal davonrannte – völlig unbeeindruckt von ihren Rufen.

Wieder war sie dem Tier hinterhergelaufen. Sie hatte Amber nach dem Tod Zettels bei sich behalten und keinen Gedanken an Besitzverhältnisse verschwendet. Jetzt fragte sie sich beunruhigt, ob wohl jemand Anspruch auf den Hund erheben würde – Zettels Erben?

Schließlich sah sie das Tier. Der Labrador stand schweifwedelnd vor einer Parkbank, den Kopf auf die Knie eines Mannes gelegt, den sie erst wiedererkannte, als sie näher gekommen war. Das spitze Gesicht, die dünnen Haare, die hellbraunen Hosen: Es war der Mann, der mit der Hündin geschmust hatte, als sie das erste Mal weggelaufen war. Zum Wasserspeicher am Prenzlauer Berg.

»Entschuldigen Sie«, hatte sie atemlos gesagt. »Aber ...«

»Setzen Sie sich.« Der Mann klopfte mit der flachen Hand auf den Platz neben sich.

Sie hatte sich tatsächlich gesetzt, wie ein folgsames Schulmädchen, und sich von Amber begrüßen lassen, die sich nicht recht entscheiden zu können schien, von wem sie lieber gestreichelt wurde. Der Mann klopfte dem Hund aufs schwarze Hinterteil.

»Sie war die beste«, sagte er dann.

»Kennen Sie den Hund?« Was für eine blöde Frage, hatte sie noch gedacht. Das war ja nicht zu übersehen.

»Klar kenne ich Amber. Ich habe sie ausgebildet.« Der Mann spitzte die Lippen und machte Laute, als ob er ein Hundebaby vor sich hätte und keinen ausgewachsenen Labrador. Dann sah er sie an.

»Sie können sie behalten, wenn Sie wollen. Zettel ist ja wohl tot.«

Sie hatte ihre Überraschung nicht verbergen können.

»Man erfährt so einiges«, hatte der Mann gesagt und mit dem Kopf genickt. »Noch immer.«

Und dann hatte er sich vorgestellt. Horst Schmidt war Offizier des MfS gewesen, des Ministeriums für Staatssicherheit der DDR Das Lächeln in seinem spitzen Gesicht vertiefte sich, als er merkte, daß sie von ihm abrückte.

»Keine Angst, junge Frau, ich tu Ihnen nichts.« Sie haßte diesen Ton.

»Ich habe mein Leben lang Hunde abgerichtet. Wachhunde, Schutzhunde, Spürhunde – was Sie wollen. Schäferhunde. Dackel. Hunde wie sie hier – Sie wissen ja, wie fein die Nase so eines Tiers ist. Sie konnte Bernstein am besten identifizieren.«

Das Lächeln wurde noch breiter. Es konnte ihm nicht entgangen sein, wie entgeistert sie war.

»Wußten Sie nicht, daß Bernstein riecht? Da sehen Sie mal – das weiß kaum einer. Aber Bernstein ist Harz, in versteinerter Form. Und Harz riecht.«

»Amber ...« sagte sie.

»Richtig. Amber heißt Bernstein.«

Er schien sich an ihrem ungläubigen Staunen zu weiden.

»Wir haben das Bernsteinzimmer gesucht – schon zu Mielkes Zeiten. Aber nach der Wende ging das erst richtig los ... Nach allen Regeln der Kunst. Mit modernster Technik. Und mit bewährtesten Methoden.« Der Mann zeigte auf Amber, die ihn begeistert anzugrinsen schien.

»Sie war die beste – sie war die jüngste. Und sie wird wohl auch die letzte sein von unserer Hundestaffel ...« Er schüttelte den Kopf. »Ich habe aufgegeben. Mir wird das zu teuer. Und die moderne Technik ... Das ist nichts für mich.« Wieder tätschelte er den Hund.

»Aber ich dachte – Peter Zettel ...« Dem unscheinbaren alten Herrn war es gelungen, sie sprachlos zu machen.

»Ach, wissen Sie – der Junge hat mir gefallen. Schade um ihn.« Der Mann hatte versonnen gelächelt. »Wir alten Kameraden haben das ganz gern, daß uns einer mal zuhört, wenn wir von vergangenen Zeiten erzählen. Und Zettel« – der Stasimann schüttelte bewundernd den Kopf –, »Zettel war an allem interessiert.«

Amber hatte sich zu ihren Füßen niedergelassen und die Schnauze auf Annes Schuh, die Hinterpfote auf den Fuß von Horst Schmidt gelegt. Sie war auf ihre Weise ein treuer Hund.

»Peter Zettel hat sich Amber ›ausgeliehen‹, wie er sagte.

Für seine Nachforschungen.« Das Lächeln des Mannes wurde dünn. »Sehr erfolgreich war er damit offenbar nicht.«

Horst Schmidt klopfte Amber ein letztes Mal auf den Kopf und flüsterte ihr etwas ins Ohr. Dann stand er auf, strich sich die Hosenbeine glatt, verneigte sich mit höflicher Ironie vor Anne und ging. Amber hatte ihm ein leises Winseln hinterhergeschickt und war bei Anne geblieben – als ob sie den Befehl dazu erhalten hätte.

Ob das wohl jemals endet? dachte Anne und klopfte Bucephalos beruhigend den Hals, der hochgeschreckt war, als ein Rebhuhn vor ihnen aufflatterte. Würden die Verrückten dieser Erde auch noch in zwanzig, dreißig Jahren nach verschollenen Schätzen wühlen und dabei die ganze blutige Vergangenheit aus den Gräbern reißen? Ein preußischer König hatte dem russischen Zaren einst das Bernsteinzimmer vermacht. Die siegreichen Bolschewiki raubten es der ermordeten Zarenfamilie. Schließlich hatten es die Nazis aus Zarskoje Selo abtransportiert. Es wäre besser, dachte Anne, es würde nie gefunden werden. Es wäre besser, manches bliebe auf ewig verschollen.

Als sie zum Hof zurückkam, schnatterten die Enten und Gänse, und Rena saß auf dem Traktor und stapelte Heuballen. Am liebsten hätte sie ihre Tochter umarmt. Aber die hatte zu tun. Anne sattelte ab und brachte das Pferd auf die Koppel. Dann ging sie zum Haus und zog sich um – Leggins. Das alte karierte Hemd. Sandalen. Endlich wieder. Als sie nach unten kam, stürmte Rena zur Tür herein.

»Ich wollte dich doch wenigstens mal drücken!« Ihre Tochter war ganz außer Atem.

Gerührt nahm sie Rena in die Arme und atmete ihren Duft ein. Sie roch nach Heu, Pferdemist, Septemberluft und dem ganz besonderen Duft, den nur Rena hatte – ihre Tochter, die sich, kaum übermannte Anne die Rührung, von ihr losriß, »Ich muß!« sagte und wieder verschwunden war.

Anne stand verloren im Flur. Alles war vertraut hier auf dem Weiherhof – und alles war fremd geworden, fern gerückt, als ob ein Schleier über allem läge. Sie inspizierte sich im Garderobenspiegel. Sogar ihre Gesichtsfarbe hatte sich in den beiden letzten Wochen verändert. Sie war blaß geworden.

Auf das Käsebrot, das sie sich in der Küche schmierte, hatte sie schon nach dem ersten Bissen keinen Appetit mehr. Aber noch immer war ihr Stolz nicht besiegt, der ihr seit einer Stunde einredete, sie müsse schon selbst mit allem zu Rande kommen.

»Herr Frei ist abgereist«, sagte die gepflegte Frauenstimme am Telefon, als sie sich endlich doch entschlossen hatte, im Kolleg anzurufen. »Habe ich Ihren Namen richtig verstanden – sind Sie Frau Burau?« In Annes Magen ballte sich ein kalter Klumpen.

»Ja«, sagte sie.

»Dann habe ich eine Nachricht für Sie.« Die Frauenstimme stockte. »Sofern ich das alles richtig verstehe.« Dann las sie die beiden Sätze vor.

Anne verstand. Sie lächelte, als sie auflegte. Bloß nicht heulen, sagte sie sich. Dann rief sie Paul Bremer an.

5

Frankfurt – Klein-Roda – Weiherhof

Bremer war ein dummer Kerl. Ein verliebter Idiot. Ein alberner, überempfindlicher, beleidigter Armleuchter. Es beruhigte sie ungemein, auf ihren besten Freund zu schimpfen. Es beruhigte sie mindestens so sehr wie der Tacho, der behauptete, daß sie mit exakt 202 Stundenkilometern über die Autobahn bretterte. Ihr grüner Sportwagen nahm den Straßenzustand als persönliche Herausforderung an und gab jedes Loch und jede Bodenerhebung nach oben weiter. Ihr war heute jeder Stoß genehm. Das rüttelt auf, dachte Karen Stark.

Sie hatte sich schon eine Stunde nach dem Anruf ins Auto gesetzt und war in die Rhön gefahren. »Es geht mich ja nichts an«, hatte Kosinski gesagt, auf seine unnachahmlich mittelhessische Art. »Aber er möchte Sie beide nicht verlieren.« Ob der gute Kosinski nicht ein bißchen allzusehr auf die Tränendrüse gedrückt hatte? Egal – sie war Paul eine Erklärung schuldig, und die sollte er auch bekommen, jetzt, wo sie glaubte, eine zu haben.

Oder sollte sie besser sagen: die Annäherung an eine Erklärung? Denn völlig zufrieden war sie mit sich nicht. Gut, der Fall Bunge hatte sich erledigt – damit jedenfalls hatte sie von Anfang an richtig gelegen.

Sie nahm die Abfahrt zur B 27 nach Bad Moosbach ein wenig zu schnell und sägte mit singenden Reifen durch die Kurve.

Andererseits: Hätte sie sich vor diesem Fall nicht so lange gedrückt, wäre ihr früher aufgefallen, daß ein Erpresser selten nur ein Opfer hat. Daß der Tod von Hans Becker eine deutlich andere Handschrift erkennen ließ als die Denunziation von Alexander Bunge. Und daß Lilly von Peter Zettel in der Vergangenheitsform redete, als noch niemand wissen konnte, daß er tot war.

»Drittes Gebot: Du sollst nicht vorschnell urteilen«, sagte sie laut, während sie über die Bundesstraße preschte.

Hatte sie statt dessen bei Anne Burau überreagiert?

»Man nennt das Überkompensation«, murmelte sie und nahm den Fuß vom Gaspedal. Fast hätte sie die schwarzweiße Katze überfahren, die todesmutig vor ihr über die Straße sprang. Ihre Abneigung gegen einen Päderasten mochte ihr Urteil getrübt haben – prompt hatte sie versucht, bei einer ihr nicht gerade unsympathischen Frau ganz besonders objektiv zu sein. Um das an anderer Stelle Versäumte wiedergutzumachen? Auch das war keine ermittlungstechnische Glanzleistung und im übrigen das Gegenteil von sachlich, unparteiisch und offen …

Andererseits: Ohne sie, ohne ihre Intervention, hätte die Sache böse für Anne ausgehen können. Bei den Journalisten hatte das Gerücht bereits die Runde gemacht, Anne habe Lilly wegen eines bösartigen Artikels im »Journal« umbringen wollen – und weil Lilly von ihrer Beziehung zu Peter Zettel wußte.

Nein, Pauls Vorwurf war ungerecht. Eigentlich müßte Anne ihr sogar dankbar sein. *Sie* hatte Anne entlastet – nicht ohne zuvor, wie es sich gehörte, den Vorwürfen gegen sie nachzugehen. Sie hatte herausgefunden, wie es gewesen sein mußte. Es *mußte* so gewesen sein – auch wenn die Berliner Kripo in Abwesenheit gesicherter Beweise die Akte noch offenhielt.

Es gab Indizien und Wahrscheinlichkeiten. Die Wahrheit – nun, die wußten immer nur die Toten.

Karen nahm die Abzweigung nach Klein-Roda, bog in die Dorfstraße ein und bremste vor Pauls Haus. Sie sah das

Tier erst, als sie ausgestiegen und die Wagentür bereits zugefallen war. Der verdreckte braunweiße Bernhardiner trabte auf sie zu, als ob das seine Aufgabe im Leben wäre. Karen trat ein paar Schritte zurück, bis sie das Blech ihres MG hinter sich spürte. Hilfesuchend blickte sie um sich – das Dorf war wie ausgestorben. Wahrscheinlich hockte alles vor der Glotze – oder in der Kneipe.

Sie mochte keine Hunde, vor allem keine großen, keine mit blutunterlaufenen Augen und sabbernden Lefzen, keine, die mit gesenktem Kopf und leise knurrend auf sie zukamen und sie beschnüffelten. Sie hielt sich ihre große lederne Schultertasche mit beiden Händen vor die Brust, bereit, sie dem Tier gegebenenfalls entgegenzuschleudern. Das knurrte noch immer und begann sie zu umkreisen.

»Aus!« sagte Karen. Ihre Stimme hörte sich nicht gerade nach natürlicher, tierbändigender Autorität an. Sie versuchte es mit »Platz!« Immerhin setzte sich das Riesenvieh jetzt auf seine Hinterbacken. Doch als sie sich vom Auto lösen und auf Bremers Gartentor zugehen wollte, begann das Spiel aufs neue. Der Bernhardiner begann erst zu knurren und schließlich zu bellen.

Erleichtert sah Karen, daß im Hof gegenüber das Licht anging. Dort wohnte Gottfried, der Züchter preisgekrönter Zwergwyandottenhühner. Hoffentlich verstand er sich auch auf größere Tiere.

»Der tut nichts!« rief er, als er aus dem Hoftor trat.

»Das sagen sie alle!« murmelte Karen und wich nicht von der Stelle. Nach fünf Minuten hatte sich das halbe Dorf um sie versammelt. Der Hundebesitzer kam zuletzt, als sie sich bereits wie am Pranger fühlte. Der Mann variierte den Satz, den liebende Herrchen auch noch beim Anblick einer zerfleischten Leiche sagen würden (»Er will ja nur spielen«), murmelte ein paar mild tadelnde Worte und schickte seinen Höllenhund nach Hause.

Karen atmete auf. Bremers Nachbar Willi schob sich den komischen lappigen Hut in die Stirn und kratzte sich den Nacken. Gottfried zwinkerte ihr zu.

»Was macht denn das Verbrechen, Frau Staatsanwalt?« Das sagte er bei jedem ihrer Besuche.

»Wenn es überall Hunde wie diesen hier gäbe, könnte die Staatsgewalt den Bettel hinschmeißen.«

»Die Ganoven aber auch!«

Das ist ja wohl das mindeste, dachte Karen, während sie ihre Handtasche nach einem Papiertaschentuch durchwühlte, damit sie sich den Hundesabber vom Schuh wischen konnte.

»Sie sollten öfter mal kommen. Hier können Sie sich erholen vom Frankfurter Streß.« Bremers Nachbarin Marianne grinste spöttisch.

Karen grinste zurück. Sie hätte diese Bemerkung ohnehin nicht mit einer freundlichen Einladung verwechselt.

Das benutzte Papiertaschentuch warf sie in Bremers Vorgarten – er sollte wenigstens auch was von ihrem Besuch haben, wenn er schon nicht da war. In diesem Moment kamen Kevin und Carmen um die Ecke, die Nachbarskinder – Kevin schien gewachsen zu sein seit ihrem letzten Besuch, aber Carmen steckte, trotz fraulicher Oberweite, noch immer den Daumen in den Mund. Nur Bremer ließ sich nicht blicken, obwohl das Spektakel direkt vor seinem Haus unüberhörbar war. Sie ließ den Blick an seinem Haus hochwandern. Nirgends brannte Licht, auch im ersten Stock nicht, wo sein Arbeitszimmer lag.

»Sie wollen sicher Paul besuchen.« Mariannes Stimme klang noch immer spöttisch.

»Ja also …« Willi schob den Hut wieder nach hinten und kratzte sich über dem Ohr.

»Es ist nämlich so …« Sogar Gottfried suchte nach Worten. Karen blickte in die Runde. Alle guckten verlegen. Nur Kevin und Carmen nicht, deren Gesichter vor Erwartung sanft gerötet waren.

»Ist Paul vielleicht vom Rad gefallen?!« fragte sie. Alle lachten, als ob sie einen Blondinenwitz gemacht hätte.

Endlich erbarmte Marianne sich ihrer. »Anne Burau ist wieder da, Sie wissen doch: die Frau vom Weiherhof. *Unsere* Bundestagsabgeordnete. Und da ist er natürlich gleich hin …«

Natürlich. Karen lächelte Marianne zuvorkommend an. Pauls Nachbarin war eifersüchtig. Und sie schien die Vorstellung zu haben, das müsse auch für Karen gelten. Als ob es keine Freundschaft geben könnte zwischen Mann und Frau – ganz ohne diese unbequemen erotischen Verwicklungen.

»Wunderbar«, hörte sie sich sagen. »Da wollte ich auch hin.«

Sie verabschiedete sich, stieg wieder in den MG und wendete vor Gottfrieds Einfahrt. Als sie hupend aus dem Dorf fuhr, winkten alle. Karen fragte sich, warum sie sekundenlang so etwas wie Rührung verspürte.

Vor dem Weiherhof begrüßten sie gleich drei Hunde – ein schwarzer Köter mit gesträubtem Nackenhaar und gelben Augen, der schweifwedelnde Labrador von Peter Zettel und der rote Setter, den sie noch vom letzten Mal kannte. Diesmal ließ sie sich von Sammy die Hände ablecken. Es schien ihr eine Verbesserung darzustellen gegenüber sabbernden Bernhardinern.

Als sie in die Gaststube trat, die neben dem Hofladen lag, erstarb das Gespräch.

»Ihr braucht ja nicht gleich Fähnchen zu schwenken, wenn ich komme.« Sie blickte herausfordernd in die Runde.

Gregor Kosinski grinste, Anne Burau rührte in der Kaffeetasse, und Paul Bremer sah betont woanders hin.

»Hallo, Frau Stark«, sagte Anne.

»Wir kämen nicht auf die Idee.« Paul klang sarkastisch. Das mußte man wohl als Fortschritt ansehen.

»Darf ich mich trotzdem setzen?« Kosinski rückte zur Seite, und Anne holte ihr eine Tasse aus dem Regal. Als Karen Platz nahm, hörte sie ein seltsames Klacken auf dem Steinboden – der rote Setter trabte auf sie zu. Man müßte dem Köter mal wieder die Krallen beschneiden, dachte sie und betrachtete angewidert ihre ungewaschenen Hände. Dann ergab sie sich in ihr Geschick und tätschelte das Tier, das sich vor dem Stuhl aufgebaut hatte und ihr vertrauensvoll die Pfote hinstreckte. Vielleicht würde sie auf diese Weise herausfinden, was dran war an der Tierliebe.

»Und?« Paul war der erste, der ungeduldig wurde. Ein flüchtiger Blick auf Kosinski zeigte ihr, daß ihm das auch aufgefallen war.

»Der Fall wird wahrscheinlich nie wirklich zu den Akten gelegt werden können. Vielleicht kriege ich deshalb mildernde Umstände dafür, daß ich nicht früher auf die richtige Antwort gekommen bin.«

Sie kraulte die Ohren des roten Setters, der ihr den Kopf aufs Knie gelegt hatte. Karen stellte verwundert fest, daß man sich an soviel Zuneigung durchaus gewöhnen konnte.

»Es beginnt mit dem Tod Alexander Bunges. Bunge stürzte sich vom Glockenturm einer Frankfurter Kirche, nachdem er im ›Journal‹ bezichtigt worden war, sich aus dem Internet pornographische Darstellungen mit Kindern heruntergeladen zu haben. Diese Meldung war, wie wir heute wissen, von Peter Zettel gefälscht und ins Blatt lanciert worden.«

»Wissen wir das?« fragte Paul Bremer.

»Wir wissen das. Die Experten von der Spurensicherung haben entsprechende Spuren in Zettels privatem Computer gefunden.« Bremer klappte den bereits geöffneten Mund wieder zu.

»Aber wenn die Meldung gefälscht war ...«

»Bunge gehörte zu den wenigen anständigen ...« Jetzt redeten Kosinski und Anne im Chor.

Karen lächelte in die Runde. »Die Meldung war gefälscht, aber der Sachverhalt war wahrscheinlich nicht falsch. Erstens. Und nur wer Anstand hat, zieht daraus solche Konsequenzen.«

»Politiker sitzen so was aus. Politiker sitzen noch ganz andere Sachen aus. Politiker ...« Bremer verstummte. Karen war der lange Blick nicht entgangen, den Anne Burau ihm zuwarf.

»Alexander Bunge war verheiratet. Er hatte zwei Kinder. Seine Frau hat gewußt, daß er schwul war, sie hat das akzeptiert, ja, sie hat es sogar begrüßt. Aber sie hätte es wahrscheinlich nie zugelassen, daß ein Mann, der sich an Pornographie mit Kindern aufgeilt, auch nur ein einziges Mal noch seine eigenen Kinder zu Gesicht bekommt.«

Karen sah in die Runde. Kein Widerspruch. Gut so.

»Zweitens«, sagte sie und nahm einen Schluck Kaffee. »Als Hans Becker nach dem Ursprung der gefälschten dpa-Meldung suchte, gelang es ihm, sich in Zettels Computer einzuloggen. Er dürfte mit großer Wahrscheinlichkeit gesehen haben, was auch die Ermittler gefunden haben: Peter Zettel hat systematisch Dateien angelegt, in denen er alles sammelte, was er über seine Kollegen, über Politiker, über andere Prominente in Erfahrung bringen konnte. Es waren zum Teil hochkompromittierende Informationen dabei.«

Karen dachte an das Dossier, das Zettel über den derzeitigen Außenminister angelegt hatte, an dessen militante Vergangenheit auch sie sich noch gut erinnerte. Wenn Zettels Informationen stimmten – und warum sollten sie ausgerechnet in diesem Fall nicht stimmen? –, dann wäre im Falle einer Enthüllung dessen Beharrungsvermögen ziemlich gefragt. Ein Fall für die Ermittlungsbehörden war die Sache zwar nicht, dazu war sie zu lange her. Aber für die Medien gab so was ein gefundenes Fressen ab.

»Zunächst dachte ich, Peter Zettel hätte Hans Becker beim Spionieren entdeckt und deshalb aus dem Wege geräumt – obwohl mir auffiel, daß ein so offener Mord nicht richtig paßte zu der indirekten Vorgehensweise, die im Fall Bunge an den Tag gelegt worden war. Ich habe eine Zeitlang auch nicht ganz ausgeschlossen, daß Anne von Zettels Aktionen wußte. Schließlich profitierte sie davon.«

Bremer guckte gequält, Anne reserviert. Nur Kosinski sah aus, als ob er sich gut unterhielte bei ihrem Monolog.

»Als man Zettels Leiche endlich fand, war klar: Es mußte eines seiner Opfer gewesen sein, das mit Hans Becker einen Mitwisser aus dem Wege räumte, nachdem es den Hauptschurken bereits erledigt hatte.«

Karen machte eine Pause und versuchte zu rekonstruieren, warum und wie sie endlich begriffen hatte, was geschehen war.

»Es war das Wort ›Wahrheit‹, das mich auf die richtige Spur brachte. Alexander Bunge hatte in dem von ihm verfaßten Text seiner Todesanzeige über sich selbst sagen lassen: ›Er liebte die Wahrheit mehr als das Leben. Das Leben hatte ein Einsehen.‹ Das konnte heißen, daß das Gerücht über ihn nicht die Wahrheit war. Andererseits konnte man das auch so interpretieren, daß er das Leben für die Wahrheit zu opfern bereit war. Zettel hatte die Wahrheit gesagt, mit anderen Worten.«

Karen guckte in die Runde. »Könnt ihr mir folgen?«

»Nicht ganz«, sagte Kosinski. Bremer zuckte mit den Schultern. Nur Anne sah hellwach aus.

»Nach allem, was ich über Zettel hörte, war er ein mieser Typ, der gern quälte – dabei aber streng bei der Wahrheit blieb.« Karen sah Anne an.

»Nur mit der Wahrheit kann man Menschen wirklich quälen«, sagte die und fuhr sich mit der Hand durchs Haar. Sie sieht müde aus, dachte Karen. Älter geworden.

»Es gab nur eine einzige Person, die ihn der Lüge bezichtigte«, fuhr sie fort. »Es war die einzige Person, die von Zettel in der Vergangenheitsform redete, als noch alle davon ausgingen, daß er lebte. Die einzige, die wußte, daß er seinen Hund seit einer Woche allein ließ. Ich habe das erst begriffen, als es fast zu spät war.« Karen fuhr sich mit der Zunge über die Lippen. Sie hätte verhindern können, daß Lilly zu Tode stürzte. »Ich wäre sonst früher auf dem Reichstag gewesen.«

»Ich habe noch nie soviel Haß im Gesicht eines Menschen gesehen«, sagte Anne.

»Ich habe es auch gesehen. Sie – triumphierte.«

»›Spring‹, hat sie zu mir gesagt. ›Wer sich erhebt, fällt tief!‹« Annes Stimme klang ruhig, als sie das sagte. Aber ihre Unterlippe zitterte.

»Aber warum wollte sie ausgerechnet dich umbringen?« Paul klang mißtrauisch.

»Sie war eifersüchtig. Sie war verrückt« – Karen zählte die Motive, die sie bei Lilly vermutete, an den Fingern ab. »Und sie brauchte einen Sündenbock.«

»Sie muß es gewesen sein, die mich bei den Journalisten

denunziert hat. ›Ehrgeizige Politikerin bringt ihren Geliebten dazu, ihren Vorgänger in den Tod zu treiben, ermordet dann ihren Helfershelfer und erschießt schließlich den Journalisten, der der Sache auf der Spur ist‹ – die Presse liebt solche Stories. Wenn es ihr gelungen wäre, wenn ich die Balance verloren hätte, wenn ich hinuntergefallen wäre …«

»Genau.« Karen nickte Anne zu. »In Wirklichkeit war sie es, die ihren Erpresser umgebracht hat.«

»Weiß man das? Peter Zettel könnte doch genausogut ohne Nachhilfe zu Tode gekommen sein.« Kosinski dachte logisch – aber er wußte nicht, was sie wußte.

»Es gibt ein Indiz dafür, daß sie im Bunker war, in dem man Zettels Leiche gefunden hat.« Karen machte eine Kunstpause. »Die Spurensicherung hat einen ihrer Haarkämme gefunden.«

Anne schlug sich die Hand vor den Mund, als ob sie das überraschte.

»Und wo?«

»Direkt am Eingang.«

Kosinski wiegte den Kopf. Sie wußte, was er dachte – ein solches Beweismittel nützte nicht viel. »Gehen wir also davon aus, daß Lilly E. Meier zumindestens vom Tod Peter Zettels wußte, sofern sie nicht die Ursache dessen war. Was aber ist mit dem erschossenen Journalisten?« Seine Stimme klang unaufgeregt. Karen war ihm dankbar dafür.

»Hans Becker ist vor dem eingeschalteten Computer Peter Zettels aufgefunden worden. Wir wissen, daß er nach Beweisen dafür suchte, daß die gefälschte Meldung von Zettel verfaßt wurde. Es liegt nahe, daß er dabei auf Zettels Dossiers stieß. Gut möglich, daß er sein eigenes gelesen hat. Gut möglich auch, daß er alles über Lilly erfahren hat.«

Karen war bei der Lektüre verblüfft gewesen, mit welch einfachen Mitteln die Meier alle ihre Leser getäuscht hatte – jahrelang. Sie hatte einfach nur das geschrieben, was die Leute hören wollten. Wer würde schon in Frage stellen, was so vorzüglich ins eigene Weltbild paßte?

»Es ist also möglich, daß sie ihn erschossen hat. Aber ist es bewiesen?« Karen ließ sich ungern daran erinnern, wie schwach ihre Beweisführung war. Ein guter Anwalt würde sie in der Luft zerreißen. Gut, daß Lilly keinen Anwalt mehr brauchte.

»Lilly wurde gesehen – am Samstag vor dem Mord hat sie ein Kollege in Peter Zettels Zimmer mit Hans Becker reden hören. Und am Sonntag abend, am Tag darauf, etwa um die vermutete Tatzeit, ist sie beobachtet worden, wie sie das Redaktionsgebäude betrat.«

Kosinski wiegte wieder den Kopf. »Hat jemand den Schuß gehört?«

»Nein. Auf dem Gendarmenmarkt tobte ein Volksfest – mit lauter Musik und allgemeiner Belustigung. Es ist ein Wunder, daß Lilly überhaupt gesehen und auch noch erkannt worden ist.«

Anne schaute aus dem Fenster, Bremer kaute auf seiner Unterlippe, Kosinski lehnte sich mit unbewegtem Gesicht in seinen Stuhl, und der Setter stupste ihr die feuchte Nase gegen die Hand. Automatisch begann sie wieder, ihn hinter dem Ohr zu kraulen.

»Ich war mir bis zum Schluß nicht sicher. Bis zu dem Moment, an dem ich die beiden auf dem Reichstag habe stehen sehen ...«

»Es hätte ja auch ich gewesen sein können, die Lilly hinuntergestoßen hat.« Anne Burau klang, als ob sie sich um Fassung bemühte.

»In der Tat. Und ohne mich hätten das auch andere geglaubt.« Karen merkte, daß sich ein gewisser professioneller Stolz in ihre Stimme eingeschlichen hatte.

»Alle Zeugen haben etwas Unterschiedliches ausgesagt. Aber ich habe alles sehr deutlich gesehen – vor allem Lillys Gesicht in dem Moment, in dem Sie die Hände ausstreckten. Diese Mischung aus Haß und Triumph ...« Karen schüttelte sich.

»Aber – *warum* ...? Nur, weil sie ein paar Geschichten nicht wahrheitsgemäß aufgeschrieben, sondern gut erfunden hat?« Kosinski fragte wieder, ruhig, insistierend, und Karen merkte, daß er sie plötzlich irritierte. Sie wischte das Gefühl hinweg. Sie *wußte,* daß sie recht hatte.

»Lilly E. Meier war eine sehr ehrgeizige und sehr erfolgreiche Frau. Sie hatte mehr Macht, als man ihr auf den ersten Blick zutraute: Sie saß in diesem Komitee, in jenem Gremium, in all den informellen Zirkeln, die in der Berliner Gesellschaft Bedeutung haben. Sie wurde gehört, sie engagierte sich für die richtigen Zwecke – sie war eine Stütze der Gesellschaft. Wenn herausgekommen wäre, daß die Geschichten, die sie berühmt gemacht hatten, vielleicht nicht völlig erstunken und erlogen, aber weitgehend nachempfunden, manipuliert oder konstruiert gewesen waren – dann hätte man sie verjagt.«

Karen dachte an Sonnemann, der aufgelacht hatte bei der Frage, warum man in Sachen Bunge keine Richtigstellung abdrucken wollte. Eingeständnisse solcher Art waren nicht gut fürs Geschäft.

»Weil unsere Presse die Wahrheit liebt?« Paul hatte die Augenbrauen spöttisch hochgezogen.

»Nein – weil man sich beim Verfälschen derselben nicht erwischen lassen darf.«

Sonnemann war die Zeitung wichtiger als der Ruf Bunges oder die persönliche Existenz Lillys. Sie hätte nie wieder eine einzige Zeile bei ihm veröffentlichen dürfen – und auch bei der Konkurrenz wäre sie wie eine Aussätzige behandelt worden. Vielleicht hätte man sie nach Jahren wieder Lokalnachrichten schreiben lassen – unter Pseudonym oder Kürzel.

»Aber wegen so was bringt man doch niemanden um!« Paul hatte sich aufgesetzt und beide Hände auf die Tischplatte gestemmt. »Es steht doch genug Mist in der Zeitung. Da wird doch dauernd an der Wahrheit gedreht.«

»Das stimmt«, sagte Anne. »Das können Politiker dir flüstern. Und du kannst nichts dagegen tun. ›Wo Rauch ist, ist auch Feuer‹, heißt es dann.«

»Und irgend etwas bleibt immer hängen.« Karen kannte den Mechanismus ebenfalls.

»Aber …«

»Trotzdem. Sie wäre weggewesen vom Fenster, Paul. Der Skandal hätte sie ruiniert. Für eine ehrgeizige Frau …« Karen schüttelte den Kopf.

»Sie muß besessen gewesen sein vom Schreiben.« Zu ihrer Überraschung hörte Karen Mitgefühl in Annes Stimme. »Ihren Beruf nicht mehr ausüben zu können – das hätte eine Frau wie Lilly Meier nicht überlebt. Sie muß jahrelang um Anerkennung gekämpft haben – ohne diese Anerkennung, ohne ihren Beruf hätte sie all diese Jahre ihres Lebens verloren.« Anne klang sachlich, als sie das sagte. Karen sah mit zusammengekniffenen Augen zu ihr hinüber. Anne Burau, dachte sie, weiß, wovon sie spricht.

Aber wußte sie das im Grunde nicht auch? Sie seufzte auf. Als sie aus dem Fenster sah, war es draußen dunkel geworden. Der Setter, der jetzt zu ihren Füßen lag, seufzte ebenfalls und schmiegte seine Schnauze an ihren Fuß.

Kosinski nickte. Bremers Züge hatten sich entspannt. Nur Anne saß da, als hätte sie schlecht geträumt.

»Es *könnte* so gewesen sein.« Kosinskis zerknittertes Gesicht drückte milden Zweifel aus. »Aber es könnte auch anders gewesen sein.«

Jetzt nickte Karen. Der Hund zu ihren Füßen gähnte und streckte sich.

»Aber wie?«

Darauf schien niemand eine Antwort zu haben. Karen merkte, wie sie langsam schläfrig wurde – und hungrig. Sie lächelte dankbar, als Anne eine Platte mit Brot, Essiggurken, Butter und Wurst auf den Tisch stellte, und fragte sich nur kurz, warum Anne nicht zurücklächelte. Sie sah geistesabwesend aus.

Ein paar Minuten später stellte sie vier Gläser mit frisch gezapftem Bier auf den Tisch. Karen belegte sich eine Scheibe Bauernbrot mit Salami und Gurkenscheiben und biß ohne den geringsten Gedanken an ihre Figur hinein.

Nach einer Weile sagte sie: »Alles wäre natürlich einfacher, wenn wir im Mordfall Becker die Tatwaffe gefunden hätten.«

»Natürlich«, sagte Kosinski mit vollem Mund.

Anne schien überrascht. »Es ist keine Pistole gefunden worden?«

»Nein. Wir haben das Projektil, mit dem Hans Becker erschossen wurde. Aber die dazugehörige Waffe ist spurlos verschwunden.«

»Aber – bei Lillys Leiche ...« Anne hörte sich verwirrt an. »Ich meine – sie hat mich bedroht.« Sie stockte. »Ich wäre doch freiwillig nicht da hinaufgeklettert.«

Karen spülte mit einem großen Schluck Bier nach. »Sie haben *geglaubt*, Sie würden bedroht, Frau Burau«, sagte sie.

Bremer wollte etwas sagen. Aber Kosinski legte ihm die Hand auf den Arm.

»Nein – ich …« Anne schien völlig durcheinander zu sein.

»Wir haben jedenfalls bei der Leiche Lilly Meiers keine Waffe gefunden.« Karen merkte mit Verwunderung, daß Anne blaß im Gesicht war. Glaubte die Burau etwa, sie müsse eine Waffe erfinden, damit man ihr die Geschichte abnahm?

Karen stellte das Bierglas behutsam auf den Tisch. Nach einer Weile sagte sie: »Ich *glaube* Ihnen, daß Sie sich bedroht gefühlt haben, Anne. Sie haben plötzlich die Arme weit ausgebreitet, mit den Handflächen nach vorn …«

Karen hielt inne. So, dachte sie plötzlich mit Verwunderung, als ob Anne Burau aller Welt hatte zeigen wollen, daß sie, nicht Lilly, das Opfer war.

6

Ein weicher Wind strich ihr durchs Haar. Es war außergewöhnlich warm für September, die Nacht roch nach Sommer. Anne hatte Kosinski zu seinem Auto begleitet.

»Schade, daß Sie nicht mehr rauchen«, sagte sie, als er, bei geöffneter Tür, schon im Fahrersitz saß.

»Und wie leid *mir* das erst tut …« Er blinzelte zu ihr hinauf.

Einem plötzlichen Impuls folgend, beugte sie sich zu ihm hinunter und küßte ihn auf die Wange. Sie sah im Dunkeln, daß er lächelte.

»Paß auf dich auf, Anne«, sagte er. Sie trat zurück. Er schloß die Wagentür, ließ das Auto anspringen und fuhr vom Hof.

Anne ging langsam zurück und horchte auf die Geräusche der Nacht. Auf der Koppel grummelte ein Pferd, die

Birke neben dem Löschteich raschelte mit den Blättern, und ein Käuzchen rief. Drinnen in der Gaststube hörte sie Paul und Karen gedämpft miteinander reden. Sie blieb vor der Tür stehen und hielt ihr Gesicht in den Wind.

Karens Geschichte war plausibel. Sie war, auch ohne harte Beweise, sauber abgeleitet. Sie erklärte alles. So, genauso konnte es gewesen sein. Anne legte den Kopf nach hinten und suchte nach dem Sirius. Und der Rest? Alles Einbildung?

Alles nur geträumt – die Verbindung von Bunge und Zettel? Das Leerräumen der Bunker? Die Bereinigung der Geschichte? Die Deals mit den kläglichen Überbleibseln Groß-Germanias, mit Munition und Helmen, Abzeichen und Waffen? Pure Phantasie? Dann wäre auch Jons Geschichte falsch gewesen, genauso falsch wie …

Sie ließ die Schultern fallen und atmete aus. Den Mann jedenfalls hatte sie nicht geträumt.

Die andere Möglichkeit: In Karens Geschichte fehlte etwas. Zum Beispiel die Antwort auf Pauls Frage – eine Frage, die Karen gar nicht gehört zu haben schien.

»Na gut«, hatte er gefragt, »vielleicht war Lilly mit Peter Zettel im Bunker gewesen – aber *warum*?«

»Ich weiß, warum«, hätte Anne am liebsten geantwortet. »Peter wollte wenigstens einer Person sein Geheimnis offenbaren, wenigstens einem Menschen gegenüber mit dem angeben, was er tat. Lilly gegenüber konnte er sich frei bewegen. Lilly *mußte* schweigen. Er hatte sie in der Hand.«

Anne hörte Dagobert kläffen, oben vom Wohnhaus her, seinem angestammten Platz, an dem er Wache hielt. Ein Marder, dachte sie. Oder ein Fuchs. Waren die Gänse und Enten im Stall? Hatte sie daran gedacht … Fast hätte sie aufgelacht: Das alte Pflichtgefühl war noch immer eingeschaltet. Dabei ging sie das alles nichts mehr an. Das war

Renas Angelegenheit – und auf ihre Tochter konnte sie sich verlassen.

Je länger sie nachdachte, desto größer wurde ihr Mitleid mit Lilly. Peter hatte gewußt, wo Lillys wunder Punkt war. Er mußte sie erbarmungslos gequält haben. Und die größtmögliche Kränkung war: Er hatte ihr eine Geschichte auf dem Tablett serviert – ach was: nicht eine Geschichte, *die* Story schlechthin. Sie konnte sich lebhaft vorstellen, wie er die Geschichte wie einen Köder vor ihrer Nase hatte baumeln lassen – und immer, wenn sie danach zu schnappen versuchte, zog er sie hohnlachend weg. Peter, der Sadist. Er mußte diese exquisite Situation ungeheuer genossen haben.

Eine Frau wie Lilly E. Meier – immer auf der Suche nach dem menschlichen Drama ... Hier hätte sie eine Geschichte aufschreiben können, die alles besaß, was eine Story zu einem Scoop macht: Vergangenheit, Krieg, Waffen, skrupellose Männer, verkommene Politiker, heldenhafte Aufklärer und einfache moralische Wahrheiten.

Die eine Geschichte, die für sich sprach, ohne daß man beschönigen, manipulieren, die Wahrheit verdrehen mußte. Und ausgerechnet die hatte sie nicht aufschreiben können, ohne sich selbst zu gefährden. Nicht zu Lebzeiten Zettels. Und nach seinem Tod erst recht nicht.

In Karen Starks Theorie war dafür kein Platz. »Eine solche Frau hätte sich ihre öffentliche Rolle nie nehmen lassen«, hatte sie vorhin gesagt – und da war fast so etwas wie Bewunderung in ihrer Stimme gewesen. »Und während Bunge sich entzog, hat sie gehandelt.« Anne war erstaunt gewesen über diesen Anfall feministischer Solidarität.

»Du machst noch aus jedem Vorurteil eine Eingebung, Karen« – Pauls Tadel hatte sich milde angehört. Aber sie hätte ihn dafür küssen mögen.

Anne glaubte nicht an das Klischee von der ehrgeizigen

Frau, die über Leichen geht. Lillys Ehrgeiz war von anderer Art – sie kämpfte nicht nur für ein bißchen Ruhm und Ehre. Sie kämpfte, dachte Anne plötzlich, um ihr Leben, so, wie sie es wahrscheinlich immer hatte tun müssen. Dagegen, immer wieder übersehen, zur Seite geschoben zu werden. Anne sah das Gesicht Lillys vor sich, kurz bevor sie fiel. Wut hatte sie darin gesehen, richtig. Aber auch Trauer, Verletzung, Frustration – und die wilde Entschlossenheit eines Menschen, der sich nach oben gekämpft hat und sich nun von niemandem dort mehr vertreiben lassen will.

Nein, Karen, dachte Anne, so simpel funktionieren Menschen nicht – noch nicht einmal Journalisten. Noch nicht einmal Politiker. Sie zog das karierte Flanellhemd enger um ihre Brust. Und auch nicht Alexander Bunge. Was hatte ihn wirklich in den Tod getrieben? Die Enthüllung einer Verfehlung, die ausnahmslos alle verächtlich finden würden. Die Angst, seine Kinder nie wiederzusehen. Das alles und noch mehr: der Konflikt mit den eigenen Vorstellungen von politischem Anstand, in den ihn das Bündnis mit Peter Zettel zur Entsorgung der Vergangenheit gebracht hatte. Und vielleicht auch: Es hatte ihn einer verraten, dem er vertraute.

Hatte er Peter Zettel geliebt?

Wieder schrie das Käuzchen, ein Laut wie ein Schmerzensruf. Wie eine Klage um das, was unwiderruflich verloren ist. Peter, dachte Anne. Er war eine schillernde Schlange gewesen, schön anzusehen, aber unberechenbar und gefährlich. Er hatte gewußt, wie er auf andere wirkte und wie er sie quälen konnte. Vielleicht hatte auch Lilly ihn einmal geliebt, den schönen Verräter. Anne fröstelte. Es sind die Liebe und der Verrat an ihr, die am meisten schmerzen.

Dann gab sie sich einen Ruck. Karen hatte das Wichtigste ausgelassen. Und das war auch besser so. Mit Karens Theorie war alles erklärt und zu den Akten gelegt. Zettel ein Erpresser, Lilly seine Mörderin – alles war einfach und klar. Überall leuchtete Gegenwart, von Vergangenheit, gar verhängnisvoller, keine Spur.

Plötzlich wußte auch Anne nicht mehr, was Traum war und was Wirklichkeit. War sie jemals dort gewesen, unter der Erde, gejagt von Gespenstern? War sie jemals in der Dunkelheit vorwärtsgestolpert, gepeinigt von Atemnot und Angst, umgeben von Verwesungsgeruch? Hatte sie jemals Peter Zettels Leiche gesehen, den hingegossenen Leib eines schönen Verführers im Zustand der Auflösung?

Und Jon – war auch er Teil des Traums, diesmal ein Wunschtraum, nicht ein Albtraum? Hatte es ihn jemals gegeben? Und war sie wirklich wieder aufgetaucht aus dem märkischen Sand, in dem man sie einst vergraben hatte – das Kleinod des Schreckens, die Waffe des Führers, die Walther PPK, Seriennummer 803 157? Hatte sie gesehen, womit Lilly sie bedrohte, dort oben auf dem Reichstag? Oder hatte sie auch das nur geträumt?

Jon. Er mußte den Kamm an sich genommen und wieder zurückgebracht haben – nicht an den ursprünglichen Fundort, nur an den Eingang zum Bunker. Um sie zu schützen? Wahrscheinlich. Anne hätte gern die Dankbarkeit zugelassen, die in ihr aufstieg, wenn sich nicht ein unbehaglicher Gedanke in ihrem Kopf breitgemacht hätte.

Irgend jemand wollte, daß sie vergaß. Irgend jemandem war daran gelegen, daß gar nicht erst ans Tageslicht kam, was Bunge und Zettel verbunden hatte. Irgendeiner manipulierte die Wahrheit – und Karen war mit ihrer Beweisführung das willkommene Instrument. So wie die unschuldige Anmerkung eines der Teilnehmer der Bauausschußsitzung aus dem Protokoll verschwunden war, so spurlos war der wichtigste, der eigentliche Grund der Beziehung zwischen Alexander Bunge und Peter Zettel aus der Welt geschafft.

Hatte sie eine Waffe gesehen in der Hand Lillys? Offenbar nicht. Und schon gar nicht die Walther PPK. Vielleicht lag sie tief unter dem Schlamm auf dem Boden des Kraters im Führerbunker. Vielleicht war sie in der Hand desjenigen, der sie Peter Zettel abgenommen hat, bevor er ihn in den Abgrund hatte stürzen lassen. Vielleicht war sie nie gefunden worden.

Die Laterne, die zwischen Stall und Hofladen hing, bewegte sich mit einem leisen »Schrieek«. Als Anne aufsah, huschten zwei Fledermäuse durch den Lichtkegel.

Es war, als ob die Vergangenheit alles wieder verschluckt hätte, was sie ausgespien hatte. Vielleicht war das auch besser so.

Als sie in die Gaststube zurückkehrte, saß Paul allein am Tisch. Sie zapfte zwei Bier, stellte die Gläser auf den Tisch und setzte sich neben ihn.

»Und?« Paul sah ihr ins Gesicht. »Hast du noch was zu erledigen? Mußt du der Welt noch irgend etwas beweisen?«

»Zur Zeit kein Bedarf, vielen Dank.«

Ihr fiel plötzlich auf, daß seine braunen Augen gelbgefleckt waren. Und daß er Lachfalten in den Augenwinkeln hatte. Und daß sie es mochte, wenn er sie spöttisch angrinste.

»Meinst du nicht, du solltest dir mal endlich einen leisten, der dir die Leichen aus dem Wege räumt, bevor du über sie stolperst?«

Sie grinste zurück. »Wenn du eine Aufgabe brauchst im Leben, Paul …«

Erst als Karen sich räusperte, merkten beide, daß sie zurückgekommen war.

Karen hatte die Fenster heruntergelassen und fuhr ihren MG ausnahmsweise einmal langsam durch die Nacht. Sie war sich über ihre Gefühle im unklaren. War sie eifersüchtig? Nein, murmelte sie. Das nun wirklich nicht. Neidisch? Schon eher, aber auch das traf es nicht ganz. Einsam? Sicher, nur ... Sie merkte belustigt, daß sie den Kopf schüttelte. Demnächst würde sie noch zu Selbstgesprächen übergehen, dachte sie und schaltete das Radio ein.

Als sie am Westkreuz von der Autobahn abfuhr, glaubte sie zu wissen, warum sie sich beim Anblick von Anne und Paul für einen kurzen Moment so verloren gefühlt hatte. Und warum es plötzlich weh getan hatte, den Weiherhof zu verlassen.

Sie gehörte nirgendwohin. Sie gehörte niemandem an. Sie fühlte sich heimatlos.

7

Berlin, im Oktober

Er hatte den Brief zwei Tage lang immer wieder ungeöffnet unter den Stapel seiner Post gesteckt – warum, wußte er auch nicht. Vielleicht, weil er die Handschrift wenig vertrauenerweckend fand, in der jemand »Persönlich! Vertraulich!!!« auf den Briefumschlag geschrieben hatte. Mit drei Ausrufezeichen. Und weil Art und Dicke des Briefumschlags darauf schließen ließen, daß hier wieder einmal ein Nachwuchstalent versuchte, mit ungebeten eingesandten Manuskripten »entdeckt« zu werden – warum bloß wollten heutzutage Leute immer noch Journalist werden?

Beim Fernsehen, gut, da wurde man berühmt dafür, daß man jeden Tag die Visage in die Kamera hielt, wozu man noch nicht einmal sonderlich schlau sein mußte – im Gegenteil. Aber beim »Journal«? Da wurde man neuerdings höchstens berüchtigt.

Die Kollegen von der Konkurrenz trieften vor Mitleid, wenn sie ihn auf den »Fall Meier« ansprachen. Das Gerücht, daß die Meier nicht ganz war, wofür man sie gehalten hatte, hatte sich wie ein Lauffeuer verbreitet. Früher war er um Lilly beneidet worden. Heute wurde er ihretwegen verlacht.

Die lieben Kollegen übersahen dabei nur, daß sie ihr genauso auf den Leim gegangen waren. Der kleine Mehmet, das Hakenkreuz, das Rechtsradikale angeblich der behinderten Sara in die Wange geritzt hatten – alle hatten die dramatischen Geschichten mit dem *human touch* geliebt. Und alles war erstunken und erlogen. Nur die Geschichte von Burschi, dem Grenzerhund, war authentisch gewesen. Soweit man wußte.

Schließlich schlitzte er es doch auf, das dicke Kuvert. Den Begleitbrief legte er gleich beiseite – die Schrift war genauso unleserlich wie die auf dem Briefumschlag. Auch der Absender, ein gewisser Manfred Ewald, sagte ihm nichts. Seine schlimmsten Ahnungen bestätigte die Tatsache, daß dem Brief ein weiterer Umschlag beilag. Ungeduldig riß er auch den auf. Ein Manuskript, was sonst. Unwillig überflog er die erste Seite. Ein Journalist, der so lange wie er seinen Beruf erlebte und erlitt, wußte schon nach zehn Zeilen, ob er Talent oder Mist vor sich hatte.

»Schmutziges Geld« – schon mal daneben, der Titel. Untertitel: »Abgeordnete im Sumpf der Vergangenheit« – auch ziemlich blöd. Aber nach drei Zeilen war Sonnemann hellwach. Das erste Mal las er das Manuskript im Schnelldurchgang. Nach der letzten Seite legte er es aus der Hand, lehnte sich in seinen Schreibtischsessel zurück und atmete tief durch. Dann begann er wieder von vorn, langsamer diesmal.

SCHMUTZIGES GELD.

ABGEORDNETE IM SUMPF DER VERGANGENHEIT

Von ***

Das neue Berlin muß leben. Das neue Berlin muß wachsen. Was ihm im Wege steht, muß weichen.

So etwa muß Alexander Bunge sich das gedacht haben, als er sich zum Vorsitzenden des Ältestenausschusses der Baukommission des Bundestags wählen ließ. Noch nicht einmal der Vergangenheit gestand er Ansprüche zu. Er ließ sie, wenn es not tat, zubetonieren. Und es tat not – öfter, als wir jemals erfahren werden.

Was macht man, wenn man während der Ausschachtungsarbeiten im historischen Boden Berlins auf Zeugen der Vergangenheit stößt? Man räumt sie weg, man begräbt sie unter Beton. Unter der Ägide Bunges rollten die Bulldozer und Betontransporter ohn' Unterlaß. Wann immer die Bagger Fundamente der alten Bebauung oder Teile der Bunkeranlagen der Nazis freilegten, ließ er nicht den Denkmalschutz, sondern den Betonmischer kommen.

Und Peter Zettel, einen Journalisten vom »Journal«, der sich schon bald unentbehrlich machen sollte. Peter Zettel bereinigte den Boden. Er räumte die Fundstellen von allem, was sich dort noch befinden mochte: von Skeletten und Uniformteilen, von Helmen und Koppeln, von Abzeichen und Orden. Sogar drei Ki-

sten Jahrgangschampagner, Veuve Cliquot 1942, will er dort unten gefunden haben.
Sein größtes Interesse aber galt explosiverem Material. Nach uns vorliegenden Informationen hat Zettel insgesamt etwa 7000 Kilo Waffen und Munition fortschaffen lassen. Das meiste ging an Devotionalienhändler, aber auch in die Neonaziszene, wo sich manch einer bei Parties mit einer verrosteten Panzerfaust fotografieren ließ. Zettel bot seine Ware auch im Internet an. Vor Freunden, die er schon mal mitnahm in den Bunker, prahlte er damit, Hitlers Selbstmordwaffe auf der Spur zu sein. Die Walther PPK, Kaliber 7,65 Millimeter, mit der sich der »Führer« am 30. April 1945 erschoß, wäre heute drei Millionen Dollar wert. Selbst Alexander Bunge muß irgendwann Angst vor der eigenen Courage und vor der kriminellen Energie seines Kompagnons bekommen haben. Peter Zettel servierte ihn auf seine Weise ab: mit einer Denunziation in seinem Blatt. Daraufhin stürzte sich der Abgeordnete zu Tode. Das konnte Zettel nur recht sein. Bunges Nachfolgerin war eine Frau, die er gut kannte – Anne Burau, Geliebte schon zu Bonner Tagen.
Er konnte sie in Berlin nicht mehr begrüßen. Ob er bei seinen Expeditionen in die stinkenden Grüfte der Nazis von selbst in einen schlammgefüllten Krater stürzte – oder ob er gestoßen wurde: Man wird es nie erfahren. Auch nicht, ob er die angebliche Selbstmordwaffe Hitlers wirklich besaß.

Sonnemann schluckte. Die Story war druckreif. Nur in einem Punkt hätte er sie korrigiert: Nur der Mörder oder Mitwisser konnte wissen, wann Peter Zettel starb. Dann las er weiter.

Anne Burau versuchte, die Arbeit Bunges und Zettels auf eigene Weise weiterzuführen. Als ein unbestechlicher Journalist der Sache auf die Spur kam, wurde er aus dem Weg geräumt. Anne Burau, eine Frau mit Geschichte (ihr Mann wurde ermordet aufgefunden), wollte sich das schmutzige Geschäft mit der blutbefleckten Vergangenheit nicht nehmen lassen.
Doch die Rechnung ging nicht auf. Als die Journalistin Lilly E. Meier sie mit dem Ergebnis ihrer Recherchen konfrontierte, knickte die Abgeordnete ein. In einer dramatischen Szene auf dem Reichstag gelang es der beherzten Journalistin, ihr die Waffe zu entwinden, die sie auf sie gerichtet hatte. Anne Burau verlor die Balance und stürzte in die Tiefe – fünfzehn Meter tief.

Frank Sonnemann schüttelte entgeistert den Kopf. Was war das? Ein perfektes Drehbuch für den – fast – perfekten Mord? Satz mit X, dachte er. War nix. Nicht Anne war gefallen, sondern Lilly.

Dann las er sie noch einmal, die Sätze, die hastig an den Rand gekritzelt waren. »Frank, wenn du das liest ... Ich weiß nicht, ob ich zurückkomme ... L.«

Lilly hatte das Manuskript in einen Umschlag getan, »An Frank Sonnemann« draufgeschrieben, das Ganze noch einmal eingetütet und in die Post gegeben. Sonnemann überflog den Begleitbrief. Manfred Ewald entschuldigte sich dafür, daß er den Brief erst jetzt habe weiterleiten können. Er habe ihn nach dreiwöchiger Abwesenheit zu Hause vorgefunden. Er habe Lilly immer verehrt, ja geliebt, seit der Geschichte damals – mit den Hunden, er wisse ja: Burschi. Ihr Tod treffe ihn tief.

Sonnemann lachte auf. Manfred Ewald – natürlich. Er

war einer der Hundeführer gewesen, die Lilly porträtiert hatte. Wenigstens diese Geschichte hatte offenbar gestimmt.

Aber – das hier? Diese Räuberpistole aus Denunziation, Sex und Nazischeiße? Konnte man auch nur ein Wort davon ernst nehmen? Lilly war eine Frau gewesen, die ihre Lügen so erfolgreich verkaufte, das alle Welt daran glaubte. Zum Schluß mußte sie selbst daran geglaubt haben. Ob sie ihre Illusion noch durchschaut hatte, kurz, bevor sie fiel?

Sonnemann legte die Beine auf den Tisch und dachte nach. Nach einer Weile setzte er sich wieder auf, nahm Lillys Manuskript, legte die Seiten sorgfältig auf Kante und begann dann, es Blatt für Blatt zu zerreißen. Die immer kleiner werdenden Schnipsel stapelte er in seinem Aschenbecher, der groß genug war für zwei Cohibas. Er öffnete die Schreibtischschublade, nahm die Streichhölzer heraus, schob die Schublade wieder zu und steckte die Schnipsel im Aschenbecher an. Er starrte in die Flammen, bis sie zusammengefallen waren.

Lilly E. Meier, dachte er. Eine der Besten.

DANK

... vor allem an Antje Kunstmann: Ihr verdanke ich entscheidende Anregungen, Plot, Psychologie und Motivstrukturen der handelnden Personen betreffend.

Mein Mann Rudolf Westenberger ist der erste (und kritischste) Leser – und der erste Leidtragende, wenn es um die Seelenqualen beim Schreiben geht. Mille grazie!

Zu danken habe ich auch meiner Schwester Ellen – für einen langen, gehaltvollen Spaziergang Und meiner besten Freundin Margareta Wolf für ein Menschenexperiment: Sie hat es bei der Lektüre des Manuskripts auf einem unbequemen Stuhl bis halb drei Uhr morgens ausgehalten.

Den allerwärmsten Dank meinen Testlesern Uli und Bettina Wanner-Laufer, Maria Stephan und Matthias Beltz und nicht zuletzt Stephan Opitz – ihrem Rat habe ich vertraut, und selten (und wahrscheinlich zu meinem Schaden) bin ich ihm nicht gefolgt.

Alle Personen und Begebenheiten sind frei erfunden. Nur die Historie – die hat sich mehr oder weniger so abgespielt, wie hier geschildert. Auch mit den Orten, die eine Rolle spielen, habe ich mir nur kleine Freiheiten erlaubt. Es gibt ein unterirdisches Berlin – nachzulesen in Dietmar und Ingmar Arnold/Frieder Salm, *Dunkle Welten. Bunker, Tunnel und Gewölbe unter Berlin,* 4. Aufl., Berlin 1999. Den Stadtführungen durchs unterirdische Berlin, vom Führerbunker zum Holocaust-Denkmal oder auf den Spuren der Mauer, die von Eberhard Elfert und dem »Berliner

Unterwelten e.V.« veranstaltet werden, verdanke ich zahllose Anregungen und Einsichten. Das Lied »Trauriger Sonntag« (Szomoru Vasarnap) habe ich in der Übersetzung von Rolf Schübel und Ruth Thoma zitiert.

Es ist noch längst nicht alles, was da unten vor sich hinmodert, wieder an die Oberfläche gekommen. Ob Hitlers Selbstmordwaffe dazugehört? Die Walther PPK mit der Seriennummer 803157 ist bis heute nicht gefunden worden.

Anne Chaplet, Juli 2002